D1714912

MIEL DE VERANO

Miel de verano

SARA PABORN

Traducción de Pontus Sánchez

Papel certificado por el Forest Stewardship Council®

Título original: *Tistelhonung*

Primera edición: septiembre de 2021

Printed in Spain – Impreso en España

ISBN: 978-84-666-7003-6
Depósito legal: B-8.984-2021

Compuesto en Llibresimes, S. L.

Impreso en Rotoprint by Domingo sl
Castellar del Vallès (Barcelona)

BS 7 0 0 3 6

A dos amigos que iluminaron la maleza:
Anna Wilson y Paul Danielsson

1

Es un remitente inusual en ese tipo de revista semanal. Estoy sentada en la salita de espera, pasando las páginas. La columna que ha logrado captar mi atención lleva por nombre «Pregúntale a la médium» y el tema es: «¿Mi amor de juventud se acuerda de mí?». La carta está firmada por «Una que sueña». Solemne y seria, entre recetas de galletas y consejos para que los jacintos aguanten el invierno y sobre cómo limpiar manchas de grasa en tejidos de seda. Empiezo a leer con creciente interés. La carta dice así:

Estimada Monica:

Te escribo porque en los últimos meses he empezado a pensar cada vez con más intensidad en un joven con el que mantuve una relación en mi juventud. Tuvimos una breve pero intensa historia de amor el verano de 1955. Él era estudiante de arte y se hospedó durante un par de semanas en la pensión que regentaba mi madre, en la península de Bjäre. Nos separamos en circunstancias un tanto dramáticas y desde entonces no he vuelto a saber de él.

La cuestión es que mi marido murió hace poco más de cuatro años. Estuvimos casados seis décadas y tuvimos una vida hermosa y gratificante juntos, aunque no llegamos a tener hijos. A lo largo de todos estos años, casi nunca he pensado en el otro, pero últimamente su recuerdo me viene cada vez más a menudo, e incluso sueño con él por las noches. ¿Qué significa eso? ¿Está intentando comunicarse conmigo o no es más que una fantasía que me he montado yo sola? ¿Qué debo hacer? Tengo setenta y nueve años. Te agradezco una pronta respuesta.

UNA QUE SUEÑA

Y luego la contestación, cuando menos sorprendente, por parte de la médium, que aparece en una foto: una mujer regordeta con mejillas brillantes y una especie de tiara en la cabeza.

Estimada Una que sueña:

¡Tu viejo amor está vivo! Me llega una clara imagen de un hombre muy elegante, ahora cano. Lleva una camisa azul celeste y saluda alegre con la mano. A veces, personas que han estado muy unidas en el plano físico pueden seguir en contacto en el plano espiritual, incluso después de muchos años. No es infrecuente que alguien presienta que otra persona ha sufrido algún tipo de accidente y necesita su ayuda. También puede ser que haya emociones no trabajadas por tu parte. ¿Cuál fue el motivo de vuestra ruptura? Dices en tu carta que os separasteis en circunstancias dramáticas. A lo mejor es en estas en las que tienes que ahondar para conseguir la paz que buscas. ¿Sabes dónde está ahora el amor de tu juventud? Si es que no, ¿has probado a hacer algo tan sencillo como buscarlo en internet? ¡Te deseo mucha suerte!

Un cálido abrazo,

MONICA

Primero, no oigo al terapeuta cuando me llama por mi nombre. Estoy conmovida. Han pasado sesenta años. Y luego está la pregunta que la autora de la carta le hace a una persona a la que no conoce de nada ni ha visto nunca. ¿Y si la médium hubiese contestado: «Hace tiempo que te olvidó. De hecho, nunca estuvo especialmente interesado. Además, está muerto»?

Dejo la revista en la mesa a regañadientes y le estrecho la mano a Joar. No nos hemos visto demasiadas veces, pero ya lo considero un viejo conocido. A lo mejor de algún festival de música de mi juventud. La combinación de pelo crespo de color castaño, la postura un tanto alicaída, los tejanos negros ajustados y los ojos más afables del mundo me resulta familiar y reconfortante. Me sujeta la puerta de su consulta, donde nos reciben dos butacas y un gran escritorio. La luz del sol baña la mesita de contrachapado con los pañuelos de papel de rigor. Joar saca una carpeta que ha ido engordando hasta adquirir proporciones preocupantes y toma asiento. El llavero que lleva colgado de la cintura del pantalón tintinea.

—Bueno, ¿cómo has estado? —Me mira con cariño.

—Jodida —digo yo.

Joar sonríe.

—¿Has hecho los ejercicios de relajación que acordamos?

—Sí, pero me cuesta concentrarme. Y tampoco noto ninguna diferencia. Me parece todo bastante imposible.

Cambio de postura en la butaca.

—Las cosas no tienen por qué ser imposibles solo porque así nos lo parezcan —me recuerda Joar—. El efecto de los ejercicios no suele notarse hasta pasadas varias semanas. Es importante que les des una oportunidad. Si no, nunca sabremos si te sirven o no.

Lo miro con cierta suspicacia. Joar es joven, puede que ronde los treinta, pero su presencia es sólida. En las paredes hay algunos pósteres de arte. En el escritorio reina un orden impecable. En la pizarra blanca ha pintado unos triángulos bajo el título «Pensamientos automáticos».

—¿Existe siquiera el ruido este? —pregunto—. ¿O soy yo la que se lo ha inventado?

—Tú lo oyes, por tanto, existe. ¿No es así? —Joar me mira con atención—. Hay personas a las que les molesta muchísimo un volumen aparentemente bajo y otras que pueden estar oyendo un tono estridente sin que les afecte demasiado. Todo depende de las vivencias de cada cual.

Empieza a ojear la carpeta que tiene en el regazo. Acudo a Joar por tantas razones que cada área requiere de su propia pestaña. Quizá los acúfenos sean el menor de mis problemas. También está la culpa por haber dejado a Tom y darle a Oskar unos padres divorciados. El enamoramiento con Erik y la ruptura. La humillación pública que vino luego. La pérdida del ya mencionado Erik. La depresión de baja frecuencia. Y, como guinda, la preocupación por los encargos laborales, o por la falta de estos. Los acúfenos son más bien un glaseado que lo recubre todo.

—Desde la última vez que viniste, he estado investigando un poco acerca de los acúfenos —dice Joar, y asiente con la cabeza—. Muchos lo consideran un problema moderno que se debe a agresiones auditivas, pero el fenómeno parece existir desde el comienzo de la humanidad. He encontrado algunas cosas interesantes. Entre otras, un texto sobre el tratamiento médico en la época de los faraones del Antiguo Egipto. Entonces vertían un aceite especial en el oído de la persona afectada. Se creía que el oído estaba embrujado.

Joar saca una hoja del montón de papeles.

—Y la teoría de Aristóteles era que, en realidad, los acúfenos son un viento que se ha quedado atrapado en el oído y no puede salir. La persona puede adquirir capacidades sobrenaturales: presentir sucesos, viajar en el tiempo y cosas por el estilo. En otras palabras, tenía su punto. Pero el tratamiento no era demasiado efectivo: consistía en abrir un orificio en el cráneo para dejar salir el viento que estaba atrapado. Obviamente, el paciente moría durante la operación. Así que hemos dejado de hacerlo. Perforar cráneos.

Joar sonríe, dejando al descubierto un hueco entre sus incisivos.

—Por cierto, ¿quieres un poco de agua?

Me llena el vaso con una jarra.

Joar está prometido, lleva un anillo liso de oro en el dedo. En otoño será padre. Creo que es feliz, es la impresión que da. Me gusta pensar que él y su novia se cuidan mucho el uno al otro. Que se escuchan. El tipo de pareja que nunca alza la voz por vicio, que consiguen infundirse seguridad mutua. Me pregunto si Joar tiene algún viejo amor que acecha entre bastidores. No, no lo creo. Si lo tuviera, seguro que a estas alturas ya habría roto con ella. Joar prefiere el presente, no es una persona que se preocupe ni les dé vueltas a las cosas. Es alguien que cree en la toma de decisiones.

En nuestras sesiones hago anotaciones que luego tiendo a esconder en sitios *seguros*. La idea es que me entren ganas de sacarlas y empezar a aplicar los consejos en lugar de pasearme por casa sin nada que hacer. Pero lo cierto es que no lo he conseguido. Me olvido de dónde he metido las notas, igual que me pasa con casi todo lo demás. Por otro lado, algunas me las sé de memoria.

Genera calma y paz.

Espera que pase la tormenta, buscar un puerto seguro.

No actúes cuando estés en el clímax emocional.

¡Míralo todo desde fuera!

Deja pasar el tiempo.

Los consejos son pequeños ventiladores de esperanza que, por lo menos durante un breve instante, pueden hacerme creer que vendrán tiempos mejores. Desgraciadamente, a menudo el efecto va desapareciendo a medida que me alejo de la consulta. Llevo mal lo de aplicar los consejos en mi propia vida. El terreno entre la mente y el corazón se me antoja escarpado. Y los caminos que me recorren por dentro están tan transitados que cada intento de voladura para abrir uno nuevo en la roca me supera por completo. Aun así, aquí, en la pequeña consulta de Joar, puedo tener la sensación de que el cambio es posible.

Se estira para coger un folleto de su escritorio.

—Me acaba de llegar esto de imprenta. Cógelo, a lo mejor encuentras algo que te sirva.

Me entrega el folleto: «Acúfenos, una pequeña guía».

Cuando el siguiente paciente ha entrado en la consulta y la salita de espera vuelve a quedar vacía, me acerco de puntillas a la mesa, arranco discretamente la hoja de la revista con la carta al director y me la guardo en el bolsillo. Luego salgo, cojo el ascensor, bajo al oscuro vestíbulo y me lanzo al apremiante sol que brilla en la acera.

Te crees que te vas a acordar de lo que se siente al estar sola. Te crees que te vas a acordar de lo que se siente al ser querida. Tanto lo uno como lo otro son un error. Son muy pocas las cosas que acabas recordando, ni siquiera aquellas que te prometiste que no olvidarías nunca.

Puedo recordar momentos puntuales en los que pensé: «Esta sensación tengo que guardármela». Como cuando estaba de pie en un paso de peatones bajo una lluvia torrencial el otoño que acababa de conocer a Erik. «Recuerda lo feliz que eres en este momento —me dije a mí misma—. Intenta retener este instante.»

Luego lo olvidé.

Ahora me paso la mayor parte del tiempo metida en el piso de una sola habitación que compramos en las afueras, un auténtico horno, tratando de hallar algo a lo que aferrarme: un futuro, un plan, una forma de vivir el resto de mi vida. Menudencias así. Hace veinte años estaba convencida de mi indefectible capacidad de ver cuál era el camino correcto para mí. Ahora me veo en una cuneta llena de hierbas y matojos sin poder siquiera distinguir por dónde transcurre el camino. Me parece oír que más adelante está pasando algo, me llega el bullicio, pero hay demasiadas cosas tapándome la vista. Además, el ruido bien puede provenir de mi propio oído.

Estoy desorientada y atormentada, no es ninguna exageración.

De camino a casa paro en una pastelería. Me pido un café y un pastel y me siento en una mesa de la terraza, ubicada en el chaflán, justo donde el sol de principios de verano arroja sus elegantes rayos. Era uno de los placeres de domingo que compartíamos Erik y yo: ir a diferentes pastelerías y fingir que éramos del barrio. Él siempre se pedía alguno de los pasteles más empalagosos, con mazapán verde o gelatina temblorosa. Yo solía pedirme un rollito o tartaleta de mazapán. Ambos leíamos el periódico y nos íbamos turnando las secciones. Ambos bebíamos cantidades ingentes de café. Ambos gustábamos de quedarnos en ese espacio, de visitar un domingo el barrio de otra gente.

Coger el autobús y el metro hasta Estocolmo me parece viajar atrás en el tiempo, cuando aún conservaba mi empleo de presentadora de programa de radio y jamás tenía tiempo para sentarme en una cafetería en pleno día. Un viaje a un yo más joven y despreocupado. Quizá por eso vengo a este barrio, aquí sigo teniendo a mi dentista y ahora tengo a Joar. En realidad no tengo dinero ni para la terapia cognitivo conductual ni para los pastelitos de una de las cafeterías más caras de la ciudad. Pero elijo, pese a todo, interpretar este papel, sentarme en una terraza y hacer como que esta pausa para el café forma parte de mi rutina diaria, como un leve deseo de vivir.

Treinta y dos coronas por un dulce de mazapán. Treinta y ocho por un café solo. Menos mal que te dejan rellenar la taza. Y coger algunas servilletitas cuadradas con el nombre Tösse impreso en azul regio. Me meto unas cuantas en el bolsillo de la chaqueta junto con un sobre de azúcar. Nunca se sabe cuándo lo vas a necesitar.

Por el rabillo del ojo veo a un hombre de pelo plateado y bien peinado, sentado unas pocas mesas más allá, que me mira con suspicacia. Diez años atrás quizá se habría inclinado un poco, con cierta timidez, y me hubiese dicho: «Disculpa que te moleste, pero ¿no eres tú la que ha escrito ese libro sobre cómo conservar una relación amorosa? Te he visto en la tele».

Y yo habría respondido cortésmente: «Sí, así es. Espero que hayas disfrutado con mi libro. ¡Gracias por leerme!».

Y luego habría vuelto a acomodarme como una lagartija bajo el sol. Pero ahora las cosas son como son. Ya nadie me reconoce. En las fotografías de estudio que aparecen en la contraportada de mis libros de autoayuda no hay ningún rastro que conduzca hasta mi actual cara pálida y más angulosa. *Nunca os vayáis a dormir peleados*, *Ama a diario* y *Lo mejor de «Laboratorio de amor»* son todos mis títulos. Superventas. Al menos en esta nación.

Desgraciadamente, el libro que me arrepiento de haber escrito, teniendo en cuenta todo lo que pasó después, *Divórciate feliz*, se comentó más de lo que se vendió. Siempre había algún consejo sabio del que burlarse en relación con mi propia y sucia separación.

Todos esos libros fueron escritos en mi vida anterior, cuando creía que casi todo podía remediarse con buena voluntad y obstinación. No hay nada que la gente quiera oír más que eso. Que las cosas saldrán bien siempre y cuando lo desees lo suficiente. Que puedes influir en todo. Que te puedes convertir en lo que tú quieras. Decidir tu destino. Simplemente, no es cierto. Si hay alguien que lo sabe, soy yo.

También hay algo impredecible, un pequeño río de la vida que corre hacia mares que no conocemos y de cuya existencia no estábamos enterados.

Después de rellenarme la taza de café, saco del bolsillo la carta al editor, la despliego sobre la mesa y la vuelvo a leer. Me pregunto qué aspecto tendrá la mujer que la ha escrito. ¿Cómo se llamará? ¿Dónde estará? ¿Vive en una casa o en un piso, o quizá en un geriátrico? ¿Todavía se les llama geriátricos? Me pregunto si tiene alguna intención de buscar a su amor de juventud. ¿Qué le dices después de sesenta años? ¿Te he echado de menos? ¿Dónde has estado?

La autora ha perdido a su marido al mismo tiempo que yo. El suyo ha muerto. El mío solo me ha dejado.

Pero mientras yo apenas tengo fuerzas para mirarme al espejo, ella ha empezado a fantasear con su amor de juventud. Una que sueña. Sueña con que su viejo amor todavía piensa en ella y trata de ponerse en contacto con ella después de todo el tiempo que ha pasado. Hace unos años, yo habría ventilado rápido el asunto tildándolo de sandeces. No sé si es la edad o la crisis o una repentina transformación en mi naturaleza, pero ya no puedo despachar a los demás con la misma facilidad con la que lo hacía antes. Era tan agradable tener claro quién era listo y quién era estúpido..., estar convencida de mi buen juicio y de que controlaba la situación... Incluso sentía cierta alegría cuando veía a otros cometer errores. Me jode que la vida me haya quitado hasta esa pequeña satisfacción. Ahora, en el mejor de los casos, me río con los demás. Si me río de alguien es por pánico, porque la línea que separa su desgracia de la mía es demasiado fina.

Nunca me he mostrado especialmente solidaria con la gente más vulnerable. He salido así, punto.

Una que sueña quiere ver el destello de viejas ondas en el agua.

Una que sueña se pregunta cómo puede sentirse en paz. No es la única.

Sea como sea, no deja de parecerme conmovedor que haya gente que es capaz de poner su vida en manos de una persona completamente desconocida cuando el asunto que les concierne les viene demasiado grande.

Durante muchos años estuve trabajando de reportera en un popular programa de radio al que la gente podía llamar y hablar de amor y relaciones. Cumplí tan bien con mi papel que al final conseguí mi propio programa, *Laboratorio de amor*, con un plantel de expertos. Intentábamos ayudar al soltero o a la soltera de la semana a encontrar una pareja adecuada, bromeábamos con los fallos de la primera cita y dábamos consejos para la relación de pareja. Cuando una editorial me llamó para pedirme que escribiera un libro, me lo tomé como una consecuencia natural. A ese primer libro le siguió otro. Los dos tuvieron mucho éxito. Di por sentado que así serían las cosas de ahí en adelante. Presentaciones en auditorios llenos. Propuestas infinitas para colaboraciones en esto y lo otro. Mi marido, Tom, y yo éramos la viva prueba de que se podía conservar el amor de juventud. Nos habíamos conocido con poco más de veinte años y éramos una pareja duradera y luchadora. Yo lo usaba a menudo de ejemplo en mis libros y compartía anécdotas graciosas y moralejas sacadas de nuestra propia vida. Preferiblemente, de pequeños desacuerdos que terminaban con final feliz. No podíamos estar más de acuerdo en que nos completábamos el uno al otro. Yo era espontánea, él era reflexivo. Él hacía planes a largo plazo, yo pensaba más a corto. Su personalidad era azul. La mía era roja. Los dos nos aburríamos.

Ahora lo único que tengo es una crónica en una revista mensual, aunque el redactor ha expresado cierta preocupación por que mis textos actuales más bien hacen que el público quiera terminar con su vida, no vivirla. Los contratiempos solo tienen atractivo comercial cuando ocurren en la vida de personas exitosas, cuando el lector puede sentirse reconfortado por la certeza de que son pasajeros. La miseria pura y dura vende mal.

Para llenar un poco la caja, este último año he hecho un curso online de creación de crucigramas y me invento algunos rebuscados para distintos periódicos, en los que me gusta meter palabras como «duda», «impotencia» y «aflicción». Así, algunas personas se ven obligadas a pensar en esas cosas aunque no quieran.

Me tomo la tercera taza y reemprendo a regañadientes mi marcha en dirección al metro. No tengo nada a lo que volver, pero en algún momento hay que hacerlo.

En cuanto me siento en el vagón, abro el folleto de Joar sobre los acúfenos.

> *Tinnitus*, o acúfeno, viene del latín *tinere*, «sonar, llamar la atención». Puede describirse como un pitido o un zumbido, un chirrido, un siseo o un timbre constante. Algunos de los remedios que se han empleado a lo largo de los años para el *tinnitus* han sido la prescripción de grasa de zorro, bilis de buey, pulgón, savia de cedro, aceite de rosa, miel, vinagre y vino blanco.

Al vino blanco me apunto.

Miro por la ventana sucia del metro. Justo estamos pasando por la parada cerca de la que Erik vive con su nuevo amor. El vagón traquetea. Llevo varios meses sin hablar con él. Puede que ahora esté sentado en alguna parte por encima de mi cabeza, a la mesa de la cocina, con ella; o quizá ella esté tumbada en el futón donde solía acostarme yo mientras él pega la oreja a su barriga para oír los ruiditos que hace el bebé. En cualquier caso, yo estoy debajo de él. Muy por debajo, en el subsuelo, en un túnel de roca.

Intento que no parezca algo cargado de simbolismo.

Un fugaz recuerdo me viene a la mente: los dos tumbados en su cama y él diciendo: «Desearía que nos hubiésemos conocido antes para poder vivir más tiempo juntos».

Las ruedas chirrían cuando el tren frena. Cierro los ojos y noto la corriente de aire en el andén.

He empezado a dormir hasta tarde por las mañanas ahora que no tengo trabajo fijo. Cuanto más duermes, más parte del día te saltas. También es bueno para la piel. Cuando los demás terminan de comer, yo empiezo a pensar en levantarme de la cama. Pero justo hoy me despierta el teléfono, que ayer me olvidé de apagar. Echo un vistazo al reloj. Las nueve y media. Plena noche, vaya. Es Anna, la redactora de la revista para la que escribo.

—Hola, Ebba, ¿cómo lo llevas? —Su voz suena dispersa, ausente.

—Bien —digo yo somnolienta—. O todo lo bien que puedo.

—Ya. Oye, hemos estado hablando un poco, aquí en la redacción. —Hace una pausa. Oigo ruido y voces de fondo, los sonidos normales de gente que tiene un trabajo al que ir—. Hemos llegado a la conclusión de que ha llegado el momento de hacer un cambio en materia de crónicas.

—¿Qué significa eso? —Me incorporo lentamente en la cama.

—Necesitaríamos fichar a una redactora nueva, alguien que no venga de los medios de antes. —Anna se aclara la garganta—. Sé que tu columna es muy apreciada y todo eso, pero hace bastante tiempo que la tienes y este último medio año la sensación ha sido..., bueno, como si estuvieras yendo un poco al ralentí. A lo mejor tampoco es bueno para ti eso de volcar tus problemas personales en la revista, ¿no crees? Si te digo la verdad, estoy un poco preocupada por ti.

Me quedo callada. La mano que está sujetando el móvil se ha quedado helada.

—Además, nos lo exigen desde arriba. Tenemos que reconfigurar.

—Es mi única fuente de ingresos estable —digo.

La voz de Anna suena forzada.

—Entiendo que te pueda resultar duro, pero la situación es la que es. Tenemos que hacer cambios.

—¿Qué significa eso? ¿Que me tome un descanso?

—Significa que ahora mismo no hay ninguna posibilidad de continuar con la colaboración. Al menos no con la actual, pero pueden aparecer otros encargos. Trabajos puntuales.

—Pero mi siguiente crónica ya está terminada —protesto con voz estridente—. La que habla de la fatiga mental y la inseguridad personal.

—Esa saldrá según lo planificado, pero después... pensamos coger a otra persona.

No se me ocurre nada más que decir. Me quedo mirando por la ventana. El pino de fuera ha perdido las agujas.

—Ebba, ¿estás ahí? —La voz de Anna suena intranquila.

—Estoy aquí —miento.

—Podemos seguir hablando de esto mientras tomamos un café después de las vacaciones, pero ahora mismo tenemos la agenda apretadísima. —Tapa el micrófono e intercambia unas palabras con alguien de fondo. Cuando vuelve conmigo, su voz suena apresurada—. Tengo una reunión. Ya hablamos. Cuídate.

Me cuelga.

Después de mi divorcio de Tom, hace dos años, ya no había nadie que quisiera pagarme dieciséis mil coronas para que diera una conferencia sobre cómo hacer para mantener viva una relación. *Laboratorio de amor* se suspendió y mi decisión de renunciar a la radio en pleno calentón resultó ser un gran desacierto. No es que me hayan llovido encargos desde entonces, que digamos. La crónica en *Magasin Quinna* (en pleno declive) ha sido lo único que he mantenido con mi nombre. Para mí tiene un valor simbólico, a pesar de que la mayor parte de mis ingresos actuales provienen de los pasatiempos.

De alguna manera, aprender a utilizar InDesign para crear crucigramas y reducir mis ingresos a la mitad ha sido como una limpieza mental después de todo lo que ha pasado estos últimos años. Una lavativa para el alma. He hallado paz en el formato limitado y severo de los crucigramas. Encontrar justo la palabra adecuada con el número de letras necesario para que el cruce de términos encaje no es moco de pavo.

Desgraciadamente, en los últimos meses, mi principal cliente, *Crucigramas con nostalgia*, se ha quejado de mis propuestas. Por lo visto, a algunos lectores les parece que siempre son más o menos los mismos pero reconstruidos. Les he dedicado mucho tiempo, así que me parece muy desagradecido por su parte. Hay gente que siempre encuentra algún motivo de queja, independientemente de lo bien que uno lo haga.

Pese a ello, tengo que esforzarme más con los pocos encargos que tengo. Si no, pronto me veré obligada a pasarme a los sudokus, menos creativos y peor pagados. Aprieto el móvil con la mano. ¿Cómo dice la expresión? ¿Nadie ha muerto asfixiado por tragarse el orgullo? Vuelvo a llamar a Anna. Me lo coge a los cinco tonos.

—¿Sí? —Está sin aliento.

—Perdona, pero si por casualidad surgiera algo durante el verano, ¿podrías avisarme? Tengo algunos huecos que iría bien llenar.

—Es curioso que me vuelvas a llamar justo ahora.

—Ah, ¿sí? ¿Por?

—Nos acaba de entrar un encargo y necesitamos una redactora. La que iba a hacerlo dice que está muy mal pagado.

—Suena interesante —digo, y me acurruco en la cama—. ¿De qué se trata?

—Es una serie de artículos sobre parejas que llevan mucho tiempo juntas. O sea, más de veinte años o así. Lo que venía siendo tu especialidad, podría decirse. —Anna carraspea—. La idea es dar espacio a las generaciones más viejas, contar cómo la visión y las expectativas del amor han cambiado con el tiempo, etcétera. Tenemos tres perfiles listos, pero nos haría falta uno más. No sé si te interesaría. Solo es una entrevista.

—Me va perfecto —digo rápidamente.

—Vale, pero tiene que ser algo un poco divertido. Desenfadado. Nada de sensación del día del juicio final.

—Entiendo.

—Diez mil caracteres. Entrega dentro de dos semanas. ¿Te encargas?

—¿A quién tengo que entrevistar?

—Ese es el problema. La persona que teníamos pensada ha muerto, así que estamos un poco con la soga al cuello. Tenemos que encontrar a otra.

Se me ha secado la boca, pero de alguna extraña manera todavía consigo formular las preguntas.

—A lo mejor conozco a alguien —digo.

—¿A quién?

—Una... conocida. Una vieja amiga. Ha estado casada sesenta años. Felizmente casada.

—¿Sesenta años? —Anna suena suspicaz.

—Sí. Pero su marido murió hace unos años. Es posible que se anime a participar. Podría hablar con ella.

—¿Está en Suecia?

—Al sur, provincia de Skåne.

—Cuenta como Suecia. —Anna se queda un rato en silencio—. Vale, pregúntale. Llámame en cuanto sepas algo.

—Claro. No hay problema.

—Bien. Cuídate, Ebba. —La voz de Anna se ha ablandado, pero solo un poco.

Me quedo tumbada en la cama. El estor cuelga a tres cuartos. Hace tiempo que está así, pero no he tenido ánimo para arreglarlo. Debajo de la cama hay ropa sucia. Las toallas del baño tienen los bordes deshilachados. Los últimos diez meses he dejado que todo vaya decayendo. A veces me siento más segura quedándome en esta penuria que saliendo de ella. Seguir adelante hace que el tiempo que precedió a la desgracia me parezca aún más lejano. Y no es tan obvio que eso sea lo deseable. Puedes querer retener el pasado aun cuando eso implica tener que vivir en un presente de mierda.

Puedes castigarte a ti misma a base de no cuidarte, de dejar que todo a tu alrededor se desmorone igual que te estás desmoronando tú.

De todo esto me he dado cuenta este último año. Habría preferido aprender otras cosas, pero es lo que hay.

Mi hijo, Oskar, está de camino a las montañas de Noruega con su padre y su nueva novia, Malin, una profesora de biología que se fue a vivir con Tom un año después de nuestro divorcio y que enseguida estableció toda una serie de rigurosas normas de orden en la casa y recondujo los días de zozobra de su nueva pareja. Darán vueltas con el coche y dormirán en una tienda de campaña: dos profesores de primaria que saben prestar atención, ir a pescar y coger setas. Me imagino que por las noches se pondrán ropa gruesa de lana y jugarán a juegos de mesa dentro de la tienda.

Por mi parte, no tengo ningún plan.

Se está terminando el mes de mayo más caluroso que hemos tenido en ciento cincuenta años. El cerezo aliso ya ha florecido. Las lilas se han marchitado en sus ramas. Tengo todo un verano por delante.

No tengo nada en que refugiarme, así que puede que lo mejor sea tratar de ponerme en contacto con la mujer.

La que sueña.

En general, puedes encontrar a casi cualquier persona que desees. Sin duda, las hay que no son detectadas por el radar, pero en realidad es difícil ser completamente invisible. Todo aquel que no figure en algún sitio de internet es, por defecto, un tanto sospechoso. La mayoría de la gente aparece en algún tipo de contexto, aunque no quiera: como miembro de alguna directiva oscura o en una nota al pie de una carta del club de vela local o de la comunidad de vecinos. Pero, dado que esta remitente carece de nombre, lo primero que me toca hacer es escribir a la revista semanal que ha publicado la carta.

Consigo redactar un correo en el que les explico que soy

periodista y que me gustaría mucho ponerme en contacto con la remitente «Una que sueña». Estoy haciendo un reportaje sobre amores de por vida y considero que la autora de la carta podría aportar varias conclusiones, les digo.

En menos de dos horas me llega una respuesta.

¡Hola!

Gracias por ponerte en contacto con nosotros, ¡y cuánto nos alegra que seas lectora de *Hogar en casa*! Lo cierto es que hicimos una reseña recomendando tu último libro, si no recuerdo mal, pero ahora hace tiempo que no sacas nada, ¿verdad? En cualquier caso, he pasado tu recado a nuestra médium, Monica Molnia. Espero que te escriba más pronto que tarde. Mientras tanto, te animo a que sigas leyendo *Hogar en casa*. Justo ahora tenemos una oferta de seis meses de suscripción por solo 143 coronas. Además, de regalo te llevas un jarrón precioso, diseño de Alvar Aalto. ¡Entra en este enlace para leer más!

Un cordial saludo,

JAANA ISAKSSON, responsable de Redacción

Hago todo lo posible por dejar pasar el hecho de que ahora intereso más como potencial suscriptora que como famosa sobre la cual escribir un artículo. Si la médium no me llama en un par de días, la llamaré yo a ella. ¿Y mientras tanto? Me tumbaré en el sofá a esperar. Veré alguna serie. Tal vez quite todo el polen de las ventanas para poder ver la madreselva que ha empezado a florecer en el patio. Podría cortar algunos ramos con flores amarillas y rosas y ponerlas en la mesa de la cocina cuando haya limpiado toda la casa.

¿Quizá en un jarrón de Alvar Aalto?

2

1955

Aquel verano las abejas habían invadido la pensión. Nadie sabía de dónde venían ni dónde vivían, pero parecía que estuvieran en todas partes. Sobre todo, dentro de la casa. Llegaban en hordas y andaban por el suelo y por las patas de las mesas, caían en el zumo y se quedaban pegadas a las pringosas botellas de licor que había en el bar. Algunas yacían muertas en los alféizares, otras se arrastraban por los desagües de los cuartos de baño.

Al comienzo del verano, todo el mundo creía que se trataba de avispas y durante los desayunos corrían los consejos sobre cómo deshacerse de ellas: «¡Úntate el cuello con vinagre!», «¡Evita la ropa de colores!», «¡No andes descalzo!». Una mujer que solía venir cada año, la señora Cedergren, decía que había que echar pimienta blanca en los parterres. Otra aseguraba que el único remedio contra las picadas de avispa era poner una cebolla recién cortaba sobre la zona afectada. Ella misma estaba en una tumbona con media cebolla en el pie sujeta con una goma.

En julio, un modesto profesor de la ciudad de Lund le aclaró a Veronika que la invasión era de abejas. Su madre, que era quien regentaba la pensión, no tardó en verse sobrepasada por las preguntas de los clientes. Toda la casa estaba implicada en el misterio. ¿Cómo podía aparecer una colmena de abejas de la nada, así de golpe y porrazo? ¿Se le habrían escapado a algún apicultor? En tal caso, ¿a quién? ¿O acaso se trataba de abejas salvajes? Por lo visto, estas podían cavar hoyos en el suelo o mudarse a viejas toperas. Pero ¿por qué habían elegido la pensión precisamente? Las opiniones divergían.

Signe, la cocinera, había puesto botellas de zumo en las mesas para atraer a los invertebrados voladores. La mayoría de los huéspedes se retiraban al jardín, bajo las sombrillas, jugaban al croquet en el césped o se dormitaban en la hamaca durante las horas más calurosas del día. Otros se iban a la playa. Era agosto y el agua había alcanzado los veinte grados. Se hablaba de un récord de temperaturas.

Una prima mayor de Veronika, Francie, había ido a echar una mano en la pensión las últimas semanas del verano. Acababa de salir de una relación con un chico llamado Roy, pero en realidad era demasiado vaga como para ser de utilidad. Se pasaba la mayor parte del tiempo en la hamaca de la parcelita de césped que había detrás de la entrada de la cocina, y cuando pasabas por allí hacía ver que justo estaba a punto de levantarse. Debajo, sobre la hierba, tenía pilas de libros, literatura de quiosco, y siempre estaba tomando té helado. Era algo a lo que se había acostumbrado en Copenhague, donde había vivido un año para estudiar taquigrafía. En realidad, ni siquiera quería ser taquígrafa, quería ser actriz, pero la taquigrafía podía ser una puerta de entrada a la interpretación, según Francie. A lo mejor podía conseguir un empleo en la taquilla o en la secretaría de un teatro y luego suplir a alguna de las actrices cuando se pusieran enfermas. Las actrices enfermaban continuamente y, llegado el momento, solo era cuestión de no titubear a la hora de asomar la cabeza.

Francie vivía en uno de los edificios anexos que había en el jardín, donde estaba de lo más ocupada comparándose con Marilyn Monroe en el espejo. Se decoloraba el pelo con agua oxigenada, calentaba las tenacillas en los fogones de la cocina y ocupaba el baño del pasillo para disgusto de los huéspedes. Las tareas domésticas eran lo último. Es decir, la que casi siempre terminaba barriendo el suelo, haciendo las camas y poniendo flores frescas en las mesillas de noche era Veronika.

Tenía diecisiete años, una edad en la que se suponía que la vida era fantástica y ella estaba en su mejor momento. Ocurría que las mujeres un poco mayores de la pensión le pellizcaban la mejilla y le decían: «¿Ya has encontrado a algún apuesto caballero?». O bien: «¡Qué maravilla ser joven y tener toda la vida por delante!». A Veronika no le gustaba que le dijeran esas cosas. Ella no se sentía especialmente joven, al menos por dentro. Ella no sabía disfrutar de la vida como lo hacía Francie. Ella no estaba tan convencida de que le esperara un futuro brillante, ni siquiera esperaba ser feliz. Otras chicas de su edad parecían asumir que sus vidas seguirían cierto patrón según el cual marido, niños, casa, vacaciones y rutinas se apilaban en hogareña armonía. Veronika no entendía por qué estaban tan seguras de poder conseguir todo eso. Por ejemplo, ella sabía que Francie daba por hecho que conocería a un chico nuevo en cuanto tuviera fuerzas para levantarse de la hamaca.

Ella, en cambio, temía más bien todo lo que podía *no* pasar. Todo lo que podía ir mal. La vida le parecía abrumadora, con todas sus exigencias, con todo lo que una tenía que aprender, gestionar, superar, afrontar. Bastaba con mirar a los huéspedes de la pensión. Algunos estaban destrozados por la vida, infelices, solos, llenos de preocupaciones. Ella sabía que así eran las cosas. Los más mayores se le habían confiado muchas veces en la sala común, sujetándola con fuerza de la mano y soltando largas disertaciones sobre dolencias, fallecimientos y enfermedades. Ella solía hacer lo que podía para consolarlos, a pesar de no saber nada acerca de las dificultades de las que le hablaban. Lo que sí le había quedado claro era que todas las personas se veían sometidas a pruebas. Las apariencias engañaban.

Y aunque supiera que no se podía esperar gran cosa de la vida, ella aguardaba algo en secreto. Era una sensación que recordaba a un álbum de mariposas disecadas o a la tensión final de una historia de miedo. La esperanza de algo misterioso, de algo más.

El caso era que no sabía qué.

Acababa de terminar el bachillerato. Nunca había estado realmente enamorada, solo había sentido simpatía por los chicos de los que las otras chicas estaban enamoradas. A veces había intentado ver a alguno como un posible candidato, pero nunca había conseguido llegar a sentir un verdadero interés. Los chicos de su edad que se atrevían a acercarse a ella, a pesar de ser una cabeza más alta que la mayoría de ellos, no le llamaban la atención. Más bien se entristecía con sus torpes cortejos. En ocasiones, los interesados eran huéspedes de la pensión más mayores que iban un poco alegres. A esos tenía que engañarlos sutilmente para que la dejaran en paz. No podía soltarles un corte de buenas a primeras, eso habría sido descortés. ¡Ay, eso de sentarse siempre a escuchar a otros! Poner buena cara y asentir. A veces se sentía tremendamente cansada de aquello. Luego los huéspedes desaparecían, con el corazón aligerado, mientras ella se quedaba allí, cargando con un nuevo peso.

Era demasiado alta. Durante una temporada había sido solo la segunda más alta de la clase, lo cual procuraba subrayar cuando alguien comentaba lo alta que era, pero luego Margareta Kjellgren, todavía más alta, había dejado los estudios y a ella habían empezado a llamarla la Faro.

—¡Estírate! —le decía enfadada su madre—. ¡No pareces más bajita solo porque te agaches!

Pero ella no se lo terminaba de creer, pues un poco más bajita debía de parecer si hundía la cabeza entre los hombros, ¿no? Sonaba lógico. Hubo una época en que se juntaba mucho con una chica de clase que era bajita y gorda y a la que llamaban la Remolque. La Faro y la Remolque, que habían sido una pareja de cómicos daneses muy popular. El mote tuvo acogida enseguida y les costó mucho librarse de él. Durante un tiempo había crecido tan deprisa que por las noches le dolía la espalda y había tenido que visitar a un quiropráctico que se había formado en Estados Unidos. Los músculos no estaban teniendo tiempo de desarrollarse alrededor de los huesos, le había explicado. Sus huesos crecían demasiado rápido.

De vez en cuando, se retiraba en pleno día a la sala común de la pensión. Allí había una penumbra agradable, con sillones tapizados con terciopelo, una mesa de bridge de mantel verde y una librería con una colección de libros que los huéspedes habían ido dejando. También había un secreter con papel, sobres y bolígrafos, por si alguien quería escribir una carta. Los clientes habituales solían pedir que les mandaran el correo directamente a la pensión. A veces había alguno roncando contra el papel pintado de la pared o bien jugando una partida de naipes en la mesa redonda de jacarandá. La canasta. Chicago. Casino. Gin Rummy.

No hacía tantos años que los huéspedes de mayor edad que acudían cada año habían dejado de sacar el monedero para ponerle un dinerito en la mano en cuanto entraban por la puerta. Una moneda para los críos. Para que pudieran comprarse algo bueno, tal vez un helado en el quiosco de Angel. Era una tradición. Muchos de los clientes habituales, al menos las señoras, tenían nombres terminados en y. Henny. Elsy. Evy. Elvy. Lilly. Dagny. Quizá para sus madres había sido una forma de embellecer y suavizar un poco los nombres de toda la vida de los campesinos, si bien las mujeres en cuestión eran, normalmente, bastante robustas. Muchas de ellas traían labores en maletas especiales de cretona y con asas de bambú. Encaje de Bruselas. Agujas con calcetines a medio hacer. Ropa infantil de ganchillo para los sobrinos hecha con nudos durísimos como recuerdo de la naturaleza insensible y descuidada de la vida. Chalecos que parecían cotas de malla. Rebecas como pequeñas armaduras de punto. Había una advertencia oculta en aquella ropa de crío: «¡La vida no es tan fácil como tú te crees! ¡Debes protegerte!».

Las señoras no perdían nunca el tiempo. Algunas cosían almohadones calados que les ocupaban todo el verano. Otras bordaban distintivos en toallas y sábanas que se traían de casa. A Veronika le gustaba que esas mujeres se hospedaran allí, su practicidad y sus maneras toscas. Varias de ellas eran viudas, igual que su madre. Y unas pocas nunca se habían casado.

Pero ahora estaba completamente sola en la sala común. El tictac del reloj de péndulo sonaba fuerte en la pared. En la mesa había una vieja baraja de cartas metida en una cajita de madera al lado de una pila de revistas semanales. Por las tardes solía llevarse algunas a su cuarto, en el piso de arriba, para hojear las páginas de sociedad en las que había fotos de distintos estrenos. Fotografías en color de un hotel de lujo inspirado en Estados Unidos que se llamaba Arizona. La Costa Azul a contraluz. Una actriz famosa en pantalón corto y blusa de flores, con el pelo perfectamente recogido. Había muchas cosas que ver y admirar. Al final de la revista estaba el consultorio sentimental «Rincón de las confidencias», donde la gente podía pedir consejos de amor. Una pregunta podía ser: «¿Puedo seguir llevando el anillo aunque me haya quedado viuda?»; o bien: «¿Cuándo sería correcto empezar una relación después de una ruptura?».

«¡Hay que darse tiempo y espacio el uno al otro! Así el amor dura más», podía responder Eva, la que llevaba el consultorio.

La gente estaba ocupadísima con sus relaciones y sus admiradores. En cambio, ella nunca había estado cerca de tener ni lo uno ni lo otro. No tenía nada de que quejarse. Nada sobre lo que preguntar. Ningún motivo para ser consolada. Era injusto que muchas mujeres fueran amadas aun siendo más feas, o más altas, que ella. Lo que ella daría por experimentar el amor, por tener una sola experiencia real, por muy caro que tuviera que pagarla.

Así pensaba ella.

3

2019

Pasan dos días y casi me olvido de la carta. Pero de pronto suena mi móvil. Al principio me enfado; tengo el móvil silenciado excepto para Oskar y algunas amistades contadas. Más que nada, para no tener que pasarme el día esperando llamadas que no entran. Pero se ve que también he fracasado en este propósito tan poco exigente. Un segundo después veo quién me manda el mensaje.

¡Querida Ebba!

Me llegó tu pregunta acerca de una carta que mandaron a mi columna hace un tiempo. Me he puesto en contacto con la remitente, Una que sueña, para preguntarle si podía pasarte sus datos de contacto. Te invita con mucho gusto a que la llames. Se llama Veronika Mörk y vive en la residencia de ancianos Tallgårdens, en Båstad. Le apetece mucho hablar contigo. ¡Espero que os vaya todo bien!

Un cálido saludo,

Monica Molnia

Veronika Mörk. Suena a personaje de novela.

Lo cierto es que llevo mucho tiempo alimentando el sueño de hacerme amiga de una mujer mayor. Una mujer inteligente y cálida que esté dispuesta a compartir conmigo su sabiduría, filtrada por una larga vida. A ser posible, alguien que pueda ver a través de mí y tomar algunas decisiones sensatas en mi lugar. Alguien a quien recurrir, de quien aprender. ¿Y si Veronika Mörk es esa mujer? La idea no me provoca ningún terremoto de alegría al instante, pero sí una suerte de temblor perceptible. ¿Distracción? ¿Esperanza? Son excelentes emociones a las que agarrarse cuando la alegría parece demasiado lejana.

Entre el desorden que reina en mi escritorio busco una carpeta con hojas de papel de lino para cartas que me compré un día en un mercadillo. Ya puestos, mejor hacer las cosas bien. ¿No suelen gustarles a las personas mayores las cartas escritas a mano? Bueno, ¿y a quién no? Saco la pluma Pelikan que me regaló Erik unas Navidades. Para asegurarme de que era la que quería, yo misma la había buscado en una página de subastas. La tinta se ha secado y está atascada (señales por todas partes), así que tengo que ponerla bajo el chorro de agua caliente hasta conseguir que corra de nuevo.

Luego me acomodo en el balcón con una copa de vino blanco y un cojín en el regazo como apoyo para escribir: «¡Estimada Veronika!».

Es importante que la carta tenga un carácter profesional, que emane seriedad. Aunque quizá «Estimada» suene demasiado afectado. Lo cambio por un hola normal y corriente.

> Monica Molnia, de la revista *Hogar de casa*, me ha pasado tu contacto. Me llamo Ebba Lindqvist y soy periodista. Estoy trabajando en un artículo que trata de relaciones que duran toda

una vida. Por casualidad, leí la carta que enviaste a *Hogar de casa* y quedé conmovida por tu relato, tanto por tu largo matrimonio como por tu amor de juventud.

Dejo la pluma. En el parque infantil del patio veo a un gato haciendo sus necesidades en el arenero mientras un niño pequeño se columpia impasible y a toda velocidad con su amigo en el columpio doble. Los sigo un rato con la mirada antes de seguir escribiendo. Quien ha tenido hijos pequeños alguna vez, nunca puede dejar de vigilar a los de los demás.

La idea es entrevistar a personas que hayan tenido una pareja durante largo tiempo. ¿Cómo cambian las expectativas del amor a lo largo de los años? ¿Cómo es una relación larga y feliz? ¿Qué compromisos hay que adquirir? ¿Cómo se gestionan los contratiempos? ¿Cambia el concepto que una tiene del amor al hacerse mayor? ¿Cómo es quedarse sola después de tanto tiempo? La forma en la que te expresas en tu carta me hace creer que podríamos mantener una interesante conversación que quizá les dé a nuestros lectores una idea de la visión que tu generación tiene del amor y el matrimonio.

Un pequeño halago siempre está bien. No hay nadie que pueda mantenerse totalmente impasible ante los cumplidos.

Dicho esto: ¿podría entrevistarte? Puedo acercarme a Båstad cuando tú me digas. Estoy disponible todo el verano.

¿Suena demasiado desesperado?

... y durante el verano tengo flexibilidad para ir a verte.

Anoto mi número de teléfono y mi dirección abajo de todo antes de meter la carta en un sobre forrado con papel de seda azul celeste. Por fuera escribo la dirección de envío esmerándome en la letra. Luego bajo en bici hasta el quiosco de la parada del autobús en vestido y sandalias, compro un sello y echo la carta al buzón.

Pasan unos días sin que me llegue ninguna respuesta. Luego recibo un largo mensaje de texto en el móvil. ¿Por qué he dado por hecho que una octogenaria no mandaba mensajes?

¡Hola, Ebba!

Qué alegría oír qué quieres, lo único es que temo decepcionarte. No sé qué podría contarte que pueda ser de interés. Lo más probable es que te haga hacer el viaje hasta aquí para nada, pero supongo que eso ya lo sabes. Si aun así quieres correr el riesgo, eres más que bienvenida. ¿Tienes pensado venir a pasar solo el día o necesitas algún sitio donde hospedarte? Aún quedan una pensión o dos en la ciudad (no la que llevaba mi madre, lamentablemente, ya la demolieron), pero tendrías que reservar.

Yo no puedo ofrecerte habitación porque vivo en una residencia en la que los invitados no pueden quedarse a dormir (en cambio, tenemos invernadero y taller de cerámica). Hazme saber cuándo vienes y si tengo que pensar en algo en concreto. Como te decía, no sé si te voy a poder ayudar, pero reconozco que me parece todo muy emocionante.

Un cálido saludo,

VERONIKA MÖRK

P. D.: ¿Hay alguna retribución?

Tienes que tener cuidado con lo que pides. Puede cumplirse. Resulta que ahora estoy obligada a ir hasta Båstad y escribir un artículo.

Lo cierto es que ya estuve allí una vez con motivo de un encargo que llevaba por título «Forja tu propio éxito». Tal como yo lo recuerdo, es un nido de niñatos pijos que beben champán y se pasean en polo y con el pelo engominado. ¿De verdad tengo fuerzas para esto? De pronto, el plan me supera. Pero, por otro lado, últimamente casi todo me supera. Incluso levantarme de la cama y vestirme. Abrochar botones que poco después tengo que volver a desabrochar, ¿para qué? Para no tener que lavar la ropa tan a menudo he empezado a usar las prendas varias veces antes de tirarlas al cesto de la ropa sucia. Incluso comer me parece que está sobrevalorado. Me digo que no ducharme cada día es un gesto favorable para evitar el cambio climático. Llevo tanto tiempo en modo pasivo que pensar en actividad se me hace raro.

La confusión es el primer paso hacia algo nuevo.

Una psicóloga que era invitada habitual en mi programa de radio decía que el ser humano estaba más cerca de su auténtica naturaleza cuando se rendía un poco, que en la confusión puede haber algo liberador que hace que las cosas se valoren de una manera más franca. Recuerdo que en aquel momento pensé que, desde luego, se puede ganar dinero con todo tipo de desgracias. Pero ahora mi situación es tan mala que hasta yo estoy dispuesta a depositar mi esperanza en una frase que bien podría aparecer escrita con una bonita caligrafía en una taza blanca. Los errores son puertas al descubrimiento, decía también. Puertas. Madre mía.

Me meto en el baño. Hay un enorme mechón de pelo en el sumidero. Según el médico, no es tan extraño que se te caiga el pelo después de una separación dolorosa. El shock tarda unos siete meses en alcanzar los folículos capilares, y entonces el pelo cae. Tomo vitamina B5, zinc y biotina, pero es posible que mis folículos bloqueen todos esos complementos nutricionales, porque no percibo ninguna mejoría. Mi pelo no deja de caerse.

Abro el armario de la limpieza y cojo un par de guantes de látex que se han acartonado con el tiempo. Luego saco la sosa cáustica y el detergente, me arrodillo y me pongo a ello. Intento recoger los resbaladizos mechones con papel higiénico. Son muchos. Demasiados días y semanas de culpa. De sufrimiento, de pena. De confusión.

Cuando termino con la bañera y ya he frotado bien todas las esquinas, paso a fregar la puerta y el asa de la nevera. Todo el mundo se olvida de limpiar las asas de los armarios. Las asas y las manillas acumulan las peores hordas de bacterias. Saco las bandejas con brusquedad y empiezo a enjuagarlas con agua caliente en el fregadero mientras les paso el cepillo, hasta que el vapor es tan denso en la cocina que me siento como si estuviera haciéndome un tratamiento facial. Ahora las impurezas ya pueden abandonar mi piel. Quizá todo mi ser.

Apenas me he mirado al espejo este último año. Solo algún vistazo fugaz a través del vaho de la ducha. Es como si no tuviera ánimos para ver mi aspecto actual, para ver si he cambiado de alguna manera. ¿Han hecho mella la tristeza y la conmoción en mi cara? ¿Se pueden ver en mis ojos, en mis arrugas? Son cosas que no quiero saber. En la vida no siempre tienes la entereza necesaria para mirarte a los ojos.

Me tomo dos vasos grandes de limonada fría y me cambio el jersey. El rastro de Erik sigue presente en el piso. Simplemente, no me he visto capaz de recoger sus cosas. El collar de conchas sobre la cómoda del dormitorio. El juego de hockey sobre hielo en la estantería. Calzoncillos y camisetas interiores olvidadas en los cajones. Un cable para el sintetizador. Son cosas sin importancia, pero el hecho de que las haya dejado ahí acumulando polvo refleja mi falta de voluntad de avanzar. Igual que un animal asustado, he permanecido inmóvil demasiado tiempo.

Es hora de dar un paso, en la dirección que sea.

4

1955

La pensión estaba situada en una ladera justo encima de la playa, protegida por arboledas de abetos que habían sido plantados para contener la arena. Al principio se consideraba que la zona no valía nada. Lo único de valor que había eran las algas que a veces arrojaban las olas a la playa en otoño. Los campesinos las empleaban para abonar los campos. Pero poco a poco la playa había comenzado a despertar el interés de los huéspedes que iban a tomar agua de manantial, descansar y respirar el aire puro del bosque. Ahora la playa, de cerca de diez kilómetros de largo, tenía un mayor atractivo turístico que los alrededores rurales.

La pensión había sido construida a finales del siglo XIX, al mismo tiempo que el ferrocarril. En la década de los treinta se había instalado agua corriente y se habían modernizado las habitaciones, pero en general todo seguía igual. En el salón comedor había parquet de roble en espiga. El mobiliario desgastado había sido fabricado en Dinamarca. De vez en cuando, se celebraba un sábado de baile con orquesta. La última vez lo había organizado Nisse, el del banco, que había reservado la casa para celebrar su cincuenta cumpleaños. Había contratado al Wickman Cocktail Quartet, y Veronika había servido canapés con su delantal almidonado.

El desayuno se servía entre las ocho y media y las diez. Para entonces tenía que tener preparadas gachas y huevo y pan cortado en rodajas. Tazas de café y bolsitas de té. Jarras de leche y zumo. Mantequilla y queso, y paté casero. Siempre lo mismo. Después del desayuno había que recogerlo todo y poner las mesas para la comida, que normalmente consistía en sopa o crema. A veces, panqueques al horno. Varios de los huéspedes pagaban pensión completa, que incluía tres comidas al día, y eran muy exigentes con los horarios.

En la pensión nunca se tiraba nada. Los muebles, la vajilla, las ollas, las perchas, la ropa de cama, los calzadores y los muebles de jardín eran los mismos que había cuando su madre se había hecho cargo del negocio. Antes de eso, su madre había trabajado en la cocina preparando los platos fríos, pero hacía seis años que había aceptado la oferta de asumir el contrato de arrendamiento. La pensión solo abría los tres meses de temporada, así que los seis meses de invierno aún vivían en el piso de Malmö, donde su madre hacía trabajos de costura o trabajaba de extra en la cocina del hotel Savoy. Le gustaban los cambios y variar de ambiente.

Los clientes habituales, en cambio, los detestaban. Todo debía estar exactamente igual que el año anterior. El paragüero de latón de la puerta de entrada siempre había estado allí, con los mismos paraguas negros. Las camas de hierro forjado también. Algunos colchones, que más bien parecían ya hamacas, habían sido reemplazados por otros nuevos de la misma marca. Las colchas blancas de punto crujían cuando las sacaban del letargo invernal. Las cortinas de encaje de color crema las había cosido la suegra del antiguo dueño.

Incluso los calcetines de lana que había en un cesto pintado de azul debajo del estante del recibidor eran los mismos cada año. Ni siquiera los lavaban, como mucho los ventilaban un poco. Había lo que había y no se podía cambiar así como así, eso sería tomarse las cosas demasiado a la ligera. Aquellos objetos representaban la resistencia y el valor de crear algo que perdurara en el tiempo. Si te ponías quisquilloso y empezabas a sustituir elementos, la experiencia acababa siendo otra. Había cosas con las que una podía ponerse de los nervios, pero reemplazarlas por otras más nuevas quedaba descartado. Aun así, el estilo de la pensión era llamativamente uniforme. Sencillo. Sin pretensiones. Funcional. Como si los objetos hubiesen renunciado a algunas de sus particularidades para encajar en el conjunto. Y su madre tenía la capacidad única de aportarle a todo un carácter hogareño y elegante. La comida estaba bien hecha. Eran meticulosas con la limpieza. Las sábanas se lavaban en agua hirviendo y las planchaba en frío la señorita Björk, que vivía un poco más abajo en la misma calle.

En la familia había varios empresarios con diferentes negocios, si bien todos muy modestos. Su tío importaba semillas para una gran empresa de flores y viajaba por todo el mundo para negociar precios y mantener viva la relación con los distintos fabricantes. Había estado en América y alababa sus cultivos refinados y las mazorcas de maíz del tamaño de una botella de soda. Su abuelo había tenido una lechería durante un tiempo. Aún recordaba el olor dulzón y a las señoras gordas con delantal y gorros blancos almidonados que servían la leche de los baldes que había detrás del mostrador. Tanto su abuelo como su tío ya habían muerto, pero ella y su madre se las habían apañado bien. En la vida no quedaba otra que seguir adelante. Si tú misma no sabías cómo, tenías que dejar que decidieran los que sabían más. La madre de Veronika la había apuntado a la escuela de labores domésticas de Malmö, empezaría en otoño; una formación de dos años que podía servirle de base para muchas cosas. Sin ir más lejos, para ejercer de madre y esposa.

Pero Veronika no sabía muy bien qué quería ser.

Ni siquiera sabía quién era.

Signe ya estaba levantada, cómo no, y estaba cociendo huevos y cortando pan en la cocina junto con Sölve, el chico para todo tan diligente con el que contaba la pensión. Era soltero y había sido huésped desde el primer momento, pero ahora echaba una mano en todo tipo de quehaceres. No era una lumbrera, pero sabía cambiar fusibles, arreglar los muebles del jardín y subir cajas de refrescos del sótano.

Signe hablaba sin parar, se hacía pesado escucharla mucho rato. Cuando salías de la cocina, ella seguía hablando, igual que una radio. En cuando se le acercaba alguien, se ponía en marcha, sin tener nunca en cuenta quién era la otra persona. Cuando paraba para coger aire, podías aprovechar para meter una frase, pero, si no, no merecía la pena siquiera intentarlo. En general hablaba siempre de lo mismo: de lo buena que era, de lo bien que le salía la sopa aunque no tuviera nada que echarle, de cómo aprovechaba el género sin tirar la mitad, como hacían otras cocineras, sin mencionar a nadie. Disfrutaba hablando, era su manera de hacerse justicia, oírse a sí misma soltar la retahíla de cosas para las que tenía buena mano. Unas manos, por cierto, pequeñas y gruesas, con todos los dedos igual de largos y siempre un poco extendidos, como preparados para agarrar una botella de leche o sacar un bizcocho del horno en cualquier momento.

La madre de Veronika nunca se estaba quieta y jamás se sentaba. Se quedaba de pie hasta para comer, pegada al fregadero para lavar y guardar el plato en cuanto terminaba el último bocado. No le gustaba sacar algo nuevo y bueno para ella, así que comía los restos directamente de las fuentes ya usadas. Así había menos que fregar, era más eficiente. Cepillarse el pelo y pintarse los labios lo hacía por el camino.

—Tiene demasiada prisa —decía Signe—. Tu madre tiene demasiada prisa.

Ese año esperaban a un huésped inusual, un estudiante de arte de una escuela de Gotemburgo. Había ganado una especie de concurso y ahora se iba a instalar en uno de los cuartos más pequeños de la primera planta durante tres semanas enteras. El rector de la escuela había llamado en persona para alquilar la habitación. Su madre le había pedido a Veronika que le echara un ojo aquel día. Se llamaba Bo y llegaría en el tren de las dos. Por lo general, los artistas no estaban entre sus huéspedes más habituales. No tenían dinero para vivir en una pensión, aunque ella había oído que a veces llegaban algunos desde Japón a un pueblo que quedaba a veinte o treinta kilómetros de allí, motivados solo por el granito negro, una piedra de grano fino muy anhelada por los escultores del mundo entero. Corrían rumores de que el mismísimo Empire State Building de Nueva York estaba parcialmente decorado con piedra proveniente de no muy lejos de allí. A Veronika el granito negro no le interesaba mucho. Las canteras eran sitios lúgubres. A ella solo le gustaba bañarse en el mar y frotarse a escondidas la cara con algas de color verde claro. Le dejaban la piel tan fina como la de una sirena.

El primero en bajar a desayunar siempre era Arvid, un señor que cada año alquilaba la misma habitación y a quien una vez Veronika había pillado sonándose la nariz con la cortina justo cuando pasaba por el jardín. Prefirió no decir nada y se limitó a descolgar la cortina y mandarla a la lavandería en cuanto Arvid se hubo marchado a casa. Era profesor de arqueología en la Universidad de Lund. Corría el rumor de que había excavado con el rey y de que era homosexual. Siempre llevaba trajes de lino claros y desgastados. Francie decía que los que realmente tenían formación académica siempre iban un poco desaliñados. Así era como los reconocías. Solo los nuevos ricos engreídos se preocupaban de guardar una apariencia impecable. En la pensión había de todo. Tasadores. Ingenieros. Profesoras. Licenciados. Representantes. Gerentes. De vez en cuando, una pareja joven de recién casados.

Veronika tenía un transistor que solía llevarse a un recoveco de la playa resguardado por los juncos. Podía captar emisoras extranjeras. También solía llevar un termo, algunas revistas y un paquete de galletas rellenas de crema de limón. Después de un rato dando cabezadas mientras intentaba leer alguna novela por entregas sobre médicos y enfermeras y casas señoriales, su mente se perdía en fantasías. Sueños vagos que trataban de lo carnal. Una excitación que no hallaba salida alguna. Solo había besado a dos chicos, al último en otoño, de camino a casa después de un baile en las cercanías, pero cuando ella se había apartado ante los intentos más atrevidos del chico, él le había espetado que estaba siendo infantil y se había marchado enfadado. A ella le habían salido moratones después, se sentía humillada y evitaba pensar en lo sucedido. Pero ahora un nuevo deseo había comenzado a surgir en su interior, un deseo que se abría paso como una melodía limpia y definida, y que era estrictamente suyo. Otros días se sentía inexplicablemente decepcionada y triste, como si ya estuviera cansada de todo lo que estaba por venir. Como si en algún plano ya hubiera pasado. Esos momentos le resultaban abrumadores. ¿Cómo tener fuerzas para vivir una vida entera?

La escuela de labores por lo menos mantendría a raya sus pensamientos sobre el futuro. Además, ¿qué otra cosa podía hacer? Le gustaba leer las descripciones de las prendas de moda y dibujar a las chicas que aparecían posando con tops ceñidos y faldas anchas, pero con eso difícilmente podría ganarse la vida.

No obstante, todavía era verano y, a pesar de todo, podía permitirse estar allí tumbada entrando y saliendo del duermevela con ayuda de las olas. Oyó una risa en la distancia y el silbato del tren. ¿Sería el de las dos? Pero luego se quedó dormida y ya no oyó nada más.

Cuando volvió a la pensión ya eran más de las cinco. En recepción se topó con Francie.

—Ya ha llegado el estudiante de Gotemburgo. Parece un poco raro —susurró bajando la voz.

—¿Raro por qué?

—Lleva chaqueta de cuero. ¡Con este calor!

—¿Dónde está?

—En la habitación. Seguro que baja a cenar.

Pero no lo hizo. El estudiante de Gotemburgo se quedó arriba. Por lo visto, solo había bajado un momento a recepción para preguntarle a Francie si había alguna bicicleta que pudiera usar. Ella le había dicho que podía coger una de las bicis de mujer que había en la caseta de la parte privada del terreno, junto a los contenedores de basura y el leñero. Todas las de caballero estaban pinchadas. ¿Pensaba ir en bici al estudio en el que iba a pasar los días? ¿En una bicicleta de señora? Por lo visto sí. Si venías de la gran ciudad, todo valía, podías saltarte las normas como si nada. Allí te atrevías a ser *tú mismo*, fuera lo que fuera lo que significara eso.

A las diez y media de la noche, Veronika aún no había logrado relajarse en su sofocante cuarto, por lo que decidió bajar a la sala común para buscar algo que leer. Varios de los huéspedes solían alargarse un poco allí después de la cena, echar alguna partida a las cartas y tomarse una copa de licor antes de retirarse cada uno a su habitación. Pero ese día estaba vacía.

Mientras rebuscaba en la estantería para ver si encontraba algún libro que aún no hubiese leído o algún crucigrama sin resolver, vio una chaqueta que había quedado colgada en la silla del secreter. Esta estaba retirada, como si alguien acabara de levantarse de ella. Era una chaqueta de cuero marrón con puños elásticos y forro reluciente. Veronika la levantó. La piel crujió suavemente y la prenda emanó un leve olor a tabaco y quizá a algo más. ¿A sudor en la zona de las axilas? Comenzó a rebuscar en los bolsillos —no podía estar segura de que la chaqueta perteneciera a quien ella creía— y encontró un billete de tren recortado de la estación central de Gotemburgo. Cogió la chaqueta y se acercó al espejo de cuerpo entero que había en el rincón. Fuera aún no estaba oscuro. Solo el fino velo de las noches de verano cubría el jardín.

En aquella penumbra, sobre todo si entornaba los ojos, Veronika no se veía tan mal. Ni tampoco tan alta, ya que no había nadie con quien compararse. Podía imitar a las chicas de las revistas solo bajando el mentón, abriendo los ojos de par en par, apoyando las manos en la cintura. Se subió el cuello de la chaqueta y se aproximó más al espejo. Ya estaba allí cuando ella y su madre cogieron la pensión. Estaba un poco sucio y el marco estaba descascarillado en varios sitios. Se recogió el pelo en una coleta y se miró de lado. El año anterior, un cliente le había dicho que era tal y como él se había imaginado a Kristin Lavransdotter, un personaje de una novela noruega. También tenía el pelo largo y rubio y unos ojos grandes y melancólicos. Veronika se había puesto triste con eso de los ojos melancólicos. Ella quería ser sencilla y alegre; ese era el ideal. ¿A quién le iba a gustar una chica sombría?

Levantó un poco la barbilla e hizo una mueca. Con un poco de esfuerzo, casi podía parecer otra persona. Era curioso. Como si el aspecto pudiera cambiarse solo con fuerza de voluntad. Además, las modelos eran altas. Tenían que serlo.

—Te queda bien.

Veronika dio un respingo al oír la repentina voz. No había oído entrar a nadie. A través del espejo vio que a su espalda había un hombre joven de pie. Era alto y de constitución delgada, pelo denso y repeinado hacia atrás. Llevaba un paquete de cigarrillos metido con descuido en el bolsillo del pecho. Veronika se quitó la chaqueta rápidamente.

—Perdón, solo quería probármela.

—Pruébatela. No me importa.

Tenía un aire un poco forzado y estudiado. Veronika pensó fríamente que seguro que muchas chicas de su clase lo veían guapo. Debía de ser agradable cumplir las expectativas.

—¿Tú eres Bo?

—¿Cómo lo has sabido?

—La pensión es de mi madre. Esperábamos a un estudiante hoy. No solemos tener huéspedes jóvenes.

Él le tendió una mano.

—¿Y tú te llamas...?

—Veronika.

—Veronika. —El joven asintió con la cabeza como si hubiese sabido todo el rato cómo se llamaba y solo lo hubiera olvidado por un breve instante.

Oyeron unos pasos quejumbrosos en el piso de arriba. Probablemente, la señora Cedergren se había levantado. Tenía problemas de insomnio y solía pasarse las noches paseándose por su habitación, jugando al solitario y bebiendo licor de cereza. A veces bajaba a la sala común en bata para cambiar un poco de aires.

—¿Tú también vives aquí, en la pensión? —Él la miró.

—Sí, justo debajo de ti. En el primer piso.

Se arrepintió al instante. Había sonado como si no tuviera nada mejor que hacer que cotillear exactamente qué habitación era la de él.

—Pues crucemos los dedos para que no ronque. En caso de

que las paredes sean finas, quiero decir. Espero que no haya ningún problema en que ponga música. Llevo conmigo mi gramófono de viaje. No sabía si me iba a aburrir mucho aquí y algo hay que hacer por las tardes.

Se sacó una cajetilla metálica de Chesterfield del bolsillo de la camisa.

—¿Quieres uno? —Le alargó la cajita.

—No, gracias. No fumo.

—Pensaba salir a tomar el aire. ¿Quieres acompañarme?

Bo abrió las puertas de la terraza, como si fuera él quien estuviera en su casa y no ella.

De pronto, Veronika fue totalmente consciente de su propio cuerpo, de todos y cada uno de los movimientos que hacía. Estiró levemente el cuello. ¿Por qué había hecho eso? ¿Acaso buscaba lucirse pese a considerar que él era un poco ridículo? Salieron. Desde la playa les llegaba el ruido del roce de los juncos. Le evocaba el sonido de diminutas máquinas de escribir o un cotilleo de insectos. A veces, a Veronika le daba por pensar cosas así de raras. No las compartía con nadie, eran ideas que la asustaban.

Bo se puso el cigarrillo en la boca, sacó una caja de cerillas, le prendió fuego a una y protegió la llama con las manos. Era un gesto elegante. Veronika solo lo había visto hacer en las películas y se había quedado maravillada. ¿No les daba miedo quemarse las manos? Ella le temía al fuego, incluso a las bengalas. Le tenía miedo a todo lo que no se podía controlar.

—Es bueno que no fumes. No te conviene. —Se la quedó mirando y echó rápidamente el humo por encima de su cabeza.

Ella se sintió extraña ante la idea de que él supiera lo que era bueno para ella. Que se tomara la libertad de decirlo.

—¿La playa queda por allí? —Señaló al frente con la barbilla.

—Sí. Hay un sendero que baja directo desde el otro lado de la calle.

—De donde yo vengo, no hay playas de arena. Solo de rocas. Me gustaría ver el mar de aquí. —Entornó pensativo los ojos en la penumbra y dio otra calada.

Veronika pensó, un tanto decepcionada, que era un poco ridículo *ver* el mar. No bañarse ni pasear por la orilla. Solo mirarlo. Nadie de la zona diría nunca algo así.

—A estas horas no hay mucho que ver —dijo ella escueta.

—A lo mejor para ti no. Por cierto, ¿cuántos años tienes?

—Diecisiete.

—Te echaba por lo menos veintidós. —Bo escupió una brizna de tabaco—. Yo tengo veintiuno, así que ya he visto lo mío —añadió, asintiendo convencido con la cabeza.

—He oído que has ganado un concurso, ¿de qué era? —Veronika pasó de apoyarse en un pie a hacerlo en el otro con la esperanza de hacerse un poco más bajita. Hundirse unos centímetros en la planta del pie.

—Es una beca. Voy a hacer una escultura. En Laholm tienen una importante partida presupuestaria y van a comprar un montón de obras de arte para la ciudad. Sobre todo de artistas famosos, pero también quieren algunos trabajos de estudiantes.

Se encogió de hombros.

—Así que llamaron a Valand, la escuela a la que voy, y decidieron darle una oportunidad a alguno de sus alumnos de último curso. Yo gané el concurso. Pagan tres semanas de alojamiento y manutención para terminar la escultura. Es un encargo bonito, un encargo de verdad. Incluso van a pagarme algo.

—¿Qué representa? Tu escultura.

Bo chupó el cigarro y arrugó la frente.

—Son dos figuras geométricas, un rectángulo y un triángulo se podría decir. La idea es que simbolicen al hombre y a la mujer. Él es el rectángulo y ella, el triángulo. Y se balancean en la punta. El triángulo está al revés. Como la... de las mujeres, ya sabes.

Tosió un poco. Ella miró para otro lado para que él no viera que se ruborizaba.

—Ya tengo el modelo hecho, pero ahora tengo que construirlo a escala real. Hugo Nording, el escultor, ¿lo conoces?

Ella negó en silencio.

—Me deja utilizar su taller. Se ve que queda muy cerca de aquí, en un lugar llamado Lyckan. ¿Sabes dónde es?

—Sí, claro.

—¿Queda lejos? Había pensado ir en bici.

—No mucho, como a un cuarto de hora. ¿Dónde van a poner la escultura cuando la hayas terminado?

—Aún no lo sé. Pero será en algún sitio destacado de Laholm. —Apagó la colilla en el cenicero.

—Suena muy interesante.

—Lo es.

Un denso olor floral recorrió la terraza. Ese año la celinda había crecido mucho. También la madreselva y las davidias y los rododendros. Veronika nunca había visto las plantas florecer de aquella manera. Nadie sabía a qué se debía. Probablemente al verano prolongado y al calor combinado con la humedad de la colina. El olor a flores podía llegar a ser asfixiante, sobre todo de noche.

Estuvieron un rato sin hablar. Resultaba especial estar así, uno cerca del otro en la oscuridad del verano, sin necesidad de decir nada y aun así atreviéndose a seguir allí de pie. Era una actitud adulta, de alguna manera. Muy significativa.

—Tu hermana me ha dicho que puedo coger prestada una bici.

—¿Te refieres a Francie? Es mi prima.

—Ah, ya, no os parecéis demasiado, la verdad. —Él la miró pensativo, como si acabara de descubrir algo nuevo, algo que ninguna otra persona había visto hasta entonces. Algo que Veronika sabía que tenía y que había estado esperando a que alguien más viera.

—Me ha dicho que están en una caseta.

—Sí, en esa de ahí. —Veronika señaló con el dedo.

—Genial. —Se metió las manos en los bolsillos.

Permanecieron largo rato en silencio. A su alrededor se oían los insectos nocturnos, el zumbido de algunas libélulas y mosquitos que pasaban volando y desaparecían. Allí casi nunca había mosquitos, la mayoría eran arrastrados por el viento mar adentro.

—Creo que me voy al sobre. Mañana tengo que madrugar.

Bo cogió la chaqueta de cuero de la barandilla y se encaminaron a la puerta de la terraza. Él la aguantó para que Veronika pasara y luego la cerró con cuidado.

—Sube y dame unos golpes en la puerta si ronco demasiado. No quiero arriesgarme a que no puedas dormir por las noches. —Le sonrió y siguió su camino en dirección a la escalera. Poco antes de desaparecer, se dio la vuelta e hizo un leve gesto con la mano. Ella le devolvió el saludo con torpeza. Luego pudo oír los pasos por la escalera y, por último, el lejano sonido de una puerta que se abría y se cerraba.

Veronika se quedó allí de pie con el corazón al galope.

Sus latidos sonaban más fuerte que las vías cuando llegaba el tren.

Estaba tumbada en la cama con la mirada fija en el techo. Ahora sí que no podía dormir. Un calor furtivo recorría todo su cuerpo. Seguro que se debía a que se había visto sorprendida en la sala común. Y a la conversación que había surgido. Sentía tanta excitación como miedo o pánico. Como si algo dentro de ella la estuviera advirtiendo. Permaneció inmóvil esperando a que remitiera, pero no ocurrió.

La habitación le parecía diferente ahora que sabía que él estaba justo encima. Como si él pudiera verla postrada en la cama, con las piernas tan juntas que sentía cosquillas entre los muslos. Veronika estaba bastante familiarizada con su sexualidad pese a ser virgen. Había aprendido a acariciarse hasta alcanzar el orgasmo, al principio con cuidado y solo por fuera; luego, hacía apenas un año y para su sorpresa, había logrado localizar su vagina. Siempre había creído que se metía hacia el centro del cuerpo, hacia dentro, pero cuando al final consiguió deslizar un dedo había descubierto que iba hacia arriba, hacia la barriga. Tardó un tiempo en asimilar el descubrimiento. No era lo que había imaginado. Había recurrido a un pasaje de una novela por entregas titulada *Chickie, humillación y reparación de una chica* para excitarse. Algunas frases habían calado en su memoria y Veronika podía recuperarlas y fantasear con ellas todas las veces que quisiera, antes de que dejaran de surtir efecto. Pero en ese momento no pensaba en ninguna de esas frases ni en ningún personaje de ficción de ninguna novela. En ese momento pensaba en él, en el estudiante de arriba. En Bo. No llegaba ningún ruido desde su cuarto. ¿Estaría durmiendo ya? Veronika no oía ningún ronquido. Le habría gustado hacerlo, así podría subirse a la mesa y golpear el techo. Tres toques largos y tres cortos. Como un código morse. Al final se levantó de la cama, abrió la ventana y asomó la cabeza para ver si él tenía la suya abierta. Sí, la tenía. Había una luz encendida, pero no se oía nada. Al menos ya sabía dónde estaba. Bo iba a pasarse lo que quedaba de agosto en la habitación que Veronika tenía encima. Con ese consuelo volvió a echarse en la cama.

Al final logró dormirse, pero para entonces ya había despuntado el día y el cielo tenía el mismo aspecto que la piel sensible y enrojecida por el sol.

5

2019

Siempre me ha gustado ir en tren. Sobre todo en los expresos o en esos viejos trenes interurbanos que todavía circulan en algunas líneas. Tenía muchas ganas de hacer el viaje en tren hasta Båstad. Sin embargo, resultó que tuve que hacer escala en Gotemburgo y cambiar a un tren regional de lo más aburrido. Tampoco había ningún tren interurbano que cubriera el trayecto. Solo X2000.

La última vez que fui al sur en tren, Erik y yo íbamos camino a Copenhague. En la bolsa del almuerzo llevábamos un queso danés que olía tan mal que tuvimos que encerrarnos en el lavabo y comérnoslo mientras el revisor aporreaba la puerta; nos reímos hasta que nos dolió el estómago. Me quito el doloroso recuerdo de la cabeza.

Los viajes en tren siempre son un poco una aventura. Quedas expuesta a la persona que se te sienta al lado. El chico que me toca de acompañante lleva una hilera de estrellas tatuadas a lo largo de la línea del pelo, como su propia interpretación de la

Vía Láctea. Gracias a Dios, no dice ni mu, está demasiado ocupado jugando al *Candy Crush* en el móvil. Apoyo la cabeza en el respaldo y miro la partida mientras él va colocando caramelos de colores en un puzle infernal que nunca se acaba y cuyo objetivo final no llegas a ver. Como una metáfora barata de la vida.

Estamos aquí sentados en una suerte de silencio común y apacible mientras los centros comerciales y los grandes almacenes van pasando a toda prisa al otro lado de la ventanilla. De vez en cuando aparece algún pobre núcleo urbano con un hotel que en su día debió de ser magnífico, pero que ahora resulta ridículo al lado de las edificaciones nuevas, muchísimo más grandes. Unas cuantas casas de trabajadores con la pintura desconchada titilan a nuestro paso. Una residencia de verano con torres y terrazas voladizas se yergue en la cima de una colina. La casa azul de misioneros azul con ventanas de media luna. Son pequeñas firmas de alguien que quiso dejar testimonio de su tiempo en la Tierra con una casa bonita. Como construirse un monumento conmemorativo. Alguien que esperaba que la posteridad apreciara el esfuerzo. Pero se equivocó. La posteridad ha enterrado las pruebas en cuanto ha podido.

Últimamente he deseado disponer yo misma de un poco de ese nada sentimental espíritu emprendedor. Vacía y olvida. ¡Sigue adelante! Pero en lugar de eso, me he quedado atrapada en el sofá, donde me he pasado horas, o bien mirando al vacío o llorando con vídeos de YouTube de animalitos que se hacen amigos desafiando los límites de su especie, o bien rascándome la barriga. Ni siquiera me he visto capaz de mantener el contacto con mis amigos y amigas, puesto que no he tenido ánimos para escuchar mi propia voz explicando que sigo encontrándome mal. Y menos aún para salir a tomar algo o comer por ahí. Me parece innecesario someter a alguien a mi compañía deprimente. Casi he convertido los berrinches en un pasatiempo. La sensación de quemazón de las lágrimas a punto de salir me resulta ahora tan familiar como la sensación de tener ganas de orinar.

Para frenar un nuevo ataque de llanto que, presiento, está a punto de estallar, me levanto de un brinco del asiento y me dirijo al vagón restaurante. Me quedo de pie delante de la nevera del autoservicio. Ensalada de pollo o de queso de cabra, esa es la cuestión. Antes siempre me resultaba muy fácil escoger. Opiniones, encargos, el bien y el mal, el plato del día. Nunca había espacio para la duda. Al contrario, antes miraba con desdén a la gente que titubeaba. ¿Cómo puede costar tanto decidirse? Los trozos de pollo parecen un poco más grandes que las rodajas de queso de cabra. Pero, por otro lado, la ensalada de pollo no lleva aguacate. El hombre que tengo detrás en la cola se aclara discretamente la garganta, por lo que al final cojo sin pensar la ensalada de queso de cabra y una cerveza de baja graduación, pago y me siento en una mesa sucia de la esquina mirando en el sentido en que se mueve el tren.

He reservado tres noches en la pensión Furuhem. Los honorarios de la revista no incluyen dietas, así que me toca pagarlo todo de mi bolsillo. En mi defensa, me digo que la expedición puede verse como un viaje combinado de trabajo y vacaciones. En cualquier caso, con tres días debería bastar. Por las tardes puedo pasear por la playa. Recoger alguna que otra concha. Quizá darme un chapuzón si el agua está lo bastante caliente.

Doy unos cuantos bocados de la ensalada y me arrepiento al instante de no haber cogido la de pollo. Le doy un trago a la cerveza, abro el ordenador y entro en la página de la residencia en la que vive Veronika.

> En Tallgården tenemos una biblioteca común y un salón con cocina para tomar café y hacer todo tipo de actividades. Todos los apartamentos están reformados y adaptados para sillas de ruedas, y disponen de baño. Como residente, tendrá relación directa con el administrador de los apartamentos y contará con la ayuda de asesores y trabajadores que se encargarán de ofrecerle el mejor servicio posible. Todos los apartamentos están provistos de un botón del pánico que le conecta con el personal las veinticuatro horas del día.

Botón del pánico. Debería ponerme uno. Alguien de manos calientes y mirada cálida que venga corriendo en cuanto me sienta insegura. Quizá incluso con una taza de leche humeante.

> Organizamos actividades comunes, como juegos de mesa, bingo, coro, café concierto o concursos de preguntas. También ofrecemos cenas en grupo y masajes de espalda con música clásica de fondo. Todas las fiestas se celebran con comida, música y entretenimiento.

Siento una punzada de envidia. ¿Qué edad hay que tener para poder mudarse allí? Yo tengo cuarenta y tres. Supongo que aún soy demasiado joven.

Paseo la mirada por las mesas blancas de plástico y los asientos de vinilo rojo.

En algún sitio leí que antes en los trenes había lo que se llamaba «anunciador de almuerzos», una persona contratada cuya única tarea consistía en darle a un gong para avisar de que la cena estaba servida. En mesas con manteles blancos y servilletas de tela. Me iría bien un anunciador de almuerzos de esos. Un botón del pánico. Una pista. Un objetivo. Un sentido.

Una vez, Erik me dijo que lo que más le gustaba de mí era que siempre sabía qué estaba haciendo. Tendría que verme ahora. «Ebba: la enérgica conferenciante que, con potentes herramientas, te ayuda a librarte de comportamientos irracionales, a marcarte objetivos inteligentes y a confiar en que todos los problemas se resuelven», tal como pone en mi página web, ahora ya no tan visitada como antes.

Me termino la cerveza y cierro los ojos.

Son las 16.45 cuando me bajo en la estación de Båstad. El asfalto del andén vibra por el calor. La estación es un coloso de nueva construcción en ladrillo rojo. Las ventanas son pequeñas y el aparcamiento está medio vacío. Cumple con todos los requisitos de accesibilidad y vigilancia. ¡AQUÍ EMPIEZA EL FUTURO!, me informa un cartel que han colgado de un andamio. Cojo mi maleta de ruedas y me dirijo rápidamente a la parada del bus. El centro queda demasiado lejos para ir a pie, pero por suerte el bus aún está allí. Al cabo de un rato, se pone en marcha conmigo como única pasajera. El conductor se vuelve hacia mí.

—¿Adónde quieres ir?

—Pensión Furuhem —le respondo.

—Entonces te dejo en la calle Stationsterrassen, el último tramo lo tendrás que hacer caminando.

Me siento en el sitio reservado para personas que padecen alguna discapacidad. Me parece lo más adecuado. A mí hoy me duele la cabeza, así que tengo la excusa perfecta. El conductor tiene puesta la radio, me parece que suena *Melodikrysset*, un concurso de preguntas sobre música, o algún otro programa anticuado. Los botes que da el autobús me atraviesan todo el cuerpo. Pasamos por delante de una tienda de jardinería y de varias ferreterías grandes. De vez en cuando veo mi propia imagen reflejada en el cristal antes de que me dé tiempo a apartar la mirada. Los pómulos marcados, he perdido mucho peso. La nariz que en su día Erik decía que invitaba a morderla se ha vuelto prominente; como una especie de lápida en un suelo árido. Hace una eternidad que no me corto el pelo. Me llega por los hombros y cuelga sin vida. Casi parezco otra persona, y casi mejor así. De alguna forma, no deja de ser reconfortante que mi aspecto esté acorde con cómo me siento.

Al final el autobús se detiene en el arcén y el conductor se vuelve para avisarme.

—Ya hemos llegado. Solo tienes que subir la cuesta y luego torcer a la izquierda y habrás llegado a Furuhem.

Le doy las gracias y me bajo en la parada. Las ruedas de la maleta chirrían mientras empiezo a subir la calle. A mi izquierda queda la antigua estación de tren, que aún conserva el letrero. Una enredadera y una mierda con espinas se han apoderado de partes de la fachada. Un pájaro canturrea desde uno de los frondosos matorrales. Ciento cincuenta metros más adelante debería estar la pensión según el mapa de mi teléfono. Sopla un viento racheado con olor a sal. Curiosamente, la calle está desierta pese a ser la primera semana de junio y hacer buen tiempo, pero a lo mejor es demasiado pronto para los turistas. En alguna parte me parece oír el sonido de un carillón de viento. Por lo demás, lo único que oigo son mis acúfenos.

En la mesita junto al sofá del rincón, detrás de recepción, hay algunos periódicos locales y revistas turísticas. Un expositor de folletos anunciando todo lo que puedes hacer en los alrededores ocupa una pared entera. «Cultura en Bjäre.» «Rutas de senderismo y en bicicleta.» En la otra pared hay un reloj de pie que tiene mal la hora. Probablemente, solo está ahí para crear ambiente. Me acerco al mostrador y hago sonar la campanilla. Una chica de unos veinte años, con el pelo rubio recogido en un moño y pestañas largas, sale de un cuarto contiguo. Me mira con altanería.

—Hola, tengo reservada una habitación —digo—. Dos noches. Ebba Lindqvist.

—Un segundo. —La chica se traga algo que tiene en la boca y empieza a hojear una libreta—. Nos está fallando el sistema informático, así que hemos tenido que buscar una solución provisional. Pero aquí están. —Golpea el papel con el dedo índice—. Han reservado ustedes una habitación con desayuno y cena de tres platos, ¿correcto?

—Así es —digo, tratando de adivinar si me está viendo duplicada o si se dirige en plural a todos los clientes.

—¿Quieren hospedarse en la parte vieja o en la nueva? No tenemos muchos huéspedes ahora mismo, así que pueden elegir habitación.

—¿Qué parte es más bonita? —pregunto.

La chica se encoge de hombros.

—Personalmente, me gustan más las habitaciones de aquí, del edificio principal. Están cerca del comedor y tienen un estilo un poco más anticuado, pero es cuestión de gustos.

—Pues me quedo con una del edificio principal —digo.

—¿La 103, quizá? Está justo aquí encima. En el primer piso.

—Suena bien —digo.

Me entrega una chapa de latón con una llave.

—El desayuno se sirve de siete a nueve. Hay sauna en el sótano. Solo tienen que avisarme si quieren que la ponga en marcha. Estaré aquí hasta las diez de la noche, pero la llave abre también la puerta de la calle, por si quieren salir. El menú de la semana está aquí. —La chica me pasa una hoja suelta con el dedo meñique elegantemente extendido en el aire—. Abrimos el comedor a las cinco. Muchos clientes prefieren cenar pronto.

—Ah.

Miro a mi alrededor. El pasillo está vacío, igual que el pequeño vestíbulo, donde dos butacas de cuero se miran la una a la otra.

—No duden en preguntarme si les surge cualquier duda.

—No, tranquila —digo—. Gracias.

Cargo la maleta por la estrecha escalera. En las paredes hay fotografías enmarcadas del viejo rey y un artículo que lleva por título «La semana de Kennedy en Båstad», con una imagen de John F. Kennedy y una rubia a contraluz. Me da tiempo de leer el pie de foto: «Gunilla von Post dice que Kennedy tiene unos ojos azules que brillan como si hubiera estrellas en ellos». Esa frase ya la he oído antes. Con muchas palabras diferentes. Sigo mi camino hasta el primer piso.

El pasillo está oscuro, pero por fin encuentro la puerta y abro con la llave. Nada de tarjetas de plástico que se pueden declarar en huelga en cualquier momento. El triunfo de lo sencillo. En la habitación hay dos camas con cabeceros antiguos de color gris. Del techo cuelga una araña de cristal un poco esquizofrénica al lado de una barra de focos que iluminan un óleo de un bodegón de frutas. Las cortinas son a rayas amarillas y azul marino, con flores de lis. Hay una mesa con un pequeño televisor. En la pared cuelga un espejo ovalado con marco blanco. A los pies de una de las camas, un baúl con almohadas y mantas extra. Es una habitación acogedora, no tengo ninguna queja. Entro en el cuarto de baño y miro a ver si hay algo que me pueda llevar. Nada. Solo un rollo extra de papel higiénico. Con dibujos, eso sí. La ducha es modesta, con alfombrilla azul de plástico y jabón Lux con dispensador. Me quito las zapatillas de deporte sin desatarlas, me siento en la cama y echo un vistazo a la carpetita marrón de bienvenida.

> La pensión Furuhem lleva atrayendo a los turistas desde 1932 y sigue haciéndolo hoy en día. En aquella época, eran las señoritas Ståhl y Olsson las que regentaban el negocio, e incluso daban cursos de repostería y de elaboración de centros de mesa.
>
> En sus anuncios prometían quince habitaciones soleadas, libres del polvo de la calle. Que la pensión se mantuviera libre de dicho polvo se debía a que en la época estival las calles de tierra de la zona se regaban dos veces al día.
>
> Todas las estancias están equipadas con wifi, televisor de pantalla planta, secador de pelo y hervidor de agua. En el comedor, hay café y pastas a disposición de los clientes las veinticuatro horas del día. Con buena comida, calidez y atención cuidamos a nuestros huéspedes de la mejor manera posible.
>
> Actualmente, Furuhem es la única pensión de Båstad que abre todo el año.
>
> P. D.: Llévese la llave de la habitación cuando salga. La recepción cierra por las noches.

Me acerco a la ventana. Desde aquí no se puede ver el mar, pero sí una casa blanca que se llama Bergliden y que parece una tarta de nata suiza. Me pregunto cómo sería la pensión que llevaba la madre de Veronika. Dónde estaba. Me imagino una galería acristalada con vistas a las dunas de arena, el suelo de parquet desgastado, quizá una sala de fumadores con palmeras en maceteros, el tictac de un reloj de pie. Juegos de cartas. Libros encuadernados en las estanterías. ¿Todavía existen sitios así? Tal vez debería comprarme una vieja pensión y empezar de cero. Si tan solo pudiera prescindir de los huéspedes... Pero de eso se trata. Hay que tener ánimos para relacionarse con otras personas.

Abro la puerta del balcón y salgo a un suelo de madera al que le ha dado mucho el sol. A la derecha veo el macizo de Hallandsåsen, empinado y verde, como una pared de vegetación exuberante. He leído que la protección que brinda el macizo combinada con la humedad del mar crean una especie de clima tropical justo aquí. No es que me importen demasiado las distintas zonas de cultivo en que se reparte Suecia, simplemente no puedo evitar acordarme de ese tipo de cosas. En cambio, otras mucho más relevantes caen en el olvido.

No voy a ver a Veronika hasta mañana por la mañana. Tengo por delante toda una tarde libre. A lo mejor bajo un rato a la playa antes de la cena. Me parece saludable, algo sensato que hacer. Cuando no sabes muy bien qué hacer contigo misma, no te queda más remedio que hacer lo que resulta más lógico.

Me pongo unas sandalias y cierro la puerta con llave.

Él llegó a la radio para hacer una sustitución como técnico de sonido. En cierta forma, yo ya lo conocía, al menos de manera indirecta. Lo había visto en varias portadas de discos, en programas de televisión y en pósteres en mi juventud, y una vez en directo en un concierto. Había leído y analizado sus letras y escuchado su voz rota durante los cortos e intensos años en los que él fue una estrella del pop más o menos famosa, de los que se pintaban los ojos, y yo, una adolescente sedienta de amor. Una combinación devastadoramente exitosa.

Desde entonces no le había dedicado ni un solo pensamiento, hasta que Lina me pilló en la cocina.

—Oye, se ve que Johan, lamentablemente, va a prolongar su baja una temporada, pero el lunes que viene entra un técnico de sonido nuevo. Ha trabajado algunos años en Norrland. Erik Erkils.

—¿Erik Erkils? ¿Erik *Erkils*? ¿El cantante? —Me quedé mirándola patidifusa con la jarra de café en la mano.

—¿Lo conoces?

—¿Que si lo conozco? Era fan de Kosmonauterna.

—La verdad es que no sabía que ahora trabajara de técnico de sonido, pero supongo que de algo tiene que vivir.

Lina se encogió de hombros.

—Las estrellas del pop, si no mueren jóvenes, terminan trabajando en la radio. ¿Te has dado cuenta? Sea como sea, se encargará principalmente de tu programa. Ha alquilado algo en las afueras de la ciudad hasta el verano. Después, crucemos los dedos para que vuelva Johan.

—¿Y dices que empieza este lunes?

—Eso mismo. Tendréis que compartir despacho. Lo siento, pero no hay ningún otro sitio donde meterlo. No te importa, ¿no? Así tendréis oportunidad de hacer equipo.

Lina dio media vuelta, pescó a otro compañero de trabajo y se metió en la salita de reuniones despidiéndose con la mano. Yo me quedé donde estaba. Erik Erkils. El ídolo de mi adolescencia. Un artista malhumorado y testarudo que había desaparecido del mapa después de una gira llena de escándalos, con rumores de habitaciones de hotel rotas y declaraciones del tipo «El caos es el aire que me da vida» o «Quiero despertarme solo y con resaca». En otras palabras, una persona que se había distanciado claramente de todo aquello a lo que yo había decidido darle valor en mi vida adulta.

Hacía casi veinticinco años que no oía hablar de él. Y ahora íbamos a trabajar juntos. A pesar de lo acostumbrada que estaba a mi programa de amor, mi corazón no pudo evitar dar un vuelco.

Llegó tarde a la reunión semanal. Abrió la puerta llevando chaqueta de cuero y los cordones desatados, algo resfriado y envuelto en olor a tráfico.

—Disculpad el retraso. Me ha costado encontrar aparcamiento para la moto. Soy Erik, el nuevo técnico de sonido.

Alzó la mano a modo de saludo. Yo había decidido que no me quedaría mirando para él fijamente, pero costaba contenerse. Se le notaba en la cara que había engordado un par de kilos, pero no llegaban a afectar al conjunto. El pelo, un poco más ralo que la última vez que lo vi, pero aún conservaba su color oscuro. Un paquete de cigarrillos asomaba del bolsillo del pecho de la camisa. En resumen, seguía siendo tal y como lo recordaba. Viejo pero molón, como habría dicho Oskar. Retiró la silla que estaba a mi lado y dejó caer su bolsa de tela sobre la mesa. No parecía contener nada más que unas llaves y una cartera.

—¿Puedo cogerla? —susurró, señalando mi servilleta.

Yo asentí muda.

Erik cogió la servilleta ya arrugada y se sonó larga y ruidosamente.

—La alergia —nos hizo saber con un susurro—. El fleo. —Sonrió como excusándose.

¿Fleo? ¿En serio? ¿Erik Erkils era alérgico al fleo? ¿Dónde demonios crecía eso si se podía saber? ¿Acaso era siquiera la época?

—Continuemos. Enseguida te presentaremos debidamente. —Lina, que llevaba la voz cantante en la reunión, lo saludó con cierto reproche.

Erik se tapó la mano con la boca, como un crío al que acababan de pillar diciendo una palabrota, y me hizo una mueca como avergonzado. Me había convertido en su aliada a pesar de no haber abierto la boca.

A lo largo de los años, me había cruzado con mi buena ración de famosos y a menudo me había quedado sorprendida y decepcionada al comprobar que, incluso los que de cara a la galería se veían más humildes y tímidos, en realidad eran descaradamente egocéntricos. Mi conclusión es que nadie que no quiera ser famoso llega a serlo. Por tanto, todos esos que salen en la prensa y en la televisión han peleado duro para llegar ahí, por muy desafectados y recién salidos de la cama que intenten parecer. Al menos, la mayoría. Pude sentir las vibraciones de una vida sin compromisos y despreocupada que me llegaba desde la silla de al lado, pero también había algo en Erik que me parecía humilde. Torpe. Íntimo. Sin duda se debía a que era mi viejo ídolo, o a que su ropa me transportaba a tiempos pasados. ¿Chaqueta de cuero? ¿Vaqueros con las rodillas rasgadas?

Pero había otra cosa, algo más misterioso. Estando allí sentada, de pronto se apoderó de mí la sensación de que aquella persona iba a cambiar mi vida. No sabía si para bien o para mal.

Solo que sería importante. Nunca he sido de las que creen en presagios, así que la sensación me puso nerviosa. Empezaron a temblarme las manos. La de Erik estaba apenas a unos centímetros de la mía, apoyada sobre la mesa de cualquier manera, con las uñas teñidas por la nicotina. Me quedé mirándola. Una ola de calor surgió en mi pecho y me recorrió todo el cuerpo. Notaba el pulso en las sienes.

A nuestro alrededor, la reunión continuó como si no hubiera pasado nada. Yo escuchaba comentarios sueltos sobre la escaleta y la ventilación, que nunca funcionaba. Mientras tanto, iba empujando con cuidado mi taza de café por la mesa para acercársela, sin mirarlo. Él no había tenido tiempo de pasar por la cocina para servirse una. Por el rabillo del ojo vi su mano estirarse y coger la taza, y, al hacerlo, su meñique rozó el mío y me dio una descarga eléctrica. Real. Se oyó un chispazo que hizo que todos los presentes se volvieran hacia mí.

—¿Querías añadir algo, Ebba?

Lina arqueó las cejas y me miró.

Yo negué con la cabeza.

Amor a primera vista. Había oído hablar de ello, pero nunca lo había experimentado.

Así fue como empezó todo.

Una descarga eléctrica que atravesó mi vida entera y la hizo estallar. Volar por los aires.

—¿Qué hombre adulto lleva chupa de cuero dentro de los sitios? —pregunté cuando llegué a casa y estábamos sentados a la mesa que Tom había puesto para cenar—. O sea, no se la ha quitado en toda la reunión.

—A lo mejor está de moda.

Tom dejó un estofado de lentejas y tofu sobre la mesa. Yo no tenía hambre. Me dolía la barriga.

—A las tres se ha tenido que ir al dentista. El primer día de trabajo —comenté—. Y encima huele a tabaco.

—Dale un chicle.

—A veces eres tan comprensivo que resulta provocador —dije.

—Yo no tengo que trabajar con él.

Tom se encogió de hombros y me pasó el cucharón. Me lo quedé mirando. El hombre al que había puesto de ejemplo en mis libros de autoayuda y de quien a menudo decía que no podría arreglármelas sin él.

Mi mejor amigo. Mi compañero de vida.

En aquella época yo estaba de moda y decoraba las portadas de las revistas de pasatiempos para las que ahora solo hago los crucigramas. Acababa de cumplir cuarenta, pero tenía las respuestas para todo. De vez en cuando, me iba lejos para dar una conferencia, hablar de mis libros o hacer un programa de *Laboratorio de amor* en directo. Había encontrado pronto mi nicho en el sector del *coaching* de parejas: resistencia y paciencia eran lo que había que tener en las relaciones. Teniendo en cuenta lo mucho que se complicaban las cosas para las parejas separadas y con hijos, más valía continuar con la relación y sacar lo mejor de la situación. ¡Miradnos a Tom y a mí! Nosotros dos no solo estábamos juntos, también habíamos aprendido el arte de pelearnos de manera constructiva y a darnos espacio el uno al otro. No siempre era divertido, pero, por otro lado, aburrirse tampoco era peligroso.

Decía que la gran pasión era un mito. Decía que las relaciones tenían que poder resistir a la impulsividad. Decía que el amor era algo que se construía entre los dos.

Pero los últimos años, en pleno éxito laboral, había tenido una sensación de vacío. Sentía que ya lo había vivido todo, que lo había visto todo, que ya estaba. ¿Qué me quedaba? ¿Eso era todo? Quizá fue esa sensación la que me hizo susceptible al caos. En el fondo estaba cansada de toda mi sensata sabiduría. De los ejemplos. De lo predecible. De saber cómo tenía que ser todo. Llevaba tanto tiempo mirando a los demás y a mí misma con lupa que me había olvidado de alejarme para así poder ver la imagen con un poco de distancia.

Cordones sin atar. Una bolsa de tela con las llaves de un piso de alquiler.

Esas dos imágenes siguieron persiguiéndome. También la palabra «fleo».

Y por la noche no pude dormir.

En el salón está sonando música clásica, algún concierto para piano a poco volumen. Un discreto pero suculento bufet de desayuno está dispuesto solo para mí. No hay rastro de ningún otro huésped. Ni del personal. Me sirvo un poco de yogur casero de manzana y canela y me siento junto a una ventana con mi libreta.

Tengo un puñado de preguntas anotadas para la reunión de hoy con Veronika: ¿Es posible separarte de la otra persona después de sesenta años juntos? ¿Qué significa «fusionarse»? ¿Hay partes del antiguo yo que desaparecen del todo? ¿Y podrían reaparecer ahora, después de la muerte del cónyuge? ¿Se enamoraron de otras personas durante el tiempo que estuvieron juntos? ¿Cómo lo gestionaron? ¿Cómo resolvían las discusiones de pareja? ¿Cómo mantuvieron vivo el amor durante más de medio siglo?

Cuando pongo rumbo a la residencia Tallgården, estoy extrañamente nerviosa. Años atrás nunca me pasaba. Cuando comencé mi carrera periodística como reportera de noticias en la radio local, solía ir de un encargo a otro con una pesada grabadora de la marca Nagra. Muchos de los reporteros padecían lesiones porque cargaban con el trasto en un solo hombro. Los viejos zorros tenían la espalda torcida, pero era una lesión laboral que infundía cierto respeto. De hecho, antaño había varios personajes duros en el mundillo. Uno de mis primeros jefes, un viejo corresponsal extranjero, solía empezar el día con un vaso de leche con aguardiente, puesto que, según declaraba él mismo, era bueno para el estómago. Ahora la gente se guarda su consumo de vino y sus pequeños infiernos privados para sí misma.

La grabadora del móvil sirve de sobra para hacer entrevistas; sin embargo yo aún prefiero tomar notas, aunque solo sea porque a menudo ayuda a que el entrevistado se relaje.

Paso por delante de un supermercado y de un puesto de comida tailandesa y luego continúo por una silenciosa calle de casas unifamiliares.

Hace calor y no sopla el aire. El sol ya aprieta. Hay un gato naranja durmiendo en una escalera. Algunas de las casas tienen antiguos espejitos colocados en el exterior de las ventanas, un poco separados de la fachada mediante un soporte para así poder controlar la calle desde el interior de la vivienda. Otras tienen encajes bordados colgando de los marcos para protegerse de miradas indiscretas. Todo parece vacío, deshabitado. Probablemente, solo son casas de veraneo de gente adinerada que vive en las grandes ciudades. Las figuritas decorativas de los alféizares son una mezcla heterogénea de cerámica artística, mensajes anónimos en letras blancas de madera y portavelas de plata.

Tallgården es un edificio moderno con balcones acristalados. El vestíbulo es oscuro, con suelo de linóleo de color gris brillante y techo bajo. En alguna parte se oye ruido de vajilla y de voces apagadas. A la izquierda hay una especie de sala de estar con ventanas que dan al jardín y dos sofás rojos. En uno hay alguien que se ha echado a descansar. En la tele están dando el pleno del Parlamento. Una chica está poniendo tazas en una mesa. CAMILLA, puedo leer en su plaquita.

—Disculpa. He venido a ver a Veronika Mörk —digo—. ¿Sabes en qué apartamento vive?

La chica me mira.

—¿Eres pariente suya?

—No, pero tengo concertada una cita con ella. Me llamo Ebba Lindqvist. Soy periodista, vengo a entrevistarla.

—Anda, no lo sabía. No suele tener demasiadas visitas, como no tiene hijos que la vengan a ver... —La chica saca un contundente manojo de llaves del bolsillo de atrás de su pantalón y señala el termo con la cabeza.

—Súbete dos tazas de café. Está recién hecho, a ella le gusta tomarse uno a esta hora. Pero no te olvides del azúcar. Y coge también algunas pastas. —Me pasa la caja de galletas de avena—. ¿Hace tanto calor fuera como aquí dentro?

—Sí —digo—. Más.

—El sistema de refrigeración está a punto de colapsar, no

estamos acostumbrados a este clima. Todo el mundo está sufriendo golpes de calor. A este ritmo, a mitad de verano ya todo habrá florecido y se habrá marchitado. Es una locura. Veronika vive en el tercer piso, ¿te lo he dicho? Ala izquierda. Verás su nombre en la puerta. Allí está el ascensor. —Camilla señala un ascensor de cristal del tamaño de un estudio pequeño—. De paso que vas, dile que el servicio de ayuda a domicilio se retrasará un poco con la comida, acaban de llamar. Hoy toca bacalao con salsa de huevo. —Me dice adiós con la cabeza y sigue preparando las mesas.

Sirvo dos tazas de café y las pongo en una bandeja junto con las galletas de avena, y luego me dirijo al ascensor. El suelo de linóleo se traga el sonido de mis pasos. El corazón me late con fuerza en el pecho.

La mujer que me abre la puerta no se parece en nada a la que yo me había imaginado. No está encorvada, tal como yo creía que estaba todo el mundo a partir de cierta edad. Al contrario, tiene la espalda recta como un palo y es alta. Más alta que yo. Por lo menos debe de medir uno ochenta. Un peinado paje de color gris plateado y con raya al lado enmarca un rostro con forma de corazón y pómulos altos. Una naricita afilada asoma entre los dos óvalos azul oscuro que tiene por ojos. El pintalabios es de color coral. La mujer tiene un aire frágil, como de pájaro, y al mismo tiempo afilado como un cuchillo. Como si tras la quebradiza cáscara se ocultara una gran fuerza de voluntad. Nunca dejará de sorprenderme lo mucho que pueden inspirar, en cuestión segundos, las pequeñas variaciones que la típica configuración nariz, ojos, boca puede llegar a ofrecer. Por ejemplo, puedo ver que la mujer que tengo delante es creativa, curiosa e inteligente. En una mano lleva un bastón. La otra me la tiende para saludarme.

—Hola, yo soy Ebba —saludo—. He traído un poco de café y unas pastas.

—Qué bien. Me olvidé de decirte cuál era mi piso, pero veo que has sabido encontrarlo de todos modos.

—Camilla me lo ha dicho —le explico, y entro en el oscuro recibidor.

—Sí, es la anfitriona, es la que gestiona la comunicación con los médicos y la asistencia a domicilio. Es bueno tener a alguien que lo haga.

—Me lo imagino. ¿Dónde dejo la bandeja?

—Ponla en la mesa que hay junto a la ventana, nos sentaremos allí. Últimamente me cuesta mucho levantarme del sofá, así que es mejor no sentarse.

Con un bonito gesto de la mano me invita a pasar al salón. Una cama regulable con barras laterales desmontables y un asa en una especie de brazo ocupa, junto con un andador, una de las paredes. Incluso la mesilla de noche parece venir de serie con la residencia. La parte derecha de la sala está amueblada con un estilo más personal. En el centro de la estancia hay un sobrio sofá de felpa gris con una mesita de centro redonda. En el alféizar hay macetas torneadas con plantas. Pegada a la ventana, una mesa de media luna de madera y dos sillas. A lo largo de la otra pared hay una estantería llena de libros y esculturas de cerámica, y en el rincón, una cómoda oscura incrustada. Hace un calor terrible. Parece que no haya oxígeno en el aire, como si este llevara demasiado tiempo encerrado entre aquellas paredes.

—¿Acabas de llegar en el tren?

—No, llegué ayer por la tarde.

—¿Dónde has dormido?

—Pensión Furuhem —digo, y dejo la bandeja sobre la mesa.

—Furuhem, claro, ellos todavía tienen abierto. ¡Siéntate!

Me acomodo en la silla de madera y saco discretamente la libreta. En el asiento hay un almohadón de piel de lana de oveja negra.

Veronika se sienta con cuidado en la otra silla y se arregla la rebeca. Debajo viste una blusa blanca. Lleva una cadenita de plata alrededor del pecoso cuello.

—He estado un poco nerviosa por tu visita. No tengo claro si podré aportar nada de valor, no sé si tengo gran cosa que contar. Tendrás que contentarte con lo que haya.

—Desde luego —respondo, y asiento con la cabeza para tranquilizarla—. Tienes un piso muy agradable. ¿Cuánto tiempo llevas viviendo aquí?

—Pues..., ¿cuánto puede hacer...? Creo que pronto hará dos años, si no me equivoco. Mi marido, Uno, murió poco antes de que me mudara. No quería seguir viviendo sola en la casa, sin él, después del ictus. Tengo algunas dificultades para mover la parte derecha del cuerpo, por eso llevo el bastón. Así que fue una suerte que pudiera vender la casa a tiempo y que surgiera esta oportunidad. El sitio está muy solicitado. Es difícil que te cojan.

Se estira para coger la taza de café. Yo la miro mientras ella se echa tres terrones de azúcar con movimientos metódicos y remueve con la cucharilla.

—¿Estás a gusto aquí? —le pregunto.

—¡Uy, sí! Está todo tan bien organizado... Siempre hay alguien con quien hablar si te apetece, aunque en esta época del año acostumbro a comer sola en el balcón. Tengo buenas vistas al jardín. Lo malo es que ahora hay mucho polen. —Sopla un poco el café. La superficie se pliega como el agua del mar con el viento.

—Parece una ciudad bonita por lo poco que he visto —digo halagüeña.

—Sí, las zonas verdes siguen siendo maravillosas. Por lo demás, Båstad se ha hecho famosa por haber derribado todos los edificios antiguos y bonitos que había, entre ellos los de Malen, donde estaba la pensión de mi madre. En Mölle han conservado algunos más. Y luego están esos fanáticos de la pelota, los tenistas. Pero diría que aún no han invadido la ciudad, ¿verdad?

—Yo no he visto a ninguno —confirmo.

—Aún no ha empezado la temporada. Pero cuando ellos llegan, los precios se disparan en todas partes.

Se toquetea nerviosa la cadena de plata.

Yo cojo una galleta de avena y le doy un mordisco a la crujiente capa exterior. Tiene un sabor azucarado y familiar, como a infancia.

—También tenemos nuestro propio taller de cerámica en el sótano, ¿te lo he dicho? Solo somos dos señoras y yo las que solemos usarlo. Tenemos un horno y un torno automático, muy lujoso todo. En Pascua vino a vernos una mujer que hace *raku*, cerámica japonesa. Hasta se trajo un horno para exterior para cocer la cerámica.

—¿Siempre has hecho cerámica? —le pregunto.

—Nunca. Lo había pensado muchas veces, pero hasta ahora se había quedado en nada. Ironías de la vida: hasta que no estás coja y tullida no te pones las pilas. —Veronika niega con la cabeza.

—Más vale tarde que nunca —digo, y me arrepiento en el

acto. Siento que llevo el último año manteniéndome en pie a base de clichés de ese tipo. O, mejor dicho: toda mi vida laboral. Doy un trago al café. Es suave. Más bien parece agua teñida.

—También es bueno para la psicomotricidad. Te tonifica todo el cuerpo. Las abdominales tienen que trabajar duro cuando usas el torno, te lo puedo asegurar.

Limpia una miga de galleta de la mesa y deja la mano reposar un rato. Durante un breve instante, no logro distinguir entre las venas de la madera y las de su mano. Ambas superficies están desgastadas y ajadas. Madera que ha vivido lo suyo.

—Dime otra vez de qué trataba tu artículo. —Arruga la frente y se queda mirándome.

—Relaciones largas de pareja. Pasar toda una vida juntos y conseguir que funcione. No solo que funcione: sentirse bien, prosperar, disfrutar de la convivencia. Cosas así —digo.

—Ah, sí, eso. —Se queda callada.

En la pared hay un reloj de péndulo que emite un tictac igual de paciente que obstinado. A mí nunca me han gustado los relojes que hacen ruido. Son un recuerdo innecesario de la transitoriedad de las cosas. Aprieto varias veces el botón del bolígrafo.

—¿Qué tal era? Tu marido —pregunto.

—¿Uno? Estaba bien.

Me quedo esperando una continuación, pero no llega. Por la ventana entreabierta se oye el crujido de zapatos pisando un camino de gravilla. En alguna parte ladra un perro.

—¿Dónde os conocisteis? —Tomo un poco más de café, más que nada por disimular.

—En la sala de baile Nylid. Ya no existe, pero cuando éramos jóvenes era muy popular. Era el baile de las damas, se llamaba así porque éramos nosotras las que teníamos que invitar a los chicos. Todas mis amigas le habían echado el ojo a alguno, pero yo no sabía qué hacer. Al final le pregunté al que tenía justo al lado. Era Uno. Me dijo que sí. Llevaba unos zapatos de color amarillo y negro, me acuerdo. Me pasé casi todo el tiempo mirándolos.

Se pasa una mano por el pelo.

—En realidad, yo no quería estar allí, ¿sabes? Me veía tan alta... Casi siempre me limitaba a aguantarles el bolso a las otras chicas. Era más como un armario ambulante, un complemento perfecto. —Sonríe un poco. Puedo ver que el lado derecho de su boca no sigue al izquierdo, parece pertenecer a otra cara, una más seria.

—Sesenta años son muchos años de matrimonio —digo.

—Pasaron bastante rápido. —Veronika me mira. Sus ojos son claros como el agua. Dos estanques olvidados bajo unos párpados arrugados y bordeados de nácar—. Probablemente, era más fácil conocer a alguien entonces que ahora. No había mucho donde elegir. No había tantas exigencias para que todo encajara. Y, a decir verdad, yo nunca tuve muchas esperanzas de ser feliz. Así que fue una grata sorpresa.

—¿Por qué no contabas con ser feliz? —Me inclino interesada sobre la mesa.

—Solo era un sentimiento que tenía. —Encoge un solo hombro—. Que estaba predestinada a ser infeliz. No sé si soy la única a la que le ha pasado. A lo mejor son cosas que sientes cuando eres joven. Pero me parece que no es el tipo de respuestas que quieres para tus preguntas, ¿no?

—Me parece interesante —digo.

—No sé qué decirte. —Dobla el cuello para enfatizar sus dudas—. Por cierto, ¿cómo me dijiste que habías dado conmigo?

—La carta al editor, la que mandaste a la revista —le recuerdo—. ¿Para la médium?

—Ah, sí. Ya me acuerdo. Aquí están suscritos a tantas revistas que cuesta tenerlas todas controladas. Creo que la escribí en un arrebato, no lo pensé demasiado. Además, ya ha pasado tiempo de eso, por lo menos un año, me atrevería a decir.

Mira la mesa. Un rubor sonrosado se ha extendido por su cuello.

—De noche es fácil imaginarse cosas —añade—. Soy de esas que se activan por las noches, siempre lo he sido, pero hasta ahora no me lo había permitido. Suelo pasearme por aquí, por casa, escuchando la radio y entreteniéndome con cositas hasta altas horas de la madrugada. Pienso. Resuelvo crucigramas.

Esta última confesión me hace dar un respingo y me entran ganas de preguntarle si conoce *Crucigramas con nostalgia*, pero me contengo.

—Es una suerte no tener que levantarse por las mañanas, es casi lo mejor de no tener que trabajar. Uno era un hombre madrugador, así que, cuando vivíamos juntos, siempre era su ritmo de vida el que prevalecía. Entonces tuve que rendirme. En eso consiste la pareja.

—¿En rendirse?

—Sí, en ceder. Aparcar un poco tu propia voluntad. Es más fácil cuando eres joven, ahora ya estoy de vuelta de todo eso. —Se ciñe la rebeca pese al calor que hace aquí dentro.

—¿Cómo se consigue vivir felizmente con otra persona durante sesenta años? —pregunto—. Creo que todos nuestros lectores sienten curiosidad al respecto.

Veronika se estira para coger una galleta y la mastica pensativa.

—No hay que hablar demasiado; que cada uno se ocupe de sus propias tribulaciones.

—¿No hay que hablar?

—No demasiado. No vale la pena. Solo desgasta.

Me la quedo mirando perpleja.

—Entonces, ¿qué hay que hacer según tú?

—Ocuparse en quehaceres tangibles. Proyectos. Trabajábamos juntos, Uno y yo. Primero en la pensión de mi madre y luego en el motel que Esso abrió a las afueras de Helsingborg. Uno comenzó de vigilante nocturno y yo me ocupaba de pagar los salarios. Siempre teníamos cuestiones prácticas con las que lidiar. También con el jardín de casa. Nos iba bien.

—¿En qué año os casasteis?

—Tendrás que mirar en el reverso de la foto de bodas. Ahí lo pone. —Veronika me señala la estantería—. Después del ictus me cuesta un poco recordar las fechas, pero debió de ser en el año cincuenta y nueve o así. Después nos instalamos allí.

—¿En dónde?

—Calle Apelgatan. Pero la planchadora de rodillo iba dura, desde luego que sí.

No hago demasiado caso a la singular respuesta. Veronika mira por la ventana mientras mordisquea la galleta. El polen ha dibujado rayas en el cristal. Un cristal grueso, pensado para impedir la entrada tanto del frío como del calor. Nada de pestillos baratos, sino mecanismos de cierre sólidos. En los matorrales que hay al otro lado se oye el canto monótono de un pájaro.

—¿Cuántos años seguisteis llevando la pensión de tu madre? —pregunto en un intento de reconducir de nuevo la conversación.

—Tiramos la toalla a principios de los años setenta. Cuando

surgieron el turismo en coche y los vuelos chárter resultó demasiado difícil. La pensión no podía competir con los precios y la gente empezó a preferir lo impersonal y lo caro, supongo que les parecía más sofisticado.

Se suena con un trozo de papel de cocina de un rollo que hay sobre la mesa.

—En la pensión éramos como una gran familia. Los clientes habituales se conocían, durante las comidas y las cenas todos hablaban con todos. La verdad es que es una idea muy moderna, sobre todo hoy en día, cuando tanta gente está tan sola. Después de la cena, se juntaban en la sala común para jugar a las cartas y escuchar discos o la radio. Los niños también, todo el mundo participaba. Teníamos un pequeño bar donde los clientes podían servirse solos, dejaban el dinero en un tarro que había en el mostrador.

—Suena encantador —digo.

—Sí, era muy diferente del hotel en el que trabajamos luego. Allí estaban orgullosos de haber conseguido construir setenta habitaciones exactamente iguales. Parecía un cuartel para reclutas. Pero claro, también disponía de todas las comodidades. Televisor y minibar en cada habitación, así que no había ninguna necesidad de ir a los espacios comunes. En el comedor todo era de acero inoxidable. Consideraba demasiado pesadas las fuentes de plata para servir.

Toca varias veces con los nudillos en la mesa.

—Luego, otra cadena más grande compró el hotel; estoy intentando acordarme de cómo se llamaba, pero se me ha ido del todo. Hay cosas que se borran y ya está. Ahora mi mente hace un poco lo que le da la gana, pero normalmente me acaba viniendo. —Agita irritada la cabeza.

—No te preocupes, a mí me pasa lo mismo —digo para quitarle hierro al asunto—. Me olvido de las cosas todo el rato. Pero ¿cómo era trabajar y vivir con tu marido?

—Pues estaba bien. Ningún problema. —Levanta la taza de la mesa con las dos manos y da un cuidadoso trago.

—¿Nunca discutíais?

—No que yo recuerde. Muy de vez en cuando.

—Pero, cuando opinabais diferente, ¿qué hacíais entonces?

—Pues uno de los dos terminaba decidiendo, supongo. —Se aparta con cuidado un mechón de pelo de la frente y me mira fijamente.

De pronto no tengo la menor idea de cómo continuar la conversación, así que intento ganar tiempo paseando la mirada por la sala. El empapelado de las paredes tiene un discreto motivo floral. En la mesilla de noche hay una gran concha con el interior rosado. Me da la sensación de que puedo oír su murmullo desde donde estoy sentada. Seguramente solo son mis acúfenos lo que oigo. A veces es como un pitido agudo; a veces, como un silbido. En cualquier caso, prefiero el sonido del mar antes que el aullido persistente al que he intentado acostumbrarme a base de hacer terapia con Joar.

En el pasillo alguien cierra una puerta y unos pasos se alejan. Cojo carrerilla.

—¿Qué es lo que más te gustaba de Uno? ¿Alguna particularidad en concreto?

Veronika cierra los ojos y parece sumirse en sus pensamientos.

—Tenía una forma agradable de estar callado —dijo al final.

Me la quedo mirando sin entender.

—¿Era bueno callando?

—Es un arte, el saber estar callado de manera que otras personas se sientan cómodas. Cuando vives mucho tiempo con alguien, hay muchos momentos de silencio. Es importante sentirse a gusto en esos momentos.

—Nunca había pensado en ello —reconozco—. ¿Algo más aparte de que Uno era bueno guardando silencio?

—Solíamos divertirnos juntos, con pequeñas tonterías.

—¿Recuerdas alguna?

—A bote pronto no. Tendría que pensarlo un poco.

Toma otro trago de café. A falta de algo mejor, sigo su ejemplo. De pronto mi cerebro parece haberse vaciado de un soplido, pero aun así hay algo en la estancia que me mantiene relajada. Aquí dentro todos los sonidos parecen amortiguados, como si hubiesen sido tragados por una pared insonorizada. Un pájaro se ha posado en la barandilla del balcón y parece espiarnos.

—Tienes un visitante —digo, señalando fuera con la barbilla.

—Sí, a veces viene. Le doy de esto. —Veronika levanta una galleta de avena—. Come directamente de mi mano. Pero hoy ya le he dado su ración. No puede engordar demasiado. No podría volar.

—No, claro —confirmo.

—¿Tú tienes animales?

—Teníamos un gato, mi exmarido y yo, pero murió.

—Ya veo...

Veronika asiente con la cabeza.

Cojo otra galleta. Me cuesta entablar de nuevo una conversación con un mínimo de sentido. Sin duda, la entrevista se ha diluido. «Bueno callando», anoto en la libreta para tener algo que hacer.

Podría añadir algunas frases sobre mí misma que encajarían bien en el expediente de Joar:

«Abrirse al mundo, bien. Intenta trabajar, señal de salud.» En la columna de cosas negativas estaría lo descabellado de ir a buscar a una persona que ha escrito una carta a una revista. Un claro indicio de delirios de grandeza. Una señal evidente de alarma. Un acto impulsivo no reflexionado.

—¿No tuvisteis hijos? —pregunto con cuidado. El tema hijos siempre es delicado.

—No. Salió así. Lo estuvimos intentando un tiempo, pero, lamentablemente, no funcionó. Procuramos pensar en otras cosas. No puedes tenerlo todo en la vida. He tenido otros críos a mi alrededor. Los de mis amigas y los de los huéspedes. —Veronika frunce la boca.

—¿Qué dirías tú que es lo más importante para mantener viva la llama del amor? —pregunto—. ¿Tienes algún consejo?

—¿Qué quieres decir?

—Bueno, ¿salíais a comer fuera de vez en cuando o qué hacíais? —Hago un intento de esbozar una sonrisa que despierte su confianza. Hubo un tiempo en que se me daba bien.

—¿Salir a comer? No, ya teníamos comida en casa. A veces dábamos un paseo por la tarde. Por el barrio. O íbamos a la estación si teníamos que mandar alguna carta. Vaciaban el buzón muy tarde.

«Paseos de tarde», anoto. La conversación empieza a parecerme un poco cómica. El sudor me corre por las axilas y ya tengo manchas en el vestido. Veronika se pasa la mano por la frente.

—¿Te importaría ir a buscarme un poco de agua al lavabo? Hace tanto calor...

—Por supuesto.

Me levanto y me dirijo al cuarto de baño del recibidor. El

suelo está cubierto de una alfombra rosa de plástico a juego con el papel hidrófugo de las paredes. Los baños de la gente mayor siempre me han dado cierto respeto. Suelen oler raro y me da miedo encontrarme una dentadura postiza o algo que pueda recordarme el destino final. Pero este huele bien, mentolado. Lleno un vaso con agua mientras miro el toallero, donde hay una bolsita aromática de lavanda colgada junto a un cepillo con mango de madera. De pronto me viene a la memoria el cuarto de baño de mi abuela, con pastillas de jabón en latas de estaño que olían a naranja y desinfectante Salubrin en grandes botellas de cristal. Me parece de otra época, lo cual debe de significar que yo también me estoy haciendo mayor. Me inclino sobre el lavabo y me enjuago la cara con agua fría para despejarme un poco. Cuando vuelvo a la sala, Veronika ha cerrado los ojos y se ha quedado inmóvil con las manos en el regazo. Carraspeo y le ofrezco el vaso de agua, pero ella ni se inmuta. Por un momento, entro en pánico. ¿Y si se ha muerto en plena entrevista? ¿Y si le ha dado otro ictus? Solo me faltaba eso.

—¿Veronika? —La toco suavemente en el hombro y ella da un respingo.

—¿Qué pasa? —Me mira adormecida.

—Solo te has quedado dormida. Estábamos haciendo la entrevista.

—Sí, ya me acuerdo. —Se estira bruscamente para coger el vaso, da varios tragos y lo deja en la mesa—. Todavía sueño con él por las noches, no sé por qué. A lo mejor es por el calor. Aquel verano también fue muy caluroso. Teníamos problemas con las abejas, estaban por todas partes. Este año no he visto ni una sola. De hecho, no he visto insectos de ningún tipo. Las flores apenas tienen tiempo de asomar la nariz y ya vienen los del ayuntamiento a cortarlas; no se han enterado de que las plantas tienen que echar flor para hacer semilla, que es lo que necesitan para reproducirse. Si los insectos no tienen dónde comer, ¿cómo van a sobrevivir? ¡Deberías escribir sobre eso! —Me mira atolondrada.

—Estoy de acuerdo en que es un tema importante —digo.

—La gente se preocupa de lo que no toca, ese es el problema.

Niega enfadada con la cabeza.

—¿Qué sueñas? —le pregunto—. Has dicho que sueñas con él.

—Es curioso lo que una recuerda y lo que no. A veces me quedaba sentada mirándole las manos y pensando «Dios, qué manos más bonitas». Y cuando nos tumbábamos en la playa, a él le daba por echarme arena en las piernas. En los hombres, las manos son importantes. Puedes leer muchas cosas en sus manos.

Empiezo a tomar nota, agradecida. Más citas de ese tipo y habré terminado el artículo esta misma tarde.

—Hay personas que piensan que te enamoras de quien te aporta aquello que te falta; otras dicen que solo se enamoran de personas que son iguales que ellas. Yo creo que existe una tercera posibilidad. Una afinidad. Algo que el cuerpo y el alma presienten, pero el cerebro no. Algo que no puedes controlar. Algo casi físico. ¡Y tenía oído para la música, vaya si lo tenía! Se llevaba su propio gramófono y sus discos.

—¿Cuándo os ibais de viaje?

—Cuando él se iba de viaje, sí. ¿Te he dicho que una vez me retrató?

—No.

—¿Quieres ver el dibujo?

—Me encantaría.

Veronika se levanta con dificultad y se acerca a la cómoda de madera oscura. Del primer cajón saca una carpeta jaspeada, le quita la goma amarillenta de las esquinas y la abre lentamente.

—No me gusta tenerla fuera porque los colores se estropean con el sol. Es una acuarela, ¿sabes? Prefiero guardarla en el cajón.

Me pasa un dibujo con sumo cuidado. Una chica está sentada en el alféizar de una ventana. Tiene la cara ladeada y se protege los ojos con la mano, como si tratara de ver algo que hay fuera. Su vestido es azul, con escote cuadrado; la parte de la falda es holgada y plisada. La luz del dibujo irradia el calor del verano.

—Qué bonito —digo—. ¿Dedicaba mucho tiempo a dibujar?

—Pues claro. Era artista. —Veronika me mira sorprendida.

—Pensaba que trabajaba en un hotel.

—¿Quién?

—Tu marido, Uno.

—¿Por qué metes a Uno en esto? —Frunce la frente en gesto perplejo.

—Pensaba que era de él de quien estabas hablando —digo—. Entonces, ¿a quién te refieres?

—¡Pues a Bo! —Me quita el dibujo, lo vuelve a meter en la carpeta y cierra el cajón con un golpe. En sus mejillas han aparecido dos grandes manchas rojas.

—Solo pensaba... —digo sin atinar—. ¿Quién es Bo?

—Bo Bix. Se hospedaba en la pensión, era estudiante de arte en una escuela de Gotemburgo y pasó el verano con nosotros. Le habían concedido una beca. —Veronika vuelve a alejarse, va hasta la mesa de la cocina.

—¿Era él a quien te referías en la carta que mandaste a la revista? —pregunto—. ¿Tu amor de juventud?

Ella asiente con la cabeza.

—Dijiste que os separasteis en circunstancias dramáticas —digo—. ¿Te puedo preguntar cuáles eran esas circunstancias?

Sé que esto no tiene nada que ver con el artículo, pero no puedo evitarlo.

Ella me mira unos segundos sin decir nada.

—Nos fugamos.

—¿Os fugasteis? ¿Adónde?

Ella se inclina hacia delante.

—¿Para qué revista dices que trabajas?

—Vengo de la *Magasin Quinna*. Soy periodista.

—Eso ya lo sé, solo quería saber en nombre de quién venías. ¿Y esto tiene que tratar sobre mí?

—Sobre ti y Uno. De cómo se mantiene viva la llama del amor durante sesenta años.

—O sea, que Bo no pinta nada.

—No —reconozco.

—Entonces, a lo mejor deberíamos centrarnos en el tema.

Se reclina y entrelaza las manos sobre la mesa.

—Tendrás que disculparme, pero esta noche he dormido muy mal. En realidad debería echarme un rato a descansar. No puedo con este calor. ¿No podrías volver mañana mejor?

—Sí, puedo venir mañana —digo alicaída—. ¿A qué hora te parece bien?

—Ven a las once, así me habrá dado tiempo a desayunar con calma. No soy muy de madrugar.

—Perfecto —digo.

—¿Sabes salir tú sola?

Le digo que sí con la cabeza y me guardo la libreta en el bolso.

6

1955

Francie era una chica singular, parecía considerarse lo suficientemente buena. Y no solo eso. Estaba convencida de sus capacidades y destrezas de una manera que Veronika nunca había visto en una chica. También era cierto que Francie era cinco años mayor que ella, veintidós, y esos años de diferencia eran toda una vida. Era imposible ser la misma con diecisiete que con veintidós.

Por lo demás, la manera más habitual que tenían las chicas de acercarse las unas a las otras era uniéndose por sus defectos y su autocrítica. Siempre podías despertar simpatía si te quejabas de tu barriga, de tus muslos gruesos, de tus granos, de tus pechos demasiado grandes o demasiado pequeños, de tus dientes torcidos, de tu complexión fuerte, de que eras escuálida, de tus pies grandes, de tu ombligo raro.

Y había más. El debate podía alargarse hasta el infinito. «¡Tú no estás gorda!» «¡Sí que lo estoy!» «Tú tienes el pelo mucho más bonito que yo.» «¡No es verdad! Eres tú la que lo tiene bonito.» «Me gustaría tener una boca como la tuya.» «A mí me gustaría tener tu figura.» Eso la aburría. Cuando no hablaban del aspecto físico y de todo lo que estaba mal en ellas, hablaban de chicos. Quién estaba enamorada de quién. Qué chico había dicho qué cosa. Qué había querido decir realmente con aquello. A los chicos había que comprenderlos y cuidarlos. Y también mantenerlos a distancia. En el banquillo. Que no se hicieran demasiadas ilusiones. Era una ecuación imposible.

Rara vez las chicas hacían piña por algo que no fuera uno de esos dos temas. Quizá eso era lo que Veronika admiraba de Francie, su capacidad de olvidarse de sí misma y de mostrar entusiasmo incluso cuando hablaba de cosas como el teatro, la música o el cine. Lo irónico era que cuando hablaba de todo aquello era mucho más guapa que cuando se arreglaba para estarlo. Gesticulaba frenéticamente con las manos. Le brillaban los ojos. Las gotitas de sudor le asomaban sobre el labio superior. Francie abría una puerta a una habitación sin techo donde el aire se podía respirar, y donde hacerlo tenía sentido.

—¿Qué es libertad? —preguntó un día mientras estaban tumbadas en el rincón preferido de las dos en la playa viendo cómo los bañistas recogían ya sus cosas—. ¡Libertad es haber dejado atrás la empecinada búsqueda de la felicidad!

Miró a Veronika con aire triunfal. En el regazo tenía un libro que se había traído de Copenhague sobre un yogui indio. Se lo había prestado un chico que, según ella, era un pensador. De los pensadores podías aprender bastante, pero tenías que tomártelo todo con una pizca de sal. A veces, Francie leía en voz alta alguna frase sabia y la hacía sonar como si se la hubiese inventado ella.

—Todas las personas se piensan que son libres, pero en realidad solo viven tal y como los demás esperan que vivan.

Ahuyentó irritada a una molesta mosca y soltó un suspiro.

—Yo quiero irme al extranjero y aprender otras lenguas, escuchar nueva música... ¿Pasarme el día removiendo una olla en una cocina que huele tanto a comida que te mareas, haciendo lo mismo año tras año hasta que los críos sean lo bastante mayores y luego quedarme sola otra vez? ¡Ni hablar, olvídate! —Francie soltó dos pequeños bufidos por la nariz como para sellar su promesa—. Nunca sabes dónde se esconde tu alma gemela. Podría estar en cualquier parte. Hay que tener los ojos bien abiertos. ¡Podría ser ese de ahí!

Señaló con la barbilla en dirección a las dunas, por donde Bo llegaba caminando con una toalla al hombro.

—¡Hola! ¿Te vas a bañar o qué?

Él dirigió los pasos hacia ellas y se sentó a cierta distancia de Veronika. No al lado de Francie, pese a que esta estaba sentada con las piernas cruzadas y moviendo sugerentemente las rodillas. Veronika pudo ver el vello rizado en los brazos y las piernas de Bo, como un pelaje rubio dorado. Parte del flequillo le colgaba por encima de los ojos. Se le veía más escuálido y joven que la noche anterior. Aun así, emanaba una seguridad en sí mismo difícil de definir.

—¿Has encontrado la bici esta mañana? —Francie tiró el libro en la arena, dejando la cubierta bien visible.

—Sí, ningún problema. Llegar al estudio me ha costado más. He tenido que cruzar un cercado. Me he ortigado entero.

Se pasó una mano por el gemelo, donde un leve enrojecimiento se había extendido sobre su pálida piel.

—¿Te has visto con el artista ese un poco raro?

—Sí. Me ha invitado a café y a un cigarrillo. Duerme en el diván de la cocina a pesar de que tiene toda la casa para él solo.

Y no es que la limpiara ayer precisamente. No se quita los zapatos para andar por casa. Que en invierno tiene todavía menos sentido, dice. No deja de tener algo de razón. —Se recostó apoyando los codos en la arena.

—Parece tan emocionante, lo de ser artista. —Francie se acercó un poco más con sumo interés.

Por su parte, Veronika jamás se atrevería a lanzarse con una pregunta mientras Francie estuviera presente. Francie tenía facilidad para entablar conversación con la gente. Aunque solo bajara un momento en bici al quiosco o fuera a la tienda a por leche, siempre se encontraba con alguien. En cambio, Veronika se consideraba a sí misma callada. Tardaba demasiado en decir las cosas, era torpe y se liaba sola.

—¿Necesitas mucha inspiración? —Francie se inclinó hacia delante y se colocó el bikini.

—A montones. —Bo asintió desganado con la cabeza.

—¿Qué vas a hacer aquí concretamente?

—Una escultura. Tengo que construir el molde en barro y luego van a fundirlo en bronce en la forja de Helsingborg. Pero no se puede hacer todo de golpe, hay que hacerla por partes. Se tarda un tiempo. Mañana, Hugo va a ayudarme. Va a enseñarme cómo funciona el horno cerámico y eso.

—Qué bien. ¿Cuánto tiempo tienes?

—Tres semanas.

—Genial. De sobra. ¡Así te dará tiempo de dibujarme a mí también! —Francie se puso las manos detrás de la cabeza e hizo morritos—. Si te haces famoso, podré vender el cuadro a precio de oro. Diré que te conocía. ¿No es buena idea? Así seré rica sin tener que trabajar. —Le dio una palmada en el brazo—. ¡Porfa! ¿No podrías?

—A lo mejor.

—¿El sábado? ¿Puedes?

Bo miró de reojo a Veronika.

—Supongo que no tengo ningún otro plan.

—Si queda bien, te prometo que le compraré un marco caro. Hay una tienda de marcos aquí en la ciudad. Pero no tendré que quitarme la ropa, ¿no? —Francie lo miró con fingido pudor.

—He dibujado a un montón de modelos desnudos en la escuela, así que no tienes por qué preocuparte. He visto de todo. Tanto a señoras y hombres mayores como a chicas jóvenes. —Tiró lentamente de un junco que asomaba en la arena y comenzó a chupar una de las puntas con una expresión avispada en los ojos.

Veronika también solía chupar los tallos. La punta de los juncos de playa tenía un sabor dulce que recordaba a la miel. Ella solía morder la parte más blanca y tragársela.

—Luego podemos ir a comer un helado. En el quiosco los hacen ellos mismos. Están riquísimos. —Francie asintió convincente con la cabeza.

—¿Tú también vendrás? —Bo miró a Veronika.

—¿Adónde?

—Al estudio, el sábado.

—Puedo ir, sí.

—Bien. ¡Pues queda decidido! —Francie juntó las manos en una palmada.

—Vale. Creo que me voy a dar un baño. —Bo comenzó a desabrocharse los botones de la camisa.

—Nosotras nos acabamos de bañar, así que esperaremos aquí. ¡Hasta ahora! —Francie lo despidió con la mano y se subió los pechos en el bikini. Veronika apartó la mirada. Como no podía competir con las múltiples cualidades de Francie, procuraba mantenerse en un segundo plano. Le parecía que era lo mejor. Por el rabillo del ojo vio que Bo apartaba una pelota de playa con el pie antes de meterse en el agua.

—¿Te has dado cuenta de lo mucho que se parece a Arthur Miller? —susurró Francie con entusiasmo.

—¿Quién es Arthur Miller?

—El novio nuevo de Marilyn Monroe. Ya sabes, el dramaturgo. Solo le faltan las gafas. Entonces sería calcado.

Francie ladeó la cabeza y entrecerró los ojos.

—A lo mejor tiene solución. Y un traje de tweed. Me pregunto si sabe bailar. Si no, tendremos que enseñarle.

Se estiró sobre la toalla de baño, separando los dedos para que el sol llegara a todas partes. Según Francie, era importante tener un bronceado uniforme, y como detestaba hacer deporte y correr, la mejor manera de conseguirlo era permanecer inmóvil como un arenque con las aletas extendidas. Veronika tenía pigmento rojo en la piel y, en lugar de quemarse con el sol, le salían pecas. Así que no le quedaba más remedio que taparse como una cobarde o mantenerse en la sombra.

A Bo ya le llegaba el agua por la cintura. Los rayos del sol se reflejaban en todas direcciones. Desde la arena apenas se podía distinguir entre lo que era cielo y lo que era mar. Al final, Veronika logró enfocar de nuevo a Bo justo antes de que este se zambullera bajo la superficie. Sintió que se le encogía el estómago cuando vio su torso mojado salir de nuevo del agua. Pero luego él se volvió a sumergir y desapareció de su campo de visión.

Sölve había colocado unos cartelitos de madera en los portapaquetes de todas las bicicletas en los que había escrito PENSIÓN MIRAMAR en letra bonita hecha con pintura negra. Cuando era más pequeña, Veronika acostumbraba a atar una comba al manillar para simular que la bici era un caballo, aunque ya era demasiado mayor para ese tipo de juegos. Una yegua que se llamaba Blanka. O Frida. O un caballo que se llamaba Demon, según el día y el humor que tuviera. Casi siempre se imaginaba un purasangre ingobernable al que solo ella podía domar. A veces, el caballo era tan terco que terminaba cayéndose a la cuneta, pero ella se limpiaba un poco las rodillas y volvía a montarse en el sillín. Domesticar caballos salvajes requería su tiempo.

Ahora había cogido al viejo Monarken y había salido a dar un paseo vespertino hasta Lyckan. El camino estaba flanqueado por frondosas cunetas repletas de cardos de leche y perifollo y zarzamoras. En los cercados había caballos de verdad, resoplando a la sombra de los robledos mientras agitaban distraídamente la cola para quitarse las moscas del trasero. Tenían las crines tupidas y crecidas. En especial, le gustaban los caballos blancos, pues le recordaban a los corceles de los cuentos. En otros cercados había vacas, que pestañeaban con sus párpados marrones y pesados. Lo que se escondía más adentro era algo que no sabía. Los cercados parecían no tener fin.

Una vez, Signe le había hablado de un hombre de la zona que había montado una fiesta muy original por su cumpleaños. Había convocado a sus invitados al amanecer y les había hecho sentarse a una larga mesa que había preparado dentro de uno de los cercados. Él no se había presentado, pero al cabo de un rato habían aparecido hadas bailando entre los árboles, apenas distinguibles entre la neblina matutina, ataviadas con largos vestidos blancos y acompañadas por el son de un violín solitario. Los invitados habían quedado como hechizados. Una mujer se había desmayado ante la visión. Más adelante se supo que eran chicas de un pueblo vecino que habían sido contratadas, todas de pelo largo y envueltas en una nube de olor a tierra y flores. Veronika se preguntaba quién sería aquel hombre que había montado semejante fiesta de cumpleaños. Difícilmente podía tratarse de un campesino; más bien debía de ser alguno de los condes que también tenían tierras en la zona. O quizá un artista adinerado. Pero ¿de dónde había salido?

Los neumáticos crepitaban en la gravilla. Era agradable sentir las vibraciones de los surcos del camino y atreverse a confiar en el equilibrio propio. Si empezabas a titubear, podías tener por seguro que acabarías en el suelo. El truco era no pensar demasiado. Siempre había que tener la mirada fija en el siguiente repecho.

Desde la muerte de su padre, los veranos en la pensión habían sido como una vida aparte. Durante tres meses podía soltar aire, dejar volar la imaginación y leer o bañarse cuando le apeteciera. Era un placer que su madre estuviera tan ocupada que no pudiera meterse en todo lo que ella hacía, como ocurría en la ciudad. Obviamente, su madre tenía remordimientos al respecto, así que de repente podía ponerse a masajearle la mano o le daba una moneda acompañada de una mirada de disculpa.

A veces, en invierno tenía la sensación de haberse inventado el verano, como si este solo existiera en una línea temporal paralela en la que el olor a pinaza caliente se mezclaba con el dulce del trébol blanco y en la que los montones de estiércol fermentaban y las vacas rumiaban en quietud.

En esa línea temporal, en realidad el tiempo no existía, todos los veranos eran uno. Una y otra vez. Le parecía que los veranos siempre habían existido y que siempre iban a existir.

Hasta la fecha, solo le habían pertenecido a ella, pero ese verano era diferente. Ahora también estaba él allí. En la habitación de encima de la suya. ¡El suelo de él era el techo de ella!

Sintió un escalofrío al pensarlo pese a que no soplaba ni pizca de viento.

7

2019

En el salón comedor hace mucho calor. En la mesa hay tazas y platos pequeños apilados para el desayuno de la mañana siguiente. La cocina está apagada. Asomo la cabeza por encima de la pequeña barra, pero no veo a nadie del personal. Levanto el trapo de la cesta del pan y cojo una rebanada de pan de centeno crujiente. La cena no se sirve hasta dentro de dos horas.

El parquet cruje bajo mis pies cuando cruzo el comedor y entro en la sala común. Es un añadido y se ve más nueva que el resto de la pensión. Hay un piano negro en un rincón. Delante de la ventana, un sofá antiguo con reposabrazos de madera y una mesa con un helecho sobre un platillo. En la pared más corta de la sala hay un secreter y sobre él, una radio grande y antigua. Me acerco a ella y me agacho. Los nombres de las emisoras se pueden leer en letras doradas y brillantes sobre un fondo negro. Hamburgo. París. Hörby. La solemnidad de las metrópolis varía un poco. Toulouse. Budapest. Viena. Falun. Tromsö. Es una geografía diferente. Radio Luxemburgo. De esa he oído hablar. Mi madre me daba la lata con esa emisora, su salvación cuando era joven. Giro el botón. La estancia se llena de un zumbido que me recuerda al que llevo incorporado en los oídos. Palabras ininteligibles, lenguas desconocidas. ¿Polaco? ¿Ruso? No consigo sintonizar ninguna emisora que merezca la pena, así que apago la radio y me siento delante del secreter. Cuenta con seis cajoncitos encima de la hoja abierta. Es justo uno de esos muebles antiguos en los que me imagino que podría haber escondites secretos. Entre los cajones hay una puertecita un poco más grande. La abro. Un suspiro de polvo sale de su interior. Veo una pila de viejos discos de vinilo de la marca Sonora allí metidos. Los saco con cuidado y examino los títulos. *Bonnjazz*, de Lasse Mollby. *Una lágrima de rayo de sol*, con la orquesta de Harry Arnold. *Nunca olvides a los seres amados*, de Lapp-Lisa. *Nunca te he sentido tan cerca*, de Gunnar Thuresson. En los discos no aparece ningún año, solo un eslogan impreso en rojo: «Las melodías que enamoran son lo primero». No veo ningún tocadiscos en la sala. Me habría encantado ponerlos. Escuchar las notas.

Oigo un crujido en el techo. ¿Habrán llegado más clientes durante la mañana? No he visto a ninguno, pero es posible que los haya y vayan a su bola. Parejitas de enamorados que quieren estar tranquilos. Golfistas que se pasan el día en el campo.

Abro con cuidado uno de los pequeños cajones. Cae un puñado grueso de cartas y postales, todas con la pensión como destinatario. Parecen estar escritas por antiguos huéspedes que dan las gracias por fiestas de cumpleaños, cenas de gala o estancias en la pensión que han sido todo un éxito. Entre el montón aparecen también unos naipes con las reglas del bridge y de la canasta. Abajo de todo hay una revista, un ejemplar de *Fickjour-*

nalen. La portada está decorada con una foto en color de un maniquí rubio con vestido de cintura ceñida y falda ancha: «Un modelo parisino de Esterel, que confecciona ropa para Brigitte Bardot, entre otras», dice el reclamo de la portada. Abro la pequeña revista. Las páginas huelen a vinagre. El papel está amarillo. Me acomodo en el duro sofá y ojeo algunas historias con títulos como «Miel y artemisa» o «La chica de la centralita». Hay viñetas y anuncios, historias reales, reportajes y un horóscopo. En otras palabras, más o menos el mismo contenido que el de las revistas actuales. Como la que me ha pedido un artículo sobre el amor de toda una vida. No obstante, viendo cómo ha ido la conversación de hoy, el artículo no parece muy prometedor. Mañana tengo que volver a intentarlo. Si no consigo entregar un texto presentable la semana que viene, los sudokus me esperan en el horizonte.

Paso unas cuantas páginas y me topo con un consultorio sentimental que se llama «El rincón de las confidencias». Las columnas de amor siempre son las más divertidas de leer en las revistas semanales, pero en esta parece que solo se publican las respuestas del consejero de turno, no las preguntas de los lectores. En la parte superior hay una ilustración del perfil de una mujer inclinada sobre una hoja de papel con un bolígrafo en la mano y una arruga de inquietud en la frente. Una vieja colega mía en cierto modo.

«Nos resulta imposible responder a todas las cartas que nos llegan, pues sobrepasan las cien semanales», pone debajo del dibujo. Se me encoge el estómago. Hubo un día en que la gente acudía a mí para recibir consejo. Ahora se me hace tan incomprensible como lejano.

Mis ojos se detienen sobre un texto en negrita.

Desesperada E.,

¡Piensa usted demasiado en sí misma! O eso o padece usted anemia. ¿No se da cuenta? Al pasarse la vida hurgando en sus problemas, usted misma se está imposibilitando ser feliz. ¡Deje de sentir lástima por usted! ¿Nunca lee el periódico? Mire a su alrededor y se dará cuenta de cuánta gente tiene que sufrir, por ejemplo, por motivos políticos. Y luego están los enfermos terminales. ¿Cuántos conservan aún el sentido del humor? Olvídese por un momento de su exprometido y céntrese en algo más sensato. Siga adelante, ¡ayude a alguna persona mayor! En otras palabras: ¡esfuércese en pensar en otras personas y búsquese nuevas aficiones!

Se me eriza el vello de los brazos. Desesperada E. podría haber sido yo. ¿Cómo se llamaría la que les mandó la carta, la que estaba desesperada en esa década tan distante ya de esta? ¿Elin? ¿Elsa? ¿Elisabeth?

Debajo del piano puedo ver una bola de polvo moviéndose apaciblemente con la leve corriente de aire que se cuela por la ventana. Me pregunto cuánto tiempo llevará ahí engordando. No se oye nada, a excepción de algún que otro coche que pasa por la calle. Al final me levanto y abro la puerta de la terraza para respirar un poco de aire fresco. En el jardín hay un puñado de casetas pequeñas dispersas. Probablemente, los cuartos anexos. Cuando te hospedas en un hotel, hay que evitarlos a toda costa, eso es algo que he aprendido en esta vida. Los cuartos anexos siempre son una decepción. En el jardín tampoco veo a ningún otro huésped. Respiro hondo por la nariz. Inspirar por la nariz es mejor que hacerlo por la boca, según Joar. En estado de reposo, la inhalación y la exhalación se dan de forma natural por la nariz: relajadas, rítmicas y silenciosas. Si no estás en equilibrio interior, puedes hacerlo de forma consciente y dando bocanadas más profundas. Es una forma de autoengañarse.

Me quedo allí un rato respirando. Un refugio. El ahora. Dejo que los segundos vayan pasando. Solo tengo que aguantar hasta mañana. Entonces volveré a ver a Veronika Mörk y al menos podré fingir que tengo un importante encargo que llevar a cabo. Mientras pueda ocupar el tiempo trabajando, mantendré mi mente alejada de lo otro, más doloroso.

Tardo un poco en despertarme. Las mañanas son lo peor. Hago una evaluación rápida de mis acúfenos. Normalmente, por la mañana son menos intensos. Parte de la terapia de Joar consiste en conseguir amoldarme a las circunstancias. Si acepto los acúfenos y no les dejo que ocupen tanto espacio en mi vida, con el tiempo el cerebro aprenderá a prescindir de ese sonido. Al final quedará reducido a uno de fondo, a un acorde de acompañamiento apenas perceptible. En tono menor, sin duda, pero al menos predecible. En ese sentido, los acúfenos me recuerdan a la añoranza. Si tan solo dejas que esté ahí, termina quedándose en los límites de la conciencia sin exigir atención constante. Se mitiga. Se adapta. Se convierte en un residente silencioso que no reclama constantemente el uso exclusivo de los espacios comunes.

Mantengo los ojos cerrados y empiezo a prestar atención a los demás sonidos que me rodean. Al principio no oigo nada. Luego descubro un leve gorgoteo, ¿una aspiradora, una cafetera eléctrica? En alguna parte hay un pájaro practicando escalas agudas. Oigo los árboles oscilando con el viento al otro lado de la ventana entreabierta. Al cabo de un rato, los acúfenos son un sonido más entre el resto. Ya no dictamina la tonalidad del día.

Joar también ha hecho un curso de hipnosis. La segunda vez que fui a verlo le pregunté si podía hipnotizarme para que olvidara a Erik. Me miró seriamente un buen rato y luego dijo:

—No creo que lo que tengas que hacer sea olvidar. Solo tienes que romper el vínculo emocional.

Esa es la cuestión. No sé si en realidad quiero olvidar. Puede que los recuerdos me duelan, pero ¿quién soy sin ellos?

La pregunta es: ¿cómo se puede recordar con mesura? ¿Cómo puedes acordarte de lo luminoso y divertido sin sucumbir a pensar en lo que no pudo ser?

Buscar refugio. Dejar pasar el tiempo. Pero justo hoy me invade la duda. ¿Quién puede asegurarme que el tiempo ayudará? Pienso en Veronika. Durante sesenta años ha convivido con su amor de juventud oculto en algún rincón de su memoria, pero ahora, de pronto, este ha decidido ocupar la casa entera. Ha regresado y ha comenzado a reamueblar a lo loco. ¿Cómo puede ser? ¿Qué es lo que ha detonado ese cambio repentino?

El sol se cuela por la ranura que hay entre las cortinas con flores de lis y me da en la cara. El aroma a café me llega desde el pasillo. Salgo de la cama como buenamente puedo y me acerco a mirar el termómetro de la ventana. Veintiocho grados, y no son ni las nueve de la mañana. Paso por delante del espejo de pared sin levantar la mirada y saco un vestido limpio de la maleta. Es una costumbre que cogí cuando vivía con Erik y no tengo intención de cambiarla. Luego me hago una coleta, cojo la libreta y el móvil, salgo y cierro la puerta con llave.

Lleva la misma ropa que ayer: blusa y rebeca, pero hoy, tanto la una como la otra, tienen un matiz amarillo. A lo mejor tiene un armario entero con blusas y rebecas. Un color para cada día de la semana. Lila. Turquesa. Blanco. Amarillo canario. La idea me resulta curiosamente consoladora. Las rutinas son lo que te mantienen en pie cuando todo lo demás se ha ido a la mierda.

—¿Eres la nueva chica de la asistencia a domicilio? —Me mira con escepticismo.

—¿Cómo? No, soy la periodista, la que vino ayer. Ebba Lindqvist.

—Ah, sí, ahora te veo. El recibidor está un poco oscuro, solo es eso. Tengo las gafas en la mesa. ¡Pasa! —Agita una mano, impaciente.

—He traído unas pastas. —Levanto la bolsa de la pastelería en la que he parado de camino a la residencia.

—No hacía falta, pero gracias. —Coge la bolsa y entra ella primero en el salón, apoyada en el pequeño andador de color rojo—. Siéntate. —Señala la mesa de media luna con la cabeza, donde veo un crucigrama abierto: *Los acertijos de Einstein.* No es uno de los míos. Yo solo sé hacer crucigramas de dificultad media. Los realmente difíciles están reservados para los hacedores más experimentados, a menudo frikis que se sientan en medio del campo a trenzas palabras bajo pseudónimos oscuros.

—¿Te encuentras mejor hoy? —pregunto, y me siento en la silla.

—No mucho, pero si finjo haber dormido bien, me siento un poco mejor, la verdad. El poder del pensamiento es el más fuerte.

«El poder del pensamiento es el más fuerte», parece uno de mis antiguos títulos. Parte de la base de que puedes retener un mismo pensamiento durante más de tres segundos. Y de que dichos pensamientos son constructivos.

—¿Quieres un poco de zumo de saúco? Acabo de hacerlo con jarabe concentrado.

—Gracias, me encantaría —digo yo.

—Podemos acompañarlo con las pastas. —Veronika se va a la cocina y empieza a trastear con los vasos.

El sol me calienta la espalda a través de las persianas. Los radiadores hacen ruiditos. Yo nunca querría vivir así, se me antoja demasiado institucional, con las puertas sin umbral y los marcos tan anchos. Aun así, hay algo en la sala que me infunde tranquilidad. Quizá por lo mucho que se aleja de lo que yo habría elegido por propia voluntad. Hay algo liberador en solo tener que estar, sin hacer nada más. Mis hombros se relajan, le doy permiso a mi espalda para que haga lo mismo al contacto con el sol.

—¿Necesitas ayuda? —grito.

—No, gracias, tengo una bandeja en el carro. Voy bien.

Vuelve a la sala. En la parte frontal del andador hay una bandeja incorporada, con dos vasos de zumo y un plato con las pastas.

—Buena idea —digo.

—Sí, es muy útil. Fácil de maniobrar. Yo lo llamo el carrito de servicio. Me gusta más que andador.

La ayudo a poner la mesa. Sus movimientos son económicos y bien calculados. Sus gestos están impregnados de elegancia pese a que la mano derecha casi no la acompaña. Algunas personas tienen la habilidad de brindarle a cada movimiento su lugar legítimo. Yo, en cambio, me apresuro a ventilar los quehaceres diarios, los veo como distancias que me separan de la vida de verdad, sea lo que sea eso.

—¿Por dónde íbamos? —Se siente enfrente de mí y se pasa la mano por el pelo.

—Estábamos hablando de ti y de Uno —digo, y abro una página nueva en la libreta—. De los matrimonios largos.

Hoy tengo que hacer que suelte algunas citas buenas más para poder terminar el artículo. Pero en mi cabeza hay también otra idea dando vueltas, la del amor de juventud con el que se fugó. «El único amor verdadero es el que desapareció.» ¿Dónde he oído eso? ¿Es de alguna canción? ¿De algún libro? No lo sé. Este último año los versos me han ido pasando así por la cabeza, como dichos de épocas lejanas. Veronika da un bocado a una galleta de chocolate.

—Qué ricas. ¿De dónde son?

—De la pastelería de la calle Köpmansgatan —digo.

—Signe, la cocinera de nuestra pensión, las hacía igual. Siempre les echaba una pizquita de sal. Contrasta muy bien con el dulzor. —Se lame unas migas de la comisura de la boca—. A mí nunca se me ha dado especialmente bien hacer pasteles y dulces, demasiado trabajo. Desde que Uno murió, no los he hecho ni una sola vez.

—¿Lo echas mucho de menos?

Ella ladea la cabeza.

—Sí, claro. Pero todavía hablo con él y le pregunto qué le parece esto o lo otro. Sé exactamente qué respondería a cada cosa. Cuando me siento sola, pienso que está de viaje dando la vuelta al mundo y que pronto volverá. El primer año fue el peor, demasiados cambios. Ahora dejo que la añoranza aparezca cuando ella quiere, pero yo ya no la voy a buscar.

Me quedo mirándola.

—¿Cuánto tardaste en conseguir eso?

—No sé, fue poco a poco. La tristeza tiene su propio recorrido.

—¿Qué recorrido? —pregunto.

—No puedes decidir sobre ella, tienes que dejarla hacer su trabajo. Pero me he dado cuenta de una cosa curiosa desde que él murió.

—¿De qué?

Veronika se inclina sobre la mesa. La pulsera que lleva en su delgada muñeca tintinea sobre la hoja de madera.

—Imagínate que eres una casa con muchas habitaciones. Es como si una de ellas se hubiese quedado vacía y desolada, pero el resto de los cuartos amueblados siguen estando ahí. Eso es lo que se siente. En algunas habitaciones llevo varios años sin entrar. —Gira su cabeza de pájaro—. ¿Entiendes a lo que me refiero?

—Creo que sí —digo.

El reloj de pared va marcando los segundos. Fuera, en el jardín, alguien ha puesto en marcha un cortacésped. Los sonidos se funden, se mezclan con el zumbido de mis oídos. De alguna manera, parece haber adoptado una vibración de frecuencia más baja que ayer, ahora se parece más el zumbido de un insecto. La mirada de Veronika se mueve por la ventana.

—No era barato tener una habitación en Gotemburgo. Vivíamos de forma muy austera, en una buhardilla. Sin agua corriente. Y sin apenas calefacción. En aquella época había que encender el fuego dentro de las casas. Por la mañana, cuando la estufa se había apagado, te despertabas con el moco colgando. Tenías que darte prisa para atizarlo y que prendiera de nuevo.

—¿Quiénes vivíais en una buhardilla? —pregunto.

—Bo y yo, ¿quién va a ser? ¿No te dije que nos fugamos? Eres un poco olvidadiza, ¿eh? —Me mira irritada.

Dejo la libreta en mi regazo.

—¿Os fugasteis a Gotemburgo?

—Sí, él era de allí. —Un músculo se contrae bajo su ojo.

—¿Cuándo fue eso? —Apenas me atrevo a moverme por miedo a interrumpirla. Quiero oír la continuación de la historia.

—Cogimos el tren a finales de verano. La estación ya está en desuso, pero las vías siguen ahí. Ahora puedes caminar por el terraplén. También han hecho un carril bici muy bonito.

—¿Fue antes de conocer a Uno?

—Sí, claro. ¿Me tomas por una bígama o qué?

—¿Cuánto tiempo estuvisteis juntos tú y Bo?

Se demora en responder, se pasa la mano por el delgado cuello y se coloca un pelo que asoma de su elegante peinado.

—Pues una temporada. No sabría decir exactamente cuánto tiempo fue. Un año o así. Pero ¿por qué estamos hablando de esto? ¿Me estás grabando? ¿Dónde tienes el micrófono?

—No, solo te estoy escuchando —digo—. Es interesante.

—No sé qué decirte.

Se estira para coger una pelota ergonómica de color rosa que hay en el alféizar y empieza a bombearla con la mano mientras cierra los ojos. Los rayos de sol que entran por la ventana juguetean sobre su rostro. Puedo ver cómo sus ojos se mueven bajo los finos párpados llenos de vasos sanguíneos.

—Se le daba bien montar en bici, sabía ir sin manos. Obviamente, era algo que impresionaba. Era especial, yo nunca había conocido a nadie como él. Cuando nos fuimos de excursión, subió en bici toda la cuesta arriba.

—¿Qué cuesta? —pregunto.

—La que sube a Östra Karup. Yo me había escabullido de mis obligaciones en la pensión. Él se empeñó en llevar aquella chaqueta de cuero todo el camino y aun así no olía a sudor. Olía bien, como un cuenco lleno de manzanas. ¿Sabes cómo huele un cuenco lleno de manzanas? —Me mira alentadora.

—No, pero me lo puedo imaginar.

—Cuando llegamos, yo pensaba que se iba a desmayar de lo agotado que estaba. La gaseosa se nos había acabado en Förslöv, así que no teníamos nada para beber.

—¿Adónde ibais?

—Quería enseñarle los petroglifos de Drottninghall. Son muy antiguos, de la Edad de Bronce. Allí arriba también hay algunas huellas que se cree pertenecieron a una antigua reina que estaba de viaje. Lo siento, pero no recuerdo qué reina era. En realidad, las huellas me daban igual; solo quería estar con él.

Da un trago al zumo de saúco.

—Es lo que pasa con algunas personas, quieres estar cerca de ellas sin entender del todo por qué.

—Lo sé —digo, y trago saliva.

Alguien hace correr agua por las tuberías en alguna parte de la residencia.

—Hacía tanto calor que salía vapor de las cacas de oveja. Tuvimos que cruzar un cercado para llegar. Él me cogía de la mano. Solo eso ya era turbador. Me gustaría que los jóvenes de hoy en día pudieran experimentarlo. Aunque a lo mejor ya lo hacen. —Se muerde el labio.

—¿Qué pasó luego? —pregunto.

—Al final nos besamos detrás de un árbol, con un carnero balando justo a nuestro lado. Pensaba que nos iba a cornear, pero supongo que no tenía fuerzas. Aun así, Bo intentó retarlo con su pañuelo rojo. Podía ser muy infantil en ese sentido, ponerse a dar saltos y a hacer muecas y cosas así. —Gira la cabeza y sonríe ante el recuerdo que ella misma ha recuperado.

—¿Encontrasteis las huellas?

—Sí. Y metimos los pies en ellas. Los de Bo eran demasiado grandes, pero los míos encajaban perfectamente.

Me mira. Sus ojos son igual de azules que el cielo de fuera.

—Con Uno no llegué a tener un enamoramiento de esos apasionados. Él y yo teníamos otra cosa, nos llevábamos bien. Teníamos nuestras rutinas. Estabilidad.

Siento que se me hace un nudo en el estómago.

—¿Tuviste un enamoramiento apasionado con Bo? —pregunto.

—En realidad es una palabra ridícula, «apasionado». A veces pienso que debería haber más palabras para el amor. Es tan triste que solo haya una cuando hay tantas maneras de que te guste alguien...

—¿Has intentado localizarlo?

Ella sacude la cabeza.

—No.

—¿Por qué no?

—Ni siquiera sé si está vivo; era artista. Suelen morir antes, ¿no? —Me mira.

—Pero, si está vivo, ¿no te gustaría verlo? —insisto yo—. Seguro que lo has pensado, hasta le escribiste a la médium hablándole de él.

—¿De qué serviría? ¿Qué nos íbamos a decir?

—¿No hay nada que te gustaría preguntarle, algo que te habría gustado decirle?

Siento que la antigua consejera amorosa vuelve a la vida.

Veronika deja la pelota ergonómica en la mesa. De pronto parece insegura de sí misma.

—¿Has visto qué ponía en el menú? Suelen apuntarlo en el tablón de anuncios. Son buenos inventándose platos nuevos. *Risotto* y esas cosas. Muchos platos vegetarianos. —Se queda callada.

—No lo he visto —respondo—. ¿Tienes alguna fotografía de él, de Bo? Me gustaría mucho ver cómo era.

Soy consciente de que eso me aleja aún más del artículo, pero ya no puedo controlarme.

Veronika frunce la boca en una mueca peculiar.

—Tengo una —dice al final—. El álbum de fotos está en la estantería esa de ahí. Abajo de todo. El del lomo marrón. —Señala la librería con la cabeza.

Me levanto, me acerco al mueble y saco el álbum polvoriento. «Recuerdos de verano 55», pone en la cubierta con letra redondeada. Muevo mi silla para ponerme al lado de ella y dejo el álbum sobre la mesa. Veronika huele un poco a lavanda.

—¿Puedes pasar tú las páginas? Yo te aviso —me pide—. La mano derecha se me resiste.

Abro el álbum. El pegamento hace que las páginas sean difíciles de separar. El papel de cartulina es áspero y está un poco hinchado. Percibo un leve aroma a algo quemado y seco. Como a flores secas. Con cuidado, voy pasando las hojas de papel de seda que preceden a cada lámina de cartulina. Son fotografías de grupos de gente en diferentes porches, en la playa, delante de un quiosco que se llama Angels. Los pies de foto son escuetos: «Puesta de sol», «Signe en la terraza», «Francie comiendo gofres». La mayoría de las fotos son en blanco y negro, pero aun así puedo reconocer los colores. Cálidos. Saturados. Como revelados en una película de sirope.

—Hacía tanto calor que ni las moscas tenían fuerzas para moverse. Nadie osaba hacer más de lo estrictamente necesario. Lo único que podías hacer era bañarte. Ahí estamos.

Veronika señala la página.

Tres personas sentadas en una playa. En el centro hay un hombre joven recostado sobre los codos, con flequillo largo y cara de amargado. A un lado hay una chica sonriente, con pelo corto y blanco y bikini a cuadros, sacando pecho. Me recuerda a Marilyn Monroe. Al otro, un poco al margen, hay otra chica, larga y flaca, con una postura un tanto encorvada. El flequillo le cuelga recto sobre unos ojos serios.

—¿Eres tú? —Acaricio la cara de la chica.

—Sí, soy yo. Y esa es Francie, mi prima.

Veronika lleva el dedo índice a la figura de la chica en bikini.

—Estaba muy pendiente de su imagen. De sí misma y de su alrededor. Siempre vestía a la última. Luego se hizo actriz en Copenhague. Incluso actuó algunas temporadas en una obra en el teatro Det Kongelige. En realidad trabajaba en la centralita de telefonista, pero un día tuvo la suerte de conseguir un pequeño papel cuando una de las actrices se puso enferma; después la dejaron quedarse. Sobre todo hacía papeles secundarios.

Veronika se aparta un mechón de pelo de la mejilla.

—Con el tiempo, se casó y tuvo una hija, pero a los pocos años se divorció y ya no le fue tan fácil reincorporarse. Después de aquello, tuvo que limitarse a hacer teatro aficionado y alguna opereta.

—¿Está muerta?

—Sí, murió fulminada por un infarto cuando solo tenía sesenta y tres. Ahora su hija vive en Australia, pero no tenemos ningún contacto. El del medio es Bo. —Se queda callada—. Aunque siempre hiciera sol, no recuerdo que nos llegáramos a quemar. Podíamos pasarnos el día entero tumbados al sol. A veces, Bo debía ir al estudio, claro, tenía que acabar la escultura que había ido a hacer.

—¿Tenía que hacer una escultura? —pregunto.

—Sí, la escuela de arte a la que iba le había concedido una beca. Por eso vino. Tenía que diseñar una escultura exterior para Laholm, pero tenía muchos problemas para terminarla. Y eso que un artista local le había dejado usar un estudio de verdad. Pero la presión era mucha.

—¿Qué clase de escultura era? —pregunto.

—Al principio tenía grandes planes. La intención inicial era hacer un rectángulo y un triángulo que simbolizaran al hombre y a la mujer, pero era demasiado difícil de llevar a cabo. Estaba metido en lo abstracto y lo moderno, como todo el mundo en la década de los cincuenta. Mucho juego geométrico.

—¿Sabes dónde está ahora la escultura?

—En Laholm.

Veronika da otro trago al zumo.

—La vi por pura casualidad varios años más tarde, un día que Uno y yo fuimos a un concierto. Nos sentamos en un banco y de pronto la vi, allí delante. Con placa y todo. Al verla me quedé en shock, no me esperaba que él hubiera hecho caso de lo que yo le había dicho.

—¿Qué quieres decir? ¿Qué le habías dicho? —Me quedo mirándola sin entender.

Ella se acaricia la mejilla con el reverso de la mano. Sus dedos tiemblan ligeramente.

—¿Qué hora es?

—Las once y media —digo.

—Pues van a traer la comida de un momento a otro. Voy a sacar la ensalada mientras tanto, me sobró de ayer. Siempre acompaño las comidas con hortalizas crudas o encurtidos, van bien para el estómago.

Se apoya en la mesa para ponerse de pie.

—¿Puedo preguntarte solo una cosa más? —le pido—. ¿Tienes la menor idea de dónde se encuentra ahora?

Ella me mira con ojos preocupados, como si de pronto sintiera miedo.

—No. Creo que será mejor que te vayas. Prefiero comer sola. Puedes volver dentro de unas horas o mañana.

—De acuerdo. —Me levanto a regañadientes y me despido.

No tengo claro si desconecté la cocina eléctrica antes de irme de casa. La basura estoy casi segura de que la saqué, pero no corrí las cortinas de la ventana que da al sur. A estas alturas, las flores ya se habrán muerto achicharradas, y casi mejor. A duras penas he conseguido mantenerlas con vida estos últimos diez meses. Las he regado solo porque me habría costado más verlas morir y tener que tirarlas. En realidad, podría subirme al tren esta misma tarde y escribir el artículo de camino a casa. No sería la primera vez. El material es escaso, pero siempre se puede completar después con preguntas, con un cuadro de datos y con una buena ambientación.

Pero hay algo que me retiene. Los únicos ratos de algo parecido a la calma que he tenido en varios meses han sido entre las cuatro paredes empapeladas del piso de Veronika. En la residencia de ancianos, tercera planta. A saber por qué. El pasillo huele a comida y es deprimente en muchos sentidos. O debería serlo.

Despliego la lista de precios que está sobre el baúl a los pies de la cama de mi habitación. El hospedaje me cuesta mil doscientas coronas la noche en régimen de media pensión. Es un gasto considerable. Consulto mi cuenta bancaria en el móvil. Mi saldo es de siete mil trescientas coronas. Debería ahorrarlas para gastos imprevistos, por no decir para el futuro. Por otro lado, algunas noches más aquí podrían brindarme un respiro más que necesario. ¿De qué? Del vacío de casa, de las exigencias de abrirme un nuevo camino, de encontrarme mejor. ¿Acaso no tengo derecho a tomarme unas vacaciones aunque no trabaje?

Pero una razón aún más importante es que algo se ha despertado en mi interior, una curiosidad. Sin duda alguna, hay una historia escondida en todo este asunto y no creo que sea la que yo he venido a escribir. No, lo que está ocultándose entre las sombras es una vieja historia de amor que tuvo lugar en los años cincuenta. Una historia de la que Veronika todavía habla, ¿o simplemente está empezando a recordar? A veces es difícil saberlo. Parece un poco confundida. Pero hay un nombre que recuerda con claridad. El de él.

Bo Bix.

Abro la puerta que da al pasillo y bajo la escalera a paso ligero. El bar está desierto. La media luna que han recortado en el papel pintado de la pared enmarca las botellas del estante ofreciendo una imagen de glamur pasado de moda. La barra de teca está desgastada. En el estante de cristal de la pared hay una colección de licores variados puestos en fila. ¿Quién bebe vermut y por qué? Miro a un lado y al otro y grito «¿hola?», por si acaso, antes de meterme detrás de la barra y servirme una copa yo misma. Encima de la nevera hay una lata de té vacía, meto titubeante un billete de cien y la dejo en la barra. Autoservicio con conciencia en efectivo. Luego me pongo a pasear descalza, mirando los cuadros que cuelgan en las paredes de los pasillos. La mayoría son representaciones del mar y de playas. Hay un mapa de la bahía de Laholm enmarcado y protegido por un cristal de metacrilato. Una litografía de unos niños jugando. Detrás del armario hay un diploma al «Emprendedor del año 1989» medio escondido. La moqueta me hace cosquillas en los pies. No se ve ni un alma, la pensión es el paradigma de la desolación.

Desde el divorcio, he tenido dificultades para tratar con gente, sobre todo con personas desconocidas. Me supone un esfuerzo muy grande tener que lidiar con las preguntas de rigor acerca del trabajo, la familia y las cosas en las que ocupo mi tiempo libre. Si me conocen por los medios, es aún peor. Algunas ponen cara de compasión; otras, de desprecio. Mis amigos de toda la vida tienen paciencia conmigo aunque apenas nos veamos. Con las amistades que teníamos en común Erik y yo no he sabido mantener el contacto desde el *infortunio* de hace nueve meses, por llamarlo de alguna manera. La desgracia. La catástrofe. La bomba.

Tampoco me importa demasiado, he empezado a acostumbrarme a mi aislamiento. Joar dice que es una mala señal.

El vermut no está nada mal, para ser sincera. Más seco de lo que me había imaginado. Graduación considerable. Efecto rápido.

Entro en la sala común, abro la tapa del piano y toco unos cuantos acordes de prueba. Algunas teclas están mudas, el piano está desafinado. En la estantería hay libros que nadie parece haber tocado en mucho tiempo a juzgar por la gruesa capa de polvo que los cubre. Algunos tratan sobre la vida en la península de Kullahalvön en épocas pasadas. *¿Qué hacía el abuelo en Mölle? ¡Aquí disfrutamos de la vida! Atlas de Skåne.*

En un álbum de recortes hay una colección de viejas cartas al editor. Alguien se lamenta del ciclismo como disciplina deportiva: «El valor saludable del ciclismo está lejos de ser tan bueno como se quiere hacer creer. Los músculos de las piernas se esfuerzan mientras el torso carece por completo de movimiento. Deporte ridículo donde los haya, las carreras y demás eventos deberían prohibirse».

Todo parece viejo y olvidado. En un estante hay una baraja de cartas, me la guardo en el bolsillo. A lo mejor puedo refrescar la memoria y hacer un solitario. Vuelvo al bar, me relleno la copa y subo a hurtadillas por la escalera de vuelta a mi habitación. Una tarde a solas jugando al solitario en una cama recién hecha, creo que puedo sobrevivir a eso. Pero en cuanto abro la puerta, veo el parpadeo irritado del aviso de mensaje entrante en el teléfono móvil. Tengo varios mensajes de distintas personas y dos llamadas perdidas de Anna. Escucho a desgana el buzón de voz. La voz de Anna es estridente.

«¿Cómo va el artículo? ¡Mándame un borrador lo antes que puedas! Me gustaría ver por dónde van los tiros.»

Pausa. Pitido.

«Hola, soy Anna otra vez. Me acaba de llamar la fotógrafa. Tenías que organizarte con ella para que pudiera sacar las fotos, pero me dice que aún no la has llamado. Tienes que hacerlo sin demora; te voy a mandar sus datos de contacto por mensaje.» Pausa. «Ya está. Llámala ahora.»

Mierda. ¿Cómo me he podido olvidar de la fotógrafa? Tengo un vago recuerdo de un correo electrónico de la redacción en el que me decían que tenía que llamar a alguien. ¿De Malmö? ¿De Copenhague? Siento un cosquilleo nervioso en el cerebelo. A veces puedo pasarme varios días merodeando con la desagradable sensación de haberme olvidado de algo importante. Antes siempre presentaba las cosas a tiempo, normalmente antes de que finalizara el plazo. Ahora ni siquiera tengo claro si quiero escribir un artículo sobre el largo matrimonio de Veronika. De hecho, ni ella misma parece tener gran cosa que decir al respecto. Además, he escrito tantas historias adaptando el final... En todos mis programas y artículos he pretendido que la vida sea transparente y comprensible y que siga patrones lógicos. Pero no es así. La vida es una salvaje. Si le ofreces el meñique, te coge la mano entera. Todo puede irse a la mierda. Pueden pasar cosas. Romperse como un cristal por la tensión interna.

Me pitan los oídos. El agua resuena en las tuberías. Ni siquiera me siento capaz de beber de la copa. De repente, la pasividad se me presenta como la única salida. Me tumbo en la cama, me tapo con la manta y me quedo mirando al techo. La araña de cristal refleja destellos de colores por toda la habitación.

Hay un paralelismo entre la historia de Veronika y la mía. Ella se fugó con su amor. Yo me fugué con el mío. Después, ella se casó con otro. Yo me había casado antes. Para mí no ha pasado ni un año desde la pérdida. Para ella han pasado más de sesenta. Qué fue exactamente lo que se torció entre Erik y yo es algo que todavía no he conseguido entender. Por no hablar de mi relación con Tom. Cada vez que empiezo a acercarme al quid de lo que pasó y por qué, es como si mi cerebro se apagara. O bien no puedo, o bien no quiero comprender. Me recuerda a la tendencia que tengo a enfrascarme en quehaceres cotidianos que no tienen ningún sentido en cuanto me pongo a trabajar. ¿Qué pasó entre Veronika y su amor de juventud? ¿Qué fue lo que los llevó a separarse?

Mientras estoy aquí tumbada, me doy cuenta de que esa es la historia sobre la que quiero escribir.

Podría ser la razón para quedarme.

Como podría serlo cualquier otra cosa.

Nunca hay que tener más posesiones de las que caben en el maletero de un coche pequeño.

Ese era uno de los lemas de Erik. A mí me parecía la cosa más romántica del mundo. Tan modesto... Para mí, los objetos personales siempre habían conformado un parachoques contra la imprevisibilidad de la vida.

Las posesiones materiales mantienen la vida a raya igual que los pinos retienen la arena de las dunas. Con objetos caros a tu alrededor, evitas mirar otros problemas más subyacentes, lo cual es una ventaja. Quizá ese sea el verdadero sentido de las posesiones. Siempre hay algo que limpiar y arreglar, algo por lo que ponerse nerviosa. El césped hay que cortarlo. La madera de roble hay que barnizarla. El café hay que comprarlo y molerlo. La ropa hay que plancharla y clasificarla. Las vallas hay que pintarlas.

Sin duda, puede verse como una liberación de la tiranía de la autorrealización. Evitas hacerte preguntas como: «¿Cuál es el sentido de esto?», «¿Tengo la vida que quiero tener?», «¿Qué echo de menos?», «¿Cuál es mi cometido aquí en la Tierra?». ¿Quién tiene fuerzas para afrontar esas preguntas a largo plazo? No es raro que prefiramos dedicarnos a consumir. Pero en los últimos años me he preguntado si de verdad he hecho caso omiso de las cosas acertadas.

Podríamos decir que terminé la adolescencia más o menos como quien cancela una suscripción. Por alguna razón, a los veinte consideré que ya era hora de *hacerme adulta*. Entre otras cosas, eso significa que vendí mi guitarra, renové mi armario, de forma abrupta dejé de sentirme atraída por el amor autocombustible y me hice con salvamanteles individuales. Me volví aplicada. Todo el juego fue consignado a la periferia.

Erik, en cambio, había elegido otro camino. Él tenía dos bolsas de Ikea con ropa que elegía al tuntún metiendo la mano. La pieza que salía siempre era una sorpresa. El premio del día. Además, decía que así se evitaba el engorro de tener que escoger. Tenía una vajilla desparejada, calcetines desparejados, opiniones desparejadas. Todo él era desparejo. Mantenía el escaso orden en su vida con unas simples gomas. Llevaba una alrededor de la muñeca y en la cartera y en el pelo y en las llaves. En el antebrazo debería haberse tatuado una goma y no el cuchillo que llevaba.

—De un cuchillo no te arrepientes nunca. Es un clásico —explicó tranquilamente en la sala de café.

—¿No es un poco agresivo tatuarse un arma? —pregunté yo con escepticismo.

—En el budismo, el cuchillo significa que te has liberado de lo material.

—¿De verdad?

—No tengo ni idea. Solo lo he dicho porque sonaba profundo.

Soltó una carcajada y se pasó el pelo por detrás de la oreja. Yo no podía dejar de mirar esa oreja, el vello en la nuca. A veces, cuando lo veía de lejos, como cuando él se levantaba a buscar café a la máquina, me dolía el estómago.

Hasta ese momento, yo había vivido el amor como algo sereno y apacible. Aquello se parecía más al terror y al vértigo. Los fines de semana, en casa con Tom y Oskar, me moría de ganas de que llegara el lunes para volver al trabajo. Mis fantasías no consistían en besarlo y abrazarlo, sino en estar cerca de él. Poder oír su risa. Ver ese destello en sus ojos, como una linterna encendida al fondo de estos. ¿De dónde provenía esa luz? De un mundo distinto del que valoraba lo material; estaba convencida de ello. ¿Qué es lo que te atrapa de una persona realmente? ¿Su manera de ver las cosas, su risa, su seriedad? La sensación de que la conoces. De llegar a casa. De alma gemela.

Era algo que no se podía explicar, pero sí se podía sentir. Y para alguien que había dedicado toda su vida a tomar decisiones racionales resultó embriagador.

Después del trabajo solíamos ir juntos hasta el metro. A veces entrábamos en la pastelería de la esquina y pedíamos una taza de té. A él se le daban bien los pequeños detalles: llenarme la taza, coger una servilleta extra, abrir la puerta. Una vez me contó que había dejado una novia en la norteña provincia de Norrland, una acróbata de cuarenta años llamada Freja. La relación se había terminado porque ella se moría de ganas de tener hijos. Erik no tenía ninguna intención de traer criaturas al mundo bajo las amenazantes circunstancias climatológicas que reinaban, así que a los tres años la relación había hecho aguas.

—No tengo nada en contra de los críos —me aseguró—. Quiero a los peques de mi hermano más que a nadie en el mundo, pero ahora ya soy tan viejo que lo veo como una cuestión política. Tenemos que empezar a ceder en nuestras comodidades y a cuidar de la vida que ya existe. Que los bebés me parezcan una monada no es motivo para tener hijos.

Yo asentí con los ojos de par en par. Sobra decir que me había cruzado con idealistas, pero aquello era otro nivel. Nos pasábamos horas hablando, de todo. Él me contó que todavía componía canciones y que estaba intentando hacer un disco en solitario en secreto, pero que le estaba costando horrores. El tema económico no acababa de ir bien, había tenido que empeñar su mejor teclado. De vez en cuando, acompañaba a algún amigo músico a conciertos y se encargaba de la parte técnica. Le pagaban más bien mal, a veces en forma de unas pocas cajas de cerveza.

Había tenido que lidiar con sus problemas con el alcohol después de la carrera como artista pop, pero había conseguido controlar la bebida trabajando en una reserva de elefantes en la India durante cuatro meses. Parecía tener muchos amigos. Le gustaban el senderismo de montaña y estar en la naturaleza. Durante una temporada había estado viviendo en una tienda de campaña en el bosque, hasta que su barba fue demasiado larga y se sintió como Näcken, el espíritu del río.

—Tendría que haberlo tenido de profe en la escuela de música cuando era pequeño, pero ya sabes lo que les pasa a quienes aprenden a tocar el violín gracias a él, ¿no? —Erik se pasó la mano por el pelo.

Dije que no con la cabeza. Los cuentos populares no eran lo mío.

—Pues resulta que los que aprenden a tocar el violín con Näcken quedan tan hechizados por fuerzas sobrenaturales que no pueden dejar de tocar, y siguen haciéndolo hasta que pierden la cabeza. Si un músico consigue ser bueno con el violín en muy poco tiempo, probablemente le haya enseñado Näcken. Es como cuando la gente creía que Robert Johnson había aprendido a tocar la guitarra con ayuda del diablo. Y quien sea tan tonto como para enamorarse de Näcken muere ahogado.

Erik sonrió y dos arrugas de felicidad verticales le asomaron en sendas mejillas.

Cuando salimos de nuevo a la acera, me detuve en un cajero automático para sacar las cinco mil coronas que hacían falta para retirar su teclado de la casa de empeños.

—No puedo aceptarlos. —Se le empañaron los ojos cuando le puse el dinero en la mano.

—Considéralo un préstamo. Lo único que te pido a cambio es que luego toques algo para mí. Algo que me hechice.

—No pides poco.

—Lo sé.

Él soltó una risotada y me acarició la barbilla.

—Tenías un poco de nata. De la pasta. En realidad, te sentaba bastante bien.

Se llevó pensativo el dedo a la boca y lo chupó mientras me miraba.

Yo, que siempre había tenido facilidad para desconectar por las tardes, comencé a sentirme inquieta y acelerada. Traté de gestionar mi desasosiego a base de aprender origami.

—El origami exige tanta atención que es imposible pensar en otra cosa —me aseguró la chica que me vendió el libro en la librería.

Puse a Oskar como excusa para estudiar instrucciones complicadas en YouTube y tratar de hacer grullas a partir de papeles de colores de forma cuadrada.

—¿Qué hacéis? —preguntaba Tom risueño.

—Solo estamos probando a hacer animales —dije.

—¿Puedes hacer una vaca?

—Ya veremos —respondí.

Pero no hice ninguna vaca para Tom. Hice una rana en quince pliegues que podía saltar para Erik y la dejé sobre la mesa de mezclas de la salita de control. El corazón me latía tan fuerte que temí estar sufriendo una fibrilación cardiaca. No sabía lo que estaba haciendo, estaba siendo teledirigida por una parte de mí misma que no reconocía, cuya existencia desconocía. Me había visto afectada por algo cruel contra lo que no tenía ninguna posibilidad.

Químicamente enamorada.

Eran las palabras que surgían una y otra vez en mi cabeza. Nunca antes las había oído, pero era justo así como me sentía. Estaba químicamente enamorada.

Y no podía cambiar mi condición más de lo que una persona enferma puede decidir curarse.

8

1955

—¡Rápido! ¡Entra y cierra la puerta! —Francie la agarró del brazo y la metió de un tirón en la habitación.

Estaba irreconocible. Tenía media cara inflada al doble de su tamaño. El ojo era apenas una ranura para meter monedas en medio de la carne enrojecida. Debajo sobresalía un considerable pedazo de labio.

—Dios mío, ¿qué te ha pasado? —Veronika contempló horrorizada la imagen de su prima.

—Me ha picado una abeja. Varias veces. La muy desgraciada me ha atacado mientras dormía. Debe de haberse metido en la almohada. ¡Me voy a morir!

Francie se acercó corriendo al espejo del tocador.

—¡No puedo salir así! Es horrible. ¿Qué voy a hacer?

—Puedo ir a buscar antiséptico. ¿Quieres que llame un médico?

—No, nada de médicos. —Francie soltó un ruidoso suspiro—. ¡Justo hoy que Bo iba a dibujarme! Qué típico. ¿Por qué siempre tengo tan mala suerte? —Se dejó caer en la pequeña butaca con volantes de tela con un gesto teatral. El picardías que llevaba puesto la hacía parecer una prolongación de la butaca.

En el tocador tenía alineados pintaúñas, barras de labios, cajitas de base y rímel. Incluso había una botellita de plástico de agua oxigenada con la que castigar su melena rubia y también un bote de crema Nivea. Además, había cortado una rosa del frondoso rosal de fuera y la había puesto en un jarrón. Obviamente, la rosa más grande y bonita de todas.

—Cuando deseas algo, puedes jugarte lo que quieras a que no va a salir como tú quieres. Por eso no hay que desear nada. ¡Si es que parezco un cerdo!

Francie trató de exprimir un par de lágrimas de su ojo bueno.

—Había cancelado su trabajo de hoy por mí. Ahora seguro que se lleva una decepción. Pero bueno. Tendrás que decirle de mi parte que me encuentro fatal y que tengo que estar sola hasta que me baje la hinchazón. No puede hacer otra cosa. —Se miró en el espejo e hizo un puchero—. Por cierto, ¿podrías subirme el desayuno? No quiero que nadie me vea así. Tráete también algunos buñuelos de queso de ayer. Y una almohada extra, por favor.

—Claro.

—Y no te olvides de la mermelada, esa tan buena de frambuesas. —Francie ladeó la cabeza en gesto suplicante.

—Le preguntaré a Signe.

Veronika cerró la puerta un poco más fuerte de lo necesario y de camino tropezó con uno de los cordones con los que Sölve había intentado sujetar las plantas de celinda. Maldijo aquellos arbustos. Ese año, la celinda se había apoderado de todo el jardín. Estaba floreciendo sin tapujos, cubriendo ventanas y fachada, sin consideración alguna por el resto de las plantas de los arriates, como por ejemplo los tímidos pensamientos o las caprichosas rosas. La celinda le recordaba a Francie. Se tomaba la licencia de expandir sus gruesas ramas de flores, todas iguales y que olían de la misma manera. No se tomaba su tiempo en producir una flor única, como la amapola o el lento girasol. No, la celinda solo se desplegaba en nuevas posturas, con el mismo derroche de flores de siempre. Los pistilos chillones y amarillos despuntaban por todo el ramaje. Si las flores pudieran oírse, la celinda estaría parloteando sin parar y sin importarle quién estuviera escuchando.

De camino a la cocina se cruzó con Lilla-Märta, una hija de familia de campesinos delgada y paliducha que había pasado la fiebre española y que a veces iba a la pensión para ayudar en tareas sencillas. Según la madre, lo que más le gustaba era celebrar Santa Lucía, pero no era Navidad todo el año, así que Lilla-Märta tenía que aportar dinero a los ingresos familiares haciendo todo tipo de trabajos sencillos. Entre otros, llevar la ropa para la colada a la señorita Björk, que era quien se ocupaba de eso. Tenía una lavandería con un gran caldero que calentaba con llama viva. Tablas de lavar, cepillos, baldes, espátulas de madera y cazos para verter agua colgaban de los sitios que tenían designados. No le gustaba que entraran desconocidos en la lavandería. El proceso de lavado se llevaba a cabo con eficiencia militar. La señorita Björk siempre tenía la cara roja, como un cangrejo cocido, por culpa de todos los vapores de agua. Todo el jardín estaba cubierto de cuerdas de tender, donde colgaba las sábanas para que se secaran. Una vez estaba todo seco, se recogía, se planchaba y se apilaba en cestos de mimbre que luego Lilla-Märta iba a buscar en bicicleta. La señorita Björk siempre le tenía un ojo encima hasta que desaparecía por detrás de la esquina, convencida de que iba a volcar las sábanas almidonadas en medio de la calle.

—Lilla-Märta, ¿podrías llevarle el desayuno a Francie a su cuarto? —le pidió Veronika—. Le ha picado una abeja y necesita descansar. Yo tengo otras cosas que hacer.

—Por supuesto. —La niña hizo una genuflexión. Lo hacía a todas horas. Incluso aquella vez que Signe le echó la bronca porque se le había caído una botella de nata y se había roto en mil pedazos.

Bo estaba en el mostrador de recepción sin hacer nada, vestido con camisa de manga corta y pantalón corto. Le habían salido pecas en los brazos y en el cuello.

—¿Estáis listas para irnos? —Echó un vistazo rápido por encima del hombro de Veronika.

—Lamentablemente, no. A Francie le ha picado una abeja. Prefiere no ver a nadie, se le ha hinchado el ojo.

—Vaya, suena mal.

—Sí, tiene un aspecto horrible —confirmó Veronika, y se avergonzó al instante de sí misma—. Va a desayunar en su habitación —añadió.

—Entiendo.

Bo asintió con la cabeza y cambió de postura. En recepción no había nadie, solo el libro de registros sobre el mostrador y la campanilla que los clientes hacían sonar si querían algo. No tenía ningún sentido tener siempre a alguien en recepción en un sitio tan pequeño como aquel. Además, así resultaba más familiar. Si alguien quería tomar prestadas unas tijeras o aguja e hilo, había un estante con un cesto del que los huéspedes podían coger lo que necesitaran. La señora Cedergren, que llevaba mucho tiempo siendo clienta habitual, había asumido la responsabilidad de arreglar algunas de las pertenencias de la pensión, no sin tomarse ciertas licencias. Por ejemplo, había pegado un candelabro roto con cinta adhesiva. También el as de diamantes de la baraja, lo cual hacía que siempre pudieras reconocerlo. Los agujeritos que tenían algunas de las macetas del exterior los había tapado con esparadrapo.

—¿Hacemos algo igualmente, tú y yo? —Bo la miró de reojo.

—Sí, podríamos. No tengo nada que hacer. —Veronika encogió ligeramente un hombro.

—¿Vamos al quiosco ese de helados que me dijisteis? Yo invito.

—Vale. —Veronika le lanzó una mirada fugaz y sonrió.

Un estrecho sendero bajaba serpenteando hasta la playa. A ambos lados crecían pinos sueltos y larguiruchos. El olor a pinaza y resina era penetrante. Dentro del bosque había claros donde los bañistas habían colgado hamacas y estaban tumbados leyendo el periódico. Un poco más allá estaba el viejo quiosco de agua. Ahora estaba cerrado, pero cuando Malen se convirtió en ciudad balneario servían tanto agua de su propio pozo como distintas aguas de Vichy embotelladas. En el quiosco todavía había algunos estantes con vasos vacíos, y era un sitio emocionante adonde ir. Bo y Veronika caminaban muy cerca el uno del otro por el sendero. No era fácil ir así sin tocarse accidentalmente de vez en cuando. Cada vez que ocurría, Veronika notaba un calor esparcirse por su estómago. Llevaba las sandalias en la mano. La pinaza solo le pinchaba en junio, luego las plantas de los pies se endurecían. Bo, en cambio, soltaba un alarido cada vez que pisaba la punta de una aguja.

En aquella arboleda siempre reinaba un extraño silencio, a pesar de que el mar estaba muy cerca. Los árboles formaban un muro de exuberante frondosidad que amortiguaba todos los sonidos. Veronika no sabía muy bien dónde terminaba el bosque. Suponía que continuaba, que se extendía hasta el infinito, como tantas otras cosas.

El sendero se estrechó aún más y Veronika dejó a Bo ir delante. Observó que le gustaba ir detrás de él. Así era más fácil estudiarlo con tranquilidad. La columna vertebral se le marcaba por debajo de la camisa. Era delgado, pero no flaco. Tenía los hombros bastante anchos y un tanto caídos hacia delante. Los antebrazos, llenos de venas. Le recordaban a las raíces de los pinos que corrían por el suelo y se aferraban encarnizadamente a la débil arena. En la nuca tenía un trozo de piel más oscura que el resto. La marca tenía la forma de Italia con el tacón de la bota y todo. De pronto, Bo soltó un nuevo grito y se detuvo, haciendo que Veronika se empotrara en su espalda y se golpeara la nariz.

—Vaya, lo siento, ¿estás bien? —Bo se volvió y le puso una mano en el hombro.

—Sí.

—¿Seguro? ¿Me dejas ver? ¿No te sale sangre? —Le giró con cuidado la cabeza hacia la luz y examinó con atención su nariz.

—Nunca he sangrado por la nariz.

—No te pierdes nada.

Bo dejó la mano en su hombro más de lo necesario. Ella se cruzó con su mirada el tiempo suficiente como para ver que sus pestañas eran largas, casi como las de una chica. Sus ojos eran como dos pozos oscuros, demasiado profundos para mirarlos mucho rato. A lo mejor te entraban ganas de saltar dentro. Había cosas de las que era mejor no calcular la profundidad, por ejemplo, el agua y las emociones, pero también los ojos. Algunas personas se veían atraídas por las profundidades, pero pocas veces terminaba bien. Formaba parte de la naturaleza de la profundidad ejercer su fuerza sobre las personas que eran lo bastante imprudentes como para mirarla fijamente. Las profundidades se alimentaban de miradas curiosas. Se las tragaba enteras.

Así que Veronika apartó la mirada y siguió caminando en silencio.

Algo se movió entre los árboles, probablemente un conejo. Solían cavar hoyos en los que era fácil tropezar. A veces, las crías asomaban la cabeza, olisqueaban el aire y escuchaban con sus suaves orejas. De pequeña, Veronika había intentado domesticar uno, pero no había salido bien. Los animales salvajes eran difíciles de domar.

Finalmente, llegaron al paseo de la playa y pasaron por delante de algunas de las ostentosas casas que allí se erguían. En Malen habían pasado de tener un solo hotel balneario —eso sí, con sus terapeutas, su pastor particular y sus asistentas de baño un tanto rudas— a tener una docena de pensiones, todas ellas con nombres románticos como Idun, Aemi, Solvik, Bredablick, Urania y Rosenhill. La preferida de Veronika era una llamada Idla, una casa pequeña de madera negra y techo rojo que la hacía pensar en Hansel y Gretel. Aparte de las pensiones, alguna que otra casa privada alquilaba también una habitación o dos en temporada alta. A diferencia de la ciudad vecina, Båstad, que estaba considerada como un lugar selecto, Malen era más familiar, apropiada para ir con niños. La arena blanca estaba salpicada de pequeñas casetas de playa de colores, como las cuentas de madera de un collar. Aunque los precios fueran más bajos a final de temporada, los bañistas ya habían empezado a regresar a sus casas de la ciudad.

—¿Dónde está el quiosco?

—Allí delante. —Veronika señaló con el dedo sin mirarlo.

No había cola. Ernst estaba asomado a la ventanilla, siguiéndolos atento con la mirada mientras se acercaban. Ernst tenía ojos saltones y unos brazos cortos que apenas llegaban al fondo del arcón congelador donde guardaba los helados. En un pequeño cuartucho detrás del quiosco, cocinaba sus propias espirales de tofe. Si el viento era favorable, podían olerse desde la otra punta de la playa. Ernst era conocido por saberlo todo de todo el mundo, y le encantaba compartir cuanto sabía. Si un secreto llegaba a sus oídos, enseguida todos estaban enterados. «Soy una tumba», aseguraba él, y al instante siguiente se ponía a cantar hasta que se quedaba sin aliento. Veronika vio que entornaba los ojos para mirar primero a Bo y luego a ella y que su lengua comenzaba a correr por sus finos labios.

—Vaya, la señorita tiene visita. ¿Quién es, si se puede saber? ¿Se trata del novio?

Veronika se apresuró a negar con la cabeza.

—Ah, ¿no? Pues a mí me parece percibir un aire nupcial. —Ernst guiñó un ojo y asintió muy seguro con la cabeza.

A veces era terrible eso de ser demasiado joven para replicar, aun cuando sentías que alguien se pasaba de la raya. Siempre había que contestar con un silencio; si no, eras tú la descarada.

—Ahora no se ve tanta gente joven por aquí abajo —continuó Ernst como si nada—. Hay más críos y renacuajos con sus padres. Así que es una suerte que os hayáis encontrado el uno al otro. Por la edad, me refiero.

Pestañeó despacio.

—¿Eres un huésped de la pensión o qué? —Ernst se asomó por la ventanilla para ver mejor al visitante.

—Sí, se podría decir. Me han concedido una beca.

—Ah, ¡un estudiante! ¿De dónde? —Ernst volvió a pestañear.

—Querríamos un helado —lo interrumpió Veronika.

—Que sean dos. Yo pago. —Bo dio un paso al frente y dejó un billete de cinco en la ventanilla.

—Marchando dos helados. —Ernst cogió a regañadientes un cucurucho de galleta y tiró de la palanca de la máquina. El trasto era la novedad de ese año y Ernst no desaprovechaba ninguna oportunidad de contar que le había llegado directo de Estados Unidos, ni más ni menos. Era un invento tecnológico que congelaba la nata en menos de lo que cantaba un gallo. Si no fuera por lo rico que estaba el helado, lo más probable era que Veronika hubiese evitado el quiosco a toda costa. No le gustaban ni las preguntas insolentes de Ernst ni sus miradas libidinosas.

Ernst les dio los cucuruchos sin dejar de mirar a Bo.

—¿Cuánto tiempo te quedas?

—Lo que queda de mes.

—¿Tanto? —Ernst cogió el dinero, pero esperó con el cambio en su mano rechoncha—. ¿Qué estudias, si se puede saber?

—Arte.

—¿Arte? —Ernst se quedó pasmado—. ¿Eso para qué sirve? No da dinero, ¿no? Me parece que no es muy buen partido.

Señaló a Bo con la cabeza mientras miraba a Veronika con una estúpida sonrisa.

—Soñar es gratis, pero de algo hay que vivir. ¿A que sí? ¡Para muestra, un botón! —Se hizo un poco a un lado para exhibir la máquina de helados en todo su esplendor—. Me ha costado un ojo de la cara, pero enseguida habré recuperado la mitad de la inversión. Y eso sin apenas haberla hecho trabajar. Lo he calculado y el verano que viene ya la habré pagado. Si el tiempo me acompaña; pero a pesar de todo...

—Creo que tenemos que irnos. Si no, se nos va a derretir el helado —lo interrumpió Veronika con brusquedad—. ¿Tienes el cambio?

Ernst le entregó enfurruñado las monedas.

—Es una buena chica. ¡Cuídala! —les gritó en cuanto hubieron bajado de la pequeña tarima de madera—. Su madre es una auténtica mujer de negocios. Ha conseguido llevar la pensión a buen puerto. Saludadla de mi parte, por cierto. Si se pasa por aquí, la invito a un cucurucho.

Veronika se despidió fugazmente con la mano y aceleró el paso.

—Te pido disculpas por lo de Ernst. Es un metomentodo. —Agitó enfadada la cabeza. Después se sentaron los dos en un banco bajo el único árbol que había en la playa, un viejo roble que había logrado echar raíces en el sitio equivocado y que ahora se erguía desviado, con las ramas estiradas como las manos de alguien que se está ahogando.

—No es culpa tuya. De todas formas, el helado es bueno, hay que reconocerlo.

—En Estados Unidos los tienen también con sabor a fresa. Congelan la nata en un instante, es una tecnología especial.

Veronika se quedó callada al darse cuenta de que estaba sonando como Ernst. Trató de pensar en otra cosa que decir, pero no era tan fácil. A Bo tampoco parecía ocurrírsele nada, así que se limitaron a comerse los helados.

Más abajo, las olas se encrespaban ligeramente. Por suerte, no soplaba un viento demasiado fuerte. Así al menos el pelo de Veronika se mantenía en su sitio, a diferencia de su lengua, que parecía trabársele aun sin decir nada.

—¿Sales con alguien? —Bo la miró de reojo.

—No. —Se arrepintió de haber respondido tan deprisa.

—Yo tampoco, pero en primavera estuve con una chica. Rompimos de mutuo acuerdo. Se deprimía en otoño. —Asintió con la cabeza.

—Suena duro.

—Ni que lo digas. ¿Tú te deprimes en otoño?

—No especialmente.

Veronika miró al suelo y cruzó los dedos para que Bo no se percatara de que estaba mintiendo. Era sensible a todos los cambios de estación. Le recordaban que todo cambiaba, que no podías demorarte nunca en nada, ni confiar en nada. Ni siquiera en el clima.

—Por cierto, ¿te has sacado el bachillerato? —Bo entornó uno de sus ojos por el sol.

—Sí, en primavera.

—Seguro que con nota.

—¿Por qué piensas eso?

—Pareces inteligente. Esas cosas se notan.

—No sé.

—Claro que sí. Yo era un desastre en clase. No aprobaba casi ninguna asignatura. Por eso mi padre me dejó empezar en la escuela de arte. No servía para nada más.

—¿Cómo te diste cuenta de que era eso lo que querías?

—Supongo que fue gracias a Lasse, un chico al que conocí en el servicio militar. Nos pusieron a dibujar mapas en el archivo de la marina. Ya sabes, hacen mapas especiales para engañar a los rusos, por si hubiera una guerra. Pero es un secreto, no se lo puedes decir a nadie.

Puso rápidamente una mano sobre la de ella en un gesto confidencial, pero la retiró enseguida.

—Añadíamos escollos y cosas así que no existen en realidad, para que no se les dé por navegar por el estrecho. Era bastante emocionante. En cualquier caso, el chico este hacía trabajos extra como decorador en unos grandes almacenes. Fue él quien me contó que había escuelas en las que solo se pinta. Al principio pensé que me estaba tomando el pelo. Yo nunca había oído hablar de algo así. Pero presenté una solicitud y me aceptaron. Por suerte, solo miraban los trabajos y no las notas. —Bo pasó la punta de la lengua por el helado. Era de color rosado—. Obviamente, mi padre piensa que eso no me va a llevar a ninguna parte.

—¿Cómo te las arreglas?

—Mi madre ha ahorrado un poco de dinero. No es mucho, pero me mantendrá a flote un año más, con comida y eso. Y a veces ayudo a mi padre en algunas obras; es carpintero. Es un buen padre a decir verdad, ha vivido bastantes cosas. Durante la guerra de Invierno de Finlandia transportaba provisiones al golfo, donde estaban aislados. Cuando conducía el camión, le hacían llevar una pistola debajo del culo, para que pudiera disparar si alguien intentaba robarle algo por el camino. Pero nunca le disparó a nadie. Cuando lo paraban, dejaba que cogieran lo que quisieran. Le importaba un bledo la empresa de transportes que lo había contratado. Así es él.

Bo alzó la mirada.

—¿Tu padre qué hace? No lo he visto por aquí.

—Está muerto.

—Vaya. Lo lamento. ¿Cáncer o qué?

—No.

—Conozco a uno que murió de cáncer. Es muy jodido. —Bo negó con la cabeza.

Se quedaron otra vez en silencio. Veronika tragó saliva y miró para otro lado. Su padre estaba mejor en el margen exterior de su paisaje de recuerdos, oscuro y desdibujado. Era mejor no mencionarlo en absoluto.

—¿Y qué vas a hacer en otoño? —Bo le dio un empujoncito en el costado.

—Voy a empezar en la escuela de labores domésticas de Malmö.

—¿Qué enseñan allí?

—Cómo administrar una casa. Cocinar y planchar sábanas y cosas así. También se estudia un poco de economía. Mi madre y Signe dicen que siempre hace falta gente que sepa llevar las cuentas.

—¿Eso es lo que quieres? ¿Ir a la escuela de labores domésticas?

—No lo tengo claro. Algo hay que hacer.

—Sí, supongo que sí.

Bo asintió en silencio.

—¿Te apetecería hacer una excursión algún día? Puedo llevarte de paquete.

—Puedo coger otra bici.

—¿Tantas cosas sabes hacer? —Le sonrió.

—Sí.

—Es un buen comienzo. —Bo asintió con tanta energía que un mechón de pelo le cayó sobre la frente. A Veronika le entraron ganas de tocarlo. Recorrerlo con el dedo, hasta el final.

9

2019

La chica del moño rubio aparece como por arte de magia en cuanto toco la campanilla que hay en recepción. A saber dónde diantre ha estado escondida hasta ahora. Quizá detrás de la cortina del almacén de cajas de cartón que se puede intuir detrás del mostrador.

—¿Puedo ayudarla en algo? —Me mira alentadora.

—Sí, me gustaría quedarme algunas noches más —digo.

—¿Cuánto tiempo?

—Tres o cuatro días.

Empieza a ojear el calendario que tiene en el mostrador y en silencio sigue con el dedo las páginas en blanco del libro de reservas.

—Lo tenemos bastante lleno, pero creo que puedo conseguirle algunas noches. ¿Media pensión?

—Sí, gracias.

Le saca la punta a un bolígrafo y anota algo.

—Entonces, ¿se queda? —me pregunta.

—Desde luego.

—Nos alegramos de oírlo.

Me pregunto a quién se refiere con ese plural. Durante los dos días que llevo aquí, ella es el único miembro del personal al que he visto. No he visto siquiera a nadie de la limpieza, pese a que mi habitación estaba impecable cuando he vuelto a casa después de estar con Veronika. Ya he empezado a considerarlo un hogar, observo distraída. En la pared que se encuentra detrás de la chica hay un estante oscuro con llavecitas unidas a trozos de madera que cuelgan en impecable orden.

—A lo mejor no le he dicho que tenemos bicicletas para nuestros clientes.

—No —digo.

—Están en la parte de atrás. Hay tanto de mujer como de hombre. ¿Le gustaría coger una?

—Me encantaría —respondo.

Se da la vuelta, coge una llave del estante y me la entrega junto con un mapa.

—Puede usted coger la tres. Todas deberían tener las ruedas hinchadas. En este mapa aparecen los carriles bici marcados en azul. Si lo desea, también puede hacer la ruta Kattegattleden, es la línea de color rojo.

Señala con una uña bien cuidada.

—Muchos de nuestros huéspedes son ciclistas, pero suelen traerse su propia bicicleta; las que tenemos nosotros son más de paseo, así que no sabría decirle si son cómodas para hacer un trayecto tan largo —me informa con seriedad—. Si el sillín está demasiado alto, puede bajarlo usted misma.

Saca un pequeño kit de herramientas de una caja y me la pasa.

La funda contiene llaves Allen de diferentes tamaños y un destornillador de estrella. Me quedo de pie con el estuche en la mano, mirándolo fijamente.

Una vez, Erik me dijo que si yo fuera un animal de compañía en una tienda de mascotas, me guardarían detrás del mostrador. Yo no era ningún modelo estándar. Necesitaba complementos, cuidados especiales, herramientas extra. Un manual de instrucciones específico. Yo lo necesitaba todo a mi manera, tenía deseos y opiniones y preferencias específicos. No era apta para quien se comprara un animal de compañía por primera vez, pero el esfuerzo merecía la pena. Me dijo que así era como él me veía, y nos reímos.

Siento un latigazo de dolor muy dentro del pecho, de pronto la pena me resulta insoportable.

—Naturalmente, tenemos cascos.

—Me las apaño sin él —aseguro.

—Nos acaba de llegar el menú de la semana que viene. —Señala un montoncito de hojas sueltas que hay en el mostrador—. ¿Quiere la cena de hoy a la hora de siempre?

—Sí, gracias.

Me guardo el menú en el bolsillo del pantalón y salgo a la parte de atrás. Las bicis están en el aparcadero. Los acúfenos me vibran en los tímpanos. Le quito el candado a la bici número tres, me siento en el sillín ya caliente y bajo por la cuesta sin molestarme en abrir el mapa.

En la sala común de Tallgården la tele está encendida. Las cortinas están cerradas. Se pueden distinguir las siluetas de dos personas en silla de ruedas en la penumbra. Sobre la mesa hay unas damas chinas y un Scrabble. En el rincón, un carrito con un termo de café y un plato de pastas. Lo único que se oye es ruido de vajilla en la cocina y el *reality show* de la tele. Llamo al ascensor y, justo cuando voy a entrar, aparece Camilla por el pasillo.

—¿Hoy también vienes? Qué entrevista más larga.

—Me quedan unas últimas preguntas —murmuro esquiva.

—Hay un poco de lío en la tercera planta. Han venido unos operarios, están puliendo el suelo. Harald, que vivía al lado de Veronika, falleció anoche.

—Vaya —digo—. ¿De qué ha muerto?

—Se fue a dormir y ya no se despertó. Estuvo lúcido hasta el último día. Se ha ido durmiendo plácidamente, muchos pagarían por ello.

Se arregla la pinza del pelo sobre la nuca y se sorbe la nariz.

—¿Cómo te parece que se encuentra Veronika, por cierto? ¿La has visto centrada mientras has estado con ella? —Camilla me mira interesada.

—Desde luego —digo—. Un poco despistada quizá, pero nada del otro mundo. ¿Por?

—Estos últimos meses ha tenido problemas con la memoria a corto plazo. Durante la primavera ha tenido altibajos. Cuéntame si repite tus preguntas o si se olvida de vuestras citas, pueden ser señales silenciosas de algún trastorno de la memoria. También hay que decir que siempre ha sido un poco suya. Va mucho a su aire, no le gusta demasiado relacionarse con los demás. —Camilla se masajea las lumbares con la mano y me mira—. ¿Te puedo preguntar de qué habláis todo el día?

—De nada en especial. Viejos recuerdos sobre todo.

—A veces es mala idea despertar viejos sentimientos. Hay

que ir con cierto cuidado. Algunas de las personas que están aquí viven por completo en el pasado. Tengo a una señora en el pabellón de demencia que cree que tiene dieciséis años. Cuando se ve en el espejo, pregunta quién es.

—Qué horror —exclamo.

—No para ella. Por lo general, ella vive tranquila en su mundo. La manera que tienen los dementes de afrontar las impresiones es distinta de la nuestra. Lo que ocurrió hace cuarenta años sigue tan vivo como entonces, pero no saben en qué día de la semana están ni dónde se encuentran en ese momento. Para ellos, la infancia nunca llegar a terminarse del todo. ¿Cuánto tiempo te vas a quedar?

—No lo tengo claro. —Vuelvo a llamar al ascensor.

—¿Y todo esto concluirá en un artículo?

—Es la idea, sí.

—Porque..., ¿no tenéis ningún vínculo familiar? —Camilla me lanza una mirada de suspicacia.

—No —reconozco.

—Por favor, mantenme informada de tus planes, quiero saber quién entra y quién sale de la residencia. Es cierto que Veronika tiene su propio apartamento, pero tenemos muchos residentes que cuentan con vigilancia las veinticuatro horas del día y necesitan mucha calma y tranquilidad. Y ahora con las reformas y todo eso hay mucha gente corriendo por aquí, así que no está de más tener un poco de control. Y otra cosa, ¿podrías recordarle, por favor, que a las cuatro hay bingo musical en la sala común? Estaría bien que viniera.

Asiento en silencio y me escabullo dentro del ascensor.

Veronika me deja pasar con cierta reticencia. Tiene la radio puesta, están emitiendo un concierto de música clásica. Antes no me molestaba no ser bien recibida, más bien era una rutina, al menos durante los años que trabajé como reportera de noticias. La réplica por defecto cuando alguien me pedía que me fuera o que cerrara la boca era un inocente «Tengo derecho a preguntar». Ahora me da pereza entrar en el recibidor.

—De parte de la pensión —digo, y le entrego los bollos daneses que he robado del bufet del desayuno—. Y me han dicho que te diga que hoy a las cuatro hay bingo musical.

—Ah, vale. Se les da bien organizar actividades, pero yo no soy muy de actividades en grupo. Nunca lo he sido. A veces, cuando me preguntan, hago ver que oigo mal solo para que me dejen en paz. Es verdad que puede ser divertido relacionarse con otra gente, pero solo cuando a una le apetece. —Esboza una sonrisa torcida.

—Estoy totalmente de acuerdo —afirmo.

Veronika coge la bolsa de los bollos y entra primero en el salón. Me siento en lo que empiezo a sentir como mi silla.

—¿Escuchas a Mozart? —Baja el volumen de la radio.

—No —respondo.

—Tienes que hacerlo. ¿De dónde le salía la música? Es una buena pregunta.

Ella toma asiento en la silla que tengo enfrente y dobla el periódico que hay encima de la mesa.

—¿La pensión está a la altura?

—En mi opinión sí —digo.

—Son nuestra vieja competencia, llevan mucho tiempo en marcha, aunque cambiando de dueños. Años atrás, tenían muchos daneses que venían en el expreso de Malmö. Durante una temporada hasta tuvieron su propio botones esperando la llegada de los trenes. Cargaba el equipaje de los clientes y tenía una gorra especial con una cinta dorada. Mi madre quería que nosotras también contratáramos uno, pero salía demasiado caro.

—¿Cuándo fue eso? —pregunto.

—Sería por los años cincuenta.

—¿Dónde estaba la pensión exactamente?

—En la calle Riviera, justo encima de la playa. Ahora hay un hotel enorme, es descabellado. Una constructora compró el terreno y consiguió sacar adelante sus planes con alguna artimaña. Si paso por allí, siempre cierro los ojos. No puedo con esa monstruosidad. —Niega con la cabeza—. Luego, uno de los obreros me dijo que les costó mucho derribar el antiguo edificio, estaba todo tan bien construido... Se pasaron varias semanas picando y demoliendo hasta poder sacarlo todo. Fue terrible oírlo. Por lo visto, ahora corren por allí muchos hombres en mono ajustado.

—¿Mono ajustado?

—Van en bici, por lo que tengo entendido. Bicis de carreras. Me pregunto qué les da tiempo a ver con tanta prisa, y tampoco es que vayan a ningún sitio. Solo dan vueltas con la bici y sudan. Primero, el ser humano se protege de la naturaleza todo lo que puede. Luego, cuando se da cuenta de que, a pesar de todo, la necesita y quiere volver, va por ahí lo más deprisa posible. La utiliza como una maldita carrera de obstáculos. Seguro que no les da tiempo ni de ver que las hayas han echado hojas.

—Los deportes ridículos y las carreras de bicis deberían estar prohibidos —digo seriamente.

Veronika me mira con aprecio.

—Queda un poco de café en la cocina, si quieres.

—La verdad es que me apetece mucho una taza —digo.

—Cógelo tú misma. Las tazas están encima del fregadero.

Voy a la cocina. Es pequeña pero elegante, con armarios de puertas blancas y una alfombra negra de trapillo de plástico en el suelo. En el alféizar hay tazas de cerámica hechas a mano. En la pared cuelga una reproducción enmarcada de un cuadro de Matisse que representa una jaula de pájaro con una ventana abierta al fondo. Veronika ha hecho café a la antigua usanza, en una pequeña cafetera con un recipiente de porcelana para los filtros. Aún está caliente. Un pequeño escalofrío de bienestar me recorre el cuerpo. Estoy contenta de haber venido.

—Puedes ponerme un poco a mí también —me grita.

Sirvo dos tazas y voy a sentarme de nuevo. Al otro lado de las paredes que dan al piso de Harald oigo que se enciende la pulidora. Por la puerta del balcón se oye el crujido de la gravilla de fuera.

—Cuéntame más de vuestra pensión —le pido—. ¿Qué aspecto tenía? —Remuevo el café.

—En mi época, se distinguía entre Malen y Båstad. Malen, donde nosotros teníamos la pensión, era para gente más normal. Lyckan, que quedaba un poco más allá, se consideraba las afueras, tierras salvajes. En realidad eran todo pastos. La sala de baile donde Uno y yo nos conocimos estaba allí. La regentaba una pareja divertida. La señora cocinaba en su casa todo lo que se servía y cada sábado iban a la sala en motocicleta. Ella iba de paquete, con un pañuelo en la cabeza y el regazo lleno de tarros de galletas, y le gritaba a su marido que fuera más despacio para que no se le rompieran con los baches. Era hilarante.

Veronika suelta una carcajada. Yo también me río. Hacía

tanto tiempo que no me reía que casi me suena extraño. Es más como una tos.

—También tenían una sala de baile cubierta a la que llamaban Mar del Sur. Llegaban autocares llenos de gente con ganas de bailar. En las paredes habían pintado bailarinas con faldas de tul. Por fuera era de piedra blanca, tan elegante que no te lo puedes ni imaginar. A veces había unas peleas tremendas de borrachos, desde luego. Tenían una jaula para conejos en la que metían a los borrachos hasta que se les pasaba la moña. —Veronika le hinca los dientes a un bollo.

—¿También bailabas allí con Bo? —pregunto.

Ella saca lentamente unas gafas del bolsillo de su blusa y las empieza a limpiar con el mantel de la mesa.

—Una vez. Se le daban bien los agarrados. Los hombres que saben bailar son peligrosos.

—¿Cuánto tiempo estuvo viviendo en vuestra pensión? —pregunto.

—No llegó a un mes, pero a mí me pareció más. No se puede medir el tiempo de esa manera.

Cierra los ojos. El vello de su delgado cuello brilla bajo su peinado.

—Puedo ver claramente el cuarto en el que se hospedaba. Estaba empapelado hasta el techo, con papel verde claro. Y había una cómoda con espejo justo enfrente y una cama estrecha para turistas a mano derecha. El colchón era horrible.

Abre los ojos y me mira. Sus mejillas se han teñido de un leve rubor.

—Sabía tan pocas cosas de joven... Nunca me atrevía a hacer nada. Solo hacía lo que se esperaba de mí, y así fueron pasando los años. La vida.

—Pero os fugasteis, ¿no? Eso es más de lo que cabría esperar.

No me responde.

—¿No están las abejas muy agresivas este año? —Sus ojos se mueven inquietos hasta la puerta abierta del balcón.

—No veo ninguna abeja —respondo.

—Pero las oyes, ¿no? Creo que habitan en las paredes. Hay agujeros por los que se pueden meter. Tendríamos que taparlos.

—Me parece que eso que suena es la pulidora —digo—. Por lo visto, están puliendo el suelo del piso de al lado.

—No lo creo. ¡Por favor, cierra la puerta del balcón!

Me levanto titubeante y la cierro. Cuando vuelvo a sentarme, Veronika tiene una arruga de preocupación entre las cejas.

—Esta noche he soñado que él estaba ahí fuera. Cuando me he despertado, estaba convencida de que estaba ahí, me parecía tan real... Incluso he gritado su nombre. ¿Por qué resurge todo esto ahora? ¿Qué significa? Cuanto más vieja me hago, más a menudo tengo la sensación de que las cosas están conectadas. Que todo lo que ocurre tiene una razón de ser. A lo mejor no lo entiendes en el momento, pero al cabo de un tiempo todo cobra sentido.

Se queda mirándome.

—¿Tú sabes por qué estás aquí?

—¿La entrevista? —pregunto en voz baja.

—¿La entrevista? Casi la había olvidado.

Se inclina hacia delante.

—Una persona no puede desaparecer mientras la mantengas viva en tu interior. ¿No es así?

Su mano tiembla sobre la mesa. El anillo de compromiso

baila en su dedo anular, como la etiqueta en la pata de un pájaro. Trago saliva.

—Sí, supongo que sí —digo.

Había guardado mis viejos discos de vinilo, pero no los había tirado. Eran parte de las cosas con valor sentimental que me habían acompañado de mudanza en mudanza, sin que los hubiera escuchado nunca. Sabía que al fondo del trastero del sótano había dos cajas de cartón con, entre otros, un disco de Kosmonauterna firmado por Erik Erkils el día que los vi en directo en Lund. En ese momento pensé en buscarlo.

Además, el sótano y la lavandería eran los dos únicos lugares en los que podías refugiarte un rato de los niños y de la vida en familia y que te proporcionaban una coartada infalible: limpiar, ordenar, buscar algo importante. La relación de pareja estaba llena de ese tipo de astutos pretextos. Tom, por ejemplo, podía pasarse horas y horas lavando el coche cuando íbamos a visitar a mis padres. Todo para no tener que relacionarse. Yo tenía una excusa superficial para la visita al sótano: buscar mi viejo tocadiscos y unos discos infantiles que había guardado y que a lo mejor le hacían gracia a Oskar. Pero, como decía, la verdadera razón no era tan noble.

El corazón me latía con fuerza cuando abrí el candado y comencé a abrirme paso entre la vieja cuna y un gimnasio para bebés. Tom y yo habíamos guardado todas las cosas de bebé porque teníamos planeado tener un segundo hijo, pero yo no había conseguido quedarme embarazada a pesar de que entonces Oskar ya tenía diez años. La ropa y los zapatos estaban clasificados por edad. Cajas marcadas con «Pascua», «Navidad» y «Calzado invierno» se apilaban en torres ordenadas. Normalmente, cuando bajaba al sótano siempre me quedaba atrapada con otras cosas que no eran la que había ido a hacer; ojeaba álbumes de fotos o me probaba ropa vieja. Sin embargo, en esa ocasión estaba muy centrada en mi objetivo.

Tom y yo teníamos guardadas tres cajas cada uno con cosas que habíamos conservado de nuestras respectivas épocas de soltería. Estaban marcadas con nuestros nombres. Nunca las habíamos abierto, pero, por alguna razón, aquellas cápsulas del tiempo con trabajos escritos, trofeos de fútbol y recuerdos de la infancia eran lo suficientemente importantes para guardarlas. Quizá por los mismos motivos oscuros por los que alguien quiere conservar sus dientes de leche.

No tuve que buscar demasiado. Las cajas estaban al fondo del todo, muy afectadas por la humedad y los golpes de las mudanzas. Me senté en un taburete y comencé a desplegar las solapas de la que estaba marcada como «Adolescencia Ebba». Encima de todo había un vestido de encaje negro y rojo que había sido lo más y que, después de muchas vueltas, volvía a estar de moda. Lo dejé a un lado. A lo mejor podía ponérmelo las próximas Navidades. Una plancha para el pelo que había sido escandalosamente cara estaba metida en una bolsa junto con unos cuantos rulos y un puñado de cartas decoradas con pegatinas. No me distraje y seguí buscando. Debajo de una caja de zapatos con casetes grabados encontré la caja que estaba buscando. Dentro había una veintena de discos de vinilo, todos tan familiares que parecía que los hubiese escuchado el día anterior. Saqué un par para poder rebuscar mejor; leí las letras de las contraportadas y descubrí que todavía me sabía varias de memoria. ¿Por qué siempre recordamos lo que aprendemos de pequeñas, como las letras de las canciones? Nerviosa, continué buscando. El disco de Kosmonauterna era el penúltimo, y le había dedicado una de esas valiosas fundas de plástico que se podían comprar por dos coronas en la tienda de discos. Saqué el disco con dedos sudorosos.

La foto de la carátula mostraba a la banda posando apática junto a un búnker militar cubierto de pintadas.

NO TOQUÉIS LOS CADÁVERES, podía leerse en espray detrás de ellos. En primer plano se veía a Erik vestido con una camisa roja demasiado grande y tirantes negros. Serio como una tumba y con la barbilla baja. El batería, cuyo nombre no recordaba, llevaba boina y unas gafas de sol con cristales azulados. El guitarrista tenía una mano en el pecho en un gesto militar y miraba ausente al horizonte, una pose rockera bastante común en aquella época. Lo que en su día me parecía revolucionario y un poco peligroso, se me antojaba ahora más bien inocente y tierno. Pero una cosa seguía igual: la mirada de Erik. Atravesaba la portada del disco y se clavaba en mis ojos. Sentí un calor en el bajo vientre. «No es más que una vieja foto —me dije—. Se ve que siegues siendo una fan que no puede mantener la cabeza fría. ¿Se puede saber qué estás haciendo?» Pero las palabras no querían hacer mella en mí. Mi cuerpo las desacreditaba, se volvió suave como la miel. Sobre la foto estaba su autógrafo escrito con rotulador negro.

«Para Ebba, que se sabía todas las letras. Un abrazo, Erik.»

Recuerdo que estaba en primera fila, delante del escenario, incapaz y sin ninguna intención de parecer guay. Me sabía todas las letras de memoria y cantaba de corazón. Al final él se había reído y me había pasado el micrófono. Después, cuando le pedí el autógrafo, me dijo: «La próxima vez que me ponga enfermo ya sé a quién llamar».

Unos años más tarde conocí a Tom.

Me llevé el disco a la nariz y aspiré su aroma. En su día había olido a rotulador. Lo tenía al lado de la cama y me dormía viendo la cara de Erik. De alguna manera, ahora la situación era la misma, con la diferencia de que a quien veía durante el día era al Erik de carne y hueso.

En el suelo, junto a la caja, estaba el tocadiscos, con el amplificador y dos altavoces cubiertos de polvo.

Decidí subirlo todo al piso.

Hice que Tom montara el equipo en el salón mientras yo abría una botella de vino tinto. Oskar ya se había dormido, así que puse el disco a volumen bajo. Las guitarras eléctricas no se andaban con ironías que digamos. El sintetizador de fondo era compacto. El sonido, inconfundible.

—Todavía suenan bien —dije entusiasmada—. La letra resiste, ¿no te parece? «Eres droga, eres fuerte. Eres tierra peligrosa. Eras una mina. Explótame si quieres. Prefiero estallar en mil pedazos contigo que quedarme quieto.»

—No sé qué decirte —dijo Tom distraído mientras terminaba de echar antical en la cafetera—. ¿No es la cháchara de siempre para acostarse con las tías?

Noté que me ponía colorada como una peonía.

—Nunca he entendido por qué a las mujeres les ponen los tíos con guitarra aunque apenas sepan tocarla, y luego se quejan de que los hombres son imprevisibles.

Tom dobló la bolsa vacía y la metió con esmero en la basura.

—Es de una hipocresía... Además, siempre me ha parecido todo postureo, el cantante ese.

Tragué saliva.

—La verdad es que es muy simpático.

—Seguro que contigo sí. Por cierto, ¿has comprado el limpiador de baños que te dije en el mensaje? El ecológico.

Alzó la mirada. Tenía el pelo alborotado y los ojos cansados. Cada pliegue de su piel y cada arruga me eran bien conocidos y estaban más que examinados. El corazón me palpitaba con fuerza en el pecho. Sentía dos cosas al mismo tiempo y con la misma intensidad: quería a Tom y estaba enamorada de Erik.

La señal del teléfono es nítida. Al principio pienso que es la alarma de incendios, hasta que, adormecida, consigo encontrar el móvil en la mesita de noche. Tengo la cabeza pesada por culpa del alcohol de ayer. Me tomé alguna copa de más de vino con la cena y no he tenido un sueño profundo.

—Tiene una visita. —La voz de la recepcionista suena avergonzada. Dice la palabra «visita» en voz baja, como si se tratara de una enfermedad venérea.

—¿Qué visita?

—Creo que es una fotógrafa. Trae un gran equipo, cámaras y demás. ¿Podría usted bajar lo antes posible? Hay un poco de lío con tanta cosa.

Noto que se me cierra la garganta. La fotógrafa. Debería haberla llamado. Pero no hemos concertado ninguna cita, ¿no? ¿O sí? ¿Contesté ayer a algún correo que ahora no recuerdo? La angustia me azota el estómago.

—Ya bajo —digo, y cuelgo enseguida el teléfono.

Desde el suelo, el móvil me informa de seis llamadas perdidas de un número desconocido. Tengo varios mensajes de voz en el buzón. Se ve que lo he tenido silenciado mucho tiempo. Mientras me visto entre juramentos, marco el número del buzón de voz.

La fotógrafa parece estar dando vueltas con el coche, con el manos libres conectado, y me ha dejado varios mensajes confusos. En uno dice que está en un cruce y que no sabe hacia dónde tiene que ir; en otro me informa de que llegará una hora tarde. ¿Tarde para qué? Bajo a trompicones por la escalera sin haber encontrado el cepillo y sin haberme puesto los zapatos.

La chica de recepción me mira nerviosa.

—Ahí dentro. —Señala discretamente en dirección al bar.

Ya de lejos veo que la mujer que está esperando en el comedor está muy estresada. En la mesa que tiene delante hay una montaña hecha con unas llaves, un teléfono móvil, un pintalabios, una cartera, una taza de café y unas gafas de sol. Contra la pared hay unos reflectores apoyados junto con un trípode, varias baterías de reserva y cámaras. La mujer corre de un lado a otro tratando de ordenar cables mientras yo me acerco a regañadientes.

—¿Hola? —digo tanteando.

—¡Hooola! ¡Por fin! Me llamo Issi. —Me tiende una mano y estrecha la mía con energía—. Joder, eres mucho más grande de lo que pensaba. O sea, más mayor.

Me mira con los ojos de par en par. Tiene el pelo pegado a la frente por el sudor. Por lo demás, es bastante mona. Por encima del hombro le cae una trenza brillante. Lleva una camisa holgada y pantalones de cuero anchos pese al calor. Tiene el cuello cubierto de manchas de estrés que ha intentado disimular con maquillaje. Puede que ronde los treinta. Quizá menos.

—Leí tu primer libro. Era buenísimo. Era el que hablaba del intestino inflamado, ¿no?

—¿Intestino inflamado? No, hablaba de relaciones largas y llenas de amor. —Me quedo mirándola.

—Ah, sí. Perdona, te estoy confundiendo con otra señora.

—Asiente enérgicamente con la cabeza—. Pero luego te separaste, ¿no? ¡Ya sé! Te liaste con aquel..., el viejo cantante ese.

Me limito a asentir con la cabeza.

—Pero ya se ha terminado.

—No es tan fácil reconocer a todos los famosetes que corren por las columnas. Tendrás que disculparme, yo también estoy recién divorciada y me cuesta mantenerme al día de todo. De hecho, este es mi primer trabajo en más de un año, así que tiene que salirme bien.

—Perdona, pero ¿habíamos acordado algo para hoy? No tengo nada apuntado —digo un tanto áspera.

—Anna me dijo que ibas a llamarme, pero como no lo has hecho he decidido venir igualmente. Pensé que a lo mejor había habido algún malentendido. Me reservé estos días para este trabajo hace varias semanas y he tratado de localizarte toda la mañana, pero no me lo cogías.

Sus ojos se han quedado encallados en mis pies descalzos.

—O sea, soy la que va a sacarle las fotos a la que va a salir en la revista. Soy fotógrafa —añade titubeante y me mira como si acabara de caer en la cuenta de que no estoy del todo en mis cabales.

—Me lo había imaginado... —digo, y señalo con la barbilla un iluminador con flash que hay en el suelo—. Llevas un equipo bastante ambicioso. Solo tenemos que hacer un retrato, te lo han dicho, ¿no?

—No es tan sencillo. —Issi frunce la boca, ofendida—. ¿Está aquí o qué?

—¿Quién?

—La mujer a la que tengo que fotografiar. —Mira desconcertada a nuestro alrededor.

—¿Veronika? No, no. —Niego con la cabeza mientras trato febrilmente de encontrar una solución al nuevo dilema.

A Veronika no le he dicho ni media palabra sobre ninguna fotografía. Y ahora tengo que presentarme allí con una compañera de trabajo medio neurótica y cargada de cámaras.

—He descargado todo el equipo del coche porque pensaba que era aquí donde íbamos a hacer la sesión.

—Pues tendremos que guardarlo otra vez —digo.

—¿Y ella dónde está? Solo tengo hasta las dos, luego tengo que recoger a los niños.

Siento una leve náusea, así que voy a servirme una taza de café y, de paso, me hago con un cruasán.

El reloj de pared marca las nueve y cuarto. Mi ritmo circadiano está patas arriba. Me parece que es intempestivamente pronto.

—Vive más cerca del centro, en una residencia —digo.

—Pues vamos a buscarla. Me gustaría mucho sacar también algunas fotos de los exteriores.

La fotógrafa hurga en su bolso, saca un paquete de chicles y me ofrece.

—A lo mejor quieres uno. Son de menta. —Me mira exhortativa.

Caigo en la cuenta de que a lo mejor huelo a alcohol y cojo uno avergonzada.

—Casi me olvido de mis complementos alimenticios. —Issi saca una bolsa de plástico de una de las fundas de material y empieza a hacer una fila de tarritos de plástico encima de la mesa.

—¿Para qué es todo eso? —pregunto.

—Son tranquilizantes naturales; van bien cuando estás nerviosa y te cuesta concentrarte.

Gira los tarros para que yo pueda ver todas las etiquetas. Magnesio. Zinc. Vitamina B. Pasiflora.

—¿Funcionan? —pregunto.

Ella asiente con la cabeza.

—He notado una gran diferencia. Tendrías que haberme visto hace seis meses. Ser autónoma es estresante, muchos clientes no tienen ni idea de lo que quieren.

Coge un puñado de pastillas, se las traga con un chorro de Coca-Cola Zero y se lleva una mano al pecho, como si bendijera la ingesta.

—¿Puedo coger alguna? —pregunto.

—Adelante, sírvete.

Cojo una de cada y me las tomo con un trago de café.

—Vale, pues nos vamos —digo—. Solo déjame ir a buscar los zapatos.

Estoy medio escondida detrás de Issi cuando llamamos a la puerta de Veronika. La situación es tan embarazosa que no sé dónde fijar mi mirada, así que cuando la puerta se abre opto por girar levemente la cabeza. Veronika mira hacia el pasillo con los ojos entornados. Tiene el pelo de cualquier manera. Lleva un camisón beis, las piernas le asoman desnudas por abajo.

—Hola, soy la fotógrafa. —Issi estrecha la mano de Veronika con frenesí. Veo que Veronika arquea las cejas mientras trata de asimilar lo que tiene delante.

—No sé si lo acabo de entender. ¿Quién dices que eres?

—Vamos a sacarte algunas fotos. —Issi ladea la cabeza y sonríe.

—¿Fotos?

—Sí, para el reportaje. ¡Vas a ser una chica de portada!

Veo que los ojos de Veronika empiezan a moverse agitados.

—Hola, Veronika. —Le alargo una mano—. Te lo dije ayer, ¿te acuerdas? Que hoy vendría con una fotógrafa. —Siento una punzada de remordimientos, pero no tengo más remedio.

Veronika parece titubear.

—Bueno, ahora que lo dices, creo que sí me acuerdo. Pero no pensaba que fuerais a venir tan pronto.

Se pasa una mano insegura por el pelo y se apoya en el marco de la puerta.

—Primero tengo que arreglarme, acabo de desayunar. ¿Cuánto vamos a tardar?

—No mucho —digo—. Como máximo, una hora.

—Eso no lo sabemos. No pienso ir con prisas. —Issi se vuelve, mosqueada—. Tardaremos lo que sea necesario, yo tengo mi proceso.

Se pasa la trenza por el hombro con gesto altivo. O sea, que no piensa renunciar a sus ambiciones artísticas así como así. Maldigo entre dientes.

—¿Podemos entrar y charlar un poco? Me gustaría saber un poco más de ti para ver qué tipo de foto podemos hacer. —Mira sonriendo a Veronika.

—No he limpiado el piso. —Veronika cambia de pie intranquila.

Issi asiente paciente con la cabeza.

—De todos modos, había pensado hacer la sesión en el exterior. Aquí dentro será difícil sacar algo bueno; la luz es mala.

Pasea la mirada por el recibidor con ojo crítico.

—Solo me gustaría sentarme y hablar un rato, para que nos pongamos de acuerdo en las fotos.

Veronika la deja pasar a desgana. Yo la sigo sin dejar de mirar al suelo. Issi se sienta en una silla, en la mía concretamente, y sonríe afable.

—Entiendo que esto te resulte extraño, pero la idea es que consigamos hacerte una foto realmente bonita que simbolice el amor entre tu marido y tú. ¿Qué solíais hacer?

Veronika clava los ojos en la alfombra, como si esta fuera a darle fuerza y voluntad, pero no dice nada. Se hace un minuto de silencio. Issi ha juntado las manos humildemente sobre el regazo mientras espera una respuesta.

—¿Hay algún lugar que haya significado mucho para vosotros? A lo mejor una cafetería o algún otro sitio al que solíais ir, la playa tal vez. ¿Solíais ir a la playa?

—No mucho.

—Quizá la sala de baile donde os conocisteis —digo—. ¿Todavía existe?

Veronika dice que no con la cabeza.

—No lo sé.

—Eso sería perfecto. A lo mejor hasta puedes dar unos pasos de baile. —Issi pestañea. Me pregunto cómo ha podido pasar por alto el andador que Veronika tiene entre las manos—. Por cierto, ¿esa es la ropa que te vas a poner? ¿No tienes algún chal de colores o algo así para darle un toque?

Issi se levanta y coge el chal amarillo que está colgado en el perchero.

—Este es superbonito. Necesitamos un poco de color.

Veronika me mira como pidiendo ayuda. Yo me encojo de hombros y quito una mota de polvo del reflector.

—Anda, vuestra foto de boda. —Issi se ha acercado a la cómoda y ha cogido la foto enmarcada—. ¡Pero qué monos! Por cierto, no tendrás por ahí guardado el vestido de novia, ¿verdad?

—No, me hice unas cortinas con él. —Veronika carraspea.

—Es tan conmovedor... La gente mayor que sigue enamorada es lo más tierno que hay. Imagínate, sesenta años. —Issi levanta la cabeza y sonríe.

—Nos vamos —la interrumpo—. A ver si conseguimos encontrar la sala de baile.

El coche es una furgoneta grande con todos los avances tecnológicos imaginables pitando a cada momento. Issi toquetea el GPS y va mirando todo por el retrovisor a pesar de que la carretera está desierta.

—No encuentro nada por «sala de baile de Nylid», pero a lo mejor tú reconoces el camino a medida que nos vayamos acercando —digo, y miro de reojo a Veronika.

—Seguramente, pero me he dejado el bolso en casa.

—No lo necesitas. Enseguida te llevamos de vuelta a la residencia.

—Sé que antes allí hacían mercadillo los fines de semana, pero de eso ya hace tiempo. —Veronika mira por la ventanilla.

El aire acondicionado le hace la competencia a mis acúfenos. Me duele la cabeza. Me escuece la garganta. No me ha dado tiempo a tomar nada más que el café, el cruasán y los complejos vitamínicos. Además tengo resaca, pero intento recomponerme lo mejor que puedo y estiro el brazo para coger la Coca-Cola que le ha sobrado a Issi. Detrás de una colina asoman varios aerogeneradores. El zumbido rítmico de las palas se abre paso hasta el interior del coche. Sin duda, vivir cerca de un parque eólico puede compararse con vivir cerca de una autovía. He leído que, aunque vivas a cierta distancia, la frecuencia de los infrasonidos puede hacer que una persona se deprima, si es que no lo está ya. Así como provocar acúfenos. Le doy otro trago a la lata. La carretera está flanqueada por cercados y cunetas desbrozadas. Los montículos, que en realidad son tumbas y están llenas de esqueletos, se van sucediendo en suaves ondulaciones cubiertas de pasto.

—O sea, que en esa sala de baile os conocisteis tu marido y tú en su día. —Issi mira por el retrovisor.

Veronika asiente en silencio.

—¿Y es también donde os enamorasteis?

—Supongo que sí.

—Oh, que romántico. ¿No podrías compartir con dos fracasadas como nosotras los secretos para hacer que una relación dure tanto tiempo? —Issi me señala con la cabeza y reajusta el retrovisor. Por un momento me invaden unas ganas locas de tirarla de un empujón a alguna de las tumbas, de añadir una más por así decirlo.

—Acabamos de pasar el cartel de Grevie —digo conteniéndome.

—¿Han ensanchado el camino? Lo veo tan diferente... No vayas tan rápido; en alguna parte debería haber un desvío que se mete en el bosque.

Issi pisa el freno. Por un instante parece que nos vamos a salir de la carretera.

—¿Te suena esto? —le preguntó a Veronika.

—No estoy segura. Sigue un poco más, a lo mejor está al otro lado de esa colina de ahí delante.

Avanzamos por el camino, que se va estrechando, y nos adentramos en una alameda con árboles nudosos a ambos lados. Todos están inclinados hacia la derecha, han cedido al viento persistente que entra del mar y se han ido amoldando a las circunstancias. Igual que la mayoría de cosas en el mundo. Al otro lado del repecho se abre un campo de cultivo cubierto de colza amarilla.

—Ahora ya no sé dónde estamos —constata Veronika.

—Para un momento en el arcén y así podemos mirar bien el mapa —digo yo.

La verdad es que estoy mareada y necesito vomitar. Issi pone el intermitente y gira hacia el borde de la carretera. Frena con demasiada fuerza y la gravilla salpica iracunda los bajos del vehículo. Todos los sensores de la furgoneta pitan revolucionados. Abro la puerta, respiro hondo unas cuantas veces y consigo inclinarme sobre la cuneta justo antes de que llegue el vómito. El aire huele a fertilizante industrial, lo cual acelera las cosas. Apoyo las manos en las rodillas y respiro por la boca. Todo lo contrario de lo que me aconseja Joar, pero no puedo evitarlo.

—Las curvas —digo para justificarme, y enderezo la espalda.

Issi me mira asqueada mientras saca una toallita húmeda del bolso y me la pasa.

—¿Ahí delante hay un camino que entra? —Veronika señala una arboleda que hay un poco más allá.

—Puedo ir a ver —dice Issi, secándose la frente.

Veronika y yo la miramos mientras se aleja a paso ligero con una de sus cámaras colgando del cuello. Como una especie de fotógrafa de naturaleza salvaje cumpliendo una misión en terreno infranqueable.

—Una chica enérgica —comenta Veronika en tono lacónico.

—Provocativamente enérgica —digo yo.

—Si te soy sincera, no tengo ni idea de dónde estamos. —Niega con la cabeza—. Uno y yo nunca veníamos por aquí. Era muy joven cuando iba en bicicleta a las alas de baile de la zona. Y con zapatos de cuña.

—Qué estilazo —digo—. No pasa nada si no la encontramos. Sacaremos la foto en otro sitio.

Issi ha dado media vuelta y gesticula exageradamente con los brazos.

—¡Por aquí no hay ningún camino! —grita.

—Nos hemos perdido. Tendrás que buscar otra solución para las fotos —respondo.

—Vale.

Issi coge una bocanada de aire y señala los campos de colza.

—Si pudiéramos llevar a Veronika hasta allí... Me la imagino levantando las manos hacia el cielo. O sea, como llena de vitalidad. Sensación de verano. El mar de fondo. ¿Qué os parece?

El sudor le corre por el cuello.

—Lleva andador —le recuerdo.

—No tiene que andar mucho. Solo un trocito, hasta estar rodeada de amarillo. ¿Le puedes echar una mano?

Issi ya ha empezado a sacar de manera brusca el andador del maletero. Es de esa clase de mujeres que la pagan con los objetos cuando las circunstancias se complican.

—¿Después habremos acabado? —Veronika me mira suplicante.

—Te lo prometo —digo—. Iremos con cuidado.

Empezamos a cruzar la cuneta. La luz es cegadora. Hay campos de cultivo hasta donde alcanza la vista. Un olor a sal logra abrirse paso entre el hedor a estiércol que arrastra el viento.

—La luz es preciosa —grita Issi—. ¡Hay que aprovecharla! Solo un poco más lejos.

Issi intenta corregir el reflector, que manda reflejos en todas direcciones.

Al final logramos adentrarnos un poco en el campo de colza.

El suelo se hunde ligeramente bajo nuestros pies. La colza nos llega por la cintura.

—¡Quedará genial! —grita Issi entusiasmada—. Ebba, ahora apártate, para no salir en la foto.

—¿Aguantarás un ratito aquí de pie? —le pregunto a Veronika.

—Pero quédate cerca. No te vayas muy lejos.

—¡Veronika, mírame y luego levanta los brazos al cielo!

Issi empieza a dar brincos y a adoptar distintas posturas de fotógrafa: se agacha, se pone de rodillas, se acerca a hurtadillas.

—¿Crees que podemos sacarte también una sonrisita? Así, muy bien. La cara más hacia aquí. —Issi pulsa el disparador a un ritmo frenético.

Veronika esboza una sonrisa forzada mientras intenta apartarse el pelo que el viento le está alborotando. La situación es profundamente humillante, pero Issi no parece darse cuenta en absoluto. De vez en cuando echa un vistazo a las fotos en la cámara con la frente arrugada.

—Creo que ya la tenemos —dice al final.

—Gracias a Dios —murmuro.

Cojo a Veronika del brazo y empezamos a deshacer el camino hasta el coche. Casi hemos llegado cuando, de pronto, un camión aparece en el cambio de rasante. Va muy deprisa y pegado al arcén. Veo levantarse una polvareda de gravilla y el chirrido de los frenos. Justo antes de llevarse por delante la puerta abierta del conductor de la furgoneta de Issi, la esquiva y continúa a toda velocidad.

—Maldita sea, ha estado a punto —exclamo, y rodeo a Veronika con un brazo protector—. ¡Tienes que cerrar la puerta del coche! —le grito enfurecida a Issi—. ¡Es muy peligroso!

Issi parece estar a punto de llorar y corre hasta la furgoneta y se sube de un salto.

—¿Qué pasa? —Veronika se acurruca y busca cobijo entre mis brazos. Yo le acaricio la espalda para calmarla y empezamos a caminar.

—Nada, un imbécil que iba demasiado deprisa. La gente no está bien de la cabeza.

Apenas he terminado de decirlo y de empezar a pensar en cómo se pliega el andador para meterlo en el maletero, que ocurre la siguiente desgracia: Issi ha metido la marcha atrás y viene directa hacia nosotras. Noto la masa de aire desplazada y la llanta acariciándome las piernas. Un ruido sordo hace que se me hiele la sangre. Detrás del coche veo a Veronika tendida en el suelo. Se ha golpeado la cabeza contra el asfalto y yace completamente inmóvil.

10

1955

Francie podía hacer que todo sonara como si ella fuera la primera del mundo en haberlo descubierto. Si veía una luna llena, podías estar segura de que era la más grande y más amarilla que jamás se hubiese visto. Si ganaba alguna rifa, lo había presentido incluso antes de coger el número, como si tuviera poderes sobrenaturales de premonición. Si una abeja la picaba en la cara, significaba, en su caso, que se había librado de la muerte, o al menos de quedarse ciega, por cuestión de minutos. Sonaba tan convincente que Veronika sospechaba que hasta ella misma se creía lo que decía.

Ahora estaba reclinada en una tumbona en el jardín de la pensión, con un sombrero de ala ancha y un pañuelo rojo atado con ingenio y cruzado por encima del ojo. Bo estaba a su lado, en una de las sillas de mimbre. Veronika se sentó en la hierba de delante.

—¿Puede alguien pasarme la jarra? No veo nada. —Francie tanteó con la mano sobre la mesa.

—¿No puedes abrir el ojo nada de nada? —le preguntó Bo preocupado.

—Apenas. ¿Quieres ver qué aspecto tiene? —Francie levantó con cuidado el vendaje casero, como si su ojo hinchado fuese un lugar mágico cuyo acceso le había sido piadosamente concedido a él. Bo se inclinó para mirar.

—Parece que hayas recibido un buen derechazo.

—Así es justo como me siento —jadeó Francie satisfecha.

—A lo mejor la que te ha picado era la abeja reina.

—Si me quedo ciega, ¿tú me guiarás? —le dijo a Bo con voz lastimosa.

—Por supuesto. —Bo esbozó una sonrisita y los hoyuelos asomaron en sus mejillas.

Veronika apretó los dientes y miró para otro lado. ¿No le bastaba a Francie con ser guapa y echada para delante y con que todos se quedaran prendados de ella? ¿Ahora tenía que dar también la murga con su maldito ojo? Francie siempre había sido el centro de atención de forma natural, estaba acostumbrada a captar la atención de todos los chicos. Veronika se había limitado dócilmente a estar en un segundo plano, pero, por primera vez en su vida, no tenía ningunas ganas de quedarse a un lado mirando. Quería tener lo que tenía Francie. Y también estaba cansada de estar sentada en el césped. Las hierbas secas se le clavaban en el trasero. Le picaba todo el cuerpo.

—¿Te enteraste de lo que le pasó a la mujer a la que le picó una avispa en la cabeza el año pasado? —preguntó Francie—. El veneno le fue directo al cerebro. Se ve que nunca más volvió a ser la misma.

—Joder. —Bo negó con la cabeza.

—Así que pueden ser muy graves estas cosas.

Francie se llevó la pajita a la boca. Tenía un vaso alto de refresco que, probablemente, alguien le había servido.

—Puedes volverte loca con mucho menos —señaló, y subió con dificultad una pierna a la silla, como si también la tuviera afectada.

—Es una lástima que no podamos encontrar el nido, porque entonces tendríamos la despensa llena de miel —dijo Signe, que había salido al jardín y se había puesto a retirar con resolución las tazas de las mesas—. ¿Sabíais que si hay dos reinas en una misma colonia, una de ellas puede irse y llevarse consigo a todas las obreras que pueda? Y también toda la miel que puedan cargar. No puede haber más de una reina en un enjambre sin que haya guerra a vida o muerte. Así funciona la naturaleza.

Signe frunció la boca, como solía hacer siempre que podía demostrar lo que sabía, pero sin querer hacer demasiado alarde de ello.

—Pues a lo mejor lo que hay aquí en la pensión es uno de esos grupos que se ha separado —propuso Bo.

—Muy probablemente —asintió Signe—. La amenazada pone tierra de por medio seguida de sus acólitos. Se ve que pueden ir muy lejos, decenas de kilómetros. Creo que lo que deberíamos hacer es poner un anuncio para ver si encontramos algún apicultor de la zona a quien se le hayan escapado las abejas. No salen de la nada.

—¿Alguien se ha molestado en mirar en la buhardilla? —preguntó Francie, y sorbió con la pajita.

—No lo sé, pero es una buena idea. ¿No podrías encargarte tú? —Signe la señaló con la cabeza.

—¿Yo? ¡Pero si casi no puedo ver!

—Puedes llevar una lupa.

Francie soltó un suspiro y sacó un espejito de mano con el que se puso a examinarse el rostro con mimo. Bo miró de reojo a Veronika y sonrió. Ella se atrevió a lanzarle una discreta sonrisa de vuelta.

—¿Eres capaz de salir y dejar que la gente te vea así? Esta noche hay baile en la sala de Nylid. Toca la orquesta de Rolf Eigen. Me encantaría ir, ¿qué me decís? —Francie puso morritos con el labio inferior—. Puedes ir tal como estás ahora, con el pañuelo tapándote el ojo —le propuso Bo.

—Sí, ¿por qué no? —Francie soltó una risita de entusiasmo—. La orquesta empieza a tocar a las ocho. Si vamos una hora antes, nos aseguraremos de poder entrar. Esta noche habrá mucha gente.

—¿Cómo puedes saberlo? —preguntó Veronika con tosquedad.

—Porque me socializo, ya lo sabes. En este pueblo pasan pocas cosas que yo no sepa. —Cerró el espejito de mano con un golpe y se pasó la mano por el pelo platino.

—No tengo nada que ponerme —dijo Veronika, y arrancó un diente de león del césped con una virulencia innecesaria.

—Yo puedo prestarte algo. Tengo algunos vestidos viejos que me quedan demasiado grandes.

Francie reprimió un bostezo.

—Hay uno azul que creo que te quedaría bien. El azul va muy bien cuando eres de tez pálida.

Veronika tragó saliva. Antes siempre leían juntas los consejos de belleza y los análisis cromáticos de las revistas. A Francie, que era «verano», le quedaban muy bien los colores más atrevidos, como el rosa y el rojo y el amarillo chillón y el turquesa. En cambio, Veronika, que entraba en la categoría menos glamurosa de «otoño», debía limitarse a una triste escala de amarillo mostaza y beis. Siempre había aceptado eso con una calma indulgente, pero en ese momento se le antojó inadmisible. Además, dudaba mucho de que pudiera servirle alguno de los vestidos viejos de Francie. Ella no solo tenía las piernas más vigorosas, también carecía de la habilidad de su prima de contener el aliento.

—Solo hay dos bicis libres en el cobertizo, pero si Bo me lleva, tú puedes coger la otra.

Francie ladeó la cabeza y miró a Veronika con los ojos entornados.

—Pero tenemos que hacer algo con tu pelo. Con unas cuantas horquillas y un poco de laca seguro que se puede arreglar. También tengo un buen sujetador que te puedo prestar. Será de gran ayuda. ¡Y tú! Estarías guapísimo con un traje de tweed.

Le dio un empujoncito a Bo en el costado.

—Por cierto, ¿no fumas en pipa?

—No.

—Qué pena, una pipa te quedaría bien. Una de esas delgadas y refinadas.

—Tendrás que aceptarnos tal y como somos —dijo Veronika hastiada—. Si quieres que te acompañemos, vaya. —Se levantó enfadada.

—¡Vaya! ¿Te has levantado con mal pie? —Francie arqueó sorprendida las cejas. Al menos una. La otra seguía oculta bajo el pañuelo rojo.

El vestido que Francie le había prestado estaba mal confeccionado y le apretaba en el pecho. A duras penas se lo había podido poner. Si quería aguantar toda la tarde, tendría que respirar con el pecho y no con el estómago, pero el ancho cinturón de satén de la cintura le facilitaba un poco las cosas.

Llevaba el pelo disciplinariamente recogido en un moño lacado al que Francie se había referido como moño francés. También le había hecho dos rayas gruesas de color negro bordeando las pestañas y le había pintado los labios en un tono de televisión en color que, según Francie, era el último grito en Estados Unidos. Veronika se habría limitado a llamarlo rojo.

Varias bicicletas, motos y ciclomotores ya las habían adelantado a toda velocidad por la carretera, con chicas bien vestidas montadas de paquete. A la bici de Veronika le faltaba aire en la rueda delantera, pero ella pedaleaba cuanto podía. Al menos el vestido contaba con protecciones contra el sudor en las axilas, si bien eran un poco rígidas. Más adelante, Francie iba sentada en el portapaquetes de Bo, vestida con unos pantalones pitillo de punto de color negro y una camisa blanca de popelina con el cuello diplomático erguido. Según Francie, en aquel momento lo único que la diferenciaba de Marilyn Monroe era el mundo que la rodeaba. Eso y que Marilyn Monroe nunca había estado en la sala de baile de Nylid, evidentemente.

En la cuneta, el trébol blanco y el perifollo verde habían crecido hasta alcanzar el medio metro de altura. Olía a salchicha cocida desde el parque. Los pedales eran un poco incómodos y la cadena amenazaba todo el rato con salirse, pero Veronika se corregía pacientemente el vestido y seguía empujando con las piernas.

La sala de Nylid disponía de un pabellón octogonal bautizado como Mar del Sur. Las paredes estaban descaradamente pintadas con motivos de palmeras y conchas marinas, y bailarinas de hula-hula. Además del Mar del Sur, había otra sencilla pista de baile al aire libre y un quiosco en el que vendían café, galletas caseras, salchichas cocidas y boletos de lotería. Aunque no servían licor, todos los arbustos de alrededor olían a alcohol. Las petacas y botellas pasaban de mano en mano sin descanso.

Veronika notaba que los zapatos le apretaban en los dedos de los pies. También se los había tenido que coger prestados a Francie, a pesar de que eran un número demasiado pequeño. Para presumir hay que sufrir. Si no hubiese sido por Bo, habría preferido quedarse en casa leyendo un libro en la sala común, quizá echando una partida al ocho loco con alguna de las señoras. Pero ahora no le quedaba más remedio que aguantar el malestar.

Se habían situado delante de la valla de la pista de baile. A la izquierda se habían reunido las chicas y a la derecha se agolpaban los jóvenes, que parecían sumidos en importantísimas conversaciones mientras las chicas esperaban y cuchicheaban y les lanzaban miradas. Francie sacó una petaquita de su bolso y le dio un trago antes de pasársela a Bo. Veronika vio que las venas del cuello de este se tensaban al beber. Luego, él le pasó la petaca a Veronika con un guiño. Ella también bebió un trago. Era ginebra, casi sin diluir. Seguro que Francie la había robado del bar de la pensión.

—Cenicienta no puede beber demasiado porque entonces no podrá atender a sus quehaceres mañana. —Francie le quitó la petaca, le puso el tapón y se la guardó de nuevo en el bolso—. Venga, vamos a bailar. ¿Has comprado entradas? —Tiró del brazo de Bo y entraron en la pista de baile al son de un clarinete.

Veronika se quedó donde estaba, sin saber qué hacer con los brazos. Fingió haber descubierto una mancha en la cintura del vestido y se concentró en frotarla. No quería bailar, no se le daba bien. Aun así, tenía pavor de que nadie fuera a sacarla. Tenía la sensación de que las demás chicas la miraban y se reían de ella a escondidas. Las veía tan robustas y cómodas con sus pañuelos en la cabeza y sus jerséis ceñidos... En el aire flotaba un aroma a perfume y sudor. A veces, Veronika se iba con sus compañeras de clase a bailar a algún sitio el fin de semana, más que nada por aparentar. Pero ni siquiera la Remolque, que era un retaco y les llegaba a las demás por el pecho, se angustiaba tanto como ella; al contrario, solía abrirse paso con descaro entre la multitud con ayuda de su bolso reforzado con acero. Muchas de sus amigas vivían apretujadas en casas pequeñas y gustaban de salir y moverse. La Remolque vivía en un piso de un solo dormitorio con sus padres y sus tres hermanas, pero en las pistas de baile recuperaba el espacio y aprovechaba para hacer movimientos amplios y ampulosos.

Veronika vio a Francie reírse en la pista y susurrarle algo a Bo al oído. El estómago se le revolvió de los celos. Desearía tener la petaca por lo menos. O coger la bici y marcharse sola a casa, pero quedaría muy raro. ¿Por qué había aceptado ir siquiera? ¿Por qué no iba Bo a quedar encandilado con Francie como todos los demás? ¿Qué se había imaginado Veronika? ¿Que iba a preferirla a ella, amargada y larga como era? Se quedó donde estaba, pero clavó la mirada en otra pareja. Aun así, no pudo evitar ver con el rabillo del ojo que Bo bailaba bien. Parecía estar en su salsa, no como algunos de los otros chicos, tan torpes que necesitaban concentrarse en sus propios movimientos y apenas miraban a su pareja de baile. Un joven ligeramente *contento* se le acercó con paso inseguro.

—Así que tú tampoco has encontrado a nadie todavía —dijo para romper el hielo y con una expresión atormentada en su borrosa mirada—. ¿Quieres bailar?

—Voy a esperar, gracias —respondió Veronika distante, e hizo un leve gesto con la cabeza. En realidad le habría gustado que él se quedara, solo para tener compañía, pero el chico se alejó al instante sin protestar, como si ya contara con que le daría calabazas.

En el campo de tiro se oían disparos y jolgorio. Había altavoces en el escenario. La pista de baile disponía de electricidad y no solo contrataban a artistas locales. Ese mismo verano incluso había tocado un profeta del jazz moderno bastante famoso. Esa noche, sin embargo, era el foxtrot, el buguibugui y el swing lo que importaba. Los nombres de las bandas que habían actuado durante el verano estaban impresos en grandes pósteres junto a la entrada y en el puesto de lotería. Henryands Kapell. Uhlin Trío. Roxy Swing Trío. Ragglers. Banda de swing de Lubbes. Orquesta Hawaiana Pahleman.

Por fin se acabó la canción y Francie y Bo vinieron a paso lento por la pista.

—¿Aún no has bailado? —Francie se apartó un mechón de pelo sudado de la frente.

Veronika dijo que no con la cabeza.

—Cuando te invitan tienes que decir que sí, ¿entiendes? Si no, no es divertido. No te puedes quedar ahí de pie sin hacer nada. ¡Bosse, baila con ella!

Bo la miró, le tendió el brazo a Veronika y la acompañó a la pista. La orquesta estaba charlando y afinando los instrumentos. Luego, comenzaron a tocar una lenta. Cuando él la acercó a su cuerpo, ya caliente por el baile anterior, Veronika notó que el sonido de la orquesta se difuminaba hasta hacerse un silencio que solo los envolvía a él y a ella. Lo único que existía era la mano de Bo en su cintura; el pecho, donde Veronika podía oír los latidos de su corazón; la entrepierna, bailando pegada a la de ella. Y en ese silencio, Veronika se soltó y se dejó caer, precipitándose al vacío. Con un silencioso terremoto interno del que nadie, excepto ella, se percató.

No habían vuelto con las bicis a casa hasta la una de la madrugada. Francie meciéndose torpemente en el portapaquetes de Bo, embriagada de ginebra y de todo a cuanto la habían invitado. Veronika, con dolorosas rozaduras en los pies y el corazón latiéndole fuerte. Pensaba en cómo había apoyado la cara contra el cuello de Bo durante el baile, en el aroma que desprendía su piel. Dulce. Él la había rodeado con firmeza con los brazos, se había pegado a ella. Al terminar la canción, le había dado un beso en la mejilla y se había demorado en retirar los labios.

Pero todo eso había pasado ya. En ese momento estaba tumbada en la cama mirando al techo. Había una mancha allí, amarillo oscuro como el pis. A Veronika le parecía que a veces cambiaba de forma, como una ameba, pero a lo mejor no eran más que imaginaciones suyas. Cerró un ojo. Ahora la mancha le recordaba a la marca de nacimiento que Bo tenía en el cuello. Soltó un suspiro y sacó los pies para apoyarlos encima del edredón. Ya le había empezado a salir una gran ampolla en cada talón por culpa de los zapatos.

Francie le había exigido a Bo que la acompañara al edificio anexo, pero Veronika se había quedado esperando en la escalera hasta que había oído sus pasos en el pasillo. Solo entonces se había escabullido dentro de su habitación.

Se tumbó de lado.

Podía oír el zumbido de las abejas en alguna parte. En algunos sitios era más intenso que en otros. Sobre todo de noche. ¿Habrían conseguido las abejas encontrar un agujero y colarse detrás del papel pintado? ¿O estarían viviendo bajo el revestimiento de la fachada? Veronika había mirado debajo del alero del tejado desde la ventana, pero no había visto ninguna colmena. A veces se preguntaba si no estaba todo dentro de su cabeza.

La luna llena brillaba a través de la cortina de encaje. Era una luna densa y amarilla que recordaba a alguna de las masas de Signe cuando levaban. Un moño francés... Se había soltado el ridículo moño, había tardado una eternidad en retirar todas las horquillas, que en ese momento estaban amontonadas de cualquier manera sobre la mesilla de noche, como un mikado. Ponerse guapa para nada. Era una idea con la que estaba muy familiarizada. De vez en cuando, el tema surgía en las conversaciones de las señoras de la pensión. El cómo alguien se había puesto guapa para nada. Energía malgastada. Ahora Veronika entendía a qué se referían. El desasosiego aleteó en su pecho.

Al final encendió la lamparita de noche, se acercó a la ventana y abrió el pestillo. Todos los edificios anexos estaban a oscuras. Incluso el cuartucho de Signe, quien solía quedarse dormida con la luz encendida. Aquello hizo que Veronika se sintiera todavía más sola. «Nadie está tan solo como los insomnes», pensó, y al instante se inquietó por tener pensamientos tan negativos. Era como si estuvieran predestinados para ella. ¡Veronika quería ser despreocupada y alegre! ¡Una optimista! No una amargada. ¿Quién quería a una amargada?

Miró hacia arriba, a la ventana de Bo, y le pareció que también la tenía abierta. ¿Y si estaba despierto igual que ella? ¿En qué estaría pensando? ¿Qué estaría haciendo? Ojalá Veronika se hubiese atrevido a subir un piso y llamar a su puerta. En ese mismo instante. Salir de su cuarto a hurtadillas y en camisón. Pero esas cosas no se hacían. Eso era de chicas malas que carecían de futuro. Era un dilema. ¿Cómo podías estar satisfecha sin ser una chica mala? ¿Cómo podías mantener el equilibrio sobre el fino hilo que separaba la virtud del aburrimiento? ¿Cómo podías contenerte lo suficiente para encajar y al mismo tiempo ser lo bastante tú misma como para destacar? Un artista debe anteponer la pasión por su arte a cualquier otra pasión, la había instruido Francie con severidad. Se lo había oído decir a una actriz en Copenhague. Si no, nada tendría sentido. A lo mejor no lo tenía igualmente. Pensó en su padre, en su violín y en los cuadros que había pintado. La mayoría los había hecho en sus años de juventud, antes de tener problemas más graves. Veronika notaba que había heredado de él la pulsión y la preocupación. Lo sabía sin necesidad de que nadie se lo contara.

Pudo oír el aleteo de una polilla dentro de la cortina. El sonido era seco y apagado. También había un cardo en el dobladillo. Los cardos habían florecido con mucho ímpetu y la sequía había secado las cápsulas. Se enganchaban en todas partes, volaban por el aire como pequeños platillos volantes buscando lugares donde poder soltar sus semillas. Todo quería aparearse, ser fecundado, anidar. Era el impulso del mundo.

¿Y si subía a pedirle algo? Pero ¿el qué? Podía pedirle que le prestara un libro. ¿Cerillas? ¿Excusarse con que no podía dormir? Se acercó a la puerta y la abrió. El pasillo estaba en silencio. A su lado se hospedada el profesor del condado de Lund. Más allá dormía la señora Dunker, con sus dos sobrinas, y al lado, la señora Cedergren. Incluso en el cuarto de esta reinaba el silencio más absoluto. Quizá esa noche había logrado quedarse dormida. Veronika pasó de puntillas por delante de las puertas. La escalera que conducía al piso de arriba era estrecha y no tenía barandilla. El papel pintado se había hinchado por culpa de la humedad invernal de muchos años, pero nadie se había molestado en corregir el declive estético. La habitación en la que se alojaba Bo era la más pequeña de toda la pensión y antaño había sido utilizada como cuarto de servicio, pero ahora solía quedar vacía. Estaba atestada y no disponía de agua corriente. Aun así, su madre había considerado que a un estudiante de arte le podía servir. Además, la escuela no había querido pagar el precio completo por su hospedaje. Veronika le había ayudado a prepararla; habían colocado una cama plegable y un secreter. La limpieza no estaba incluida en el servicio, por lo que no había vuelto a entrar en el cuarto desde la llegada de Bo.

La moqueta chirrió bajo sus pies mientras subía con cuidado la escalera, peldaño a peldaño. El camisón le hacía cosquillas en los muslos. Se le había erizado todo el vello de los brazos, de emoción o de miedo, no lo sabía. Un leve olor a naftalina le impregnó la nariz. El armario junto a la habitación de Bo se usaba para guardar viejos abrigos de invierno y prendas de lana. Algunas habían pertenecido a su padre.

Se acercó en silencio a la puerta de Bo, pegó con suma delicadeza la oreja a la hoja de madera y aguzó el oído. Oyó algo al otro lado. ¿Pasos? O sea, que él también estaba despierto. De pronto, a Veronika le dio por pensar que él se encontraba al otro lado de la puerta. ¿Sabía que ella estaba allí? ¿La había oído subir?

Una vez había leído que existía un silencio más valioso que las palabras. Era el silencio entre dos personas que estaban en estrecho contacto espiritual. En ese silencio, los pensamientos podían avanzan, como por una línea telefónica, llegar a la otra persona y volver. Si el hilo entre esas dos personas se tensaba y el pensamiento era intenso, el silencio podía funcionar mejor que las palabras. Los pensamientos se volvían ágiles y rápidos como una funambulista.

Daban unos saltos mortales que ninguna palabra era capaz de dar.

Los escalofríos le subieron por la espalda hasta el cuero cabelludo. Sería tan fácil cerrar la mano y llamar a la puerta... Solo un pequeño movimiento. El corazón le palpitaba con fuerza. Le parecía que podía verlo moviéndole el camisón. Tenía la boca seca. Tragó saliva, pero no se vio capaz de llamar. Permaneció inmóvil donde estaba, incapaz de moverse. Pasó un minuto, quizá dos o tres. Al final, cuando la parálisis por fin cedió, bajó de nuevo la escalera lo más sigilosa que pudo y volvió a meterse en su habitación.

11

2019

Veronika tiene el pelo revuelto. Sus brazos parecen dos ramas marrones sobre la manta del hospital. Tiene un pie vendado y apoyado en un cojín. Dejo con cuidado el ramo de flores sobre la mesa. Claveles y crisantemos, son lo único que he podido encontrar.

—Hola. ¿Cómo te encuentras? —Me siento en el borde de la cama.

Veronika gira la cabeza y abre los ojos muy despacio.

—¿Eres tú? Qué amable por tu parte que hayas venido. —Esboza una débil sonrisa.

Mis remordimientos empeoran al instante. Me había esperado una bronca, algo proporcional al vergonzoso accidente que ha terminado en una conmoción cerebral y un esguince de tobillo. Pero no. Una sonrisa indulgente es todo lo que me ofrece.

—¿Te duele? —le pregunto.

—Para nada, me han dado pastillas.

—Qué bien.

Alguien tose. Hasta ahora no me había dado cuenta de que

hay una cortina dividiendo la habitación, tras la cual hay una segunda cama.

—Ese de ahí ronca —me informa Veronika, agitando levemente la mano—. Acaban de operarlo y está esperando a su mujer. Más allá hay otra señora que se queja de todo. ¿Me ingresaron ayer? Ya no me acuerdo bien; he dormido mucho.

Yo asiento con la cabeza.

—Has pasado una noche aquí. ¿Te han dicho hasta cuándo tienes que quedarte?

—No, no lo sé.

Tose y ladea la cabeza sobre la almohada. El camisón blanco que le han puesto le queda grande y la parte superior de su pecho, delgado y lleno de pecas, queda al descubierto. El corazón se me encoge. Me duele verla tan vulnerable y desprotegida. También fue mi culpa. Al menos en parte.

—Lo lamento tanto tanto... —digo—. Ayer no debería haberte forzado a salir de la residencia para hacer la sesión de fotos esa. La fotógrafa estaba muy estresada. No sé cómo te lo voy a poder compensar; hablaré con la revista. Es terrible.

—No pienses en ello, me encuentro divinamente. Me han dado calmantes. Y tengo una excusa para quedarme en la cama. Incluso funciona el aire acondicionado, aquí se está fresco. Servicio de habitaciones las veinticuatro horas.

Veronika me da unas palmaditas en la mano.

—¿Necesitas algo de tu casa? —le pregunto—. ¿Algo que pueda ir a buscar por ti?

—Quizá el cepillo del pelo y un camisón. Y tapones para los oídos, para poder dormir mientras este ronca.

Señala la cortina con un aspaviento.

—Por supuesto, yo me ocupo —digo.

—Pero puedo esperar hasta mañana, no hay prisa. Ahora mismo estoy bien. El camisón está debajo de la almohada, pero no sé dónde he metido las llaves de casa. ¿Me las he traído?

Levanto el manojo de llaves que hay en el aparador junto a la cama.

—¿Te refieres a estas?

—Sí, qué bien que lo tengas todo controlado.

Entrelaza las manos sobre el pecho y cierra los ojos. Yo vuelvo la mirada hacia la pared del cabezal de la cama. Hay colgada una litografía incomprensible de cosas apiladas. Debe de ser difícil elegir las piezas de arte para un hospital. No se puede poner nada que despierte emociones demasiado fuertes, solo imágenes de cosas que no enfaden a nadie. Geometría. Cubos. Flores. Siluetas de cuerpos quizá. Vivos, claro está. Me quedo sentada hasta que Veronika parece haberse dormido, luego me voy a la cocina en busca de algo que pueda servir de jarrón para las flores.

En la sala común hay unos pocos pacientes sentados alrededor de una mesa, tomando café y conversando. Parecen estar a gusto. Pienso en las veces que yo he estado ingresada en un hospital. Una vez por nefritis, después de una infección de orina especialmente infernal; otra para operarme de apendicitis. Una vez logras superar el dolor, sientes un extraño alivio por estar ingresada. Estás obligada a amoldarte a las circunstancias, a relacionarte solo con la gente con la que compartes habitación, a apartarte de la maldita rutina diaria. Puedes sumarte a la queja colectiva sobre la comida o compartir tus dolencias y problemas con los demás y luego no volver a verlos nunca. Hay una belleza particular en ello. Una equidad que pocas veces se observa en otros ámbitos de la sociedad.

Mientras el agua va llenando el jarrón, me hago con una taza de café en la máquina y me adueño de un periódico que alguien ha dejado en la encimera. Luego, recorto un poco las flores y hago un ramo bonito en el jarrón.

Veronika sigue durmiendo cuando entro en la habitación. Dejo el florero improvisado sobre la mesa. Allí está su chal amarillo, amontonado. Tiene una mancha que intento limpiar antes de sentarme en la silla de visitas con el periódico. Hace por lo menos una semana que no leo noticias de ningún tipo. Los titulares de la portada hablan de la ola de calor y de varios incendios forestales más al norte del país: «El calor extremo supone un aumento del estrés, lo cual puede suponer un problema, sobre todo para la gente mayor. Las temperaturas elevadas afectan a todo el cuerpo y a veces puede resultar difícil identificar los indicios de deshidratación. Vahídos y dolor de cabeza son dos de los síntomas. Los ancianos y los perros corren el riesgo de perecer a causa del calor».

Miro inquieta a Veronika de reojo. El hombre de detrás de la cortina carraspea ruidosamente. Veronika se despierta con un espasmo y me mira somnolienta.

—¿Has recogido el desayuno?

—¿El desayuno? Ya ha pasado —digo—. Son casi las doce. ¿Aún no te han dado de desayunar?

—Tú no te tomabas nada en serio. —Tose.

—¿Cómo?

—Para ti no era más que un juego, pero para mí era amor.

—¿Qué quieres decir? —La miro sin entender nada.

—Te escabullías de las obligaciones. Nunca dabas las gracias, lo dabas todo por hecho. No veías lo que tenías. Al contrario, aún tenías estómago para quejarte de todo. Desagradecida. —Veronika resopla.

—Soy yo, Ebba. ¿No me reconoces?

—Sé muy bien quién eres, pero entre él y yo había algo que tú no eras capaz de entender. —Aparta la cara con semblante irritado.

—¿De quién estás hablando?

—¡Llamarle Bosse...! Como si lo conocieras. —Suelta un bufido. Le tiembla el labio inferior.

—Soy yo, Ebba —vuelvo a decir despacio.

—Bah, no me estás escuchando.

Frunce las cejas enfadada y me mira desafiante. Sus iris azul claro son como remolinos. Las partículas de polvo revolotean lentamente en el aire a su alrededor. Yo le acaricio el gemelo para tranquilizarla mientras intento pensar en algo que decir. De repente, se incorpora en la cama y señala la puerta de cristal que tengo detrás.

—¡Ahí viene otra vez!

Me doy la vuelta. No se ve nada allí fuera, solo una pared de hospital de color amarillo pálido.

—¿Quién? —pregunto.

—¡Bo! Acaba de pasar. ¿Qué hace caminando por ahí fuera, por qué no entra?

De pronto, Veronika descubre el jarrón con el ramo de flores que hay en la mesa.

—¿Es él quien ha traído las flores? —Se apoya en el colchón y observa los frágiles claveles mientras hurga entre las hojas en busca de una tarjeta con el remitente. Las mangas de la bata de hospital cuelgan holgadas bajo sus muñecas. Por alguna razón, se me antoja inapropiado decirle que las flores son mías.

—¿Tienes hambre? —le pregunto para desviar la atención—.

Creo que es mejor que te quedes tumbada. —Me levanto y le arreglo la almohada.

—¿Qué es eso que hay en el suelo? ¿Es un calcetín? —Veronika, malhumorada, aparta la mano y señala una sombra que se perfila en el suelo de linóleo.

—Solo es una sombra —le digo, y un escalofrío me sube por la espalda.

—Mételo en el cajón de la cómoda. Hay que ordenar todo. Los calcetines no se pueden dejar tirados. Los guarda en el cajón de abajo. Está duro, cuesta cerrarlo.

Por fin vuelve a apoyar la cabeza en la almohada. Luego se tapa con la manta, cierra los ojos otra vez y se queda dormida con la misma facilidad con la que se ha despertado.

Yo permanezco inmóvil, con el corazón a mil. Vale, ha sufrido una conmoción cerebral, pero aun así su desconcierto me resulta alarmante. ¿Serán los incipientes problemas de memoria que señalaba Camilla, o solo está afectada por el accidente y las pastillas? Me quedo donde estoy hasta que su respiración se vuelve pesada y lenta, luego salgo al pasillo. Justo antes de cruzar las puertas de la unidad veo a un chico alto, de unos veinte años y con auriculares en las orejas, que está clasificando torpemente los libros de un carro. Tiene el pelo castaño y está ligeramente inclinado hacia delante toqueteando su pequeña biblioteca ambulante de hospital. Me acerco titubeante. Él alza la cabeza. Tiene los ojos de un intenso color verde oscuro. La nariz es grande, atravesada por una pequeña cicatriz.

Se quita los auriculares.

—¿Necesitas ayuda?

—Me preguntaba si por casualidad acabas de pasar por delante de esa habitación. —Señalo la puerta de Veronika.

—Sí. ¿Querías coger algún libro?

—No, es que creo que te pareces a alguien. Alguien a quien mi amiga conocía de joven. Ha pensado que te reconocía.

Me quedo mirándolo. Las clavículas se le marcan debajo de la camiseta. Tiene barba de pocos días. El flequillo le cae por delante de la frente con acné.

—Ah, bueno, esas cosas pasan. —Esboza una fugaz sonrisa y se vuelve a poner los auriculares en las orejas.

Me obligo a dejar de mirarlo fijamente.

Me suena el teléfono. La cobertura es mala, hay interferencias en la línea. Luego, oigo la voz de Tom al otro lado. Me suena muy familiar, pero ya no me va a pedir que compre algo de camino a casa ni que vaya a buscar a Oskar a la escuela. Eso ya forma parte del pasado. Ahora, cuando hablamos, su voz siempre es distante y profesional. No malgasta ni un segundo en preguntarme cómo me encuentro ni qué estoy haciendo. Ha obviado mi separación de Erik con un silencio. Tengo la sensación de que piensa que he recibido justo lo que merezco, y no puedo decir que le falte razón. Va directo al grano.

—Oye, estábamos pensando en quedarnos unos días más en Lofoten. Nos ha surgido la posibilidad de ir a un safari de ballenas pasado mañana. Doy por hecho que te parece bien a pesar de lo que habíamos planeado. Para Oskar será una experiencia enriquecedora. —Se aclara la garganta con aire autoritario y responsable.

—Claro —le digo—. Suena divertido. Por lo demás, ¿todo bien?

—Muy bien.

—¿Está por ahí? ¿Puedo hablar con él?

—Aquí viene. —Tom le pasa el teléfono. Oskar suena muy animado.

—¡Hola, mamá! ¿Sabes qué? Ayer pesqué un bacalao de dos kilos. Fuimos en un barco de pesca muy grande y Malin sacó un fletán de cinco kilos con cebo.

—¿En serio? —digo, aunque puedo imaginarme perfectamente a la espléndida Malin plantada en la cubierta del pesquero, con su impermeable y sacando platos de marisco del mar. Ni siquiera tengo claro qué es un cebo.

—Y hemos ido a un acuario en el que tienen nutrias. ¿Te ha contado papá lo del safari de ballenas?

—Sí, suena muy bien.

—Sí, tengo que irme, vamos a jugar a los dados.

—Vale. Te quiero. ¡Llámame cuando te apetezca!

—Yo también te quiero, mamá.

Corta la llamada. Me quedo toqueteando el móvil. De fondo de pantalla tengo una foto de Oskar soplando las velas de su tarta de cumpleaños. Cumplía diez, ya han pasado dos años desde aquel día. Aún tenía las mejillas infantilmente tiernas. La boca pequeña y de labios rojos. Los ojos, bordeados por pestañas largas y oscuras, herencia directa de la madre de Tom. Siento una punzada en el pecho, tanto de anhelo como de añoranza, alguien con quien compartirlo.

De repente me entran unas ganas tremendas de llamar a Erik, hasta que me acuerdo de cómo están las cosas entre nosotros.

El impulso de llamarlo ya no me viene tan a menudo como antes. A veces intenta captar mi atención, pero cuando ve que lo ignoro, se retira de vuelta a las sombras. ¿Qué fue lo que dijo

Veronika la primera vez que nos vimos? ¿«No puedes decidir sobre la tristeza, tienes que dejar que haga su trabajo»?

El mejor remedio contra un corazón roto es generar distancia, ocuparte con algo concreto y práctico, muy lejos de la persona que te ha causado el dolor. Es un consejo de cosecha propia, sacado de una vida en la que yo aún no había experimentado un dolor de corazón de verdad.

Salgo al balcón, retiro la silla de plástico y la coloco mirando al sol de mediodía. En la mesa está el viejo ejemplar de *Fickjournalen* que he encontrado abajo, en la sala común. Vuelvo a abrir la página de «El rincón de las confidencias» y leo la carta otra vez. «Hazle un favor a una persona mayor.» No es un mal consejo. Sobre todo cuando has enviado a una al hospital.

Pienso en lo de esta mañana con inquietud, en Veronika convencida de que era Bo a quien había visto en el pasillo. Pero ¿con quién me ha confundido a mí? ¿Y dónde estará ahora el tal Bo? ¿Y si lo encontrara, como una sorpresa, y los volviera a reunir? Hacerle un favor a una persona mayor. No puedo salvar mi relación ni con Erik ni con Tom, pero a lo mejor no es demasiado tarde para encontrar a Bo para Veronika. Arreglar aquello que se puede arreglar. Salvar lo salvable. Cambiar el destino.

Decido dejar el artículo de lado y centrarme en este nuevo objetivo. De todos modos, no puedo terminar de escribirlo ahora que la entrevistada está ingresada. Tampoco me apetece.

Oskar se queda unos días más en Lofoten. No tengo ningún otro trabajo pendiente. No hay nada que me reclame.

Me levanto y entro a buscar el ordenador, introduzco la contraseña del wifi, «pazytranquilidad», y acerco la silla a la barandilla para aprovechar los últimos rayos de sol.

Existe un Bo Bix. Vive en Bangkok, tiene veintiséis años y en realidad se llama Panyawat Buraparath. En la foto se le ve contento. Es imposible que sea él. El otro resultado que encuentro es de un libro de estadística matemática en el que Bo y Bix hacen referencia a las incógnitas de una ecuación. Bo Bix. ¿Quién se llama así? Una escuela de arte de Gotemburgo, dijo Veronika. ¿Cuántas puede haber? Busco en Google y me salen seis. Tras un rato investigando, tengo claro que en 1955 solo existían dos. ¿No debería aparecer Bo en alguno de los registros de alumnos? Escribo el año 1955, registro de alumnos y el nombre de ambas escuelas en el buscador. Obtengo dos mil cuatrocientos resultados, pero ningún Bo Bix. Siempre puedo llamar a las escuelas y preguntar si alguien de secretaría tendría piedad de mí y podría consultar el archivo. No recuerdo si Veronika ha comentado cuántos años tenía él cuando se conocieron. ¿Alguno más que ella? ¿Diecinueve, veinte?

Apunto los números de teléfono de las escuelas.

No sabría decir por qué, pero de repente siento como si lo más importante de mi vida fuera encontrar a Bo Bix.

La radio quería enviarnos a Erik a y a mí a Sälen para transmitir en directo desde el *Fjällfrid*, un evento con talleres y conferencias sobre cuerpo y mente. La idea era hacer un programa de *Laboratorio de amor* con invitados y una mesa de expertos. Las dietas incluían gasolina y dos noches de hotel. Erik y yo teníamos que ir en coche particular, un viaje de cinco horas. En una situación normal, yo habría hecho todo lo posible para no ir. Los programas en directo fuera de la ciudad solían ser agotadores y caóticos. Pero entonces mi reacción fue distinta. «¿Es una señal?», le pregunté al universo. Como no podía fiarme de mí misma, me parecía razonable consultar con poderes superiores. «¿Es para que podamos estar los dos a solas? ¿Es para que pueda confirmar de una vez si son imaginaciones mías o no?» En realidad, lo único que quería era no tener que responsabilizarme. Quería que pasara algo para poder decir: «Me ha pasado esto». Como cuando dices: «He sido víctima de un delito». O, como me había dicho taciturno en una de las fiestas de la radio el viejo corresponsal en el extranjero de la cadena: «Me casé. Fui padre. Me separé».

Responsabilidades depuradas. La voluntad del destino.

Habían reservado dos habitaciones a nuestros respectivos nombres. Una vez allí, contaríamos con la ayuda de un productor local, pero él vivía en el pueblo y por las tardes nos las tendríamos que apañar solos.

La idea era que yo me pasara por la emisora por la mañana a recoger a Erik con mi coche. Me desperté a las cuatro y media y ya no me pude volver a dormir. A las seis me llegó un mensaje:

«He dormido mal. Estoy esperando en el estudio, por si por un casual llegas antes. Abrazo, Erik».

Esa palabra, «abrazo», me pareció la cosa más prometedora que jamás había visto escrita en un teléfono móvil.

Era un frío día de invierno. El aire en el coche parecía muy ligero, como a grandes altitudes. Los dos estábamos nerviosos y animados cuando iniciamos nuestro viaje y salimos de Estocolmo. Erik iba de copiloto y se encargaba de las indicaciones. Empezamos hablando de la emisión del programa. Erik iba a estar en el estudio local, ocupándose del sonido, mientras yo emitía en directo desde la feria. El sábado, el programa contaría con una mesa de invitados compuesta por un pastor, una psicóloga y seis consejeros y consejeras sexuales que responderían a las preguntas del público presente y a las llamadas. Yo aún estaba esperando que me mandaran la escaleta. Erik había hecho una lista de Spotify para el viaje con viejos temas favoritos y los fuimos cantando a grito pelado y entre risas. Yo lo miraba mientras él bailaba de cintura para arriba y marcaba el ritmo con las manos en las rodillas. Me costaba apartar la mirada: su pulsera de hilo de estaño, probablemente trenzada por algún artesano sami y embadurnada de grasa de ballena; su camisa desgastada de cuello mao; los mechones de su flequillo; su nuca, tan suave e inocente; sus cejas oscuras y finas. Cada vez que lo miraba se me hacía un nudo en la garganta.

Erik tuvo problemas a la hora de guiarme y cogimos el desvío equivocado. Al final tuvimos que parar en una carretera secundaria para tratar de ubicarnos. Apagué el motor y nos quedamos en silencio mirando el mapa en su teléfono.

—A lo mejor deberíamos pasar de Sälen e irnos a otra parte. —Giró la cabeza y me miró.

—¿Adónde quieres ir? —le pregunté seria.

—¿Contigo?

—Sí.

—Contigo creo que puedo imaginarme yendo a cualquier sitio.

Tragué saliva. El nudo en la garganta se negaba a deshacerse, casi me bloqueaba la laringe.

—¿Cómo saldría eso? —pregunté.

Él se encogió indefenso de hombros.

—No lo sé. A lo mejor debería pedir consejo en *Laboratorio de amor*.

Apoyó la cabeza en la ventanilla, me miró con ojos entornados y dijo:

—Tengo un problema.

—¿Qué problema?

—Estoy enamorado de una persona que está casada.

Empezaron a temblarme las manos. Se me hinchó el corazón. La palabra resonó dentro de mí, «enamorado», y fue subiendo hasta mi cabeza, provocándome un vahído.

—¿De quién estás enamorado? —pregunté.

—De ti.

Dicen que en la vida de cada persona hay unos pocos momentos decisivos que pueden marcar el rumbo a seguir. Yo pude notar claramente que aquel era uno de esos momentos, uno en el que debía elegir entre dos caminos. Lo que hiciera podía o bien echar por tierra la vida que había construido, o bien negar una parte de ella, la que quizá aguardaba delante de nosotros si continuábamos por ese camino. Dejar pasar los impulsos. Mantener el sentido común. Pensar que no merece la pena. Todo eso era lo que yo misma aconsejaba en la radio.

—Es un problema —confirmé, y miré afuera—. ¿Qué piensas hacer al respecto?

Me tomó de la mano. La suya era grande y estaba caliente.

—No quiero estropear nada.

—Claro que quieres —le dije.

—Sí, a lo mejor sí.

Se le veía frágil. Verlo así, de perfil, dubitativo e inquieto, casi acaba conmigo. «Si le doy un beso ahora, sabré si solo son imaginaciones mías o no —pensé—. Será mejor hacerlo de una vez y salir de dudas.» Me incliné hacia su lado del coche, nos pusimos cara a cara. Lo miré a los ojos y lo besé.

Pero el fantasma de mis fantasías no desapareció. Al contrario, ocupó todo el coche.

El hotel era un coloso que tenía un aire de alojamiento de esquí estadounidense. Además de un recinto con salas de conferencia contiguas en las que se iban a montar los expositores y a llevarse a cabo las diversas conferencias, había un jacuzzi de madera en la terraza y un bar con pista de baile y escenario. El programa de la feria estaba lleno de conferencias de todo tipo, desde sabiduría sexual chamana hasta talleres de una hora de risoterapia o de «Crea tu propio jabón aromático». Un par de personalidades de peso en temas de salud y desarrollo personal le daban cierto caché al evento. En la fachada, encima de la puerta, había un cartel en el que ponía: ¡DEJA LOS PREJUICIOS FUERA! Reinaba un ambiente embriagador y festivo. Había gente de todas las edades y todo el mundo buscaba el contacto visual. En cuanto entramos, nos dieron un chupito de ginseng que me ayudó a sentirme libre, más suelta.

Nos registramos y comenzamos a montar el escenario para el programa del día siguiente. Yo sabía en todo momento dónde estaba Erik. Se comportaba de una manera muy natural en compañía de otras personas. Todo el mundo parecía estar a gusto a su lado. Yo admiraba sus formas desenfadadas, su facilidad para reírse, su capacidad de escucha. Por un instante, me vi azotada por la terrible idea de que de ahí en adelante no podría disfrutar de su esplendoroso carácter: Erik conocería a otra persona y construiría una vida con ella. ¿Podría yo sobrevivir a eso? Me parecía imposible. Fui al baño y me enjuagué la cara con agua fría. Me pitaban los oídos. Un pánico creciente se fue adueñando de mí mientras estaba en el lavabo. Por lo general, siempre era capaz de imaginarme las cosas, saber qué dirección debía tomar.

Pero en ese momento me veía delante de un precipicio. Era como si ya no tuviera poder sobre lo que estaba ocurriendo o sobre lo que iba a ocurrir. En pocas palabras, ya no me fiaba de mí misma.

Cenamos con el productor, un hombre apacible de la provincia de Västernorrland que inspiraba confianza y que había hecho una labor excelente planificando las emisiones. Erik me cogió de la mano por debajo de la mesa.

Yo pensé que tenía que ponerle fin a aquello. Solo unos minutos más, después llamaría a las tropas a retirada. Volvería a la realidad de la vida. Pero los minutos cobraron vida propia, doblegaron al reloj, se pavonearon entre las manecillas.

Al final, todo el mundo se fue a dormir y nos quedamos solos en el bar. Eran las once y media de la noche, nos habíamos bebido una botella de vino. Nos cogimos de las manos, paseamos las miradas sin decir nada.

—¿Te parece que nuestro comportamiento es normal? —preguntó al final Erik en voz baja.

—Ya no sé qué es normal —dije yo.

—Anoche, cuando no podía dormir, me levanté y compuse una canción. Habla de ti. ¿Quieres oírla? Es en pago por lo del teclado.

—Claro que quiero oírla.

—La letra aún no está terminada. —Se pasó la mano por el pelo un tanto avergonzado.

—No pasa nada. Tócala igualmente.

Se subió al bajo escenario. Una banda de versiones de la zona había tocado aquella tarde y los instrumentos seguían allí:

algunas guitarras eléctricas y una batería que habían tapado con una manta. El piano era uno de esos que normalmente solo se ven en las iglesias, pequeño, de chapa de madera clara. Alguien lo había empujado hasta el borde del escenario. Erik se sentó en el taburete. Se aclaró la garganta, respiró hondo y tanteó las teclas con los dedos de una mano. La cabeza me daba vueltas, tanto por el alcohol como por el amor que sentía. ¡Que compongan una canción para ti! Finalmente, empezó a cantar, en voz muy baja, pero aun así pude escuchar cada palabra. La voz seguía siendo la suya. Solo las palabras eran nuevas.

Creí haber dejado de sentir
eso que me vuelve frágil.
Creí desaparecido
aquello que golpea y perturba.
Tantos años esperando
conocer a alguien como tú.
Nunca llegué a creer en el destino.
Ahora temo que sea demasiado tarde.

Tragué saliva. Estaba temblando de pies a cabeza. Él dejó caer la cabeza entre los brazos. Sus manos seguían sobre el teclado. A su espalda había un telón tremendamente feo con letras brillantes cosidas que formaban las palabras FIESTA y GRAN DIVERSIÓN. Erik giró la cabeza y me miró.

—Ahora no sé qué decir.

Me levanté y me acerqué al borde del escenario.

—¿Vamos a ver si el jacuzzi está encendido? Podemos mirar las estrellas.

—Nunca sabes cuánto va a durar. Lo más probable es que no dure —me dijo Lina en el trabajo cuando me confié a ella en un momento de desesperación—. Puede pasar cualquier cosa. Mira a Cilla, acababan de diagnosticarle cáncer. Todas vamos a morir.

—Gracias por recordármelo —dije yo.

—Ten en cuenta que él tiene una reputación bastante discutible, te guste o no, y tú tienes un hijo al que cuidar.

—¿Y qué hago?

Lina ladeó la cabeza.

—¿Has probado a olvidarlo?

—Lo intento —respondí.

Decidí que eso era justo lo que debía hacer: olvidar. Tras lograr hacer caso omiso de sus mensajes durante dos horas, incluso llegué a creerme que iba por buen camino, pero luego me vine abajo y le respondí, encerrada en el baño y empapada en sudores fríos. Tom se percató de que pasaba algo, pero yo puse la excusa del trabajo. Me olvidé de que él me conocía mejor que yo misma. Lo extraño era que mi amor por Tom no se había visto afectado; al contrario, era más fuerte que nunca. Al fin y al cabo, nos conocíamos desde los veintipocos. Yo no podía imaginarme una vida sin él. Pero tampoco podía imaginarme una vida sin Erik.

Querer es elegir. Pero ¿por qué tenía que ser tan difícil elegir?

«Tengo que dejarlo ya —me dije—. Tengo que dejar de buscarlo con la mirada a todas horas en el trabajo. Tengo que mantener la calma y no actuar empujada por las emociones. Es completamente normal enamorarse de otras personas después de un matrimonio tan largo, pero no hay por qué ceder al enamoramiento. Eso es lo que diferencia a una persona madura de una inmadura.» Al cabo de un rato pensaba: «¿Por qué debería renunciar? Solo se vive una vez. Si la vida me pone esto delante, ¿no es pecado decir que no? Las personas que me critican a lo mejor solo están celosas porque están atrapadas en relaciones estancadas o porque jamás se atreverían a abrirse a lo inesperado. Sus vidas son tan correctas y ordenadas y vacías que se ven amenazadas por lo que sienten; las cosas que de verdad importan les generan preocupación. También es una manera de vivir la vida: reducirlo todo para que no haya nada que te perturbe». Pero yo no estaba tan segura de querer seguir viviendo así. De repente, ya no tenía ganas de amortiguar ningún sentimiento.

Después de dos semanas arduas en las que solo nos cruzamos por el pasillo de la emisora y nos limitamos a cumplir con nuestro deber laboral, no pude resistirme más. Dimos un paseo de camino a casa y nos fundimos el uno en los brazos del otro en un frío portal.

—No puedo olvidarlo —susurró Erik con la cara hundida en el cuello de mi abrigo.

—Yo tampoco —dije.

—Deja a tu marido y escápate conmigo.

—No puedo hacer eso.

—No quiero compartirte.

—Ni yo a ti.

—Yo ya me siento compartido. Me siento como una línea que se va alargando sin saber dónde meterse. No podemos estar así. Si no quieres estar conmigo, dejaré el trabajo y me mudaré.

—¡No puedes mudarte!

Me puse a llorar.

—No sé qué voy a hacer sin ti.

—¿Me estás pidiendo que me quede?

—Sí.

La pasión era como una criatura con vida propia, una fuerza desorbitada. Ya había hablado anteriormente de eso en mi programa de radio: las personas afectadas sienten que no tienen elección. Es un denominador común en todas ellas. No obstante, yo estaba convencida de que era la única en el mundo que estaba sintiendo aquello, y en cierto modo así era. Por mucha gente que haya experimentado un mismo destino a lo largo de los milenios, el de cada uno es inexorablemente personal. Solo puedes medirlo en función de tu propio horizonte.

Al final el destino se resolvió por sí solo. O mejor dicho: dejé que el destino decidiera por mí, puesto que yo no era capaz de hacerlo. Celebramos la cena de Navidad en el trabajo. Yo me había puesto mi vestido de la adolescencia, el de encaje. La velada continuó en un karaoke, donde cantamos viejos éxitos musicales, bebimos y jugamos a los dardos. De camino a casa, Erik y yo no podíamos separarnos. Recorrimos toda la línea de metro, de principio a fin, sin soltarnos. Cuando el metro dejó de circular, nos bajamos sin saber dónde estábamos y nos pusimos a deambular en el frío invernal. La calle estaba desierta y reinaba la oscuridad. Solo de vez en cuando nuestros rostros se veían iluminados por alguna farola. Caminábamos en silencio y con frío, como si quisiéramos mostrarnos mutuamente lo que estábamos dispuestos a hacer el uno por la otra.

Cuando al fin llegué a casa, ya de madrugada, era como si me hubiera quedado sin fuerzas. «Me da igual lo que pase mientras pase algo —pensé—. Por favor, Dios, toma una decisión por mí. Yo no puedo.» Tom estaba profundamente dormido en su lado de la cama. Le acaricié la espalda por encima del edredón y me quedé dormida entre lágrimas.

Al despertarme, fuera aún estaba oscuro. Un fuerte ruido me había sacado del sueño, algo rompiéndose en el pasillo. Cuando abrí los ojos, me percaté de que estaba sola en la cama. Me levanté con el corazón a mil y entreabrí la puerta. Tom estaba de pie en el pasillo, rígido y pálido. A su espalda, el espejo se había roto en mil pedazos. Vi mi teléfono móvil en el suelo.

Me acerqué, me agaché y lo recogí sin decir nada.

El mensaje aún se podía leer en la pantalla resquebrajada.

«Desearía poder abrazarte toda la noche.»

El remitente era Erik Erkils.

En cuanto la secretaría vuelve a abrir, a las tres, llamo a la Escuela de Arte Valand de Gotemburgo. Tras investigar un poco más, he descubierto que en 1955 la otra escuela solo ofrecía clases de pintura, no de escultura. Suenan cinco tonos hasta que una mujer con acento finlandés me responde al otro lado.

—Universidad de Gotemburgo, ¿en qué puedo ayudarle?

—Hola, me llamo Ebba Lindqvist. Necesitaría hablar con alguien de Valand, la Facultad de Bellas Artes —digo.

—¿De qué se trata?

—Me preguntaba si conservarían algún registro de los alumnos de 1955. Estoy buscando a un hombre que creo que estudió con ustedes en aquella época. Necesito ponerme en contacto con él.

—Un momento, le paso con Håkan, nuestro archivero. Él suele estar al tanto de esas cuestiones.

Vuelven a sonar unos cuantos tonos. Abro el bloc de notas y, nerviosa, me pongo a dibujar figuritas en el margen. Las notas sueltas de la entrevista me recuerdan que hoy tengo que hablar con Anna y contarle cómo están las cosas con Veronika. Finalmente, Håkan me lo coge y yo le repito mi pregunta.

—¿1955?

Su voz es tan baja que tengo que apretarme el teléfono a la oreja.

—En principio, toda la documentación de Valand de antes de 1977 está en el Archivo Regional. —Håkan carraspea—. Pero está de suerte, porque me parece que tengo los listados por aquí. Es que estamos reorganizando todo, hay que aprovechar antes de que llegue el verano, porque si no luego te olvidas de dónde está cada cosa. Deme un momento, voy a ver si estoy en lo cierto.

—Claro.

Desaparece un rato, pero enseguida vuelve.

—Sí, los tengo aquí. ¿Cómo me ha dicho que se llamaba?

—Bo Bix —digo.

—¿A qué clase iba?

—Estaba estudiando algo de arte —respondo—. En 1955. Es todo lo que sé, ¿había varios estudios?

—Sí, en aquella época había pintura y escultura.

—Mire en escultura —digo.

—Eso facilita un poco las cosas. Aquel año había muchos alumnos cursando pintura, pero en escultura solo eran ocho.

Oigo cómo va pasando hojas; de vez en cuando suelta un agradable sonido gutural mientras busca.

—Bo Bix, ¿seguro que se llamaba así?

—Sí.

—Demonios. —Håkan chasquea la lengua.

—¿Qué pasa? —pregunto.

—Creo que no puedo facilitarle esa información así como así. Ahora tenemos que ceñirnos a la nueva normativa de privacidad, me había olvidado por completo. Tendría que consultar con algún compañero para ver si la ley afecta también a estos datos, pero hoy no está.

—¿No podría hacer una excepción? Prometo no decirle nada a nadie.

—Lo siento.

Luego se ríe y hace una pausa.

—Pero lo que sí puedo hacer es decirle quién no cursó escultura en 1955. Aquí no aparece ningún Bo Bix.

—Ah, ¿no?

—No. ¿Podría haberse equivocado de año?

—No lo creo.

—No puedo decirle nada más hasta que haya hablado con mis compañeros. Aunque también podría llamar ahora mismo al registro por la otra línea y preguntarles a ellos, si cree que puedes esperar un momento.

—Desde luego —respondo.

Me pone en espera con una triste melodía de jazz como única compañía. ¿Puede haberse equivocado Veronika con la escuela o con el año? Pero entonces el año en su álbum de fotos también estaría mal. Es todo muy extraño. Pasados cinco minutos, cuando empiezo a pensar que me he perdido en el hiperespacio jazzístico para siempre, vuelvo a oír a Håkan al otro lado de la línea.

—Ya lo he consultado y sí que puede solicitar las listas de alumnos, pues se consideran documento público. No suelen tardar más de un día en expedirlas. Solo tiene que llamar a la central y pedir que le pasen con el registro. Insisto en que está de suerte, porque acabamos de deshacernos de gran parte del material de la década de los cincuenta, pero justo el año 1955 sigue aquí.

—Muchas gracias —digo.

—Espero que encuentre a la persona que busca.

Me quedo callada y miro afuera.

—Yo también.

12

1955

La señora Cedergren estaba sentada en la sala común jugando al solitario con las piernas cruzadas. Llevaba unas medias gruesas con una gran carrera. Por mucho calor que hiciera, ella siempre llevaba medias y zapatos cerrados con una hebilla prominente y brillante en el empeine. Estaba haciendo un solitario bastante difícil, Pirámide, y cada vez que no conseguía resolverlo tiraba las cartas contra la mesa con más fuerza.

—Así que ayer salisteis a bailar, ¿eh? Me he enterado, me lo ha contado Francie. Ella y el estudiante han bajado a la playa, querían darse un chapuzón. —La señora Cedergren alzó rápidamente la mirada—. Y hablando del tema, anoche hubo un movimiento tremendo por los pasillos. ¡Así no hay quien duerma! ¿Quién puede pegar ojo con tanto alboroto? Yo no, desde luego. Por cierto, las salas de baile siempre están llenas de depredadores y falsos viudos. Hay muchos, y la mayoría tienen esposa e hijos esperándolos en casa.

Chasqueó la lengua contra el paladar y negó descontenta con la cabeza.

—Pero, claro, mientras haya chicas ingenuas que se crean todo lo que un hombre apuesto les diga al oído, no hay nada que hacer. Las pobres chiquillas le entregan su corazón a un Romeo de verano que a los cuatro días se habrá olvidado de ellas.

Veronika se puso colorada.

—¿A qué hora se han ido? —preguntó.

—¿Quién?

—Francie y Bo.

—Ah, pues hará una hora. Parecen haber hecho migas. Bueno, están en la edad. Si la cosa no va demasiado lejos, habrá quedado en nada para cuando llegue el otoño.

La señora Cedergren soltó una dama de picas sobre la mesa. Veronika se quedó en el sitio, incapaz de moverse.

—Igualmente, cuando consigues que el hombre muerda el anzuelo, tampoco estás contenta. Estoy pensando en mi sobrina, la que vive en el sur, en Helsingborg. Siempre quiere que su prometido le diga lo maravillosa que es y cuánto le gusta. Si no, se echa a llorar. No le basta con que él se lo diga una vez, ¡qué va! ¡Ella quiere tenerlo como a un auténtico perro faldero!

La señora Cedergren sacó irritada un rey de la pirámide.

—Las chicas quedan tan prendadas que pierden el sentido. No, lo primero es estudiar para poder mantenerte a ti misma. Luego, quizá puedas empezar a buscar a un hombre. Pero que tu felicidad no dependa de él. Ese es mi consejo.

La señora Cedergren ya era viuda la primera vez que se había hospedado en la pensión. Veronika no sabía quién había sido el señor Cedergren ni cuándo había muerto. Ella era una de esas mujeres que daban la impresión de poder sacudirse las penas como quien se sacude la arena de una toalla, aunque probablemente era una habilidad que no se había desarrollado por sí sola. «Piel de cocodrilo», solía llamarlo Signe.

«¡Te iría bien un poco de piel de cocodrilo!» Veronika se imaginó dicha piel como una coraza verrugosa e impenetrable. Se preguntó qué se sentiría dentro de ella, quizá fuera como vivir dentro de una maleta forrada con piel de cocodrilo, con todos los sonidos y sentimientos fuera, a cierta distancia.

La señora Cedergren repartía el día en estrictas rutinas. Siempre comía a las mismas horas y se acostaba a las nueve en punto, a pesar de que nunca se durmiera antes de las dos de la madrugada, cosa que nunca se olvidaba de señalar cada mañana, como en una suerte de prolongación del tormento de no poder dormir. Incluso la ropa era igual cada día: medias, zapatos, blusa y falda. Un leve olor a jabón de naranja la envolvía. Su pelo castaño y rizado estaba tan rígido que parecía habérselo tratado con pegamento. Veronika se la imaginó durmiendo con una redecilla en la cabeza o con un gorrito ajustado especial, igual que aquellos hombres que dormían con protectores de bigote.

—Por cierto, debería venir alguien de una vez a ocuparse de las abejas. Hoy por poco me trago una, se había caído en mi crema de frutas. Deberían hacernos un descuento, teniendo en cuenta las molestias que nos causan. ¿No puedes pedirle a tu madre o a Sölve que llamen a un especialista que pueda localizarlas? Yo apenas me atrevo ya a moverme del sofá, porque aquí dentro no llegan. Lo he comprobado.

Independientemente de las abejas, la señora Cedergren no solía levantarse nunca del sofá, pero ese verano por lo menos tenía una excusa.

—¡Veneno! Para que las abejas se queden dormidas. Seguro que existe algo así. O alguien que pueda dar algún consejo sensato. Alguien que sepa del tema. —La señora Cedergren volvió a alzar la mirada, hizo una pausa con la carta en el aire y entornó los ojos en un gesto de suspicacia—. Te veo distinta. ¿Te has cortado el pelo?

—¿Cómo? No. —Veronika negó con la cabeza.

—Te veo más mayor. Bueno, será la edad.

La señora Cedergren recogió las cartas y comenzó a barajarlas impacientemente otra vez.

—Diez solitarios seguidos y no he conseguido acabar ni uno. Lo seguiré intentando hasta la hora de comer y luego ya veremos. A lo mejor descanso un rato. Anoche no me dormí hasta las dos y media.

—Qué mala suerte. Yo tengo que ponerme a limpiar los cuartos.

—Tú eres muy aplicada, no como la vaga de tu prima. Y hablando de limpiar, he arreglado la escoba. —La señora Cedergren señaló el rincón con la cabeza—. Le he puesto una vieja boina en la punta, en lugar del cepillo ese viejo y lastimoso que tenía. Casi se había caído. Las boinas son excelentes para quitar el polvo del suelo y además no dejan marcas en los muebles. Estaba en la caja de objetos perdidos. Hay que ser un poco ingeniosa. —Cortó la baraja con satisfacción.

—Gracias, muy amable —se obligó a decir Veronika a pesar de que le costaba imaginarse la utilidad del nuevo invento de la señora Cedergren.

—De nada. Y no olvides decirle a tu madre lo de las abejas.

—Desde luego.

—¡Cierra la puerta cuando salgas, para que no entren! Esta sala es el último refugio que nos queda.

Con expresión misericordiosa, la señora Cedergren comenzó a repartir de nuevo las cartas sobre la mesa, como si, después de sopesarlo debidamente, hubiese decidido darles una nueva oportunidad.

Veronika había hecho las camas y limpiado las cinco habitaciones de la segunda planta. Una se la había encontrado especialmente sucia. El huésped era un funcionario de Uppsala que había estado fumando en pipa y que se había dejado una revista para caballeros debajo de la cama. Veronika la había recogido con los guantes de látex puestos. Se llamaba *Piff* y en la portada se veía a una rubia voluptuosa que ponía morritos y se estiraba para coger un racimo de uvas. Con el calor en las mejillas, Veronika se había escondido detrás de la puerta del armario y la había estado hojeando un poco a toda prisa, primero sosteniéndola a un brazo de distancia y luego un poco más cerca. Por seguridad, la miró con los ojos ligeramente entornados, para no tener que ver algo que luego no pudiera borrar de la retina. La sensación le despertó un sabor metálico en la boca. ¿Qué clase de mujeres se ofrecían a hacer esas cosas? Mostrarse desnudas o en ropa interior. Una de las modelos se aferraba torpemente a la barandilla de una escalera para mostrarle su enorme trasero al objetivo de la cámara. Otra posaba sin reparos y sin un solo centímetro de tela sobre el cuerpo junto a un carro de heno. Apenas tenía pecho, pero tenía tanto pelo en la entrepierna que parecía el Triángulo de las Bermudas del atlas de la escuela. De todos modos, no había demasiadas fotos. En la revista predominaban los artículos y los relatos. «La esposa infiel.» «Los tortolitos.» «Solo y sobrexcitado.» ¿Qué significaba sobrexcitado? Veronika no tenía claro ese punto, así que había tenido que leer todo el texto. «¡No dejes salir a los demonios —ponía—. Se adueñarán de tu vida, si no tienes cuidado!» Las palabras la asustaron. La idea de una vida interior que tenía su propio campo de fuerza en lo oculto le ponía los pelos de punta. ¿Le pasaba solo a los hombres o las mujeres también podían estar sobrexcitadas? Sintió la necesidad de ahondar en el tema, así que después de limpiar las tres habitaciones que le faltaban cogió la revista y se sentó en su cama.

Le daba un poco de miedo el mero hecho de tocar las páginas (podían estar contaminadas y quizá eran contagiosas), pero la curiosidad la empujó a hacerlo de todos modos. Siempre podía lavarse las manos luego. Empezó por la última página, así se sintió más segura, menos avergonzada ante la mirada de Dios. No pasaba nada por abrir una revista y echar un vistazo a las últimas páginas. Otra cosa era tener el coraje de comprarla.

Por alguna razón, la revista la hizo pensar en el baile de la noche anterior y en Bo. La manera en que él la había cogido, su mano descansando con tanta naturalidad en su cintura. ¿Leía él revistas de ese tipo? Probablemente. Según Francie, todos los hombres lo hacían, tanto los jóvenes como los viejos. Pero a Veronika la incomodaba la forma desvergonzada que tenía Francie de ver el sexo y las relaciones íntimas. Una vez, el verano anterior, le había enseñado cómo se ponía un condón. Concretamente, con ayuda de un pepino levemente torcido de Västerås. Francie había ejecutado el procedimiento con tanta indiferencia y familiaridad que a Veronika le había dado asco. ¿No tenía que ser el coito algo bonito, algo excelso? ¿Y por qué seguía pensando entonces en aquel pepino y en la mano de Francie poniéndole el condón? Veronika no tenía ningún chico con el que fantasear, así que se imaginaba los genitales masculinos y el tacto que podían tener. Lo inaudito de permitirle a alguien entrar en tu cuerpo. El matiz adulto, sofocante, carnoso que había en ello. Pensó en la mirada que había visto en los ojos de Bo. Burlona. Cálida. Comprensiva. Él había visto algo en Veronika, ella podía sentirlo con total claridad. Bo la había visto a *ella*, de una manera que hasta ese momento nadie se había molestado en hacer. Miró vacilante la revista. Si la hojeaba entera en ese momento, a lo mejor luego podía dejar de pensar en ella. Podía meterla en una bolsa y tirarla junto con las pieles de patata y las servilletas. Se puso un cojín en la espalda y se acomodó.

En una de las páginas había un anuncio de un diccionario sexual en dos tomos unidos con una cinta de cuero. Según decía, era una joya erótica para gourmets, con láminas e impresiones a todo color. «Libido» y «coito». «Testículo.» «Relación sexual.» No le gustaban aquellas palabras. Tampoco «útero» ni «menstruación». Por no hablar de «pene» y «vagina». La hacían pensar en mear. «Desfloración.» ¿Qué era eso? «Atracción misteriosa.» Veronika había oído hablar de hipnosis. De hacer cosas que una no quería, de ser llevada a la ruina.

Enamorarse era como estar hipnotizada, había dicho una vez Signe un día que se habían quedado despiertas remendando calcetines bajo la luz de la lámpara de la cocina. Hacía que las chicas tomaran decisiones precipitadas que normalmente acababan pagando caro. Veronika había oído hablar de chicas de su edad, y más jóvenes, que se habían quedado embarazadas, e imaginaba que el padre asumía su responsabilidad y organizaba una boda apresurada. Pero también podían acabar con agujas de tejer en los genitales.

También el destino era una suerte de hipnosis que quería ejercer su poder. Cada persona tenía un destino, pero también una voluntad. Estabas obligada a aprender a evitar los escollos de tu interior, a no dejarte llevar por tentadores senderos enmarañados, sino a ceñirte al camino ancho y bien iluminado. Veronika sabía que cargaba con una inquietud inherente. Podía sentir que había algo que tiraba de ella, insistiendo: un anhelo que se negaba a desaparecer. ¿Tenía algo que ver aquella inquietud con el erotismo?

A veces, las tardes de otoño, en Malmö, salía a pasear calle arriba y calle abajo solo para intentar quitarse ese desasosiego. Pero este era porfiado, casi siempre más que ella. Además, a su madre no le gustaba que saliera de casa por las tardes. Cuando Veronika volvía, ella la miraba con ojos de desaprobación, como si sospechara los motivos del paseo. Su padre había tenido predisposición a la ansiedad, pero no la voluntad suficiente para resistirse a ella. Se había tirado a la bebida, había dado gritos y destrozado cosas. Era algo de lo que nunca hablaban, pero que afloraba en los huecos entre ciertas frases. Además, no tenía ningún sentido hurgar en el pasado. Lo ocurrido no podía cambiarse. Había que intentar seguir adelante en la medida de lo posible. Signe tenía muchas palabras sabias sobre eso: «No merece la pena darle más vueltas», «Los hechos pesan más que las palabras», «¡Mejor remángate y haz algo sensato!».

No era tan sencillo seguir los consejos de Signe. Veronika no parecía tener la misma destreza que el resto de las mujeres de la familia. Cuando su madre cortaba el pan, las rebanadas caían en filas ordenadas. Cuando Veronika ponía la mesa, enseguida se pringaba con el recipiente de la mantequilla y el pan se le desmoronaba en el cesto. Su madre se movía con viveza, pero ni una mota de polvo se levantaba nunca en su casa. Su padre había sido todo lo contrario, cómo no. Cuánto menos se lavaba y más desordenador era, con más brío limpiaba su madre. A ser posible, cerca de él, con rabia y con dureza, ya fuera con la escoba o con el cepillo, como si estuviera intentando limpiarlo a él.

Por las noches, su padre se sentaba a menudo a aporrear el violín para sacarle algunas notas lastimosas, bebía y pintaba. Sus cuadros habían asustado a Veronika: rostros retorcidos que se multiplicaban, caballos de cabeza grande relinchando, puestas de sol de colores chillones. Su madre habría preferido que dejara los pinceles en paz. Él podía obsesionarse, pasarse días y noches enteros pintando, sin dormir. Los pinceles lograban sacar de él un fiero torrente imposible de detener una vez se había desatado. Veronika sentía la angustia de su padre como un efluvio negro fulgurante, una peste a la que era más seguro no acercarse.

A pesar de que ya habían pasado siete años desde su muerte, Veronika seguía teniendo remordimientos por todas las veces que había pasado de puntillas por delante de la puerta de la cocina para no tener que ver aquellos ojos negros en aquel rostro desencajado, los cigarrillos requemados en el cenicero, por no tener que oler el hedor a sudor y mugre que emana quien lleva demasiado tiempo sumido en sus rancias cavilaciones. Había algo desesperado y suplicante en la mirada de su padre que Veronika sabía que no podía confrontar, y lo peor de todo: que le parecía reconocer en sí misma. Como si la oscuridad de él estuviera latente también dentro de ella y fuera a salir, atraída por sus miradas. Lo que Veronika no podía contarle a nadie, apenas a sí misma, era que despreciaba a su padre por ello. Por cómo él se había tomado el derecho a quedarse allí sentado con su autocompasión, obligándola a ella y a su madre a andar de puntillas por su culpa, por su mal humor, a pesar de disponer de una habitación propia, a diferencia de ellas, y de no haberse preparado ni una patata cocida en toda su vida. Nunca se había molestado. Era como una araña venenosa que solo estaba esperando a que alguien pusiera un pie en su tela para poder tejer su desgracia alrededor de su presa.

Aun así, el accidente había sido un terrible golpe. Un día, cuando Veronika llegó de la escuela, se encontró a su madre esperándola sentada a la mesa de la cocina con las manos entrelazadas. Por sí solo, eso ya era raro, pues siempre solía estar ocupada haciendo algo. Veronika había entendido al instante que algo grave había ocurrido.

Un policía había ido a casa unas horas antes, le había contado. Su padre se había caído de bruces en el muelle de construcción de Kockum, una caída de diez metros, cuando estaba subido a un andamio para cambiarle la chapa a un casco. Resultaba difícil saber a ciencia cierta lo que había pasado. Quizá la escarcha de la noche había hecho que la madera estuviera especialmente resbaladiza, o quizá se había tropezado con un cable de la luz. En cualquier caso, la muerte había sido instantánea. La voz de su madre había sonado extrañamente afectada y artificiosa al pronunciar las palabras: «Tu padre ha muerto». Luego, se habían quedado en silencio en la mesa de la cocina, escuchando el tictac del reloj. «¡¿Cómo ha podido ser tan descuidado?!», había gritado de repente su madre, golpeando la mesa con la palma de la mano.

Veronika había subido a su cuarto, se había dejado caer de rodillas en la oscuridad del vestidor y le había rezado a un dios en el que ni siquiera sabía si creía o no: «Dios mío. Cuida del alma de mi padre. Perdóname».

Ni ella misma tenía muy claro por qué había pedido perdón. Quizá porque no había querido abrirse ante la desgracia de su padre, lo había mantenido a distancia. Y un poco porque sospechaba que debería estar más compungida de lo que estaba. En aquel momento no sabía que la tristeza puede adoptar muchas formas. Podía tener un efecto igual de lento que la nitrocelulosa, podía ser como un moratón en el alma, y era fácil confundirla con la añoranza de lo que quizá una nunca pudo tener.

A veces soñaba que él seguía vivo, que se había pasado todo ese tiempo tumbado en su cuarto de papel pintado gris y con las cortinas gruesas de la guerra que aún cubrían la ventana, olvidado y enfadado.

«¿Dónde has estado?», le preguntaba él en el sueño, débil y mucho más pequeño de lo que había sido en vida.

«¿Eres tú, Veronika? ¡Ayúdame!»

No, sería mejor tratar de no pensar en él en absoluto. Trabajar y ceñirse al día a día era mucho mejor. De hecho, era mejor no darle excesiva importancia a nada en la vida, mantenerlo todo a un brazo de distancia. Así al menos sabías dónde lo tenías.

Menos mal que la noche anterior no había llamado a la puerta de Bo. ¿Qué habría pasado entonces? ¿La habría cogido él del brazo y la habría metido en la habitación? ¿Acaso habría dicho ella que no de haber ocurrido? No lo tenía claro, no se fiaba de sí misma. Y ahora él se estaba bañando con Francie.

Desde el jardín le llegó el estruendo de tazas y risas. Debían de ser más de las tres. El sol atravesaba las cortinas. Veronika pensó en las manos de Bo. Dedos bronceados con barro en las cutículas. ¿Qué se sentiría al apoyar la cabeza en su pecho, con sus dedos acariciándole el pelo? Con sus dedos sobre los labios.

—¡Estás aquí! Me preguntaba dónde te habías metido, no te he visto en todo el día.

Su madre alzó la cabeza desde la mesa del despacho, que estaba encajada en el rincón de detrás de recepción.

—Hay que ver lo que has tardado en limpiar. ¿Es tanta fiesta en la sala de baile lo que te hace estar tan cansada? Tenemos una queja de que ha habido carreras por los pasillos de madrugada. ¿Sabes algo? —Su madre entornó un poco los ojos.

—No. —Veronika negó con la cabeza.

—Qué raro. No tenemos más noctámbulos en la pensión, aparte de la señora Cedergren, claro, que es la que se ha quejado.

Su madre presionó el bolígrafo varias veces contra el libro de caja. Era un mamotreto difícil de entender, conformado mayoritariamente por facturas y recibos pringosos que había que clasificar en distintos montones y archivar en diferentes secciones.

—Bueno, pues habrá sido él, el larguirucho. El artista. ¿Has terminado todas las habitaciones de la segunda planta?

Veronika asintió en silencio.

—Menos mal que te tengo a ti.

Soltó un suspiro.

—Francie no es de gran ayuda, se dedica más que nada a comer. La hinchazón ya le ha bajado, pero hoy me ha venido con la excusa de que tiene catarro. Esta mañana me ha pedido polvo de aspirina para quitárselo.

Negó con la cabeza.

—Se nos han cortado cinco litros de leche por culpa del calor y a las cuatro nos llegan huéspedes nuevos. Y tenemos a las dichosas abejas. Sölve ha mirado por todas partes aquí abajo, pero nadie ha subido al desván. Signe me dijo que se lo ha pedido a Francie, pero ya sabes cómo es con sus promesas. ¿Podrías echar tú un vistazo? Nunca me ha gustado demasiado esa escalera, es tan empinada... A lo mejor puede acompañarte el estudiante. No nos iría mal que nos echara una mano.

Resopló por la nariz.

—Cuando se sienta parece una bolsa de nueces. Totalmente laxo. ¡Se le están atrofiando los músculos! Debería hablar con la señora Dunker, ella sabe bastante del tema.

—Voy a ver si lo encuentro.

—Eso. —Su madre volvió a dirigir la mirada al libro de caja y frunció la nariz, como si las cifras olieran mal.

—¡Dobla y estira, dobla y estira!

La señora Dunker se inclinó hacia delante, empapada de sudor en su albornoz rojo, y resopló con las manos apoyadas en la región lumbar. El cinturón se le había desprendido y le arrastraba por la arena. Debajo se le veía el grueso traje de baño que siempre se ponía para ir a la playa, con las copas del sujetador levemente deformadas. Las chicas estaban delante de ella imitando obedientes los movimientos de gimnasia, parecían dos pálidos signos de exclamación con pelo rubio blanquecino y hombros pecosos. «Y uno y dos, y uno y dos», continuó la señora Dunker en voz alta mientras se secaba el sudor de la frente y alzaba la mano para saludar. Tenía la cara llena de estrías rojas, como las de un ruibarbo. Al final se sentó con dificultad en una duna de arena y trató de contener un ataque de tos.

Veronika había ido a buscar su bañador y había bajado a la playa, donde había puesto rumbo al escondite preferido de Francie, un lugar rodeado de juncos y dunas con cardos en flor de color lila que lo resguardaban del viento y te permitían cambiarte casi sin reparo alguno. Tal como había sospechado, Bo estaba allí tumbado tomando el sol. A su lado estaba la toalla con estampado de cebra de Francie. Mar adentro, Veronika pudo ver su pelo rubio platino meciéndose con el oleaje. Notó una punzada de celos en el diafragma y se quedó allí de pie sin saber qué hacer. Bo se apartó el sombrero de la cara.

—¡Hola! Qué tal. Te he estado buscando antes de venir, pero no he conseguido encontrarte. —Se incorporó sobre los codos.

Veronika se sentó a cierta distancia y lo miró discretamente de reojo. Sus delgadas piernas estaban un poco separadas sobre la toalla.

—¿No has ido hoy al taller?

—No tenía ánimos. Se recalienta tanto que no me puedo concentrar. Además, el barro se deshace, no puedo hacer nada con él. —Se limpió un poco de arena de la barriga. Parecía suave—. ¿Tú qué has hecho?

—Nada especial, aparte de limpiar. A algunas personas se les da muy bien ensuciar. —Veronika apartó la mirada y cruzó los dedos para que él no pudiera intuir, con esa clarividencia que tenían los artistas, que en realidad se había pasado media mañana mirando revistas prohibidas.

—Me lo puedo imaginar. Menos mal que te libras de limpiar mi habitación. No me gustaría que tuvieras que pasar por ello.

Esbozó media sonrisa y se pasó la mano por la mata de pelo. El sol se lo había aclarado.

—Pero si alguna vez quisieras subir a hacerme una visita, te prometo que, por ti, la limpiaré. Incluso puedo invitarte a un café.

Arrancó un cardo seco del matojo de hierba que tenía más cerca y comenzó a trazar un patrón en la arena con el tallo. Al cabo de un rato, Veronika vio que la estaba retratando a ella, con la espalda encorvada y las piernas recogidas en el pecho. Notó que se ruborizaba.

—No te hace justicia, eres mucho más bonita en la vida real. Y más grande.

Volvió a sonreír y recogió la bola del cardo del suelo.

—Por cierto, ¿qué es esto? ¿Es una mala hierba?

—Es cardo mariano. Puedes extraer leche de las cápsulas de sus semillas y bebértela. Por eso se llama así. Los romanos la usaban para las mordeduras de serpiente y la melancolía.

—¿Hay algo que no sepas? —Bo le dedicó una mirada pícara.

—Signe es la que me lo ha enseñado. Ella lo sabe todo sobre las plantas.

—O sea, que cura la melancolía, dices. ¿Eso también te lo ha contado Signe?

—No, eso lo saqué de un estúpido test de personalidad de una revista.

Veronika se encogió de hombros y entornó un poco los ojos, como si ella no creyera ni por asomo en esas cosas. A decir verdad, ella y Francie habían completado esos test ciegamente, ya determinaran qué planta eras o qué sombreros te quedaban mejor según la forma de tu cara.

—¿Qué más ponía? La psicología es interesante.

Bo se tumbó de costado y la miró con interés. Sus ojos brillaban de curiosidad. Por un breve segundo, pareció que él iba a entenderla dijera lo que dijese a continuación.

—Bueno, pues que hay varios tipos. El flemático, por ejemplo. Se lo toma casi todo con calma y tranquilidad, a menudo puede parecer una persona vaga y acomodada. El flemático suele ser un poco rechoncho. Lento, tardo y perezoso, se podría decir.

Bo soltó una risotada.

—¿A tus ojos yo soy un *flematista*?

—¡Flemático! —Veronika se rio.

—¿Qué más?

—Luego está el colérico, una persona iracunda, explosiva y con un humor espantoso. Siempre quiere decidir y a menudo acaba siendo el centro de atención.

—Podrías cobrar por esto. ¡Ya sé, monta un puesto en el mercado de Kivik y cobra entrada! Yo podría pintarte los ojos de negro y ponerte un turbante, para que parezcas una auténtica adivina. Solo te falta un nombre artístico. ¿Cómo podríamos llamarte? —Giró lentamente el torso hacia ella y deslizó el tallo seco del cardo por su gemelo. A Veronika se le erizó el vello de las piernas.

—No sé. —Se le había quedado la boca seca.

—¿Conoces a Baba Vanga, la pitonisa ciega de Yugoslavia? Predijo tanto la Primera como la Segunda Guerra Mundial. Varios dirigentes han ido a verla en busca de profecías y casi todo lo que ha dicho se ha cumplido. Según ella, en 2023 la humanidad viajará a Venus con la esperanza de encontrar nuevas fuentes de energía. Dice que todo el hielo de la Tierra se va a derretir. Aunque ella no cobra. Se contenta con comida gratis. Pero el nombre es bueno. Baba Vanga. Veronika Vanga. ¿Qué te parece? ¿O la Señorita Mágica de Malen?

Bo ladeó la cabeza.

Sus ojos eran de un verde tan intenso que parecían derramar su color sobre los juncos y sobre las matas de cardo, como si fuera tinta.

—Te pega ser adivina —dijo, asintiendo con la cabeza—. Eres un poco misteriosa. Enigmática. Eres de esas que ven cosas, aunque no lo digan.

—¿Cómo lo sabes?

—A lo mejor yo soy igual.

Bo cogió un puñado de arena.

—Si sumamos fuerzas, podríamos exprimir cardos sin parar y vender la leche a precio de oro. Te tomas un dedal, como un chupito en miniatura, y quedas libre de toda desgracia. No está mal, ¿no?

Dejó que la arena cayera en una fina cascada sobre su espinilla. A Veronika le pareció percibir vibraciones en el aire que los separaba. Como si estuvieran encerrados en un capullo con gravedad propia, donde el tiempo se detenía y solo la arena se movía.

—Si quieres, puedo echarte arena en la espalda. Podemos turnarnos. Es agradable. Como un tratamiento. Igual que hay baños de algas podría haber baños de arena, ¿no crees? ¿Quieres que te lo haga primero yo a ti? ¡Túmbate bocabajo!

Su voz sonaba tan lúdica y firme que ella hizo lo que él le pedía. La arena olía a algas y a hierbas de verano. Veronika la notó caliente corriendo por su espalda, deslizándose por sus axilas y entre los muslos. Era tan placentero que se le nubló la mente por completo.

—¡Eh, vosotros dos! No podéis pasaros el día ahí holgazaneando. ¡Tenéis que bañaros! El agua está calentísima.

Francie había salido del agua y estaba justo enfrente de ellos sacudiéndose el agua salada del pelo.

—Veinticinco grados al final del pantalán, igual de caliente que en una piscina, es de locos.

Se deslizó entre Veronika y Bo sin ningún reparo y se estiró para coger la toalla, de tal manera que Veronika tuvo que apartarse un poco.

—¿Te has enterado de que el pobre Bosse no avanza con su gran obra de arte? Se podría decir que está sufriendo un bloqueo artístico. ¿No podrías ayudarlo tú que sueles dibujar?

—No me habías dicho que dibujabas. —Bo la miró entrecerrando un ojo.

—De eso hace mucho tiempo —dijo Veronika ruborizada.

—Lo dice por decir, siempre se infravalora. ¡Dan ganas de abofetearla! —Francie le dio un empujón a Veronika y aprovechó para hacerse un poco más de sitio para la toalla—. Pero deberías ver sus bocetos de prendas de ropa, son de lo más chulos. Podría ilustrar reportajes de moda y cosas así si tuviera un poco más de ambición. Tener talento es importante, pero no basta solo con eso. También hay que ser echada para adelante. Os lo digo a los dos.

Francie se quitó las gafas de sol y cerró los ojos con fuerza bajo el sol, como para acelerar el bronceado. Veronika y Bo intercambiaron una mirada y ahogaron sus risas.

—Ya habíamos decidido que Veronika cobrará por hacer premoniciones en el mercado de Kivik —dijo Bo—. Pagan mucho mejor y, sin duda, es más divertido que ir a la escuela de labores. Solo le falta un nombre artístico.

—Bah, ¿pero qué estáis diciendo? ¿Premoniciones? Además, tú deberías buscarte un nombre artístico primero si de verdad pretendes ser artista. Así es más fácil abrirse paso en el extranjero. Bo-Ivar Axelsson suena agradable y solemne, pero no puede ser más soso.

Francie negó con la cabeza en un gesto de insatisfacción.

—Piensa en Cary Grant o en Marilyn Monroe. No creerás que habrían tenido tanto éxito si hubiesen conservado sus nombres reales, ¿no? O Doris Day. Lo que tiene gancho es que el nombre y el apellido empiecen por la misma letra. Además, es más fácil de recordar. —Francie resopló con su labio inferior—. A lo mejor Bo funciona en inglés, pero Axelsson no. Bo Bim.

¿Qué me dices? ¿No es fresco? O Bo Baxter, suena a detective privado. —Francie se incorporó, el entusiasmo se había apoderado de ella—. Bo Boston también es elegante.

—Pero Boston es una ciudad —replicó Veronika.

—¡Pues inventa tú algo mejor!

Veronika se quedó pensando un momento.

—¿Bo Bix?

—No está mal —reconoció Francie—. Tienes que hacer una firma varonil, un poco descuidada. Un buen nombre marca la diferencia. ¿Por qué debería llamarse nadie como lo ha decidido otra persona? Es mejor elegirlo una misma. Mira, acabo de decidir que voy a pensar un nombre para mí también. Francie Åberg es horroroso. —Volvió a tumbarse y separó los dedos con decisión.

Bo miró a Veronika.

—Bo Bix se va a dar un chapuzón. ¿Querría acompañarme la Señorita Mágica de Malen?

—¿Por qué no?

Al volver a la pensión se encontraron con un jaleo tremendo. Andersson, el director de banco, estaba echado en el diván de la sala común mientras los demás huéspedes se movían a su alrededor como gallinas desconcertadas. En medio del bullicio, la madre de Veronika iba de un lado a otro dando órdenes.

—¡Tiene que estarse quieto! ¡Tranquilo todo el mundo!

—¿Qué ha pasado? —Horrorizada, Veronika dejó caer la bolsa de la playa.

—El director se ha tragado una abeja. Hemos llamado a una ambulancia de Ängelholm, necesita personal especializado. El doctor Söderström no puede hacer nada. —Su madre retorcía las manos nerviosa; hacía tiempo que Veronika no la veía así de afectada. Luego vio al médico de familia que se hospedaba en la pensión sentado aún con el albornoz puesto al lado del director tomándole el pulso con semblante serio. Tekla, la esposa de Andersson, estaba sentada al otro lado, muy pálida; sujetaba una bolsa de guisantes congelados en el cuello de su marido.

—Se le ha inflamado la garganta, así que apenas puede coger aire —susurró su madre—. ¡Podría morir! Es terrible. Por no hablar de la catástrofe que supondría para el negocio.

Su madre paseó nerviosa la mirada por la sala como para hacer una valoración general del impacto que el suceso tendría sobre las cuentas de la empresa.

—Si no encontramos la colmena, a lo mejor tenemos que evacuar —continuó—. No podemos seguir así. ¡Rézale a Dios para que sobreviva!

Mientras su madre pronunciaba las últimas palabras, la esposa del director de banco soltaba un tenue jadeo en el borde del diván.

—¿Puede alguien ir a buscar una espátula? Una pala de mantequilla también servirá. —Era el doctor quien lo pedía en voz alta.

Veronika fue corriendo a la cocina, cogió una pala de mantequilla y volvió a toda prisa a la sala común.

—Si el director es tan amable de sacar la lengua, la presionaré para que pueda respirar un poco mejor. ¡Todos los demás, fuera de la sala! Necesitamos tranquilidad —gritó el doctor Söderström con autoridad.

Condujeron a todos los huéspedes al comedor entre protestas. Con la excusa del incidente, algunos clientes que hasta la fecha no se habían dirigido la palabra habían encontrado motivo para entablar conversación. Parecían un pequeño gallinero. La madre de Veronika la llevó aparte.

—¿Puedes preparar un ponche extrafuerte? Tendremos que sacrificar una botella de ginebra o dos. En la encimera de la cocina hay un cuenco con fresas, puedes echarlas también. Pero ni una abeja en el cuenco, revísalo bien, por lo que más quieras. Espero que la ayuda no tarde en llegar. Esas abejas están acabando conmigo.

Se puso una mano en el pecho, que se inflaba como una armadura bajo la blusa, que tenía dos manchas grandes de sudor en las axilas. Veronika sintió lástima por su madre. Había trabajado muy duro y aquello podía destrozar la reputación de la pensión durante mucho tiempo. Además, Veronika estaba asustada. ¿Qué pasaría si el director acababa muriendo por asfixia?

Volvió corriendo a la cocina y sacó dos botellas de ginebra y una caja de tónicas de la despensa. Solían preparar el ponche en un pequeño y elegante recipiente de cristal, pero Veronika vio que no sería suficiente, así que bajó del estante dos cuencos de fruta un poco más grandes.

—¿Qué está pasando? —Bo había aparecido en la puerta—. Estaba en el jardín de atrás hinchando la rueda de la bici y al entrar he visto el circo que hay montado ahí fuera.

—Al director de banco le ha picado una abeja en la garganta. Estamos esperando una ambulancia. Mientras, estoy preparando ponche para los clientes.

—¿Necesitas ayuda?

—Sí, podrías quitarles las chapas a las tónicas. Y poner las copas en una bandeja, están en el segundo armario de la derecha. —Señaló con la cabeza mientras vertía una botella entera de ginebra en uno de los cuencos y se estiraba para coger las fresas de la encimera.

Bo dejó su bolsa y se puso a abrir las botellas, sacó rápidamente las copas del armario y le guiñó un ojo a Veronika.

¡Felicidad! En medio de todo aquello. Así sí que se podía imaginar la vida con un hombre. Haciendo cosas codo con codo. Ayudándose mutuamente. Asumiendo las tareas entre los dos cuando uno solo no podía. Mientras se turnaban para echar la tónica en los cuencos de fruta, Veronika vio a través de la ventana el Opel Kapitän azul celeste de la brigada de emergencias entrar en el patio. Bo se plantó a su lado.

—Ahora sí que se va a animar la cosa. Ambulancia y alcohol al mismo tiempo.

Cogió un trozo de fresa que había caído fuera del cuenco y se lo metió en la boca a Veronika. Su dedo se demoró sobre sus labios. Fue apenas un segundo, pero lo suficientemente largo como para que ella sintiera el calor atravesándole el pecho como una flecha.

—¿Ya está? ¿Lo sacamos? ¿Llevas tú el cuenco? —Bo cogió la bandeja con las copas y aguantó la puerta batiente con el pie. La madre de Veronika estaba saliendo del comedor y estuvieron a punto de chocar.

—Gracias, sois un cielo. Pon la bandeja en el bufet del vestíbulo para que no esté en medio. Y si aún no habéis subido a revisar el desván en busca de las abejas, hacedlo ya, por favor. ¡Seguid el zumbido! Mirad en todas partes. ¡Tenemos que localizarlas!

Volvió corriendo al comedor y dio unas palmadas para captar la atención de los huéspedes.

—La brigada de emergencias ya ha llegado. ¡Haced sitio

para el personal sanitario! Vamos a servir un refresco en el vestíbulo. Invita la casa, naturalmente.

Con las últimas palabras, Veronika pudo ver cómo a su madre se le descomponía el rostro en una mueca. Adiós a las ganancias de la semana. Salía caro tener abejas.

Una escalera estrecha conducía al desván. Cuando Veronika era más pequeña, se escondía allí arriba a jugar con los cupones de racionamiento de la guerra que aún había en unas cajas de cartón. También había un balancín con forma de caballo en el que solía columpiarse y al que corregía severamente con las riendas bajo las robustas vigas del techo. Al fondo, bajo el ventanuco del hastial, había acondicionado un rinconcito con almohadones y cojines, donde se sentaba a hojear atlas y diccionarios aburridos. A veces le daba por dibujar un país inventado en el margen del mapamundi.

La escalera crujió. Bo iba justo detrás de ella. Un olor a moho y a tela vieja le hizo cosquillas en la nariz, lo que le provocó casi un estornudo. Varios de los antiguos muebles pesados y oscuros que el arrendatario anterior tenía en la sala común estaban pegados a las paredes tapados con sábanas para no acumular polvo. En el suelo había montoncitos de virutas y grandes motas de polvo.

Veronika había fantaseado con una ocasión como aquella. Estar a solas con Bo en un sitio donde nadie fuera a molestarlos y casi a oscuras. Pero ahora apenas se atrevía a mirarlo, se limitaba a escudriñar los trastos mientras trataba de acostumbrar los ojos a la penumbra.

—¡Menudo sitio! Aquí se podría vivir incluso.

Bo dio unos pasos y las maderas crujieron; retiró la tela que cubría una cómoda con palangana, jarra y orinal.

—El baño ya está montado. Orinal de cerámica y todo. Qué estilo. El agua puedo bajar a buscarla, un cubo en cada mano. Deberíamos mudarnos aquí. —Miró a Veronika sonriendo. A ella no se le ocurrió nada que contestar, tenía la boca seca como papel de lija.

Bo siguió paseándose despreocupado por debajo de la cubierta inclinada.

—Lo único que faltaría es un colchón y una lámpara de queroseno. Todo lo demás ya está aquí. ¡Incluso hay un sofá! —Con la mano señaló el pequeño espacio que había bajo la ventana y la fina cortina de encaje a la que alguien le había hecho un nudo—. ¿Quién necesita más? ¿Para qué queremos todas las cosas que tenemos? Es una pesadez tener que cuidarlas.

Veronika trastabilló con una tabla levantada. El suelo estaba tan sucio que no se distinguían las juntas. Soltó un juramento en voz baja.

—¿Y qué tenemos aquí? —Bo se había acercado a las contraventanas que había apoyadas contra la pared. Se colocaban cuando la pensión cerraba, a final de temporada. Veronika solía ayudar a Sölve a ponerles algodón en los alféizares para sellar las ventanas contra el frío y la humedad del invierno.

—Son los postigos interiores, para el invierno.

—No me digas. Podemos vivir aquí todo el año, las abejas, tú y yo. Seguro que son animales de compañía muy agradables, mientras no te piquen.

—¿Oyes algo? —Veronika se acercó a Bo. El aire estaba quieto y cargado de polvo. Había algo agradable en el hecho de que nada se moviera. Se limitó a quedarse allí.

Bo golpeó la pared estructural con los nudillos y pegó la oreja.

—No. ¿Dónde te esconderías tú si fueras una abeja?

—No lo sé.

—¡Espera!

Bo alzó la mano y señaló el techo. Arriba había una abeja solitaria dando vueltas.

—Quédate quieta —susurró, y la cogió del brazo—. A lo mejor es una abeja guardiana. Si esperamos, puede enseñarnos dónde está la entrada de la colmena.

—¿Una abeja guardiana?

—Sí, ya sabes que algunas abejas vigilan, otras recogen comida y algunas no salen nunca de la colmena, solo trasladan los huevos y cuidan a la reina. —Hablaba tan bajo que Veronika tenía que acercar la oreja para oír. La abeja había descendido revoloteando hasta el reposabrazos de un sillón con el asiento abombado.

Bo cogió de la mano a Veronika. Ella sintió que le flaqueaban las rodillas. Si hubiese podido acurrucarse en esa palma seca de su mano lo habría hecho, se habría recostado allí como un caracol dentro de su caparazón. Ya le daba igual dónde ponía los pies, bajo los cuales solo se oía el ruido seco de la viruta. De repente, la abeja desapareció.

—¿Dónde se ha metido? —susurró Bo.

—Me parece que está detrás del sofá. —Veronika señaló con el dedo.

—Entonces, será mejor que nos sentemos.

Bo y Veronika se dejaron caer en el estrecho sofá. Los muelles estaban rotos y despuntaban en varios sitios del relleno. Lo había usado hasta estropearlo un abogado al que le habían diagnosticado un coágulo cerebral y que solía tumbarse a descansar en él. Ambos permanecieron inmóviles. Él seguía cogiéndole la mano. Ella casi no se atrevía a respirar por miedo a que le entrara el hipo, le saliera un eructo o estornudara por culpa de los nervios.

Se oyó un chasquido en las tablas del suelo.

—La oigo. —Bo le apretó la mano—. Si alguna de las abejas ha encontrado un buen sitio donde coger comida, vuelve volando a la colmena y se pone a bailar justo en la entrada —dijo Bo entre susurros—. Cuanto más rápido baila, más cerca está la comida. Incluso pueden menear el trasero.

—Te lo estás inventando.

—No, es verdad. Las abejas son inteligentes.

—¿Cómo sabes todo eso?

—Porque una vez hice un aburrido viaje en tren de Lycksele a Haparanda y lo único que había para leer era un folleto sobre apicultura que alguien se había dejado en el asiento. —Sus ojos titilaron en la polvorienta penumbra.

Veronika sufría de ansiedad. Deseaba que él le arreglara el pelo o lo que fuera. Pero lo único que podía hacer era mantenerse sentada con la espalda erguida y esperar, con la mano de Bo en la suya. No se podía verbalizar aquello que realmente se deseaba. Solo se podía esperar pacientemente, sin hablar. Eran las normas.

—Ya no oigo ningún zumbido. ¿Y tú?

Ella negó con la cabeza. Él le apretó con cuidado la piel en el lugar donde su pulso latía en ese momento con fuerza.

—Si yo fuera una abeja, me posaría justo aquí para descansar. Contemplar las vistas. Este sitio me parece el mejor lugar del mundo.

Veronika podía notar el aliento de Bo en su cuello. Al instante siguiente oyeron un crujido en la escalera. Veronika dio un respingo y uno de los muelles del sofá le arañó la nalga.

—¿Hola? ¿Qué hacéis? —Era su madre la que los llamaba.

—¡Estamos aquí! —La voz de Veronika sonó estridente.

—¿Las habéis encontrado?

Veronika se levantó. Le temblaban las piernas.

—No, ya bajamos. —Se arregló la falda y se alisó el pelo con la mano. Bo se levantó también y la cogió por el hombro.

—¿No podrías venir a mi cuarto esta noche? Podemos escuchar algunos discos y tomar algo. ¿Qué me dices? ¿Puedes a las nueve?

—A lo mejor.

Veronika tragó saliva. Por dentro, las palabras volaban como pequeños dardos envenenados. «Conquista sexual.» «Desfloramiento.»

13

2019

Anna, la redactora, me llama justo cuando llego a la habitación después de cenar. Su voz suena forzadamente compasiva.

—Me he enterado de lo que le ha pasado a la entrevistada. Issi acaba de llamarme. Una mala suerte de la leche. ¿Cómo se encuentra?

—No muy bien —digo—. Sigue ingresada en el hospital, me he pasado a verla esta mañana. Conmoción cerebral leve y un esguince de tobillo.

—Típico. Pero, bueno, podría haber sido peor. Menos mal que está viva, mejor verlo así. Issi me ha dicho que el coche apenas se movió, ya es mala pata que haya sufrido tantas lesiones. Hemos pensado en mandarle flores de parte de la redacción. ¿En qué hospital está?

—Hospital de Ängelholm —digo—. Unidad seis.

—Voy a pedirle a Gittan de recepción que envíe a un mensajero mañana. La señora no es alérgica, ¿no?

—No que yo sepa.

Anna suelta un suspiro, como si el accidente imprevisto supusiera un irritante momento de estrés.

—En cualquier caso, Issi consiguió sacarle varias fotos buenas antes de que ocurriera. Así que ahora solo falta el texto. —Anna hace una pausa diplomática—. ¿Ya está listo?

—Lamentablemente no.

—¿Y cuándo lo vas a tener?

—Tenemos un problema.

—¿Otro?

Hago caso omiso del comentario.

—Veronika está muy desconcertada. Hoy, cuando he ido a verla, me ha confundido con otra persona. No estoy del todo segura de que se deba al accidente. Por lo visto, el personal de la residencia la ha estado vigilando toda la primavera porque se ha mostrado olvidadiza. Cuando vine no lo sabía. No podemos publicar su historia en estas circunstancias. No sería ético.

—¡Joder! —Anna suelta otro suspiro al otro lado de la línea—. Ahora ya hemos planificado el número de páginas y todo. —Su voz ha adquirido un matiz de desesperación.

—No puedo apoyar la publicación —digo, y cojo una larga bocanada de aire—. Nos guste o no, quien la ha atropellado es la fotógrafa de la revista. Aparte de por los daños físicos, podría llevarse una suma considerable en compensación por los perjuicios morales si decide denunciaros. Puede salir caro.

Anna maldice entre dientes. Cuando vuelve a hablar, su voz es dura como el acero.

—Vale, tendremos que replantear la situación. ¿Tú sigues ahí?

—No quiero irme teniendo en cuenta lo ocurrido. Está completamente sola, no tiene ningún familiar.

—Entiendo.

Anna murmura algo, como suele hacer cuando está pensando.

—Es todo un detalle por tu parte que te ofrezcas y cuides de ella. No queremos ganarnos una mala reputación. La revista puede pagar algunas noches de hotel extra si quieres. ¿O tienes otros encargos apalabrados?

—Podría renegociarlos —digo tras demorarme un poco en responder—. A cambio de cierta compensación por la pérdida de ingresos.

—Por supuesto. Piensa una cantidad. Cuatro noches extra de hotel. ¿Crees que serán suficientes? Puedes pedirles que me manden la factura por correo directamente a mí. Yo hablaré con nuestra abogada, a ver qué podemos hacer por la señora. ¿Cómo me dijiste que se llamaba?

—Veronika —digo—. Se llama Veronika Mörk.

Corto la llamada.

Una vida humana. Solo importa a unas pocas personas. La mayoría está demasiado ocupada consigo misma. Es normal. La vida es, en sí misma, un acto egoísta. Pero hay una extraña satisfacción en el hecho de centrarse en otra persona. «El rincón de las confidencias» está en lo cierto. No es que yo haga esto por bondad pura y dura. Aunque no creo que Veronika esté demente, se me han quitado las ganas de exponerla en un relato falaz, deformado, sobre la felicidad matrimonial a lo largo de toda una vida. Pero también hay un beneficio colateral, tal y como lo habría llamado Joar. Otras cosas con las que no tengo que lidiar. Respiro. Tregua.

El valor subestimado de, simplemente, liberarse de una misma.

Me despierto a las tres y media de la madrugada. El amanecer se filtra por el hueco que hay entre las cortinas. Estaba soñando con algo que me ha hecho despertarme, algo sobre Bo Bix. Me quedo un rato bajo el edredón. Tengo frío pese al calor que hace en la habitación. He sudado. Las sábanas están mojadas. Intento respirar hondo de estómago, dejar pasar un tiempo entre la inspiración y la espiración, siguiendo así las instrucciones de Joar. Si estás ansiosa, no hace falta actuar en la cúspide de la emoción, debes dejarla ir, observarla, dejarla existir.

El techo cruje. ¿Hay alguien paseándose por la habitación de arriba? ¿Alguien que también se ha desvelado? ¿Es eso lo que me ha despertado? Al final me levanto y corro las pesadas cortinas. Fuera reina la luz gris del alba. Un vaso se ha quedado en la mesa de fuera. Abro la puerta del balcón, salgo y me quedo junto a la barandilla. El aire está húmedo. Un pájaro suelta un débil graznido entre los setos y luego desaparece por encima de las copas de los árboles.

Me invade una extraña sensación de atemporalidad. Es como si todo el lugar hubiese cogido vacaciones de la realidad, como si se hubiese ido a un tiempo paralelo, se hubiese olvidado de sí mismo y se hubiese perdido. Siento una ráfaga de aire frío en la espalda. Procedente de la playa, me parece oír una débil música de piano. ¿Hay un bar abierto a estas horas o solo es la continuación de una fiesta en alguna casa? Vibra en el aire, un temblor que puedo notar hasta en el esqueleto.

Me asomo por la barandilla y trato de dilucidar dónde estaba la pensión de Veronika vista desde aquí. Por un segundo casi me parece vislumbrarla entre las puntas de los abetos, una silueta negra. ¿Vendrá de allí la música? Si bajo ahora por el sendero hasta la playa, ¿veré la pensión entre las dunas de arena? ¿Como una ilusión que se materializa en el momento de transición entre la noche y el día? ¿Un negativo que se revela mucho tiempo después, con el porche acristalado y las ventanas abiertas de par en par y los árboles delgaduchos alrededor? En mi mente aflora la imagen de un edificio de madera pintado de rojo, con muchos detalles de carpintería. Una blanquecina luz de verano de antaño. Parquet en espiga y porche blanco.

Todos mis pensamientos se me antojan sesgados, moldeables. A lo mejor, el hecho de haberme estado relacionando solo con Veronika ha hecho que me sumerja en otra época. En otras realidades. Si ahora pudiera elegir y fuera indoloro, no dudaría en dar un paso y adentrarme en ese otro tiempo. ¿Quién habría sido entonces? ¿Qué partes de mí sobrevivirían a un viaje en el tiempo? ¿Qué cualidades? ¿Cuál es mi esencia? ¿Qué conserva la Veronika de hoy de la que era durante el verano de 1955, al que regresa una y otra vez?

No ha dicho gran cosa de sus sesenta años de matrimonio, pero recuerda al detalle unas pocas semanas calurosas y un año de fuga ocurridos hace más de medio siglo. Parece que los recuerdos la estén persiguiendo.

¿Puede ser que algunas cosas necesitan aclimatarse para manifestarse? ¿Que el tiempo sea como un líquido de revelado que hace surgir la verdad? ¿Que hay que esperar para poder comprender lo que las cosas realmente significan? ¿Qué hicieron ella y Bo durante su exilio? ¿Hicieron lo mismo que Erik y yo?

Entro y cierro con cuidado la puerta del balcón. Siento un nudo de ansiedad en el estómago. Vacilo un rato, luego enciendo el móvil y empiezo a mirar mis redes sociales. Llevo un tiempo tratando de evitarlas. Un collage de reencuentros familiares festivos y tardes acogedoras en el hogar van desfilando en un flujo infinito de idilios. No sé qué estoy buscando, pero busco algo. Al final ya no tengo fuerzas para seguir mirando, pero me quedo sentada aferrando el móvil con la mano. Estoy un poco mareada. Mis dedos se deslizan por la superficie lisa del teléfono. De pronto, una fuerza maligna se apodera de mí.

Pienso en hacer algo que hasta ahora solo he hecho una vez, debo darme ese reconocimiento: mi fuerza de voluntad ha sido ejemplar. Pero ahora ya no puedo resistirme más. Mi dedo índice baja temblando hasta el icono de búsqueda de Instagram y escribo el nombre: Cirkusgirl133. Es el alias de la nueva novia de Erik. Solo eso ya debería espantar a cualquiera. Una chica de circo adulta que va colgando selfis haciendo posturas acrobáticas y forzadamente casuales. Y aun así... Mi ansiedad es real. Noto como si el cerebro fuera una esfera incandescente. O varias. Quizá más como una avellana chamuscada. Materia calcinada. Un huevo que se ha cocido hasta quedarse seco y ha empezado a oler a azufre. Los acúfenos se han intensificado.

Aun así, sigo adelante.

Lo primero que veo es que Erik le ha dado *like* a la última publicación, una foto quemada en la que aparece con la boca abierta y el pelo suelto detrás de una especie de helecho. A setenta y tres personas les gusta la imagen. Salta a la vista que la chica ha invertido bastante tiempo en nutrir su cuenta de Instagram. ¿Qué pretendes decir con una foto así? ¿Qué significa? ¿Que eres sexy y que al mismo tiempo te interesa la horticultura? ¿Que eres especial porque has elegido lucir seria detrás de una planta tropical y no de un geranio? El corazón se me acelera y empiezo a tener visión de túnel, pero continúo mirando el resto de las fotos. Más selfis. Todos con la misma expresión facial vacía. La chica ha encontrado su pose, su mejor lado, su cara selfi, y ahora va a bendecir a todo el mundo con ella. Lo único que cambia son los fondos. A veces son ramas. A veces, rocas. A veces, un rayo de sol que juega con su careto inexpresivo. Tanta energía invertida en destacar con marcadores tan irrelevantes. El mensaje es siempre el mismo: «¡Miradme! ¡Mirad lo poco que me importa! ¡Ni siquiera estoy contenta! ¡No, soy melancólica, difícil y misteriosa, todo en su justa medida!».

En un vídeo corto aparece sentada en un tocón con las piernas separadas y la barriga asomando bajo una túnica de color cobre, tocándole el tambor a un pájaro muerto. En otras circunstancias, el pie de foto, *Birdfuneral* («Funeral de pájaro») con un emoticono llorando, me habría hecho mearme de risa, pero ahora no. ¿Cómo coño puede estar Erik con esta tía? ¿Qué ha visto en ella?

Mi cuerpo ha soltado todos los amarres de sensatez y respiración consciente. Estoy hiperventilando, estoy sumida en el caos, la crisis, la guerra. Siento que me estoy muriendo, pero permanezco aquí sentada.

Quedarse petrificada. De pronto entiendo a la perfección lo que significa la expresión. Así es como una se debe de sentir. Incapacitada para moverte y comunicarte, pero obligada a percibir todos los estímulos sensoriales con dolorosa claridad. Es horrible. Aún no han tenido al bebé. La última publicación es de anteayer, un *smoothie* verde con el texto: *Pampering* («Mimándome»). ¿A qué viene tanto inglés? Si es sueca y, a juzgar por la lista de amistades, no tiene demasiados contactos internacionales. Le sigue una larga retahíla de *hashtags*: *#inlove #Friday #lovelife #preggie #embarazada #healthy #smoothie*.

En una foto de hace tres meses, se ve la imagen ultrasónica en blanco y negro de un feto. No hago zum. No puedo con esto.

La vergüenza que siento por torturarme de esta manera es enorme. Los pensamientos que afloran, y que según Joar no debo juzgar sino, simplemente, dejar pasar cual barcos de papel que se ven arrastrados por la corriente de agua, no son ni generosos ni constructivos. Lo que espero es que el bebé sea un adefesio cuando nazca. Un trozo de carne deforme y estúpido que grite sin parar por las noches y que haga que Erik se arrepienta amargamente de su elección. O mejor aún: que a la falsa bruja del bosque se le enrede el pelo en su propio atrapasueños y en sus collares de minerales y se abra la cabeza contra un tronco. Tiro el móvil en la cama, voy al baño y abro el grifo del agua fría de la ducha. Luego, me quito las bragas y me obligo a meterme bajo el chorro con los ojos cerrados.

Él quería llevarme al bosque. A mí nunca me había gustado mucho. Para mí era un lugar para prácticas de orientación fallidas y pervertidos. Erik, en cambio, se sentía libre entre los árboles. Era una de las cosas que más le habían gustado de vivir en la norteña provincia de Norrland: que había un montón de árboles. Me contó que el mero hecho de saber que podría apañárselas solo en la naturaleza si fuera necesario, lo hacía sentirse seguro. Sabía cómo hacer fuego y cómo manejar un cuchillo. Sabía los nombres de infinidad de plantas y bayas, cuáles eran comestibles y cuáles eran venenosas. Sabía qué setas colocaban y cuáles mataban. Sabía pescar peces con pistola.

Fuimos a una reserva natural en la que habían dejado que los árboles se hicieran viejos y murieran por sí solos. Era uno de los primeros días de calor de aquella primavera. Llevábamos tienda de campaña, sacos de dormir y hornillo. Café instantáneo y cerillas. Vino y hierba. Recuerdo el sonido de mis zapatillas pisando los senderos, la pinaza del año anterior crepitando bajo las suelas. La luz filtrándose entre las copas de los árboles, que acumulaban más años de vida que yo.

A Erik el fuego lo había obsesionado desde pequeño, y no solo el fuego: le encantaban las explosiones. De joven había preparado sus propios explosivos empleando los componentes necesarios que robaba del laboratorio de química de la escuela junto con un amigo; luego los usaban para abrir agujeros en el hielo. Conseguían que se levantara como magma fuera del lago y el ruido les hacía chirriar los *brackets*.

Encontramos un claro junto a un pequeño lago y él montó la tienda metódicamente con sus palos y sus vientos. Luego recogimos piedras entre los dos y las dispusimos en un círculo para hacer una hoguera.

Mientras él hacía fuego, yo me senté detrás y miré cómo iba alimentando la diminuta llama con trozos de madera, corteza y ramitas. Los músculos se le movían bajo la camiseta, sus omóplatos se tensaban. «Con que pueda poner una mano sobre esa espalda el resto de mi vida, me conformo —pensé—. No pediré éxito ni dinero ni llegar a los cien años con buena salud. Mientras pueda estar cerca de esa espalda, no pediré nada más. Eso, y que mi hijo viva bien y sea feliz.»

En algún momento me entraron ganas de mear. Me metí entre los árboles. Un grueso manto de musgo y troncos se extendía en todas direcciones. Allí dentro reinaba un ambiente solemne. Solo se oía el canto de un pájaro solitario. Yo iba un poco borracha y pensé que debería hacer pis en el bosque siempre, se me antojó que era lo más natural del mundo, que las personas estábamos diseñadas para mear directamente sobre la tierra. Me quedé allí agachada un largo rato, disfrutando sin más. El cielo era claro. El aire, templado. Comencé a deambular, recogí una piña, palpé las protuberancias de los árboles. Al cabo de un rato oí a Erik llamarme desde el campamento:

—¡Ebba! ¡Ebba! ¿Dónde estás?

No contesté. Dejé que gritara. Me moría de ganas de escucharlo gritar mi nombre una y otra vez.

Ahora puede que él esté en la maternidad abarrotada de algún hospital de Estocolmo, cogiéndole la mano ágil a la acróbata. A lo mejor están abrazados en el césped de algún parque. A lo mejor están comprando un cochecito de bebé, uno innecesariamente caro, con juego de neumáticos de invierno, para demostrar que van a ser unos padres responsables. Cuna. Sonajero. Pañales. Lejos de los ruidos del bosque.

Lejos de mí.

¿Cómo habría sido mi vida si hubiese decidido quedarme junto a Tom? ¿Si me hubiese quedado en el barco tal y como le había aconsejado a tantas personas? ¿Por qué no fui capaz de sentirme satisfecha con lo que se me ofrecía? ¿Soy una persona difícil de contentar? ¿Por qué tuve que sentir precisamente yo una repentina lealtad incuestionable para con los grandes sentimientos? ¿Cómo pude romper una relación en la que había un niño pequeño, cuando lo cierto era que nos llevábamos bastante bien? Ahora Tom está viviendo en familia con otra persona. Dos maestros de primaria y un hijo extra en una tienda de campaña en Noruega. ¿Podría ser más ejemplar, más perfecto? ¿Cómo he podido mandarlo todo a la mierda de semejante manera? Son las preguntas que me corroen, que se niegan a diluirse por mucho que ya sepa que no tienen respuesta. Estoy tan cansada de la culpa que puedo llegar a vomitar, pero soy incapaz de seguir adelante. Quien traiciona, debe ser traicionada.

Todo vuelve.

He recibido mi merecido.

Por otro lado, hagas lo que hagas en la vida, es inevitable preguntarte cómo habrían sido las cosas si hubieses actuado de otra forma.

Poco después de mi separación, hablé con una amiga que me dijo: «Quedarte mucho tiempo en una misma relación no es digno de admirar. Tú eres valiente porque te atreves a seguir a tu corazón y a romper tus cadenas. Yo no me he atrevido por todas las cuestiones prácticas; el dinero, la casa, los amigos en común... Es más sencillo quedarte donde estás, pero también hay un precio que pagar por ello. No lo olvides».

En aquel momento no quise escucharla, estaba demasiado ocupada con mis remordimientos y me obligaba a dar un salto de veinte años atrás en el tiempo para escudriñar todos los pecados y errores por los que podía castigarme de forma retroactiva. Según Joar, es una reacción típica cuando dejas algo de golpe y porrazo.

El horario de visitas del hospital está limitado a dos horas diarias, lo cual me deja mucho tiempo libre, por mucho que dure el trayecto en autobús hasta el hospital de Ängelholm. En cualquier caso, tengo que encontrar un modo de pasar el tiempo hasta la tarde. Me llevo uno de los folletos que hay en el mostrador de recepción, «Qué hacer en Bjäre», y empiezo a hojearlo. La oferta de actividades en los alrededores es infinita.

Agradable velada escuchando el testimonio de una campesina que cuenta cómo fue su dura vida en el macizo Hallandsåsen cien años atrás. Proyección de películas en super-8 en la casa parroquial. Visitas a jardines particulares; manualidades en la biblioteca; haz tu propio atrapasueños.

Le dedico un fugaz pensamiento a Cirkusgirl133.

Visita histórica guiada en bicicleta. Båstad, paseo marítimo de Strandpromenaden y bosque de Malenskogen, entre otros puntos de interés.

Por un momento sopeso la posibilidad de apuntarme a la ruta guiada. Lo cierto es que dispongo de una bicicleta. A lo mejor pasamos por el sitio donde estuvo la pensión de la madre de Veronika y por donde ahora pasan ciclistas en maillot. Pero la idea de tener que relacionarme con otras personas me atemoriza. Frases de cortesía que pronunciar. Sonrisas que corresponder.

Hubo una época —muy reciente, a decir verdad— en la que no dudaba en reírme de la gente que mostraba interés por los insectos voladores, el punto de cruz o las meriendas parroquiales. «Pobres desgraciados, qué vida más triste deben de tener. No como yo, con mi agenda a reventar.» En cambio ahora, compartir una afinidad secreta con alguien me parece una liberación atractiva, de una significación profunda. Pero aún no estoy del todo preparada para formar parte de algo así. Paso la página del folleto.

¡Descubre Laholm! La pequeña ciudad de las grandes obras de arte. En casi cada esquina del centro de Laholm hay una escultura. Laholm tiene más obras de arte públicas por habitante que ninguna otra ciudad de Suecia. El legendario alcalde Axel Malmquist sentó las bases de la colección entre 1930 y 1968, cuando compró y donó ni más ni menos que dieciséis obras a la ciudad hechas por artistas más y menos conocidos. Desde entonces, la colección ha ido aumentando hasta contar, hoy en día, con treinta obras ubicadas en calles y plazas. Anímate a coger un mapa de la ruta artística en la oficina de turismo para ver dónde están ubicadas.

La escultura de Bo Bix. ¿Por qué no he pensado en ella? Veronika me dijo que estaba en un parque en Laholm. ¿Qué fue lo que dijo? ¿Qué se había quedado atónita al verla porque él había hecho caso a algo que ella le había dicho? ¿Algo que se veía reflejado en la obra final? No lo recuerdo bien, pero quizá se me revele si veo la escultura. ¿Será algo sobre él y sobre el tiempo que estuvieron juntos? Algo que arroje más luz acerca de lo que ocurrió que lo que Veronika está dispuesta a contarme. Además, siento curiosidad, quiero ver esa escultura.

Miro el mapa en el móvil. Se tarda cincuenta y siete minutos en bici en llegar a Laholm por el camino de la costa. El trayecto promete ser bonito, con vistas ocasionales al mar. Me iría bien moverme. Estoy en pésima forma física. Me quedo sin aliento tan solo de subir la escalera de la pensión. Decido que un paseo de una hora en bici es justo lo que necesito.

Según el cartel informativo, el casco antiguo de Laholm data del siglo XIV. La ciudad ha sido arrasada por el fuego en varias ocasiones, pero siempre la han reconstruido en toda su extensión. Les llevó su debido tiempo, pero al final lo consiguieron. El dato me llena de una discreta esperanza. Si Laholm lo ha logrado, a lo mejor yo también puedo.

El trayecto en bicicleta ha supuesto todo un reto. La bici no tiene marchas y parece estar diseñada solo para ir a la playa y volver de ella elegantemente. Cuando la aparco bajo un árbol en la plaza mayor, estoy empapada en sudor.

En la esquina hay un local que se llama Pastelería Cecil. «La hora del café, el momento más importante del día», pone en un adhesivo en la puerta. Entro. Unas cuantas butacas de color lima y unas mesas redondas conforman el mobiliario de la zona de la entrada. En el mostrador de cristal hay unos cuantos bollos y pasteles. Me pido un café y un dulce con cobertura de mazapán rosa, y me siento dentro. Sobre el hule estampado hay una vieja botella de Coca-Cola con un clavel de tela a modo decorativo. El motivo del papel pintado de la pared, con grandes flores, es de William Morris. El estilo es un popurrí creativo e histórico de los años cuarenta, cincuenta y ochenta. Una bóveda recubierta con un vinilo de falso ladrillo conduce al bufet donde te puedes servir el café. En la pared han pintado un reloj que marca, simbólicamente, las doce menos cinco. Al fondo hay un grupito de señoras maquilladas que charlan en confianza. El ambiente es bastante casero y familiar. En la ventana que hay al lado de mi mesa han escrito pequeñas píldoras de sabiduría con letra bonita. «Quien llora, no lo hace porque sea débil, sino porque lleva demasiado tiempo siendo fuerte.» «*Don't cry because it's over. Smile because it happened!* (No llores porque acabó. ¡Sonríe porque sucedió!).»

En la mesa de al lado hay un hombre mayor leyendo el periódico. Entre hoja y hoja le da un bocadito a su bollo. A lo mejor es así como hay que afrontar las cosas. Mordisco a mordisco. Hoja a hoja. Segundo a segundo. Dar bocaditos meticulosos hasta que todo haya terminado. Titubeo un momento, luego me inclino hacia delante y me aclaro la garganta.

—Disculpe, por casualidad no sabrá dónde está la escultura del artista Bo Bix, ¿verdad? —Intento esbozar una sonrisa.

—¿Bo Bix? El nombre me suena. ¿Sabes qué representa?

—Creo que son figuras geométricas —respondo.

El hombre se queda pensando.

—¿Círculos y cosas así?

—Exacto —digo.

—A bote pronto, no me viene nada. Hay tantas obras de arte aquí..., quizá ya te has dado cuenta.

Miento diciendo que sí con la cabeza.

—Y ahora la ciudad es todavía más bonita, desde que tú estás aquí. —Sonríe.

Me quedo mirándolo asombrada. Casi me doy la vuelta para comprobar que no se lo está diciendo a otra persona. La cosa se me ha ido tanto de las manos que ahora ya apenas puedo aceptar un cumplido de un anciano de pelo blanco con audífono en la oreja.

—Pareces actriz. ¿Vas a rodar una película por aquí? El año pasado vinieron a rodar esa serie policiaca tan famosa, no recuerdo cómo se llama. Pensaba que a lo mejor eras una de las nuevas.

—No. —Niego en silencio.

—¿Estás de visita turística?

—He venido por trabajo, voy a escribir un artículo.

—¿Sobre un artista?

—Está implicado —reconozco.

—Pero no sabes dónde está su escultura.

—No, en realidad ni siquiera lo conozco. Es lo que estoy intentando descubrir.

—Suena emocionante, un trabajo como de detective.

—Se podría decir, sí.

—Los artistas no reciben la atención que se merecen. Yo también pinto. Aguafuertes, mucha naturaleza. Ahora hace tiempo que no lo hago, lamentablemente; quizá te gustaría verlos. Vivo justo a la vuelta de la esquina. —Le brillan los ojos.

—Lo siento, pero hoy no tengo tiempo.

—¿Quizá otro día? Puedo darte mi número de teléfono y si te apetece, me llamas.

—Vale.

Saca un bolígrafo de una riñonera y empieza a escribir en la servilleta.

—En la oficina de turismo seguro que saben dónde está la escultura esa. Está en el Museo del Dibujo, en la plaza Hässttorget, ¿sabes dónde queda?

—No.

—Solo tienes que cruzar recto la plaza y después doblas a la izquierda por la primera calle. —Señala por la ventana—. Puedo acompañarte hasta allí si quieres.

—Gracias, muy amable, pero creo que podré encontrarla. Voy en bici.

Cojo la servilleta con los números temblorosos. Me resulta embarazoso admitirlo, pero la atención que me presta el hombre me ha puesto de un humor singularmente bueno.

Paso por delante de un cerrajero, una librería bonita y un hotel encalado. En el centro de la plaza hay una fuente apagada con un caballero a lomos de su animal, ambos revestidos de verdín. En las fuentes suecas casi nunca hay agua, me pregunto por qué. ¿Con qué finalidad se construyen? Entro en la oficina de turismo. Es un local bonito, con vigas en los altos techos y baldosas de barro en el suelo.

—Estoy interesada en ver las obras de arte de la ciudad —digo—. En concreto, estoy buscando una escultura de un artista llamado Bo Bix.

—Vamos a ver.

La chica rodea el mostrador. Cuando sale, veo que está embarazada. Se la ve provocativamente sana, con un brillo fulguroso en la piel, el pelo recogido en una coleta y unos dientes blancos que nunca se han acercado a la nicotina. Se encuentra justo en esa fase en la que crees haber encontrado el sentido de la vida, que a partir de ahora todo se desarrollará con la naturalidad y la seguridad de un capullo de flor bajo el sol. En pocas palabras, parece completa, alguien que duerme bien, que lleva una vida sencilla y armoniosa y que pronto dará a luz a un bebé encantador. Trago saliva para quitarme el nudo de la garganta.

—Aquí tenemos un mapa con todas las obras marcadas. También ofrecemos visitas guiadas, pero no empiezan hasta julio. —Me entrega un folleto del expositor giratorio.

Abro el mapa por la mitad. Los lugares de las esculturas están marcados con estrellitas azules. Abajo de todo hay una lista con los nombres de las obras. La miro por encima con el corazón a mil. *El baile. Niños bañándose. Deberían haber sido estrellas. Chica con pájaros en el pelo. La liberación del cuadrado.* Esa en concreto suena trabajosa. *Mosaico de salmón. El chico de mármol. El pozo de los recuerdos.* Los nombres de los artistas no aparecen, así que empiezo a pasar las hojas del folleto con impaciencia. Se me ha secado la boca con la tensión. Más adelante, hay una breve presentación de cada obra. Algunas de ellas incluso vienen acompañadas de una fotografía. Un payaso de hierro. Un estanque decorado con mosaico. Una chica con un vestido de verano. Más abajo aparecen los nombres de los artistas junto al título de sus creaciones. Es una larga hilera de hombres, en la que solo hay un nombre de mujer. Echo un vistazo rápido a la página. Mis ojos se detienen.

«*Miel de verano.* Obra de Bo Bix, 1956.»

El corazón se me acelera aún más. Vuelvo a la descripción de las obras para ver qué pone de esta.

«Esta original fuente es obra de un alumno, el estudiante de arte Bo Bix, de la Escuela de Arte de Valan de Gotemburgo. El motivo es de bronce fundido y la base es de piedra.»

Nada más. Ninguna foto.

—Esta tal *Miel de verano* —digo acercándome a la chica, que está ocupada poniendo postales en un soporte en el mostrador.

—¿Sí?

—¿Queda muy lejos de aquí?

Echa un vistazo al mapa.

—Cinco minutos a pie, más o menos. Está en la plaza Gamlebytorg. Cuando salgas, gira a la derecha y luego a la izquierda y la verás. Ahora mismo hay un poco de lío allí, están haciendo reformas, pero la plaza es muy pequeña. Seguro que la encuentras. Si no, puedes preguntar. —Vuelve a sus postales.

—Muchas gracias —digo.

Ya estoy saliendo por la puerta.

Hay una excavadora aparcada en la acera. Media plaza está levantada. Un intenso olor a pis me llega desde unos arbustos de lilas marchitas. Delante hay un banco en el que alguien ha hecho una pintada. Un magnolio crece exuberante al fondo. El cruce, flanqueado de casas de una sola planta, está desierto y en silencio. Me escabullo hacia los arbustos. Una luz verdosa se abre paso entre el follaje, pero no veo ninguna escultura. Aparto las ramas más bajas con virulencia y veo un pedestal de piedra casi completamente recubierto de maleza. Una mancha oscura en la parte superior revela que en algún momento allí había algo que ya no está. Doy un paso al frente. Abajo, en uno de los lados, hay una inscripción tallada en la piedra. Apenas se puede ver. Tengo que agacharme y entornar los ojos para leer lo que pone.

«MIEL DE VERANO. *Bo Bix, 1956.*»

Se me pone la piel de gallina, a pesar del calor. El tiempo parece detenerse un momento. Un pájaro canturrea en voz baja. Sigo apartando ramas, como si esperara encontrarme la escultura escondida entre la vegetación. ¿Puede haberse caído de la base? Obviamente, no está, así que me siento en el banco, saco el móvil y llamo a la oficina de turismo.

—Soy la mujer que acaba de estar ahí preguntando por la escultura *Miel de verano* —digo—. No está en la plaza Gamlebytorg como debería. Solo queda el pedestal.

—Ah, ¿sí? No sabía nada. A lo mejor se ha roto. Tendrás que llamar a Folke Kruse, del ayuntamiento, es el concejal de Cultura. Suele tener controladas todas las esculturas.

—¿Por casualidad tienes su número?

—Un momento, deja que mire. Aquí está.

La chica me canta los números con una calma solemne. Yo tomo nota.

El hombre de la pastelería tenía razón. Esto parece un trabajo de detective.

Entro en el ayuntamiento, que tiene un rótulo de SERVICIO A LA CIUDADANÍA en la fachada. Tengo cita con Folke Kruse, que por teléfono sonaba, cuando menos, escéptico y me ha preguntado varias veces qué clase de periodista era. El vestíbulo es luminoso. Una de las paredes está tapada con un tablón de anuncios con todos los eventos, rutas artísticas guiadas y cursos que ofrece el ayuntamiento. Hay un mostrador con forma elíptica y otro con dos recepcionistas detrás.

—Vengo a ver a Folke Kruse —le digo a una de las chicas—. Hemos quedado a la una.

Ella me pide el nombre y levanta el auricular del teléfono.

—Enseguida baja. Puede sentarse a esperar si quiere. —Señala un sofá rojo que hay debajo de un móvil de un pájaro de madera que mueve las alas.

Me acomodo y aprovecho para ocuparme de algunos mensajes y correos de amigos y amigas que llevo ignorando demasiado tiempo. Dejo que la gente sepa que estoy viva. Tengo una llamada perdida de Anna. Issi también me ha llamado, tres veces, con sus respectivos mensajes de texto:

«¿Cómo se encuentra? ¿Sigue en el hospital? P. D.: Te mando las fotos por correo».

Mi amiga Sandra también me ha escrito.

«¿Dónde estás? ¿No volvías anteayer? ¿Te has ido a vivir con los vejestorios o qué? ¡Llámame! ¡Te echo mucho de menos! Abrazo.»

Le respondo y luego le escribo un mensaje a Oskar.

Por fin se abre la puerta de la zona de administración y aparece un hombre bajito, rubicundo y con gafas de pasta. Me levanto y sonrío. Él me mira con suspicacia desde abajo mientras sacude mi mano con fuerza.

—Folke Kruse. Y usted es Elsa, la periodista.

—Ebba —lo corrijo y asiento con la cabeza.

Por si acaso, he jugado la carta del periodismo; suele ser la manera más efectiva de conseguir una reunión. Por teléfono solo he presentado el asunto por encima.

—Tengo un cuarto de hora, espero que sea suficiente —me informa Folke mientras se adelanta por el luminoso pasillo.

Su despacho es grande y acristalado. Delante del escritorio tiene una silla de oficina de respaldo alto y enteramente de cuero. Señala una pequeña silla de madera y se deja caer sobre el asiento de piel negra.

—¿De qué se trataba, si me lo puede recordar? Por teléfono no he acabado de entenderla.

—Pues estoy intentando localizar a un artista que se llama Bo Bix —digo—. Estoy haciendo algunas investigaciones sobre él para un artículo. Resulta que hizo una escultura para Laholm que fue comprada por la ciudad en 1956 y que debería estar en la plaza Gamlebytorg.

—Correcto. —Folke asiente y junta las manos sobre los muslos.

—El problema es que allí no hay ninguna escultura —añado—. Solo está el pedestal con el nombre de la obra, *Miel de verano*.

Folke guarda silencio durante un rato. Sus ojos pestañean nerviosos mientras se mete una dosis de tabaco en polvo bajo el labio.

—¿Tiene esto algo que ver con la cena de Navidad del año pasado?

—¿Cómo dice?

—¿De qué periódico dice que viene? Tengo muy poca simpatía por los periodistas, he de decirle; he tenido malas experiencias.

Se aclara la garganta y me mira con frialdad a través de las gafas.

—No tengo ningún interés en ninguna cena de Navidad —le aseguro—. Lo único que me interesa es Bo Bix.

—Lamentablemente, la escultura ha desaparecido.

—Pero aparece en el folleto de la oficina de turismo —digo asombrada.

—Lo sé. Es un fallo de imprenta. Desapareció hace unos años durante unas reformas. —Folke se sube las gafas—. ¿Está segura de que no está haciendo un artículo de investigación?

—Le prometo que no —digo.

—Vale. —Parece relajarse un poco—. Lo único que sé sobre la escultura es que hace unos años iban a restaurarla y que, de alguna manera, desapareció. Tuvimos una época de descontrol generalizado; hicimos un cambio de almacén. Tenemos bastantes esculturas y otras piezas de arte guardadas, así que lo más probable es que terminara en un sitio que no le correspondía. Yo no ocupaba este puesto cuando todo eso pasó, de modo que no puedo ayudarla con los detalles. A nivel interno, está declarada en búsqueda, es todo lo que le puedo decir al respecto. —Folke hace un gesto de impotencia con las manos.

—Entiendo —digo yo, y resoplo mostrando cierta decepción.

Quiero más información. Parecer crítica suele ser una buena manera de conseguirla. En general, la gente quiere gustar y caer bien a los demás. Una cualidad que fácilmente puede resultar desoladora, sobre todo en las relaciones de pareja.

—¿Aún conservan los documentos de compraventa? Estaba

pensando que a lo mejor contienen algún dato que me pueda ayudar a encontrar al artista. Él también está desaparecido, ¿sabe? —confieso.

Proporcionar cierta dosis de información privilegiada es otra de esas cosas que suelen ayudar a que alguien colabore.

—¿El artista? —Folke me mira desconcertado.

Asiento con la cabeza.

—Los datos personales podrían ayudar. O quizá haya alguien aquí, en el ayuntamiento, que lo conozca.

—¿De qué año me ha dicho que es la escultura?

—De 1956.

—Pues lo veo difícil. No puede quedar nadie de entonces aquí. —Folke se pasa la mano por la mejilla sin afeitar—. Excepcionalmente, podría pedirle a alguien que baje un momento al archivo para ver qué tenemos guardado en los rollos. Aquí solemos ser rigurosos a la hora de gestionar la documentación. Es una cuestión de honor, estamos en una ciudad vieja, con una larga historia, etcétera.

—Arrasada por las llamas en varias ocasiones —digo para darle un poco de chispa al asunto.

Folke me mira impresionado.

—Así es. Por eso se nos da bien conservar incluso las actas más antiguas, sobre todo las que tienen que ver con la cultura de la ciudad. Durante muchos años, hemos contado con un archivero muy bueno y muy entusiasta del tema, pero que se acaba de jubilar. Lamentablemente, ahora estamos un poco escasos de personal, pero veremos qué podemos hacer, desde luego. —Folke se inclina hacia delante. Sus gafas titilan un instante—. ¿Bo Bix dice? Reconozco que no me suena demasiado. ¿Se hizo famoso?

—No mucho —digo.

—Suele pasar. —Folke asiente con la cabeza—. Son pocos los que llegan alto, pero también se trata de apostar por la cultura. Como ayuntamiento, me refiero. Tenemos una cantidad enorme de obras, es difícil tenerlas todas controladas.

Se encoge levemente de hombros y se levanta de la silla.

—En cualquier caso, prometo que haré correr la voz entre el personal. El número desde el que me ha llamado, ¿la puedo localizar ahí?

—Eso es —digo—. Muchas gracias por concederme su tiempo. —Le estrecho la mano y sonrío encantadora.

También suele ser de ayuda. O solía serlo.

LA CONSEJERA INFIEL

Deja a su marido por un compañero de trabajo famoso

La popular consejera y locutora de radio Ebba Lindqvist ha abandonado a su marido por su compañero de trabajo, el ex cantante pop Erik Erkils, tras un tiempo siéndole infiel. Ebba, que ha escrito varios libros sobre cómo mantener unida la pareja y que este año ha aparecido en numerosos actos con su marido, Tom Lindqvist, ha ignorado ahora sus propios consejos. En enero emitió en directo su programa *Laboratorio de amor* desde Gärdet, Estocolmo. El título y tema del programa era «Aguanta».

Ebba Lindqvist, cuya fama se basa en gran medida en las prósperas observaciones que hacía de la vida que compartía con su marido, ha engañado a quien fue su compañero de vida durante más de veinte años.

«Es repugnante lo que ha hecho», ha declarado el mismísimo Tom Lindqvist.

Aunque ya había leído la mitad de mi libro *Divórciate feliz* y tenía una carpeta entera llena de trucos y consejos meticulosamente clasificados, no fui capaz de aplicar ni uno solo.

«Conserva la calma y la objetividad.» A la mierda.

«Elabora un plan.» O no.

«Sin agobios. No tengas prisa por empezar una nueva relación.» Abajo el telón.

La Ebba escritora era un prodigio de la comprensión profunda y los consejos maduros. La Ebba de la vida privada se los saltaba todos.

A pesar de todo, decidimos ir a terapia. Tom estaba desesperado, pero se mostró lo bastante generoso como para tratar de ponerle parches a los rotos de nuestra relación, y yo estaba dispuesta a probar cualquier cosa que pudiera posponer lo inevitable.

—No es ninguna sorpresa que la gente que considera que sabe mucho de relaciones tenga dificultades para alcanzar el éxito en la esfera privada —nos iluminó la consejera familiar al tiempo que me dedicaba una mirada compasiva cuando estábamos sentados en el sofá de su consulta.

—Exacto. Así que tal vez te preguntes por qué estamos sentados aquí contigo —repliqué yo mosqueada.

—¿Y si hubierais podido utilizar vuestras diferencias en vuestro favor? —Ladeó la cabeza y esbozó una leve sonrisa.

Intercambié una mirada fugaz con Tom. En otras circunstancias, nos habríamos reído de la inocente comprensión que nos mostraba aquella mujer. Durante unos breves y tristes segundos recordé lo a gusto que habíamos estado durante mucho tiempo, precisamente porque habíamos aceptado nuestras diferencias. Porque no éramos una pareja que persiguiéramos la similitud, sino que respetábamos las distancias que nos separaban. Dos árboles fuertes. Dos líneas paralelas. Dos personas solitarias bajo un cielo común, etcétera, etcétera, etcétera. Pero, por lo visto, no para siempre.

Completarnos el uno a la otra, esa había sido nuestra especialidad.

Pero ahora estaba cansada de ser diferente, de entender y ceder. Quería ser como cualquier otra y poder dejar de usar el cerebro. De golpe y porrazo, mi lealtad se había dirigido a mis sentimientos. El corazón había hablado, y seguir su dictamen se convirtió en mi nuevo deber. Estaba ciegamente enamorada y convencida de que, por primera vez en la vida, lo veía todo claro. La imagen que estaba aflorando me asustaba, pero no podía fingir que no la veía. No quería renunciar a Erik.

No sé qué esperaba. ¿Que Tom fuera a entenderlo? Él hacía cuanto podía para mantener viva la llama de la esperanza de recuperarme. Cuando asimiló que yo realmente lo había dejado, se convirtió en mi enemigo. Me viene a la cabeza el dicho: «No conoces a una persona hasta que no has viajado con ella». Se le podría añadir que a una persona no la conoces hasta que te divorcias de ella.

—¡Te odio con toda mi alma! ¡Me has destrozado la vida!

Tom gritó las palabras a viva voz, haciendo que todos los vecinos de la escalera hicieran un alto y se dieran la vuelta para mirar a quien siempre había sido un marido ejemplar y tranquilo.

Aquellas palabras, «Me has destrozado la vida», me conmocionaron. En un abrir y cerrar de ojos, todos nuestros años juntos se habían ido por el retrete, solo porque yo ya no quería vivir con él. Tom los invalidó todos, se arrepentía de ellos. La culpa era mía.

¿De verdad otra persona te puede destrozar la vida? Yo no había pedido tener esa responsabilidad. Cuando entregas tu corazón, lo haces sin segundas intenciones, no puedes exigir una vida entera a cambio, me defendí. Pero aun así, sus palabras se aferraron a mi coraza de enamorada y con el tiempo la culpa comenzó a filtrarse.

La primera época tras haber dejado a Tom y haberme mudado directamente al pisito de una sola habitación de Erik, sentí un alivio que no había experimentado jamás. Debería haber estado hecha polvo, la esposa extraviada que, según todo el mundo, ha perdido el juicio. En cambio, cuando estaba tumbada mirando por las ventanas sucias de polvo y sin una sola flor en los alféizares, me veía desbordada de felicidad. Tenía mi ropa en una maleta. Me ponía cualquier cosa sin preocuparme. Me sentía joven otra vez, o quizá por primera vez en la vida. Mis veinte los había pasado comprando enseres, poniendo el papel de aluminio y el papel de horno uno al lado del otro en los cajones de la cocina, haciendo aeróbic y trabajando. En ese momento me di cuenta de que eran muy pocas cosas las que necesitaba y, sobre todo, eran cosas que no tenían nada que ver con las que yo creía necesitar. De pronto podía verlo todo desde fuera y pensaba: «Mi antigua yo se habría subido por las paredes por eso. Ahora me da exactamente igual». Los extensos razonamientos de Erik, su predilección por las teorías de la conspiración, su actitud de afrontar el día según viniera. Lo aceptaba todo sin pestañear. Que sus momentos más felices hubiesen sido bajo los efectos de las drogas y que le hubiera encantado vivir en una gran comunidad vegana me parecía interesante y para nada estresante. Me sentía libre de prejuicios, iluminada. Él, por su parte, apreciaba facetas mías en las que yo nunca había reparado: «Eres tan adorable..., tienes tantas cosas bonitas... Tienes buen gusto...».

Nos dormíamos a menudo escuchando música, entrelazados en un abrazo, y dábamos paseos nocturnos.

—Qué larga es la noche cuando no te molestas en dormir —dijo Erik.

Yo estaba de acuerdo.

Veíamos el sol asomar por los tejados, nos contábamos cosas de nuestras familias, nuestros miedos, nuestros anhelos, nuestras fantasías. Hablábamos del futuro, de cómo queríamos vivir. Me daba vértigo imaginar que no nos hubiéramos llegado a conocer.

Cuando él dormía, oía sus leves murmullos en sueños, su respiración, y se me escapaban lágrimas de amor. «Dios mío, déjame oír estos sonidos el resto de mi vida», pensaba.

Es lo único que necesitaba: esos sonidos. Su respiración.

Nada más. Me convencí de ello.

Tom y yo nos turnábamos para vivir en nuestro piso, cada semana uno. Las semanas que me tocaba a mí, Tom se iba a casa de su madre. Cuando yo llegaba, él ya se había marchado, dejándome el fregadero lleno de platos a modo de saludo. El tiempo que pasaba con Oskar me sentía con sobredosis de energía y necesidad de compensación, y me proponía ser la mejor madre, estar lo más presente posible, dadas las circunstancias. Jugábamos a juegos de mesa. Hacíamos galletas. Pintamos su habitación. Salíamos a dar paseos en bici por las tardes. Íbamos a nadar.

Pero, de repente, en medio de cualquier actividad, podía invadirme una sensación tan fuerte de irrealidad que tenía que apoyarme en algo para no caerme. Los diabólicos sentimientos de culpa hacían su aparición y me sentía como si estuviera encerrada en una jaula demasiado pequeña. No veía ninguna salida, no podía darme la vuelta, ni siquiera podía distinguir entre arriba y abajo.

Es cierto que casi todo es cuestión de perspectiva, y en ese momento yo no sabía dónde estaba ni a qué debía atenerme. «¿Cómo elegir nada, por mucho que ya lo hubieras hecho antes? ¿Cómo superar tu propia traición?» ¿Cómo podías superar tu propia traición? Empecé a tener pérdidas de memoria, me olvidaba de compromisos, de reuniones. Me invadió la extraña sensación de tener dos vidas. A veces estaba tan cansada y desconcertada que incluso me olvidaba de que me había mudado del piso que habíamos compartido Tom y yo. Si me despertaba en medio de la noche, al principio no sabía dónde estaba.

Debería haberle hecho caso al filósofo francés que dijo: «¡No te propongas nada mientras dure la pasión! Nadie se hace a la mar en medio de la tormenta».

Pero no lo hice. Caso, quiero decir. Mi pensamiento crítico estaba bloqueado. Dopamina. Serotonina. Oxitocina. La manera astuta que tiene el cuerpo de cegarnos para que profundicemos en las relaciones y tengamos hijos se había apoderado completamente de mí.

Me volví igual de imprudente y temeraria que cualquier persona enamorada.

Unos años antes, en pleno éxito literario, me había abierto

una cuenta bancaria a la que le había puesto el nombre de «Vete al infierno» después de que una amiga me contara que solía apartar un porcentaje de su salario mensual para tener cierto margen de libertad o para poder dejar el trabajo si le entraban ganas. Entonces me costaba horrores imaginar que yo fuera a necesitar ese dinero, pero en ese momento estaba usando parte de este; compré dos billetes a Berlín para Erik y para mí y reservé varias noches en un hotel elegante.

Dejo la bicicleta en el aparcamiento de bicis que hay delante de Tallgården, oteo el vestíbulo con cierta ansiedad y me dirijo a paso acelerado hacia el ascensor con la cara vuelta hacia el suelo. Temo cruzarme de nuevo con Camilla, no me atrevo ni a imaginar lo que pensará sobre los últimos acontecimientos. Por suerte, el hospital se ha ocupado de la comunicación con la residencia, así que por lo menos no he tenido que hablar con ella yo misma. La tercera planta está adormecida y sumida en la penumbra. La puerta de la habitación de Harald está entreabierta y me parece ver que acaban de encerar el parquet, todo listo para recibir los muebles de un nuevo inquilino. Delante de la puerta hay un par de botes de aceite junto a un rollo de papel de embalar. Abro la puerta de Veronika con las llaves que me ha dado. Una cerradura de seguridad y una normal.

El piso huele un poco a cerrado y está caliente como una sauna. Me quito las sandalias y abro la puerta del balcón de par en par. La penetrante luz logra atravesar las copas bajas y repletas de flores de los cerezos. Solo un puñado de hojas rosadas revela que han florecido no hace mucho. Un poco más allá, en el jardín, veo a unos jardineros subidos a un andamio azul y con motosierras moviéndose con aire triunfal. Probablemente, van a podar algo, algo que ha osado despuntar demasiado.

La taza de café de Veronika sigue en la mesa junto con un plato de yogur prácticamente limpio. Lo recojo todo y me lo llevo a la cocina. En el fregadero hay algunos platos sucios y hay que tirar la basura. Enciendo la radio mientras friego y riego las plantas. Luego vacío el paquete de leche caducada y meto las tazas y los vasos en los armarios.

Me resulta agradable hacer tareas domésticas en la casa de otra persona. Me parece igual de bien estar aquí limpiando la encimera de la cocina como en cualquier otra parte. Cuando termino, me preparo una taza de café y voy a la salita para coger las cosas que Veronika me ha pedido que le lleve al hospital.

Pero de camino me detengo delante de la estantería. Abajo están los álbumes de fotos. Me agacho, cojo el marrón titulado «Recuerdos de verano 55» y me siento en el sofá. Las finas hojas de papel de seda hacen ruido cuando abro la tapa. Fotos en blanco y negro, minuciosamente pegadas en filas regulares. Un grupo de chicas sentadas a una mesa de centro con distintas manualidades delante. Se las ve seguras y robustas, llevan vestidos estampados y el pelo recogido. Cuesta decir cuántos años tienen en la foto, simplemente son chicas. Varias llevan gafas, todas parecen contentas. Los borrosos pies de foto informan: «Nanny, Linnea y Elna toman café». Hay otra de un hombre gordo delante de un coche grande, uno estadounidense. ¿Puede ser la pensión lo que se ve al fondo? Me parece ver el cartel. Miramar. En otra imagen están Veronika y la chica que se parece a Marilyn Monroe delante de una tienda de radios con un gran cartel en el escaparate: ¡TELEVISIÓN EN TORKEL! La prima rubia platino posa con naturalidad mientras Veronika se muestra rígida como una farola, mirando a la cámara como en alerta. En la siguiente instantánea hay un puñado de gente apiñada delante de la misma tienda, mirando por el escaparate y la puerta. Parece que está ocurriendo algo sumamente importante allí dentro. Casi seguro que estaban emitiendo algo por la tele. ¿La televisión llegó ese año?

Paso las páginas en busca de la foto de Bo y las chicas en la playa que me enseñó el otro día. Tengo que pasar unas cuantas hasta dar con ella.

Allí están los tres, tumbados en la arena, mirándome con ojos entornados, la observadora desconocida del futuro. En la esquina superior derecha se ve el brillo de unas manchas de sol. De pronto me parece notar un soplo de aire marino en la sala pese a que fuera no corre nada de viento. El corazón me late con fuerza. Concentro la mirada. Bo me recuerda un poco a un viejo actor con el pelo repeinado, la nariz recta y prominente. Una boca que parece casi femenina.

Sigo pasando hojas impaciente. Veo un grupito de hombres jóvenes descamisados cargando con una caseta de playa. Probablemente, Bo esté en el grupo, pero cuesta distinguirlo. En la siguiente, la chica rubia aparece sentada sobre la espalda de un chico que está tumbado bocabajo en la arena, como si estuviera montando a caballo. La foto no tiene pie. Una señorita robusta leyendo el periódico en una colchoneta inflable. Retratos de gente desconocida. Tomando café. Tendría que haber más fotos de Bo, ¿no? Al menos del tiempo que pasaron en Gotemburgo. O quizá Veronika las eliminó por Uno. A lo mejor él estaba celoso. No es tan normal tener fotos de un antiguo amante en el álbum de pareja. A lo mejor las escondió en un sitio más seguro, más secreto. Me pregunto dónde las podría haber metido y paseo la mirada por la estancia. Con cuidado, me acerco al armario y abro un poco la puerta. Hay una larga hilera de vestidos, blusas y faldas colgadas en perchas. Empiezo a mirar entre las prendas. Varias se ven anticuadas, de cortes y tejidos propios de otra época. Pantalones rojos de poliéster. Un vestido lila con brocados. Vestidos de playa con motivos florales que no necesitan plancharse. También hay un traje de chaqueta y falda de tubo ajustada. La tela es de rombos amarillo mostaza y verde botella sobre un fondo blanco nata. Saco el traje y lo sostengo delante de mí frente al espejo de cuerpo entero.

Cuando estaba en la cumbre de mi carrera profesional me gastaba cantidades ingentes en prendas bohemias de lujo que me daban el look modesto que buscaba. Evidentemente, era pura fachada. Cuidaba mucho mi imagen. Para cada charla o conferencia a la que iba de moderadora, solía comprarme algo nuevo, iba a la peluquería y me maquillaba. «¡Mujeres! ¡Sois perfectas como sois!», proclamaba después desde el escenario. «¡No tenéis por qué depilaros! ¡Atreveos a envejecer con naturalidad!» Madre mía, qué complicado es el ser humano.

Doblo el traje con cuidado y lo meto en la bolsa antes de llenarme otra vez la taza y luego me vuelvo a sentar en el sofá con el álbum.

En una de las hojas del final encuentro una foto de Veronika con pantalones largos y trenca. Está tomada dentro de una casa. La luz es gris y polvorienta. Está mirando a la cámara y sostiene un pedestal en alto. «Limpieza de otoño en la pensión», pone debajo. O sea, que ya había llegado el otoño. A lo mejor ella y Bo volvieron para ayudar a cerrar la pensión al final de la temporada. ¿Será Bo quien sujeta la cámara? He dado por hecho que los echaron de casa, como a dos delincuentes. A lo mejor ha sido por las palabras que usó Veronika: «Nos fugamos». Suena a novela de aventuras de chicas, pero es muy probable que Veronika haya exagerado un poco. Que en realidad, Bo fuera un yerno ideal que ayudaba a arreglar el grifo o a cortar el césped o a lo que sea que se hiciera en aquella época para ser amable. La fotografía de debajo es de una mujer bastante grande, con abrigo y boina. «Signe cerrando la cocina», pone. Casi me llega el olor a lana, a otoño incipiente. Luego vienen unas cuantas fotos de paisajes, pero no se parecen a lo que se entiende hoy en día por fotos de naturaleza. No hace sol ni hay vistas bonitas, sino un banco bajo una pálida luz otoñal. Una casita de piedra encalada en un prado donde la hierba ha crecido lo que ha querido. Los árboles han perdido las hojas. Un sendero sinuoso en el bosque, rodeado de árboles también pelados. En la última página es Navidad. Lo pone claramente: «Navidad 1955». Al fondo, en un sofá, con los brazos rígidos sobre el regazo, está Veronika. Se la ve delgada y pálida. A diferencia de todas las demás fotografías, en esta no está mirando a la cámara, sino por la ventana. En primer plano está Signe y otras dos mujeres. A lo mejor una de ellas es la madre de Veronika. No se ve ningún hombre. Miro la imagen más de cerca, intento borrar la frontera invisible que el tiempo traza entre la chica y yo. Ahora que me fijo, se parece un poco a mí, una versión más joven, con su pelo rubio oscuro y liso y su cara delgada. Una chica, hace mucho tiempo, celebrando una festividad que debería ser agradable y motivo de alegría. Pero la chica parece tener la cabeza en otra parte.

Cuando por fin llego al hospital, justo antes de que termine el horario de visitas, Veronika está incorporada en la cama comiéndose un bocadillo y tomando café. Saco las cosas que le he traído y me siento, sudando por el largo camino en bici.

—Toma —digo, y dejo la bolsa sobre la cama. También he cogido algo de fruta y unos crucigramas—. Lamento haber tardado tanto.

—No pasa nada, no he tenido ningún problema. Estoy cansada más que nada. —Coge la bolsa y la deja en la mesita, donde ya hay una cajita gris que no he visto antes.

—¿Qué es eso? —Señalo con el dedo.

—Un tensiómetro automático. El doctor dice que tengo la tensión demasiado alta. Por lo visto, tengo que dejar de comer sal. Ya casi ni me acuerdo de por qué he acabado aquí. ¿Qué hora es?

—Las cuatro menos cuarto. —Apoyo una mano en el canto de la cama—. Ayer, cuando vine, estabas un poco desconcertada. ¿Lo recuerdas?

Ella niega esquiva con la cabeza.

—Puede ser, seguro que me encuentras mil fallos si empiezas a buscar. Pero no sé si importa eso ahora. —Frunce la boca para quitarle hierro al asunto y coge uno de los crucigramas.

La imagen me recuerda que debería ponerme a buscar nuevos trabajos. Quizá debería empezar a hacer crucigramas de temática musical. «Artistas pop olvidados.» Nivel de dificultad, cinco sobre cinco.

—Lluvia intensa, de ocho letras. Empieza por ce, ¿qué puede ser?

Alza la cabeza.

—¿Chubasco, quizá?

—Perfecto, entra.

Apunta satisfecha las letras con el bolígrafo. Solo las personas valientes resuelven así los crucigramas, a boli y no a lápiz. Me pregunto si debería explicarle que he estado buscando la escultura de Bo en Laholm, pero por alguna razón me abstengo. Si le digo eso, tendré que contarle que estoy intentando encontrarlo para ella. Y no quiero, todavía no. Además, puede que no lo consiga, con lo cual me arriesgo a decepcionarla.

—¿No podrías hablarme un poco más de ti y de Bo? —pregunto—. ¿Estás segura de que la escuela de arte a la que fue era la de Valand?

—Pues claro, no estoy senil del todo.

—Y en 1955 —digo para asegurarme.

—Ya lo he dicho, ¿no?

—¿Qué hicisteis cuando os fugasteis a Gotemburgo?

—Bueno...

Mueve un poco la cabeza de lado a lado sin alzar la mirada.

—Varias cosas, un poco de todo.

—¿Como qué? —insisto.

—Él pintaba, evidentemente; continuó en la escuela. Yo estuve una temporada trabajando en una perfumería.

—¿Dónde vivíais?

—Haces muchas preguntas.

—Siento curiosidad.

—Sí, ya me he dado cuenta.

Veronika deja el crucigrama sobre la manta.

—Vivíamos en una buhardilla. Se subía por una escalera muy estrecha, no había ascensor. Lo alquilamos con muebles, teníamos el sofá más incómodo del mundo. Los muelles estaban rotos y asomaban entre el relleno, así que teníamos que sentarnos cada uno a un lado. La chimenea atravesaba la estancia, que era muy pequeña. En la ventana solo había una cortinilla de encaje. Teníamos que bajar a buscar el agua al patio, pero con eso nos bastaba. ¿Cuántas cosas necesitamos realmente? ¿Para qué queremos tantas pertenencias? Solo nos volvemos esclavos.

—¿Qué pasó luego? —pregunto—. ¿Por qué se acabó?

Ella se encoge de hombros.

—Era complicado. Hubo varios motivos.

—¿Nunca se puso en contacto contigo después de que rompierais?

—Me mandó una postal, pero yo no la encontré hasta pasado mucho tiempo. En la pensión teníamos una pared entera del vestíbulo llena de postales. La gente nos escribía desde cerca y desde lejos dándonos las gracias; algunos huéspedes se carteaban con mi madre todo el año. Su postal se perdió entre las demás. «Recuerdos desde Gotemburgo», ponía delante, sobre una foto de la fuente de Poseidón.

Veronika mira por la ventana.

—La encontré cuando Uno y yo fuimos a vaciar la pensión después de que venciera el contrato de arrendamiento, pero eso fue más de quince años más tarde. No sé quién la colgó allí. Quizá Sölve, nuestro chico para todo. No debió de darse cuenta de que estaba destinada a mí personalmente. Así que estuvo allí colgada todos esos años sin que yo lo supiera.

—¿Qué te decía?

—Que pensaba en mí, que no me había olvidado. Tenía una letra bonita. Un poco femenina.

Veronika suelta un suspiro y se frota la sien.

—Oye, ¿y tú cómo te encuentras? Hoy pareces un poco cansada.

—He dormido mal esta noche —reconozco.

—¿Por alguna razón en especial?

Me arranco un trocito de uña que se me ha roto y me empieza a salir sangre.

—Es una larga historia.

—No tengo demasiada prisa, como puedes comprobar. —Junta las manos sobre el crucigrama en un gesto de paciencia. Con la almohada en la espalda parece una reina convaleciente en su trono.

Yo me enderezo y cojo carrerilla.

—Ha sido un año difícil. O muy jodido, para ser más explícita.

—¿Por qué? ¿Qué ha pasado?

—Hace dos años me divorcié. Llevábamos veinte años juntos, pero conocí a alguien y me enamoré locamente. Mi matrimonio se acabó y rompí con mi nueva pareja hace nueve meses. Y ahora él va a ser padre.

Ella me mira la barriga.

—Pero no de un bebé tuyo.

—No. De su exnovia, con la que estaba antes de estar conmigo. En realidad no lo buscaban, pero la cosa ha salido así. —Evito mirarla a los ojos.

—¿Ha nacido ya la criatura?

—No, pero lo hará cualquier día de estos.

—Madre mía. —Veronika arquea las cejas.

—Lo sé —digo.

—¿Y ahora te sientes sola y abandonada?

Digo que sí con la cabeza.

—Hay tantas cosas que desearía haber hecho de otra manera... Tantas cosas de las que me arrepiento... Si lo hubiese sabido...

—¿Qué cosas?

—Creo que intenté cambiarlo, demasiado. Él era un tipo bastante bohemio, más descuidado que yo. Espontáneo.

—Muy espontáneo si ha dejado embarazada a otra mujer. —Veronika asiente con la cabeza para reforzar sus palabras—. Es fácil entrar en razón a toro pasado, pero seguro que lo hiciste lo mejor que pudiste. Me cuesta creer otra cosa. ¿Él ya tenía hijos?

—No.

—O sea, que es el primero.

—Sí.

—¿Y tú tienes hijos?

—Un niño de doce años. Oskar.

—Pues permíteselo. Alégrate por el tiempo que estuvisteis juntos, eso no os lo puede quitar nadie. —Se estira para coger un pañuelo de papel y se suena despreocupadamente.

—Pero nos queríamos —protesto yo—. Yo aún lo quiero.

—No siempre es suficiente con eso, con querer a alguien. ¿Cuándo os visteis por última vez?

—Pues hace nueve meses. Cuando me contó lo del embarazo.

—A lo mejor deberías ponerte en contacto con él. Felicitarlo como una buena amiga cuando el bebé haya nacido. Podría ser una manera de conservarlo en tu vida, ya que no puede ser de otra forma. Nadie sabe lo que puede pasar en un futuro. Al menos está vivo y tiene buena salud. No está muerto, ¿verdad que no? ¿Tienes hermanos?

—Dos —digo.

—¿Amigas?

—Muchas.

—¿Y te las arreglas económicamente?

—De momento.

—Entonces, a decir verdad, tienes mucho. Y también eres joven.

—Más o menos —respondo—. Tengo cuarenta y tres.

—Si consideras que tú eres vieja, ¿qué soy yo? —Me mira con reproche.

—Vale, no soy un vejestorio, lo reconozco —digo.

—Piensa más en lo que tienes y no tanto en lo que no. Arrepentirse no sirve de nada.

Se estira para coger la taza de café de la mesa, pero agarra la chaqueta del traje que asoma de la bolsa de plástico.

—¿De dónde demonios has sacado este viejo trapo? ¿Estaba en el armario?

—Sí —respondo—. Me ha parecido tan bonito que te lo he traído.

—Pensaba que lo había tirado. Hace mucho tiempo que no me lo pongo.

Separa las dos piezas y las deja sobre la manta.

—A lo mejor te lo podrías quedar. Es de buena calidad. Lo confeccionó Francie en su día. El estampado es de *Vogue*.

—¿Lo dices en serio?

—Sí, claro. Toma, cógelo.

—Gracias. —Cojo las prendas. No sé por qué, pero no quepo en mí de alegría.

Ella me da una palmadita en el brazo y vuelve a ponerse las gafas de leer para seguir con el crucigrama. Me quedo mirándola. La luz se le refleja en los lóbulos de las orejas. Tengo ganas de abrazarla. Supongo que el alivio solo es pasajero, pero lo siento igualmente.

Una esquirla de luz de la esperanza.

Paro al médico en el pasillo antes de irme. Es evidente que tiene prisa, pero aun así me atiende con paciencia.

—Tengo una pregunta acerca de Veronika Mörk, de la habitación número 12 —digo—. Está ingresada por una leve conmoción cerebral y un esguince de tobillo.

—Sí. ¿Eres su hija?

—No. Soy una amiga. Ayer, cuando vine a verla, estaba bastante confundida, pensaba que yo era otra persona, pero hoy está perfectamente. Estoy preocupada por ella, ¿es una reacción normal?

El hombre se me queda mirando un momento.

—No es nada raro que las funciones cognitivas fallen en las personas mayores cuando sufren un traumatismo de ese tipo. Un estúpido la atropelló dando marcha atrás. La gente nunca deja de sorprenderme. —Niega con la cabeza.

Me sonrojo repentinamente.

—Los accidentes siempre implican un fuerte estrés imprevisto. Por un lado, está la conmoción cerebral y, por otro, el atropello en sí. El mero hecho de ir al hospital puede ser desconcertante para alguien de su edad. —Echa un vistazo al expediente que ha sacado de entre el montón de hojas que tiene en la mano—. Le hicimos radiografías cuando llegó. Por lo general, intentamos evitarlas en casos de conmoción cerebral, pero ella tiene una edad. La gente mayor tiene los vasos sanguíneos del cerebro más delicados, así que es importante tenerlo todo controlado, pero no hemos visto ninguna hemorragia, ningún derrame. Ningún tumor. Me atrevería a decir que su confusión es momentánea. Nada de lo que preocuparse.

—Pero ¿y si tiene alzhéimer o algo así? —pregunto—. ¿Eso sale en la radiografía?

—No, eso necesita de unas pruebas totalmente distintas. Lo

que puedo hacer es remitir un escrito al ambulatorio para que la examinen una vez haya recibido el alta.

—Estaría bien —digo.

El hombre se muerde el labio inferior en un gesto pensativo.

—En casos normales, no podemos designar camas para pacientes con heridas tan leves, pero coincide que ahora mismo tenemos un par de camas libres. Podría tenerla aquí algunas noches más y así le echamos un ojo. Si quiere.

—Gracias, muy amable.

Él asiente en silencio.

—Normalmente es al revés, vamos mal de sitio. Es agradable poder ayudar alguna vez. Por cierto, ahora, durante el verano, estamos probando una nueva forma de terapia, con dibujos. Las sesiones se desarrollarán en el comedor cada tarde de tres a cinco. A lo mejor le apetece probarlo. Los días en cama pueden ser muy largos y aburridos. Empieza mañana.

—Suena divertido —digo—. Se lo preguntaré.

—Hágalo. Ahora tengo que irme, si no necesita nada más. —Echa un vistazo al reloj.

—Eso era todo —digo.

El médico sale por las puertas de cristal, una especie de ángel en bata blanca.

En alguna parte se oye el zumbido de un ventilador. No he pensado en mis acúfenos en todo el día.

Al volver a la pensión, después de hacer una parada en la heladería de la playa de Havsbaden y de darme un chapuzón en Vejbystrand, un tintineo me avisa de la llegada de un correo. Noto un cansancio agradable en el cuerpo tras el paseo en bicicleta.

Me duelen los músculos de las piernas. El remitente es la Universidad de Gotemburgo. Es un mensaje formal sobre la solicitud de documento público y adjuntan dos listas de alumnos de 1955. Me siento en el balcón con una cerveza, abro la lista de la clase de escultura y echo un vistazo rápido a los nombres: Gert Andersson, Lars Svensson, Sven-Åke Fors, Raimo Mäkinen, Hans Ljungkvist, Bo-Ivar Axelsson, Henrik Folkesson.

Ningún Bo Bix. Abro la otra lista. Allí tampoco aparece, pero por lo menos hay dos mujeres que sí han conseguido entrar en pintura, una tal Ulla y una tal Eva. ¿Dónde se ha metido Bo? A lo mejor podría ponerme en contacto con alguno de sus compañeros. Al fin y al cabo, existe la posibilidad de que dejara las clases o de que cambiara de estudios. El nombre es lo bastante original como para que haya alguien que recuerde si iba a aquella escuela o no. Cojo el ordenador y empiezo a buscar los nombres en Google. Hay seiscientos tres Gert Andersson en Suecia. Mil Lars Svensson. Son demasiados como para llamarlos. Pruebo con Raimo Mäkinen. Hay cuatro en el registro telefónico, pero ninguno puede ser por la edad.

Un pájaro caga en la mesa del balcón y desaparece por encima del tejado de la casa de enfrente. Lo maldigo y entro a buscar papel higiénico para limpiar. Me he montado mi rinconcito aquí en el balcón. Un sencillo suelo de baldosas de madera con una silla y una mesa de plástico pueden convertirse en todo un refugio si sabes adaptarte a las circunstancias. Incluso he cortado a escondidas algunas ramitas de la celinda que crece en la esquina y las he puesto en un jarrón de cristal que he encontrado en el bar. Podría vivir aquí, austeramente. Con algunas vistas. Si tan solo pudiera hacer siempre calor, para poder vivir en un verano eterno... El calor es un atenuante. Distraída, empiezo a buscar conmoción cerebral en internet. Es un síntoma de cómo ha empezado a funcionar mi cerebro. En cuanto tengo que hacer algo, empiezo a hacer otra cosa. Yo antes no era así. Tenía la capacidad de concentrarme, pero ahora mi concentración se disipa como lo haría un fantasma a la luz del día.

> Las mujeres y las personas mayores tienen mayor riesgo de padecer síntomas posconmocionales; es decir, los síntomas como, por ejemplo, dolor de cabeza, vahídos o desorientación pueden prolongarse tras una conmoción cerebral. La ansiedad y la depresión pueden provocar alteraciones subjetivas y objetivas de algunas funciones cerebrales (defectos cognitivos). Los síntomas mejoran con medicamentos antidepresivos. Algunos estudios afirman que hasta un 50 % de los pacientes con síntomas posconmocionales sufrían depresión antes del accidente.

Veronika no parece haber estado deprimida. Esa dolencia ha sido exclusivamente mía.

Doy un trago a la cerveza, noto las mejillas tirantes por el sol. Ya han empezado a servir la cena. Tostada de arenque de primero y pastel de col con mermelada de arándano de segundo. Café y tarta.

Hoy tengo hambre.

14

1955

Se habían llevado al director de banco al hospital, donde le habían administrado una inyección de adrenalina para bajar la inflamación de la garganta. Según su esposa, que había llamado por teléfono, el hombre había sobrevivido por los pelos. También había informado de que interrumpían su estancia en la pensión con efecto inmediato. Podíamos enviar su equipaje directamente a su piso de Lund. La mujer había sonado muy alterada cuando llamó y la madre de Veronika estaba de un humor de perros.

Los directores de banco que salían corriendo no eran buenos para los negocios. Tras la cena, que se había desarrollado en un ambiente un tanto apagado, los huéspedes habían tratado de localizar por sí mismos a las abejas usando métodos a cuál más arbitrario. La señora Cedergren se había paseado golpeando tan fuerte con el bastón en las paredes y el techo que había dejado marcas en el papel pintado. Se podía saber dónde estaba la colmena por la acústica, aseguraba. El profesor se había entretenido en la cocina, donde le había parecido oír zumbidos, y al salir se había llevado por delante el aparato de hacer conservas, que había caído al suelo y se había roto en mil pedazos. La señora Dunker y sus sobrinas se negaban a salir de su habitación y Signe había tenido que subirles la cena: jamón marinado en miel. Los huéspedes nuevos, que habían llegado en pleno circo, se habían sentado en la sala común y lanzaban miradas inquietas tanto a la escena como entre sí. Todo el mundo se había retirado pronto, nadie tenía ánimos de jugar a la canasta ni al Gin Rummy tras una jornada tan ajetreada.

Ya eran las nueve menos diez de la noche. El estómago de Veronika parecía rebelarse. A través de las paredes podía oír a la señora Cedergren paseándose y hablando sola. Probablemente, en cuestión de una hora abriría la puerta y bajaría a la sala común a tomarse una copita de licor o a echar un solitario con afán de atraer el sueño.

Hacía calor en la habitación. En el techo, la manchita oscura parecía haber vuelto a cambiar de forma y en ese momento era como un país desconocido en un mapa. ¿Qué debía hacer? Bo le había pedido que subiera a verlo a las nueve. Ella quería y no quería ir. ¿Qué esperaba él de ella si subía? ¿Y si lo malinterpretaba y pensaba que su visita significaba que ella quería llegar hasta el final? A lo mejor era así como funcionaba en Gotemburgo. ¿Qué haría Veronika si ocurría eso?

Se oyó una puerta cerrarse en el pasillo. Sin duda, la de la señora Cedergren.

Veronika se levantó impaciente y fue a sentarse en el tocador. No era tan bonito como el que Francie tenía en el edificio anexo, y que se había llevado sin reparo de una de las otras habitaciones en cuanto se le había presentado la oportunidad, pero

Veronika contaba con un pequeño espejo y un par de cajones en los que guardaba jabones, compresas y la faja menstrual. Las compresas eran caras. Su madre, que en su juventud había usado paños o compresas de tela cosidas por ella misma, opinaba que era un gasto innecesario, así que Veronika tenía que usar su paga para financiarse el lujo. Nunca había sido ni de usar maquillaje ni de echarse perfume, pero se había guardado un botecito de 4711 que se había dejado una clienta. Lo sacó, le quitó el tapón y se puso unas gotitas detrás de las orejas y en las muñecas. Luego se pasó el cepillo por el pelo. Según Francie, lo ideal era pasarlo cien veces cada noche, así se mantenía brillante y sano. Pero ¿quién se cepillaba cien veces? El sol le había aclarado la melena, que le llegaba por los hombros, y lucía un tono dorado más bonito que su rubio ceniza habitual. Ceniza. Ni siquiera era un color de verdad. Igual de triste que tener los ojos jaspeados. Sacó el pintalabios que le habían prestado para el baile y le quitó la tapa. Tenía un sabor ligeramente rancio.

En alguna parte se oía zumbar a las abejas. El zumbido se propagó por su cuerpo, por su cabeza, su cuello, sus pechos. Se extendió hasta más abajo, entre los muslos. Sus ojos se miraron en el espejo. Siempre podía volver a su cuarto. Quedarse solo un momento y charlar un poco. Escuchar un disco.

Estaba mareada por los nervios. Aun así, se puso de pie, abrió la puerta del pasillo y fue de puntillas hasta la escalera.

Él abrió la puerta con un cigarrillo en la boca. La habitación olía a sueño y a humo atrapado. La persiana estaba bajada hasta la mitad. En el suelo estaba la alfombra de lana que ella misma había subido desde el trastero a principios de verano para hacer la estancia un poco más acogedora. En la mesa plegable de la esquina había un gramófono de viaje. Algunos sobres dispersos reposaban junto a montones de lápices y papeles.

—Adelante. He intentado recoger todo lo que he podido, pero aún no puedo guardar los dibujos. El carboncillo mancha que no veas. Nording me dio una caja entera, estoy intentando gastarlos.

Bo sonrió de oreja a oreja y por un momento Veronika sintió una punzada de irritación. Ella ni siquiera había visto un carboncillo en su vida. ¿No eran caros? Casi comenzaba a arrepentirse de haber ido.

—No tropieces con la cómoda, el cajón de abajo no se puede cerrar del todo. ¿Quieres una copa?

—¿Qué tienes?

Bo se acercó al alféizar de la ventana y levantó una botella de whisky.

—Provisiones de emergencia traídas de casa. Tengo gaseosa para mezclar.

—Puedes ponerme un poco.

—Tendrá que ser sin hielo, lamentablemente.

Veronika miró cómo Bo mezclaba el whisky y la gaseosa en un vaso. Luego, él se lo pasó y cogió la taza en la que había tenido el cepillo de dientes y la alzó para hacer un brindis. El combinado era fuerte. Veronika comenzó a pasearse por la pequeña habitación. Era mucho más pequeña de lo que ella recordaba. La lámpara junto a la cama era la única fuente de luz, y en ese momento iluminaba la estancia con un resplandor pálido y amarillo. Arriba, donde la pared se unía con el techo, el papel pintado se había desprendido y enrollado. En la pared había un viejo espejo con un marco de caoba barnizado. Veronika se acercó a la mesa y se quedó mirando los dibujos. Eran escenas pequeñas y sencillas de la pensión: el farmacéutico leyendo el periódico; la señora Cedergren haciendo ganchillo; la señora Dunker y sus sobrinas con sendos vasos en la mano, de nata, probablemente.

—Son bonitos.

—Algunos han quedado bien. —Bo se encogió de hombros—. Si quieres alguno, puedes cogerlo. O sea, como recuerdo.

Veronika estudió los dibujos y esperó estarle dedicando el tiempo suficiente a cada uno de ellos. ¿Cuánto tiempo debías mirar un dibujo para que se considerara suficiente? Ella nunca había estado en ningún museo, pero imaginó que había que destinar unos minutos a cada cuadro para darles la oportunidad de emocionarte. Costaba creer que pudieras darte una vuelta a toda prisa y sentir algo. Al final eligió un bodegón de un jarrón con flores.

—Gracias.

—De nada. —Bo se pasó la mano por la mejilla en gesto nervioso.

Ella lanzó una mirada al montón de discos. Conocía algunos de los nombres: Elvis Presley, Billa Haley, Benny Goodman...

—¿Quieres poner alguno? —preguntó él mirándola.

—Pero a volumen bajo. Si no, la señora Cedergren se pone como loca. —Sonrió un poco.

—No podemos correr ese riesgo, por supuesto. —Se acercó al gramófono—. ¿Has oído hablar de Miles Davis?

—No.

—Ha tocado con Charlie Parker y con Dizzy Gillespie y sus chicos. Aquí no hay mucha gente que lo conozca, quitando a los que somos fanáticos del jazz. Este disco está importado directamente de Estados Unidos, me lo consiguió un amigo de mi hermano.

Bo levantó una funda negra en cuya portada salía un trompetista con los ojos cerrados, sacó el disco con cuidado, lo puso sobre el plato y le dio cuerda al gramófono con soltura. La bebida ya había relajado un poco a Veronika. Notaba las mejillas calientes. A los nervios se había sumado una leve determinación. Quería estar allí; era emocionante y agradable. Como si el viejo cuarto de servicio de repente se hubiese convertido en un club secreto al que se había trasladado una pequeña parte del gran mundo. Gotemburgo. Al fin y al cabo, era la segunda ciudad más grande de Suecia. No era moco de pavo. Los altavoces integrados crepitaron y una solitaria melodía de trompeta recorrió la habitación.

—Este es su segundo disco este año. El primo de un amigo mío que se enroló para ir a Nueva York lo ha visto tocar en los clubes de allí. También ha visto a John Coltrane y a varios de los profetas del hard bop. Tiene una manera de tocar que parece sencilla, pero es avanzada. Experimental. No sigue ninguna regla, lo hace todo a su manera. —Bo apagó la colilla en el cenicero—. ¿Qué te parece?

—Suena como esa música con la que se hipnotiza a la gente —dijo Veronika, y le dio otro trago a la copa.

—¿Hipnosis? Sí, puede ser.

Se rio y se rascó la mejilla, en la que le habían empezado a asomar algunos pelos rebeldes.

—Eres especial tú.

Veronika sintió un leve malestar por la palabra «especial». ¿Realmente era bueno ser especial? Tenía sus dudas. Lilla-Märta era especial. Y la señorita Elin, una huésped que por descuido había tirado la dentadura postiza al inodoro y había tirado de la cadena; había tenido que comer papillas hasta que el dentista le hizo una nueva. Lo que Veronika quería era ser mona y simpática. Dejó todo el peso del cuerpo sobre una cadera para parecer un poco más bajita. A lo mejor a Bo le estaba pareciendo más larga que un palo de bandera, allí plantada en su habitación. Sintió los brazos desnudos. Se había pasado un rato pensando en qué ropa ponerse. No había querido arreglarse mucho; habría parecido demasiado premeditado. Al final se había decantado por un vestido sencillo y sin mangas con brocado blanco que había confeccionado su madre. Ella misma había elegido la tela por su cumpleaños.

—Por cierto, ¿mañana tienes algún plan?

—¿Aparte de lo habitual? No. —Veronika negó con la cabeza.

—¿Por qué no vienes al taller? Me encantaría tener un poco de compañía. A lo mejor puedes ayudarme con la escultura. Estoy estancado, me iría bien tener a alguien que la vea con otros ojos. No consigo darle forma a la condenada.

—¿Por qué no?

—En el horno todo cambia de forma. Ya casi no sé qué son rectángulos y qué son triángulos. Es todo un lío. Hoy he ido y me he pasado una hora mirándola como un bobo y luego me he vuelto a casa. Además, ya no me gusta el modelo.

—¿Cuál es el problema?

—Me parece rígido y forzado. —Se encogió de hombros.

—A lo mejor deberías hacer otra cosa, para recuperar las ganas. Olvídate de ella por unos días, pinta o algo.

—A lo mejor sí. —Asintió pensativo con la cabeza—. Es divertido hablar contigo. No eres una remilgada que solo se preocupa por su aspecto.

—Sé que no soy guapa como Francie, si es a eso a lo que te refieres. —Veronika se retorció un poco.

—No quería decir eso.

Bo dejó la taza en la mesa. Luego se levantó, la cogió con cuidado de la muñeca y, sin pronunciar palabra, la llevó delante del espejo.

—¡Mírate! Tienes algo especial, aunque no pueda decir con exactitud qué es. Pareces saber lo que piensas de las cosas y eres natural. Y también eres guapa, aunque a lo mejor soy el único que lo ve. —Apoyó la mano en su cintura con suma delicadeza.

Veronika se preguntó si él podría estar oyendo cómo le latía el corazón. Era lo que se decía en los libros, «él pudo oír los latidos de su corazón». Pero Bo no dijo nada y retiró la mano.

—Entonces, ¿qué me dices de venir mañana conmigo?

—Vale. —Veronika tragó saliva y asintió con la cabeza.

—¡Bien, seremos compañeros de trabajo! —Le puso una mano en la cabeza y le revolvió el pelo. Ella quedó abatida. A lo mejor era así como él la veía, como a una compañera, alguien con quien pasar el rato en aquel lugar en el que no había nadie más. Aparte de Francie, claro, y ella estaba demasiado ocupada consigo misma. Esa noche había ido a casa de una vieja amiga a jugar al bingo.

—Lamento no poder ofrecerte una cómoda butaca, pero podemos sentarnos aquí.

Bo se acomodó en el borde de la cama y dio una palmada a su lado. Veronika se ruborizó. La cama estaba mal hecha. La sábana asomaba por debajo de la manta. Aun así, se dejó caer a cierta distancia de él y sorbió la bebida.

—¿Vivís solas, tú y tu madre, o tienes hermanos?

—No, solo somos nosotras dos.

—¿Qué hace ella en invierno? Porque esto solo abre en verano, ¿no?

—Trabaja en el hotel Savoy de Malmö y también coge algunos encargos de costura. Ella es la que ha hecho este vestido. —Veronika levantó un poco la falda. Él alargó la mano y la tocó. El leve contacto con su piel hizo que se estremeciera.

—Es bonito. Buena tela además. Te queda bien. ¿Te acuerdas de que intentaste robarme la chaqueta de cuero, la primera noche? —Sonrió.

—No intentaba robarla, solo quería probármela. —Veronika soltó una carcajada.

—Ya, ya. Es lo que se dice siempre. —Bo se apoyó en la pared, con el brazo a modo de reposacabezas—. Oye, por cierto, he encontrado un cuadro en el armario. Estaba al fondo de todo.

Se levantó y quitó el pestillo de la pequeña puerta.

Ella se reclinó un poco. Su cuerpo estaba agradablemente adormecido por el alcohol. Hacía tiempo que no se sentía tan relajada, y eso que estaba con otra persona. ¡Un chico! Un hombre joven.

—Este, me ha parecido bastante bueno.

Bo le dio la vuelta al cuadro. Veronika se incorporó de un salto y se quedó rígida como un palo. El corazón le dio un vuelco en el pecho. No había visto ese cuadro desde que era pequeña, pero lo reconoció al instante. Representaba un mar embravecido en plena tempestad, con una barquita de remos solitaria entre las olas. El cielo estaba pintado con pinceladas anchas y funestas de color rojo y lila. Era una de las obras de juventud de su padre, que en su día había estado colgada en el pasillo del piso de Malmö, sin marco. Tras su muerte, el cuadro había sido sustituido por una imagen luminosa de dos críos preciosos con mejillas carnosas que estaban jugando delante de una verja. Veronika no había pensado en el cuadro desde entonces. En ese momento se sintió invadida por el pánico.

—Estaba lleno de polvo. Cuando lo vi, pensé que tenía un toque muy original, ¿por qué no está colgado abajo? Creo que el comedor pide algo un poco más intenso. —Bo se dio la vuelta para mirarla.

Veronika notó que se le secaba la garganta.

—No sé, supongo que es demasiado oscuro. A los huéspedes no les gustan ese tipo de cosas. —Tragó saliva.

—Ah, ¿no? Pues a mí pueden llegar a deprimirme más los colores vivos y los motivos insulsos que se ven en todas partes. Como si todo tuviera que ser alegre para poder existir. —Deslizó la mano con cuidado por el canto del cuadro.

—El barco va a naufragar, ¿por qué obligar a nadie a verlo? —La voz de Veronika sonó más agitada de lo que había pretendido.

—¿Estás segura? El barco flota pese a ser tan pequeño. —Bo ladeó la cabeza y levantó el cuadro para mirarlo—. Yo me imagino una gran fuerza de voluntad que se está abriendo camino en la tormenta, que lucha para llegar a un destino, a una playa lejana, aunque no se sepa si realmente hay algo al otro lado. El oscuro mar transporta el barco, las profundidades lo sostienen. ¿Acaso no es bastante esperanzador? A mí me lo parece. —Se estiró para coger el paquete de tabaco de la mesa.

—¿No es pedir demasiado obligar a otros a observar tu propia desgracia? —Veronika notó que el rubor se le extendía por el cuello.

—Pero las cosas no mejoran solo porque finjamos que la desgracia no existe, ¿no crees?

Veronika se quedó callada y deseó no haber abierto la boca. Pensó en la cocina de su casa de Malmö, en los garabatos incomprensibles de su padre en los márgenes del periódico y en los reversos de los sobres y de los recibos. En sus cambios de humor. En cómo había llegado a dibujar incluso en la pared de la cama de su dormitorio, mensajes que recordaban a jeroglíficos y que solo él sabía interpretar.

Se levantó de un brinco. De repente, lo único que quería era bajar a resguardarse en su habitación.

Entonces fue como si Bo entendiera que las cosas no iban del todo bien. Dejó el cuadro apoyado en la pared, se acercó a Veronika y le acarició el pelo.

—¿Estás bien? ¿Hay algún problema?

Ella dio un trago largo a la copa.

—Lo pintó mi padre.

—¿Tu padre? —Bo la miró desconcertado.

—Sí. Cuando era joven.

—No me habías dicho que era artista.

—No lo era. Trabajaba en el astillero de Kockum soldando grandes buques. Se cayó al muelle de construcción, se resbaló en el andamio. Fue así como murió.

—Joder. —Bo se sentó en la cama y tiró de ella para que hiciera lo mismo. Luego, la rodeó con un brazo—. ¿Cuándo fue eso?

—Hace siete años.

A Veronika le vino una imagen repentina de su padre delante de las grandes verjas de hierro negro de la fábrica. A las cuatro y media, obreros y oficinistas salían por allí en torrente. Los oficinistas, en traje; los obreros, en pantalones y camisa. Así era como los podías distinguir, le había explicado su madre. Luego, el tren de bicicletas atravesando Malmö.

—Lo lamento. Tuvo que ser horrible. ¿Pintaba mucho?

—No demasiado. En realidad, le interesaba más tocar el violín.

—Alma de artista, vaya. —Bo asintió pensativo con la cabeza.

—Supongo. —Veronika dejó caer la mirada. Las rayas del colchón que asomaba por debajo de la sábana parecían fluctuar, como si no fueran líneas rectas, sino arroyos en movimiento—. Un día llegó a casa con un perro, un gran danés que había comprado en Dinamarca.

—¿Un perro? ¿Os lo quedasteis?

—No, no podíamos. Era demasiado grande. Dijo que lo había ganado en una apuesta, pero tuvimos que regalárselo a una familia que tenía una granja. Le daban esos prontos. Era una persona voluble.

Guardó silencio. «Voluble» era una palabra que había aprendido de su madre. Tenía la sensación de que muchas palabras eran eufemismos de otras cosas ignominiosas o complicadas que no podían mencionarse por su verdadero nombre. En su lugar, se utilizaban otras: problema nervioso. Mirón. Tenso. Voluble. Iluminado. Especial. Eran palabras que ocultaban una realidad más seria, pero que en el fondo generaban más preguntas de las que respondían. Además, debías andarte con cuidado con las respuestas.

—A veces pienso que no lo echo tanto de menos como debería.

—Supongo que cada cual tiene su manera de echar de menos.

—¿Tú crees?

—Estoy seguro de ello. ¿Te pareces a él?

—No quiero parecerme a él.

—Pero no elegimos cómo queremos ser, ¿no? Mi madre siempre dice que tienes que estar contento de ser como eres aunque no seas como tendrías que ser. —Bo sonrió, dejando al descubierto sus dos hoyuelos. Veronika sufrió un calambre en el corazón. Quería tocarlo, pero no se atrevía a tomar la iniciativa. Pero quizá si lo deseaba con suficiente intensidad, acabaría pasando de todos modos.

Se pegó con cuidado a él.

—Pero ¿cómo saber quién eres? Yo ni siquiera sé si quiero ir a la escuela de labores en otoño. Hay tantas exigencias..., tantas cosas que decidir aunque no tengas ni idea de nada... Todo son preguntas. Me resulta muy difícil.

Bo asintió con fervor.

—Claro que es difícil. ¿Te crees que yo sé lo que quiero?

—¿No lo sabes?

—Yo no sé una mierda. Ni siquiera sé cómo voy a terminar la escultura. Mi padre dice que, si te entran dudas, lo único que tienes que hacer es intentar dar el siguiente paso. Aunque hay algo que sí sé con total seguridad.

—¿El qué?

Él la miró al fondo de los ojos. A Veronika le pareció que le estaba viendo hasta el alma.

—Sé que me alegro de que hayas subido a verme. Y sé que te quiero besar. —Le puso la mano que tenía libre alrededor de la muñeca. El corazón de Veronika latía de forma descontrolada. Un repentino aroma a celinda entró por la ventana entreabierta. Él se inclinó hacia delante, el vello de la barba le hizo cosquillas en la mejilla. La piel de Bo olía fresca, como a manzana. Ella cerró los ojos, pero no del todo. Quería verlo.

De pronto, los labios de Bo estaban allí, sin más, sobre los de Veronika. Su boca estaba caliente. La punta de su lengua se deslizó vacilante por el labio inferior hasta que al final se topó con la punta de la de ella. Las puntas de dos lenguas, eso eran, nada más. En un viejo cuarto de servicio apenas más grande que un armario.

El beso sonó como gelatina de grosella desprendiéndose del vaso. O como cuando Veronika pisaba una medusa sin querer en la playa. Sintió como si todo, excepto sus bocas y sus lenguas, desapareciera, se durmiera, dejara de existir.

Eso era la hipnosis.

Eso era lo peligroso, lo prohibido, lo que se anhelaba en las novelas por entregas y que se abalanzaba como una poderosa ola que borraba cualquier rastro.

En cuanto terminaron de desayunar cogieron las bicis y se fueron al taller. El aire era templado y agradable y el cielo tenía un tono azul mate. Veronika apenas había podido pegar ojo al volver a su cama la noche anterior. Aún tenía los labios entumecidos de tantos besos. La cosa no había pasado de ahí, gracias a Dios. Él la había acompañado abajo, hasta su habitación, antes de las doce. Se despidió con un beso en la nuca en cuanto ella abrió la puerta. Luego, Veronika se había quedado allí, a solas en la oscuridad, escuchando el zumbido de las abejas en las paredes. Había vuelto a revivir en su cabeza lo sucedido, una y otra vez. Aún tenía los recuerdos en su piel. Podía sentir la lengua de Bo. Sus manos deslizándose por su espalda.

Tragó saliva y lo observó montado en la bici, un poco por delante de ella. A ambos lados del camino se extendían los campos de centeno. Los tallos cortados a ras de suelo le recordaban a los flecos de la alfombra de lana del cuarto de Bo. En ese momento, todo le recordaba a algo que tuviera que ver con él. Veronika podía ver las perlas de sudor formándose en su nuca bronceada. Su espalda se encorvaba sobre el manillar igual que una vela inflada por el viento. Bo miró hacia atrás.

—¿Me estás espiando? —Sonrió.

—Un poco. —Veronika soltó el manillar y alzó las manos al aire. La gravilla crepitaba bajo los neumáticos.

—¡Eso también sé hacerlo yo! —Bo soltó el manillar y se tambaleó unos metros, hasta que el camino se volvió ondulado como una tabla de lavar y le costó mucho mantener el equilibrio. Ella aceleró y se puso a su lado, y se cogieron de la mano en plena marcha.

—Es allí delante. —Bo señaló con la cabeza y frenó para apearse junto a la cuneta—. Dejaremos las bicis aquí y haremos el último tramo a pie, cruzando el cercado.

—No habrá toros, ¿no?

—Qué va. Solo ovejitas dóciles. —Bo apoyó las dos bicicletas en el muro de piedra. Luego le tendió una mano y la invitó a pasar primero por el pequeño escalón que cruzaba al cercado.

Solo había un sendero que indicaba por dónde había pasado el ganado. Veronika no solía ir nunca por los cercados. Una vez, de pequeña, se había perdido entre los pastos, delimitados solo por los muretes de piedra, y se había pasado horas dando vueltas. Cuando por fin encontró el camino principal, estaba histérica.

Hacía un calor aturdidor, acrecentado por la falta de viento. De vez en cuando, la copa de algún árbol asomaba por encima de sus respectivas cabezas. El ruido de los insectos voladores lo llenaba todo.

—Es allí. ¿Lo ves?

Bo señaló una casita de piedra con las tejas gastadas. La hierba había crecido mucho a su alrededor. En un lateral, había un bidón para recoger la lluvia agrietado, alrededor del cual el trébol violeta se había marchitado en largos tallos. Un poco más abajo, entre una mata de ortigas, Veronika pudo vislumbrar una letrina mohosa. Bo cruzó la hierba dando zancadas. Desde el frente, la casa se parecía a cualquier otra, pero en la parte de atrás la fachada se abría al taller en una pared llena de ventanas dispares.

—La puerta está abierta. Solo hay que entrar. —Señaló con la cabeza.

Veronika abrió el cerrojo. El taller era fresco y olía a bodega subterránea. Pero en el aire también flotaba un olor a trementina y a algo calcáreo. Veronika no había entrado nunca en el taller de un artista. Lo más que se había acercado a un ambiente así era la sala de dibujo de la escuela, pero allí había unas normas muy estrictas sobre qué colores y pinceles podías tocar. Lo más importante, según Arne, el aborrecible profesor de artes plásticas, era aprender a dibujar en perspectiva con ayuda de un molesto compás. Algo que ella había detestado y que se le había dado mal.

Allí dentro estaba todo colocado en estantes corridos a lo largo de las paredes: tubos de pintura, grandes paletas, pinceles de todos los tamaños, pequeños tarros de contenido desconocido y herramientas extrañas. Junto a la ventana había un caballete con manchas de pintura y un lienzo blanco preparado. En la otra pared había un diván, parecía uno de esos muebles en los que podías ver mujeres desnudas posando para ser retratadas. ¡Y la luz! El espacio era muy claro, como la mantequilla en una sartén. Amarillo miel, suave. Veronika sintió devoción. Por un segundo, deseó poder pasearse sola por allí dentro y tocarlo todo sin tener que contenerse. Oler las pinturas. Probar los pinceles.

—¿Eso es el modelo?

Veronika se acercó a una mesa en la que había una miniatura

pintada de dorado. Era un rectángulo que se apoyaba ingeniosamente en un triángulo que, a su vez, se balanceaba sobre uno de sus vértices. Toda la escultura descansaba sobre un pedestal cuadrado de color gris. Bo se puso detrás de ella y apoyó levemente una mano en su cintura.

—Exacto. Lo que pasa es que cuesta mil demonios construirlo a escala real. Aquí está mi último intento.

Se dirigió a un banco donde unas tiras de papel húmedo envolvían un bulto deforme. Las fue retirando con cuidado, como si de un vendaje se tratara.

Veronika observó aquellas manos sensibles y su cautelosa pericia y deseó ser el montón de barro malogrado.

—Esto es la parte inferior del triángulo. Hay que cocer las partes por separado para que no se agrieten, pero se encogen de manera diferente en el horno, así que me está costando encajarlas. Hugo tendría que haberme ayudado, pero estos días está muy ocupado. Ha estado de fiesta con un tipo que vino de visita anteayer y al que llevaba mucho tiempo sin ver. No quiero molestarlo.

El barro olía a hierro. Veronika sabía que en algunas zonas de mar de los alrededores había arcilla azul en el fondo y que a veces aparecía aquí y allá en tierra firme. Una señora de la pensión aseguraba que le habían salido unas fresas como pelotas de ping-pong solo porque había barro en la tierra.

—El muy desgraciado se seca en un santiamén. Hay que mantener el barro húmedo, pero con este calor es difícil. —Comenzó a envolver la figura con el papel otra vez.

—¿Dónde está el horno?

—Allí. —Señaló un rincón en el que había jarras con espátulas y cuchillos. Delante había un torno de pedal.

—Esto son pruebas fallidas.

Bo se le adelantó hasta una mesa donde había una colección de amasijos.

—No consigo hacerlos rectos, ese es el problema. ¡Mira el triángulo! Parece un... no sé qué.

—¿La torre Eiffel? —Veronika lo miró burlona.

Él la empujó un poco y le dio un beso en la boca.

—Te lo he robado —le susurró con la cara hundida en el pelo—. Por cierto, ¿quieres algo para beber? Hay zumo.

—Sí, gracias.

Bo se fue a otro rincón donde había un gran comedero. Probablemente, estaba allí desde que la casa era una pocilga o una cuadra. Allí, en Lyckan, casi todos eran edificaciones para ganado, a excepción de alguna que otra granja. Bo comenzó a buscar vasos y maldijo en voz baja cuando uno se le cayó al suelo. Luego sirvió unos cuantos barquillos en un platito. Veronika se sentó en una silla de madera, junto a la mesita plegable.

En el taller reinaba una calma casi adormecedora. En las paredes solo había yeso blanco, el mobiliario era el más austero posible; luego estaba la pared de las ventanas, con unas rejas hogareñas pintadas de rojo oscuro. Era un sitio maravilloso, podía imaginarse viviendo allí dentro. Bo le pasó un vaso con zumo y vació el suyo de un trago.

—A lo mejor a ti también te gustaría pintar algo. Francie dijo que pintabas.

—Solo para divertirme. —Bajó la mirada a la mesa un tanto ruborizada.

—Pues aún mejor. Lo que necesito ahora es un poco de diversión. Voy a buscar algunos trastos y podemos trabajar juntos un rato. ¿Qué me dices?

Bo se levantó sin esperar una respuesta y se dirigió al estante en el que estaban los cuadernos y los pinceles.

—Toma.

Le dio un cuaderno de acuarela sin estrenar y un vaso de agua y dejó la caja de colores sobre la mesa.

—En ese tarro hay lápices. Coge el que quieras. Voy a buscar también el barro.

Veronika acercó un poco la silla a la mesa. Las tablas de madera del suelo chirriaron con la fricción de las patas. Nunca había tenido un cuaderno de dibujo entero para ella sola. Solía dibujar, en los márgenes de los periódicos o en los recibos descartados, casi siempre chicas tímidas con faldas anchas y cinturas estrechas. Narices respingonas. Mejillas. Ojos grandes. Eran copias de las imágenes de las descripciones de costura de su madre. A veces había fantaseado con ser dibujante de moda, incluso diseñar sus propias prendas. Solía describir sus creaciones en letra pequeña junto a sus modelos inventadas: «Vestido en tela azul grisáceo con rayas blancas. Manga rococó con bordado. Cinturón imperio azul celeste. Mono».

Abrió el cuaderno y se quedó mirando la superficie blanca. ¿Qué pensaba dibujar? En un estante encima de la mesa había una botella polvorienta con un cardo dentro. El cardo se había secado, pero las púas seguían siendo de color lila claro. Era hermoso en su sencillez. Veronika cogió un lápiz y comenzó a esbozarlo en la esquina inferior, con trazo débil.

Bo estaba sentado enfrente de ella, mirándola.

—Puedes usar toda la hoja, no te cortes. —Sonrió—. Hay papel de sobra.

Se estiró para coger un pedazo de barro y comenzó a moldearlo con dedos resolutos.

Estuvieron así un rato. Lo único que se oía era el raspado del lápiz sobre el papel y el sonido del barro cuando Bo le daba la vuelta. Cada vez que ella alzaba la vista para mirarlo, la inunda una sensación de anhelo casi paralizante. Deseo. La voluntad de fundirse con él, de que él la tocara. Estaba casi enfadada por los sentimientos tan fuertes que le despertaba. Se quedó mirando la marca de nacimiento que tenía en el cuello bronceado, el vello detrás de las orejas.

Al rato, Bo se colocó detrás de ella.

—Si pones la sombra aquí, un poco más a la izquierda, las hojas ganarán más vida. En las partes más oscuras del dibujo, haz la sombra con líneas pequeñas y muy juntas. ¿Ves lo que pasa? —Le devolvió el lápiz, demorando su mano sobre la de Veronika.

Veronika se estremeció.

—No me digas que tienes frío.

—No. No es eso.

—¿Catarro de verano?

Ella negó en silencio.

—Es culpa tuya. Tú eres mi catarro. No, eres más grave que un catarro. Eres más bien como una pulmonía.

—¿Una pulmonía? —Soltó una carcajada—. ¡Pero si eso se cura! ¿Qué tal cataratas? ¿Tuberculosis?

—Me dejas ciega.

—Eso suena bien. —Asintió satisfecho y le puso una mano en el hombro—. La ceguera es lo bastante grave. Tú eres como la enfermedad de Ménière.

—¿Qué es eso?

—Está relacionado con el oído. Te dan vahídos. Tuve un profesor que la padecía. ¿Verdad que suena elegante?

—Dilo otra vez.

—Enfermedad de Ménière.

—No te oigo. Me has dejado sorda.

Bo se puso en cuclillas delante de Veronika.

—¿Cuánto me tengo que acercar para que me oigas?

—Creo que tienes que acercarte más.

—¿Así?

—Un poco más.

El pecho de Bo estaba entre las piernas de Veronika. Ella apoyó la palma de la mano sobre él. Pudo intuir su corazón latiendo allí debajo.

—Me gustaría besarte por todo el cuerpo —dijo Bo en voz baja—. ¿No podemos desnudarnos y tumbarnos?

Hizo un leve gesto con la cabeza para señalar el diván. Ella sabía que debía decir que no. Que debía esperar, abstenerse. Pero lo cierto era que quería verlo desnudo. Tumbarse con él, uno al lado del otro.

—Pero con la ropa interior puesta.

Él asintió en silencio.

—Lo haremos como tú quieras.

La tomó de la mano y se recostaron torpemente en la estrecha cama.

Veronika tenía la boca seca cuando él le quitó el vestido sin mediar palabra. Se peleó un momento con las hebillas del sujetador, pero fracasó en el intento de quitárselo. Al final se limitó a apartarlo a un lado y le buscó los pezones con la boca. A Veronika le habían besado los pechos una vez antes, Birger Sjögren, de la otra clase, en la verbena de la Noche de Valborg. Pero solo por encima del vestido. Era el único chico de aquella promoción que era igual de alto que ella. Veronika recordaba sobre todo cómo había intentado que parara. Pero él se había metido sus pechos en la boca, incluida la tela del vestido, y se los había chupado como si fueran bombonas de oxígeno. Estaban de pie en el parque, apoyados en un árbol, y Veronika había temido que pasara alguien. No le había parecido especialmente agradable.

Pero en ese momento sintió un cosquilleo cuando la lengua de Bo alcanzó su pezón. Aun así, ella se alegraba de no tener todo el pecho descubierto. Los pechos eran un tema sensible. ¿Y si a él no le parecían bonitos? Las manos de Bo se deslizaron por su cintura y se metieron por debajo de la falda, donde comenzaron a acariciar la costura de sus bragas. Ella le apartó la mano sin demasiado ahínco.

—Espera un poco.

—Lo siento, solo quería sentirte.

Veronika notó que estaba húmeda entre las piernas, embarazosamente húmeda. La excitación la estaba mareando. ¿De verdad tenía que ser así? Se le hacía difícil estar todo el rato retirándole un poco la mano y al mismo tiempo deseando que la mantuviera allí. Si no intentaba apartarla, parecería que estaba desenfrenada. Pero si era demasiado estricta, él tiraría la toalla. Era un juego de equilibrios que exigía la máxima atención por parte de ambos. ¿Cómo se hacía? Veronika tenía la cara ardiendo. Todo el taller le daba vueltas. Tenía diecisiete años y era virgen. ¿Debería decírselo o no merecía la pena? A lo mejor él pensaba que era infantil o que se estaba anticipando a los acontecimientos. Se besaron profundamente. El dedo de él volvía a estar cerca de la costura de las bragas. Veronika notó cómo se adentraba lenta y meticulosamente por debajo de la tela. Cuando llegó a su sexo desnudo, Bo soltó un jadeo. Ella abrió la boca y la pegó a su hombro, estaba salado.

Ella nunca había tenido ningún dedo que no fuera el suyo propio dentro de sí, nunca había tocado el miembro de un chico. Ahora dejó que su mano palpara con cuidado por encima de los calzoncillos de Bo. Estaba duro. El tamaño la asustó. ¿Qué era el pene y qué era el escroto? No lo tenía nada claro, se le hacía difícil distinguir con la ropa puesta y los ojos cerrados. Siguió palpando a tientas. El dedo indeciso de él había comenzado a acariciarla. Veronika estaba tremendamente excitada y, al mismo tiempo, sabía que debía pararlo todo. Era demasiado pronto y, además, ¿no tenía que tener alguna previsión de futuro con la persona con la que se acostara? Con esos pensamientos fragmentados consiguió hacer acopio suficiente de coraje para apartarle la mano del todo.

—Tenemos que esperar.

—¿A qué?

—Tenemos que esperar y punto.

Los dos se dejaron caer con un suspiro de decepción en el estrecho diván.

—¿No te estaba gustando? —Bo la miró. Tenía los ojos brillantes, las pupilas dilatadas.

—Sí. —La voz de ella era apenas un susurro.

Él le puso los dedos sobre los labios y la miró a los ojos. Tenía el pelo revuelto.

—Puedo esperar si quieres. Solo que parece que siempre hay que esperar por todo. Esperar y esperar y esperar. También puedes esperar demasiado sin que, al final, consigas eso que querías. Las cosas pueden llegar demasiado tarde. ¿Cuándo hay que hacerlo todo?

Una mosca volaba contra la ventana.

—No lo sé. —Ella negó impotente con la cabeza.

—Bésame otra vez.

Ella hizo lo que le pedía, pero se habían quedado los dos sin aire y el beso resultó pringoso y descorazonado. Él le acarició el pelo varias veces. Luego se levantó y se acercó a la mesa. Los calzoncillos aún estaban abultados.

—¿Qué coño hago con esto? —Señaló la figura a medio terminar.

Veronika se tumbó de lado y se tapó con una manta.

—¿No puedes pasar de eso tan triste y ya está? Haz otra escultura. Una donde las líneas rectas no sean tan importantes. Algo que fluya, que pueda ser salvaje.

—¿Como qué?

—No sé. Una planta quizá, o una flor. ¿Un cardo? —Se encogió de hombros. La entrepierna le seguía palpitando.

—Pero esto es lo que han encargado y por lo que han pagado.

—¿Y qué van a hacer? A estas alturas no pueden echarse atrás. No tienes nada que perder por intentarlo, ¿no?

Él bajó la barbilla y la miró con una expresión frágil en los ojos. Le brillaban.

—¿Me ayudarás?

—Me encantaría ayudarte en todo lo que pueda.

Bo regresó al diván y se tumbó de nuevo al lado de Veronika sin decir nada, abrazándola por encima de la manta.

15

2019

Por irónico que parezca, Erik y yo ganamos el premio radiofónico al mejor programa sobre relaciones del año. La entrega de premios coincidió con el momento en que mi divorcio se hizo público, un pequeño detalle que la prensa amarilla no pasó por alto. Fuéramos adonde fuéramos, la gente cuchicheaba a nuestro alrededor. Yo estaba nerviosa por la gala, y cuando llegamos ya estaba borracha. En el vestíbulo tropecé con mi propio vestido y caí de bruces. Cuando recogimos el premio, una torpe imitación de bronce de un corazón con alas, sufrí visión de túnel. Después de la gala, una periodista quiso hacerme algunas preguntas y, en cuanto me tuvo acorralada, fue directa al grano:

—Tu exmarido dice que eres la última persona de la Tierra a la que le pediría consejo sobre las relaciones de pareja. Dice que solo eres, cito textualmente, «una farsante que intenta ganar dinero a costa de la desgracia de personas reales». ¿Algún comentario al respecto?

Naturalmente, no debería haber contestado nada. Pero lo hice. Le dije:

—Pienso que debería cerrar la boca.

Salió un titular de lo más agradecido.

«El consejo de Ebba Lindqvist a su ex: "¡Cierra la boca!"»

Para colmo, mi libro *Divórciate feliz* acababa de salir de imprenta y de llegar a las librerías. Me fue imposible retirarlo del mercado, puesto que estaba comprometida por contrato y, además, ya me había gastado el dinero del adelanto. El departamento de ventas de la editorial debía de estar dando saltos de maliciosa alegría a escondidas. Los comentarios malvados en las redes sociales y los artículos humillantes se iban sucediendo uno tras otro. Yo era un blanco agradecido.

Un consejo que había estado predicando con especial dedicación a lo largo de toda mi carrera era: «¡No te amargues!». La dichosa amargura. El mayor de los pecados. De pronto, mi corazón se vio abordado por ella. Mientras Tom se negaba a hablar conmigo, yo soltaba sabios consejos a través de las páginas del libro: «¡Cuida a tu futura expareja!», «¡Colabora en el cuidado de los peques!», «¡Piensa en lo bonito que tuvisteis!». Y lo más importante: «No te amargues». La amargura incapacita. La amargura infecta. La amargura te paraliza y te devora y te afea. Igual que la ira. Llevaba tanto tiempo hablando de la comprensión que mi propia ira se me hizo incomprensible. Divorciarse ya no es un estigma en nuestra sociedad, pero no poder comunicarte con el padre de tu hijo sí, y en ese momento toda mi mierda personal había dado de lleno en el ventilador.

En el trabajo me ofrecieron tomarme un tiempo, para «aterrizar un poco». Además, justo iban a reorganizar la redacción. A pesar de que *Laboratorio de amor* acabara de ganar un premio, no estaba claro que fueran a mantener el programa en la parrilla. Había otras propuestas que también hablaban de amor y de relaciones de pareja. Había otros presentadores haciendo cola. Ventiladores limpios esperando a la vuelta de la esquina.

Al final renuncié al puesto, por puro orgullo, y conseguí llegar a un acuerdo de unos meses de sueldo. Aunque el libro sobre el divorcio no se estuviera vendiendo especialmente bien, no tenía alternativa. Seguir escribiendo para periódicos y revistas y dar charlas. ¿Quizá comprar un rallador de queso? Erik no tenía ninguno.

Pero había algo dentro de mí que se había desajustado. Cuando iba a hacer la compra, tenía la sensación de que la gente me observaba entre las estanterías. Yo, que durante tanto tiempo había comprado a lo grande para mi familia, en ese momento me bastaba con llenar una cesta para los días que estábamos solos Erik y yo. Se me hacía extraño, como si fuera una vida prestada. Yo tenía otra que de repente continuaba sin mí. ¿Se estaba acordando Tom de prepararle la fiambrera a Oskar? ¿De lavarle su ropa preferida con tiempo para secarla sobre un radiador durante la noche? Mi cuerpo estaba despojado de mi vida anterior, pero mi mente seguía parcialmente en ella. La sensación de estar dividida y de existir en dos sitios al mismo tiempo no terminaba de disiparse; al contrario, se convirtió en mi nuevo estado normal.

Erik siguió trabajando en la radio y pronto le confiaron otros programas. Era popular, un compañero de trabajo apreciado que, además, se proclamó campeón de ping-pong cuando la redacción compró una mesa para jugar. Mucha gente parecía sentir lástima por él, por haberse visto salpicado por mi sucio divorcio. Mientras tanto, yo estaba en casa mirando catálogos de semillas y pensando que debería empezar a meditar y a reflexionar sobre mi ex y sobre los buenos momentos que pasamos juntos. Que debería hacer listas. Que debería hacer planes. Que debería conseguir una vivienda digna para los dos. Que debería empezar de cero.

Un plan a un año vista. A cinco años vista. A siete años vista.

Las cosas que antes surgían de forma natural, se convirtieron de golpe en barreras insuperables.

Ya no tenía ninguna agenda, mi palabra favorita.

Lo insidioso de amar a alguien es que implica un riesgo de pérdida. Desde luego, de pérdida de control. El amor pasional es un agujero negro. Si te acercas a su campo de fuerza, te absorbe sin que sepas en qué universo vas a ser escupida.

En mi vida anterior yo tenía el control, pero con Erik se abrió una brecha en mi defensa, una trampilla por la que caías al vacío. Una vez abierta, ya no había forma de contener el miedo ni la necesidad. Exigía que se me quisiera casi como se quiere a un crío. Incondicionalmente. Intensamente. Altruistamente. Él tenía que entenderlo todo y compensarlo todo y mostrarse indulgente con todo. Y cuando lo hacía, a pesar de todo yo me sentía más vulnerable de lo que me había sentido nunca antes de dejar que me amara.

Sí, el amor te vuelve débil. Te sientes como una semilla que se desprende de su cápsula y es arrastrada por el viento. Quizá tan lejos de la tierra que ya no consigues encontrar el camino de vuelta.

Lo quería tanto que me daba miedo perderlo. A veces, estaba tan asustada que pensaba en dejarlo. «A lo mejor él no está hecho para mí», se me pasaba por la cabeza a la menor disputa que teníamos; entonces apartaba la mirada de su rostro para no verme alterada por él. Mantener las distancias para no perecer. Volverme invulnerable para no verme exterminada.

Pero lo bastante vulnerable como para quedarme a su lado.

Empecé a llevar a Oskar al piso de Erik. Obviamente, estaba impresionado con todos los trastos de música. Erik le enseñó algunos acordes con una guitarra acústica y le preparó una esquina con cojines. Erik se esmeraba con Oskar: le compró una bicicleta, se lo llevaba de excursión, jugaban. Era conmovedor, pero también me recordaba el valor de aquello que yo había destruido.

Yo había hecho mi elección, pero en el proceso me había dividido en dos.

En cuanto formalizamos el divorcio y Tom me hubo comprado mi parte del piso, Erik y yo comenzamos a ir a ver casas. Como Erik no tenía capital, la oferta se reducía considerablemente. Por la parte que me tocaba, estaba dando un importante salto hacia abajo, lo cual me atormentaba más de lo que estaba dispuesta a reconocer. Al cabo de unas semanas, encontramos uno de obra nueva de un solo dormitorio en el barrio de Hammarby Sjöstad. Al otro lado de la calle peatonal podías ver perfectamente el interior de la casa de los vecinos. Se movían como peces dorados en un acuario detrás de los grandes ventanales. Tom y yo habíamos vivido en un piso precioso de tres habitaciones con balcón de finales del siglo XIX. Ahora tenía que conformarme con un suelo de linóleo y una cocina estándar. Por las noches podía oír el sonido hueco del teclado del sintetizador cuando Erik se ponía a tocar con los auriculares puestos. Tapaba la ventana con una tela que había comprado en Bali. Aún nos quedábamos despiertos hablando toda la noche. Nos reíamos de chorradas. Nos besábamos en plena calle. Las semanas se tornaban meses.

Por las mañanas, él dejaba caer la bolsa del Ikea en el suelo del dormitorio y hurgaba en ella en busca de algo más o menos limpio que ponerse. El encanto de aquel método fue disminuyendo de manera progresiva y al final le ordené la ropa en armarios y cajones.

A menudo soñaba con que seguía viviendo con Tom en nuestro antiguo piso y que todo era como antes. Recordaba los motivos de alegría de mi vida pasada. Las grandes compras. Las cenas con la maravillosa familia de Tom. Las noches de tele sin más pretensiones. Era feliz e infeliz al mismo tiempo, pero me sentía obligada a ser tanto lo uno como lo otro en secreto. Erik decía que me estaba aferrando al pasado y que me preocupaba demasiado. Yo envidiaba su postura. Él no había abandonado a ninguna familia. Él no tenía motivos de angustia, no estaba siendo desgarrado por la responsabilidad, la culpa y un nuevo amor. Pero entonces él daba unas palmaditas suaves a su lado en el rincón de cojines, me miraba y decía:

—¡Ven aquí, cariño! Todo irá bien. —Y me apretaba con la mano para que me quedara quieta, como si corrigiera a un gato arisco.

Me acariciaba la cabeza despreocupado y me tapaba las piernas con la manta. Me acogía en su regazo. Y entonces yo me acordaba de que había deseado eso y de que aún lo deseaba. De que amaba a Erik y de que me sentía parte de su vida y de que no quería estar con nadie más. Y de que, al mismo tiempo, la situación era cualquier cosa menos sencilla.

Hay tantas cosas de las que me gustaría hablar con él..., pero ahora ya ha pasado tanto tiempo que se me hace difícil llamarlo. Y me da miedo que me duela demasiado. Que me vea obligada a escuchar cosas que no tengo fuerzas para oír, sobre su felicidad, su nuevo amor y el bebé que está por venir. Elijo pensar en él igual que Veronika piensa en Uno: que está de viaje, dando la vuelta al mundo, y que puede que regrese o puede que no.

> El *tinnitus* es un sonido que el paciente escucha, pero cuyo origen no proviene de ninguna fuente acústica. Es como un sonido fantasma para el que no se consigue hallar ninguna explicación científica satisfactoria.

De alguna manera, esto está relacionado tanto con el amor como con la pena.

16

1955

Después de la debacle del director de banco hubo algunos huéspedes más que cancelaron su estancia. Entre ellos, el farmacéutico, quien se había visto afectado por una repentina fiebre y temía que una picadura de abeja fuera demasiado para él. Otra señora se había marchado junto con su hermana con la excusa de una supuesta alergia.

No obstante, el núcleo duro, formado por Arvid, el doctor Söderström, la señora Cedergren y la señora Dunker liderando a sus sobrinas, permanecieron en la casa. La señora Cedergren había iniciado una nueva rutina: prenderle fuego a una cucharilla de café molido antes de las comidas. Decía que eso mantenía alejadas a las abejas y que, además, soltaba un aroma que despertaba el apetito. Respecto a lo último había divergencia de opiniones, pero el resto de los huéspedes la dejaban hacer, aunque solo fuera porque se había convertido en un ritual simpático y bastante cómico el ver a la señora Cedergren plantarse en la entrada del comedor con semblante serio y alzar con gesto solemne la cucharilla de café para luego pedirle a alguno de los caballeros que le prendiera una cerilla. Luego se paseaba un rato por la sala cual párroco por una iglesia con su incensario, esparciendo piadosamente el humo a base de mecer la cucharilla lentamente de un lado a otro en el aire.

—Menos mal que este año no ha venido el jefe de bomberos —bromeaba Söderström—. Me pregunto qué habría dicho al respecto.

—¿Es pitonisa? —había preguntado una señora medio ciega de Estocolmo que había llegado sola y que en realidad había reservado una habitación en la pensión Riviera, pero que se había presentado un mes tarde y había tenido que cambiarla por la nuestra, que tenía habitaciones libres—. Vuestra pensión tiene unos huéspedes muy peculiares —le dijo más tarde a Veronika—. ¿Hace también sesiones de espiritismo esa mujer?

La pérdida de huéspedes hizo que Veronika, Bo y Francie fueran invitados a comer con los demás en el comedor. Normalmente, Veronika se limitaba a coger algunos restos en la cocina y a comer en la mesita plegable que había detrás de la puerta de la despensa, donde a veces contaba con la compañía de Signe y de su madre, que, entre bocado y bocado, hacía un resumen de los puntos álgidos y de las desgracias de la jornada. «Este año la señora Andrén se trae al perro. Tendremos que atarlo en el jardín para que no se escape.» «Hoy la patata lleva demasiada sal.» «La señora Dunker ha comido tanto que se ha empachado.» Su madre tenía la singular capacidad de darse cuenta de todo, aunque solo estuviera en la sala unos segundos. «Ojo de halcón», lo llamaba Signe.

En ese momento, Veronika y Bo se habían sentado a una mesa con ventana en el comedor. Habían pasado un par de días maravillosos en los que habían ido a escondidas al taller, se habían tumbado en el diván a besarse, habían pintado, comido galletas Mariekex y tomado té. Veronika se había estado absteniendo. Habían hecho muchas cosas, pero *eso* no, por mucho que su cuerpo estuviera tan preparado que hasta llegaba a sentir náuseas. Aun así, no lograba sentirse satisfecha con el hecho de haber aguantado. Lo que experimentaba no parecía encajar con lo que su madre, Signe y todos los adultos predicaban constantemente: abstente, así luego te sentirás mejor.

Al otro lado de los cercados habían encontrado una cala en la que se habían bañado desnudos antes de tumbarse en una toalla a la sombra de un árbol a observar cómo sus pieles se erizaban con la humedad y la excitación. Luego habían vuelto en bici a la pensión y se habían ido a hurtadillas a sus habitaciones. Veronika no le había dicho ni mu a nadie. Ni siquiera a Francie. Francie podía irse de la lengua y Veronika no quería arriesgarse a fastidiarlo todo solo porque a ella se le escapara un simple comentario. Además, lo que estaba pasando se le antojaba demasiado grande como para reducirlo a palabras. Las palabras estaban hechas para hablar de aquello que ya había terminado, le decía el instinto. Por tanto, se inventaba distintos pretextos cuando Francie le pedía, cada vez más impaciente e insistente, que le hiciera compañía: tenía que mandar unas cartas, hacer unos recados en el centro, llevar la colada. Había mentido como no lo había hecho nunca antes.

Al otro lado de la mesa estaban la señora Dunker y sus sobrinas, a quienes la mujer les ofrecía unos vasos con insistencia.

—¡Tomaos la nata, pequeñas, antes de que venga la comida!

Las niñas, de diez y doce años, se veían flacas y débiles y necesitaban engordar, razón por la cual su tía les administraba un decilitro de nata antes de cada comida. La señora Dunker solía llamar a la pensión una semana antes de su llegada para que se acordaran de comprar las provisiones. La nata venía en botellas de cristal marrón que parecían botellines de medicina, y la mujer la servía minuciosamente con un medidor de decilitro que llevaba consigo. Las niñas, que se parecían tanto que era fácil confundirlas, seguían sus instrucciones con cara de asco y ojos vidriosos, pero se tomaban la nata sin protestar. Por lo general, al final de su estancia de casi un mes, las niñas habían adquirido un bronceado sano y habían ganado algo de peso. La señora Dunker se tomaba cada gramo como un triunfo personal y asentía satisfecha a medida que el peso y la salud de las pequeñas aumentaban. El padre de las niñas era el patán de su hermano, que tenía problemas con el alcohol. Y, por si fuera poco, la madre tenía problemas de nervios. Alcohol y nervios. Una mala combinación. Aun así, la desgracia tenía pocos nombres; era, simplemente, desgracia, un concepto que podía abarcarlo casi todo. El mes que pasaban en la playa era el único respiro que tenían sus pobres sobrinas, comentó la señora Dunker mientras se reclinaba en la silla y entrelazaba las manos sobre la barriga. Pero no por ello se abstenía de establecer un horario estricto sobre los quehaceres del día, entre los que no faltaba la natación en el mar y un cuarto de hora de gimnasia dirigida por la mismísima Dunker, para el entusiasmo mal disimulado del resto de los bañistas de la playa. Sobre las nueve de la noche, cuando por fin había conseguido que las niñas se durmieran, cosa que hacía poniéndose el camisón por encima del vestido para dar la impresión de que ella también se iba a acostar, se juntaba con los demás huéspedes en el salón para jugar a las cartas y escuchar una radio internacional. El camisón se lo quitaba antes de bajar.

Hacía mucho calor en el comedor, pese a que habían dejado

varias ventanas entreabiertas. Durante el día se había alcanzado el récord de treinta y un grados a la sombra. La temperatura ambiente y la temperatura del agua se apuntaban cada día en una libreta en la entrada. Hacía más de cincuenta años que el agua no había estado tan caliente, veintisiete grados. Bo pegó su pie al de Veronika por debajo de la mesa. Veronika pudo sentir la electricidad del contacto físico propagándose por sus gemelos y por sus muslos. El pie de Bo era caliente y áspero. Costaba concentrarse en el menú, que estaba escrito a máquina sobre papel blanco roto. Quien se encargaba de esa tarea era Sölve, y se la tomaba muy en serio. De primero había tostada de pan de centeno con arenque, y de plato principal, jamón asado con patata cocida al eneldo. De postre, el plato favorito de Veronika, *klappkräm*: sémola de trigo enérgicamente batida y ligada con zumo de grosella negra hasta obtener una mezcla rosa y esponjosa. Signe había estado batiendo durante casi una hora para que quedara muy porosa.

Mientras Veronika se sumía en la lectura del menú como si fuera una clienta más y no hubiese visto nunca los platos, el pie de Bo empezó a subir por su tobillo. Veronika alzó la mirada y vio que él tenía los ojos seriamente clavados en ella. La señora Dunker se inclinó sobre la mesa y carraspeó.

—Son como lanzas, las niñas, pero la nata les está yendo bien. Y una nuez de mantequilla en las gachas por la mañana. Ayuda a engordar, aunque todo lleva su tiempo. También depende de la constitución de cada una, naturalmente, pero el sol ayuda. Supongo que ya habéis oído decir que los críos del norte tienen las piernas torcidas por la falta de sol. Por lo visto, se llama raquitismo. Con erre de Ragnar. Os lo puedo deletrear si queréis.

—No hace falta. —Bo sonrió y negó con la cabeza.

—El esqueleto se vuelve blando si no recibe suficiente calcio. Es importante salir al sol.

La señora Dunker limpió con mano firme pero satisfecha una gota de nata de la mejilla de la sobrina más pequeña. Veronika deseaba que la mujer se callara.

—La estancia no sale gratis, pero estoy contenta de poder ayudar en algo a las niñas. Mientras tenga dinero para invitarlas a disfrutar de un poco de sol y del agua de mar, lo haré encantada. —La señora Dunker sonrió piadosamente.

Veronika intercambió una intensa mirada con Bo por encima de la mesa.

—El agua salada te endurece, y aquí las habitaciones están tan bien... Solo se usan durante tres meses, por eso están libres de bacterias. ¿Verdad que sí? —La señora Dunker se volvió hacia Veronika.

—Sí, así es.

—Se ve que el invierno las mata todas. Lo único enervante este año son las abejas. La señora Cedergren dice haber oído zumbidos dentro del piano esta tarde, así que el profesor ha levantado la tapa para mirar.

—¿Y había alguna? —Bo cogió un panecillo.

—No, pero estaba lleno de moscas muertas y de polvo. Las cuerdas del fondo estaban totalmente cubiertas. La señora Cedergren ha tenido la idea de pescarlo todo con celo. ¿A que es ingenioso?

Veronika vio los espasmos en la mandíbula de Bo; ella también estaba a punto de sufrir un ataque de risa.

—Si les pican a las niñas, no quiero ni imaginar lo que pasaría. Tienen las defensas tan bajas... ¡Anda, bebe, Kerstin! Termínatelo todo.

Bo había desplazado el pie y ahora le estaba haciendo cosquillas en la cara inferior del muslo. Veronika reprimió un escalofrío.

Trató de imaginarse cómo sería si estuvieran recién casados y hubiesen reservado la pensión para celebrar la luna de miel. A lo mejor estarían viviendo juntos en un piso en el nuevo barrio oeste del centro de Malmö y los fines de semana irían a la ópera y a ver musicales. Quizá darían paseos de tarde mientras hablaban de arte y libros. ¿Cómo se sentiría? Acostarse en la misma cama, dejarse abrazar por un hombre hasta quedarse dormida, una noche tras otra. Levantó la cabeza y se percató de que la sobrina más pequeña de la señora Dunker la estaba observando atentamente. La niña nunca decía nada, pero tenía unos ojos vivarachos de color azul claro que parecían de agua. Su mirada era penetrante y un poco espeluznante. Como si pudiera leer el pensamiento.

—Mañana toca platija con salsa tártara y guisantes —dijo la señora Dunker—. A las niñas les encanta la salsa tártara. ¿Verdad que sí, niñas? —Las sobrinas no dijeron nada. La más pequeña seguía mirando fijamente a Veronika.

Signe se acercó a su mesa con el delantal muy ceñido sobre su vestido azul marino.

—Anda, míralos, aquí sentados esperando la comida como la realeza. ¿Es todo de vuestro agrado?

—Acababa de comentar que una cerveza Pilsen entraría fantástica —dijo Bo—. ¿Crees que podrías conseguir una, dulce Signe?

—Que yo sepa, la bebida no va incluida en el paquete de artista, pero si el caballero promete no decir nada, veré qué puedo hacer.

Signe asintió solícita con la cabeza.

—Pero la señorita tendrá que limitarse a beber leche o agua. No tiene edad para tomar otra cosa. —Miró severa a Veronika.

De repente oyeron jaleo en la puerta.

—¡Lo siento! Solo veo con un ojo, pido disculpas.

Francie se había plantado en el comedor con unos pantalones de pinzas con estampado de pata de gallo, al más puro estilo estadounidense. Se apoyó en el carrito de servicio, sonrió salerosa y los saludó con la mano. Francie dominaba como nadie el arte de aparecer como una estrella de cine. Veronika se enfadó en silencio, habría preferido estar a solas con Bo.

—Vosotros, los del fondo, no estaréis comiendo sin mí, ¿verdad? ¿Dónde demonios os habéis metido todo el día?

Francie había cruzado la sala hasta la mesa.

—No hemos hecho nada en especial. —Veronika le lanzó una mirada furtiva a Bo.

—Ah. Pues yo he ido a Båstad de compras. ¿Qué me decís de los pantalones? Chulos, ¿no? —Francie giró sobre sí misma y levantó la goma que colgaba del cinturón por la parte de atrás, como una cola a cuadros—. Con esto puedes ajustar la cintura como quieras. ¡Muy inteligente! Así también te recuerda que no tienes que pasarte con la comida. —Se sentó al lado de Bo, que retiró enseguida el pie de las piernas de Veronika. A esta se le hizo un vacío allí abajo que casi le dolió.

—Por lo visto, esta noche hay sesión de música. Un tipo que tiene una tienda de discos en Åstorp ha venido con el maletero lleno de vinilos nuevos. Ya está montando todo el equipo. —Francie señaló hacia el porche de cristal—. Después de cenar tenemos que apartar las mesas.

—¡Por fin! Ya tocaba un poco de acción. —Bo sonrió.

—Es una alegría que te apuntes a todo. Eres tan positivo..., no como Roy. Él siempre encontraba algún motivo para quejarse. —Francie soltó una sonrisa hechizante y le puso una mano en el hombro a Bo. Veronika sintió una punzada, como un latigazo en el estómago.

La niña que la había estado mirando fijamente aún no había tocado la comida. Pero en ese momento estiró su cabecita y se aclaró la garganta.

—¿Lo quieres?

Su voz era tan aguda que apenas se oía. La niña señaló a Bo.

—¿Estáis juntos? ¿Os vais a casar?

La señora Dunker se rio un tanto incomodada y le dio unas palmaditas en la cabeza a la niña.

—¿Pero qué dices? Son demasiado jóvenes para casarse, pequeña. Aunque quizá tengan un romance. —Guiñó un ojo.

—Están enamorados —insistió la niña.

Veronika notó que se estaba poniendo roja como un tomate. Francie había empezado a mirarla fijamente.

—Tiene tanta imaginación... —La señora Dunker negó con la cabeza—. El otro día soñó que el director de banco se había tragado una abeja y se lo habían tenido que llevar en una ambulancia.

Siguieron comiendo en silencio. Francie lo hizo concentrada y despacio, no engullendo la comida, como solía hacer. De vez en cuando le lanzaba una mirada inquisitiva a Veronika. El ambiente en la mesa había cambiado. Era como si las palabras de la niña se les hubiesen quedado pegadas y no se las pudieran quitar de encima.

Justo cuando servían el café comenzó a oírse música en la sala común, donde el de la tienda de discos manejaba el tocadiscos con destreza. Un foxtrot de estilo moderno empezó a sonar por los altavoces.

—Bueno, ¿qué me decís? —Francie se levantó de un brinco—. ¿Vamos a bailar?

Le tendió una mano a Veronika, quien la cogió a regañadientes. Francie sabía muy bien que se le daba mal bailar en pareja. Otros años habían intentado aprender juntas diferentes bailes y la cosa siempre había terminado con Francie diciendo lo divertido y agradable que era mientras Veronika luchaba con su altura y sus pies, que se negaban a coordinarse.

—Yo hago de chica y tú haces de hombre —dijo Francie—. Eres tan alta que quedará bien.

Veronika se sentía mareada, se le había secado la garganta. Sus pies le parecían dos trozos de plomo tras la comida. Aún no había nadie bailando, pero la mano de Francie era firme y la hizo cruzar casi a rastras el comedor. Veronika notó el pánico de siempre creciendo en su interior. Ser la más alta. Ser desgarbada. Ser rara. Se sentía más torpe que un elefante.

—Pero ¿qué haces? ¡Deja de pisarme! Bailas como una gallina que no ha salido nunca del corral.

La voz de Francie era aguda y estridente. Pero no miraba a Veronika cuando hablaba. Su cara estaba vuelta hacia la mesa, hacia Bo, que estaba allí sentado, mirándolas. Veronika quería que se la tragara la tierra. Directa al sótano, a las cajas del espumoso sin alcohol Champis y de los refrescos de frambuesa.

Se decía que no podías quitarle la vida a la hierba callera. Aunque la secaras y la prensaras en un herbario, meses más tarde, incluso años, podía sacar brotes repentinamente. En el sendero que atravesaba el pasto se había enmarañado con otras hierbas y con hipérico, creando un manto de densa vegetación. Las flores amarillas del hipérico se volvían rojas si las frotabas entre los dedos. Algunas mujeres mayores de campo de la zona las seguían utilizando como protección contra los rayos y los encantamientos colgando ramilletes en las puertas o delante de los cobertizos.

El zumbido de los insectos se oía en todas partes: el sonido exigente y hambriento de seres que buscaban algo. Néctar, sangre, pistilos, estambres, carne. Que no se rendían nunca. Que querían invadir.

Veronika había tomado una decisión esa noche. Ya no había nada que esperar, nada de lo que abstenerse, nada que guardar para cuando ya fuera demasiado tarde. «No te pases las noches de verano durmiendo», decía el verso de una canción. Veronika no quería verse apartada y guardada cuando por fin estaba floreciendo.

Habían caminado muy juntos por el sendero con los dedos entrelazados sin decir nada. Ella había abierto la puerta del fresco taller y se había tumbado directamente en el diván, como en un tácito acuerdo. Solo se oía el sonido de sus respiraciones aceleradas. El ruido de la ropa despojándose del cuerpo y cayendo al suelo. El frufrú de las sábanas. Los quejidos del colchón.

Todo había sido muy rápido. Ella había tenido que convencerlo de que quería.

—¿Estás segura de que quieres hacerlo?

—Sí.

—¿No te arrepentirás después?

—No.

Veronika había tirado de él para que se le tumbara encima y lo había hecho entrar en ella. Le había dolido, pero no más de lo que podía soportar. Luego, todo había terminado enseguida. Él le había pedido perdón y se había disculpado, había sido sin querer, pero tampoco había ningún peligro. Había acabado fuera. Ella estaba satisfecha. Más que eso. Estaba aliviada. No había ninguna mancha de sangre en la sábana bajera. Había leído que saldría sangre, pero ¿podía suceder más tarde? Ya no era virgen. La idea le resultaba vertiginosa. Necesitaría tiempo para procesarlo, estaba segura. Revivir con detalle todo lo que había pasado cuando estuviera en su propia cama en la pensión. Pero en ese momento le bastaba con el presente, con estar allí estirada sobre el brazo de Bo, compartiendo el silencio y lo que acababa de acontecer. La mano de Veronika descansaba tranquila sobre el muslo de él. Sentía como si la pierna fuera suya. Era adulta. La luz de color mantequilla caía sobre los cuerpos desnudos a través de las grandes ventanas del taller. Fuera, el verano era como una pared silenciosa; ellos estaban a resguardo bajo techo, como las abejas que dormían dentro de las flores. Él seguía un poco compungido por que todo hubiese pasado tan rápido, se le notaba. A veces se revolvía y murmuraba alguna disculpa entre dientes. Pero, de alguna manera, eso solo ponía más contenta a Veronika. Que Bo estuviera tan preocupado por su insuficiencia hacía que ella pudiera disfrutar más de su propio estado, de todas las emociones que le corrían por dentro. Los muelles chirriaron cuando Bo retiró el brazo.

—Me ha gustado —dijo ella al final.

—La próxima vez puede ser mejor.

«La próxima vez.» Veronika no quería mostrar el alivio que sentía. O sea, que habría una próxima vez.

—Sí —se limitó a decir, y deslizó un dedo por la barriga de Bo. Los pelos rizados de su pecho parecían olas pequeñas y brillantes.

Sintió ganas de decirle que lo quería, de alguna forma le parecía el momento adecuado. Pero se abstuvo. Nunca le había dicho esas palabras a nadie.

—¿Te gusto? —terminó por preguntarle.

—Mucho.

Él posó una mano delicada sobre su mejilla y la miró con ternura.

—Me gustaría dibujarte tal y como estás en este momento.

—¿Qué me das a cambio? —Veronika sonrió burlona.

—Puedes quedarte con el dibujo cuando lo haya terminado.

—¿Aunque tú no estés contento con el resultado?

—Sí.

—Vale. —Se rio y se incorporó sobre los codos—. ¿Dónde me pongo?

—Puedes sentarte en la ventana. Allí la luz es bonita. Voy a buscar algunas cosas. —Bo se levantó del diván con un brinco infantil.

Veronika se puso el vestido azul celeste, pero dejó las bragas en el suelo. Se acercó a la ventana sintiéndose intrépida y libre. El hueco era tan profundo que podía meterse toda ella dentro. En el vidrio había una burbuja de aire, el aliento de alguien se había quedado allí atrapado en algún momento del pasado. Ahora eran ellos dos los que estaban allí, les tocaba a ellos respirar y vivir.

Bo cogió la silla de madera y se acomodó a cierta distancia con el cuaderno de dibujo en el regazo.

—Tú solo relájate. Haz como si yo no estuviera.

Ladeó la cabeza y comenzó a hacer un esbozo mientras sus ojos se desplazaban serios por el cuello, los hombros, los pechos y las piernas de Veronika. Ella sentía un cosquilleo apagado en toda la piel. Él la estudiaba, pero Veronika también lo estudiaba a él, sumido en su concentración. Los brazos venosos y bronceados, la mano que sujetaba el lápiz, la mirada oscura, ocupada en estudiar cada centímetro de su cuerpo. La singular marca de nacimiento que se dejaba ver en su cuello y con la que ella ya comenzaba a familiarizarse, como si fuera suya. ¿Era Bo así de hermoso solo porque ella lo estaba mirando? ¿Era ella hermosa cuando él la miraba? ¿Podía la belleza evocarse con la mirada tal y como él decía? ¿Y el deseo? Bo había dicho que todo podía volverse interesante si tan solo lo mirabas el tiempo suficiente. Una rama, una gota de agua, la cara de una persona. Con él, ella no se sentía torpe y patosa. Con él, Veronika veía la posibilidad de ser otra persona, quizá la que era realmente. Libre. Relajada. Segura.

Irguió la espalda.

De vez en cuando, Bo se estiraba para coger el estuche de metal con las acuarelas y mojaba el fino pincel en el agua.

—Si tuviéramos hijos, tú y yo, nacerían sin labio superior, porque ni tú ni yo tenemos. Pero seguro que saldrían con tus bonitos ojos y con mis pies grandes. —Sonrió.

Las palabras de Bo le provocaron un vahído a Veronika. ¿Hijos? ¿De veras había pensado en eso? ¿O estaba bromeando? De repente recordó que quedaban menos de dos semanas para que la estancia de Bo se terminara. ¿Cómo iban a afrontarlo?

—No quiero que te vayas. —Veronika tragó saliva y se quedó mirándolo.

Bo dejó el pincel a un lado, se levantó y se acercó a ella. La tomó del brazo y la atrajo hacia él.

—Pues ven conmigo. Acompáñame a Gotemburgo. ¿Qué vas a hacer en la escuela de labores? Ya tienes edad para empezar a trabajar, hacer algo de verdad. En una cafetería, en una oficina o lo que sea. La ciudad está pidiendo mano de obra a gritos. Y podríamos ir a clubes de jazz por las noches y tomar copas de verdad. Sentarnos en Skansen Lejonet y contemplar la puesta de sol. Cuidaría de ti, te lo prometo.

—¿Con qué dinero? —Veronika tenía las mejillas calientes.

—¿Dinero? —Bo se encogió de hombros—. Yo tendría que hacer más horas con mi padre. Trabajaría de día en el puerto. Si otra gente puede, nosotros también.

—¿Dónde viviríamos?

—En casa de mis padres hasta que encontráramos algo solo para nosotros.

—¿Y qué dirían si te presentas con una desconocida cogida del brazo?

—Les gustarías. ¿A quién puedes no gustarle? —Le pasó la mano por el pelo y la miró con ojos pícaros—. ¿Sabes? En la casa en la que vivimos hay una escalerilla que te permite subir al tejado; arriba hay un hueco seguro donde se puede dormir. Yo lo he hecho varias veces. Te despiertas con los primeros rayos de sol y tienes vistas sobre todo el barrio de Haga. Me gustaría tumbarme allí contigo. Hacer el amor contigo. —Le apartó un mechón de la frente.

—Suena muy bien. ¿Hablas en serio?

—No podría hablar más en serio. Ven conmigo. —La abrazó fuerte contra su pecho. Ella cerró los ojos sobre su camisa, caliente por el sol.

17

2019

En el folleto de Joar pone que los acúfenos pueden variar. De un pitido a una efervescencia. De una efervescencia a un zumbido. De un zumbido a un silbido. Eso no significa que haya que evitar los sonidos del día a día. Al contrario. Cuantos más estímulos auditivos en los que diluirlos, más fácil es lidiar con ellos. Sobre todo, no hay que taparse los oídos ni prestarles atención cuando estás a solas. Si los ignoras lo bastante a conciencia, al final apenas los oyes. Aprendes a convivir con ellos.

¿Se puede aprender a convivir con cualquier cosa? La idea de que es posible es casi más triste. Todas las cosas sin las que puedes aprender a vivir. Todo lo que puedes reconvertir en otra cosa. Todo lo que puedes verte obligada a cambiar a lo largo de una vida entera. Todo aquello con lo que tienes que hacer las paces.

Estoy tumbada en la cama de la habitación navegando sin rumbo en el móvil. El corrector automático me cambia *popstars* por *posdata*. Normalmente consigo resistirme a buscar a Erik en

Google. Ahora escribo las primeras letras de su nombre. Las siguientes aparecen por sí solas gracias al historial de búsquedas. He sufrido una recaída, pero me arrepiento al instante.

En la imagen que aparece en el teléfono se ve a Erik sentado en un columpio de un parque. Es un resultado nuevo. El artículo es de un periódico local y fue publicado ayer. Noto que se me seca la boca en cuestión de segundos. Justo detrás de Erik se ve a Cirkusgirl133 asomando su careto sonriente. Brillante. Embarazada. Fervorosa.

> «Voy a ser padre cualquier día de estos. La verdad es que no me había sentido mejor en toda mi vida», comenta Erik Erkils sonriendo, quien hasta hace poco mantenía una relación sentimental con la consejera y presentadora de radio Ebba Lindqvist. «Fue una relación bastante tormentosa», confiesa Erik. Pero ahora el ex cantante pop ha reconducido su vida.
>
> «He hecho un parón que ha durado unos cuantos años, pero ahora he vuelto a lo que más me gusta: la música.» Erik Erkils está trabajando en un nuevo disco que saldrá a la luz a finales de otoño y que llevará por título *Volver a empezar*.
>
> «He dejado todo atrás. Ahora solo quiero ser un buen padre para mi hijo y un buen hombre para mi pareja.»
>
> Entonces, ¿no hay contratiempos en la nueva vida en pareja de Erik?
>
> «Los peces del acuario tienen nitrito en el agua. Creo que esa es nuestra mayor preocupación en estos momentos.»

Tiro el móvil sobre el edredón y noto cómo la garganta se me encoge en un movimiento espasmódico, no muy distinto del de las arcadas previas a vomitar. ¿Un disco? ¿Después de todo el tiempo que yo lo estuve animando, apoyando y escuchando? ¿De recuperar sus instrumentos de la casa de empeños? ¿De reservarle horas en un estudio como regalo de cumpleaños? ¿De quedarme despierta noches enteras hablando de lo que él necesitaba para arrancar? ¿*Ahora* va a sacar un disco porque ha conseguido poner orden en su vida? ¿Un acuario con peces?

Empiezan a temblarme las manos. Es como si una lámpara se hubiese apagado dentro de mí; me han cortado la luz en todo el cuerpo.

18

1955

Abrió los ojos lentamente. La luz del sol se colaba entre las cortinas y caía en anchas franjas sobre el suelo de madera. La alfombra de lana estaba descolocada, se habían quedado dormidos sobre ella hasta que al final se habían subido a la estrecha cama, en algún momento de la noche. Bo seguía rodeándole la cintura con un brazo, totalmente inerte por el sueño.

Felicidad.

¿Por qué era tan difícil de describir? La felicidad no necesitaba explicaciones. La felicidad se saciaba por sí sola y tenía suficiente consigo misma. No precisaba de palabras. Solo lo incompleto las necesitaba, comprendió Veronika sumida en el duermevela. La felicidad era ese momento. La felicidad no dejaba nada tras de sí.

Aún no estaba despierta del todo. Sus brazos y sus piernas seguían entumecidos, tenía la cabeza nublada. Poco a poco fue reviviendo la noche en su cabeza: la boca de Bo besándole la espalda con besos rítmicos hasta llegar a las nalgas. Su voz susurrando «Me gustaría comerte entera, a bocados grandes». Sus manos separándole las piernas y acariciándola. El orgasmo que había surgido de repente, violento. Se habían mirado desconcertados, pero él no se había apresurado a retirar el dedo, sino que se había limitado a sonreírle. Veronika pegó la espalda contra la barriga de Bo, reconfortada por el recuerdo. Cada objeto de la habitación parecía tener un nuevo valor. Era como ponerse una ropa nueva o entender de golpe el significado de una palabra.

La mano de Bo dio un respingo y luego sus labios besaron a Veronika en la nuca.

—Sigues aquí —murmuró.

—Dentro de poco tendré que irme —susurró ella.

—Quédate. —La sujetó.

—No puedo. —Hizo ademán de levantarse y buscar la ropa.

—No hemos hecho nada malo. —Bo se incorporó de un brinco sobre los codos. Su voz era desafiante—. Quiero dormir contigo y despertarme contigo sin miedo a que nadie nos pille.

—Lo sé. Pero mi madre se pondría como loca. No vale la pena.

Él la miró y la hizo acostarse de nuevo en la cama. Pegó la boca a su oreja.

—Por favor, ven conmigo a Gotemburgo. Si quieres algo, tienes que atreverte un poco.

Se abrazó a ella. Ella no respondió, se sentía lo bastante amada como para no tener que confirmar nada con palabras. Bastó con un leve asentimiento con la cabeza.

Por la tarde, Veronika había ido en bicicleta hasta la biblioteca poco antes de que cerraran. En la sección de prensa encontró un ejemplar de hacía tres días del diario *Göteborgs-Posten*, el cual se llevó a escondidas a uno de los compartimentos en los que podía sentarse a leer sin ser molestada. Cuando el hombre que tenía enfrente se levantó y se fue, por fin tuvo coraje de abrir la página de ofertas de empleo que había al final del periódico.

«Se busca chica joven para oficina con conocimientos de mecanografía. Contratación inmediata.»

Ella no sabía mecanografía. Seguro que había cursos, pero ¿de dónde sacaría el dinero para eso? Bo había dicho que todo se resolvería, pero no había sabido precisar cómo cuando ella le había preguntado.

«Niñera con experiencia demostrable y buenas referencias.»

Ella no tenía experiencia con niños.

«Oficinista.»

«Ayudante de pastelería.»

«Perfumería busca chica responsable.»

Apuntó los números de teléfono de los dos últimos anuncios y se guardó el papel en el bolsillo. Una perfumería. ¿Por qué no? ¿Cómo iba a dejar que Bo volviera a Gotemburgo mientras ella iba a una escuela de labores a la que ni siquiera quería ir? Cuando pensó en volver a su cuarto en el piso de Malmö, sintió frío. Ella y su madre, la bomba de agua en el jardín y las butacas desgastadas. La sensación de pérdida siempre presente, por mucho que las dos hicieran como que no. El ambiente controlado que hacía que Veronika tuviera que reprimirse. Desde que su padre había muerto, su madre se había vuelto tremendamente sensible al desorden. Era como moverse por una casa de cristal. ¿Cómo iba a poder con todo aquello? Ya no era la misma que en primavera, no podía volver a esa versión de sí misma. No quería. Una profunda angustia se arremolinaba en su interior. Pensó en el póster de Doris Day en la pared, en las prendas de otoño y en el olor a goma del taller de al lado. Por mucho que consiguiera encontrar una habitación barata para estudiantes más cerca de la escuela, seguía pareciéndole insoportable. Había visto fotos de las chicas de la escuela de labores, vestidas con sus ridículos delantales planchados. ¿Cómo iba a poder ahora con todo eso?

«Piso de una habitación en Majorna con letrina en el patio. Se alquila amueblado, 140 coronas/mes.»

Ciento cuarenta coronas. Era caro, pero no imposible si conseguía trabajo y Bo podía hacer más horas en la carpintería de su padre. O trabajando en el puerto tal, y como él mismo había sugerido. Podía pedirles prestado el resto a sus padres. ¿Se atrevería ella a pedirle ayuda a su madre? Podría funcionar.

Se imaginó el piso, con estores modernos y un sencillo pero elegante conjunto de sillones. Tendrían una cama, no excesivamente grande, pero sí lo bastante para caber los dos. Con un hornillo eléctrico tendrían suficiente. Vivirían con poco dinero, ricos en amor. Mejor tener amor que comodidades. Le propondría el plan a Bo.

Solo había pasado una semana desde que se habían besado por primera vez, pero le parecía una vida entera. Cuando estaban entrelazados en la cama de Bo, Veronika sentía como si hubiese pasado toda la vida encerrada en un caparazón, en una dura nuez. Él la había abierto, con sus manos y sus pensamientos y sus preguntas y su lengua. Esa mañana, justo antes de levantarse para volver a su cuarto, había tenido la sensación de que los dos estaban tan unidos que ni siquiera parecían dos individuos diferentes, sino una sola persona.

Por el momento nadie había sospechado nada. Nadie, excepto la sobrina de la señora Dunker aquella tarde durante la cena. Francie parecía haber olvidado sus sospechas y su madre tenía la cabeza en otra parte, pues trataba de ocupar las habitaciones que habían quedado libres tras las cancelaciones. Los rumores sobre las abejas se habían extendido y varios de los clientes que ya tenían reservas se habían echado atrás. Su madre había mandado publicar un anuncio en el diario local con habitaciones a precios reducidos para intentar atraer a nuevos visitantes y calmar las aguas.

—Disculpa, vamos a cerrar. —La bibliotecaria agitó impaciente el manojo de llaves.

Veronika se levantó rápidamente y dobló el periódico, se puso el abrigo de verano y salió. Estuvo un rato deambulando inquieta y mirando escaparates. Una perfumería. Una pastelería. Sí, ¿por qué no? ¿Tendría suficiente coraje para pedirle consejo a Francie a pesar de todo?

19

2019

La voz es tan débil y delicada que apenas la oigo por el auricular del teléfono.

—¿Hola?

—Sí, hola.

—Me llamo Asta Axelsson. ¿Estoy hablando con Ebba Lindqvist?

—Sí.

—Qué bien. ¿Te llamo en mal momento?

—No mucho. ¿De dónde me llama? —Apago la colilla en la maceta.

—Verás, mi hija trabaja en la recepción del ayuntamiento, ayer estuvimos hablando un rato y me contó que estabas buscando al artista Bo Bix. Me dijo que te habías presentado allí preguntando por él.

—Así es. —Aplasto el móvil contra la oreja.

—Bueno, verás, yo estuve presente en la inauguración de su escultura. Esa tan bonita del cardo.

Cierro la puerta del balcón y me siento en la cama.

—¿Sí?

—La que estaba en la plaza Gamlebytorg.

—Exacto —digo—. ¿Usted lo conocía?

—No, pero sabía quién era porque en aquella época mi padre era trabajador de carreteras y fue él quien puso la escultura en su sitio. Bueno, al principio era una fuente. Recuerdo que tuvieron algunos problemas para conectarla al sistema de aguas.

—¿Dice que estuvo en la inauguración?

—Uy, sí. Cortaron una cinta y todo, una cinta de seda roja. Me dejaron llevármela a casa porque me encantaban las cintas de seda y en aquella época no eran fáciles de encontrar. —La mujer carraspea—. Pero él no estaba presente. El artista, me refiero. Se ve que no pudo venir, pero había otros representantes: el alcalde, su esposa y algunos funcionarios del ayuntamiento.

—Entonces, ¿no llegó a conocerlo? —pregunto decepcionada.

—No, lamentablemente no. —La señora se queda callada—. Pero te llamo por lo del pseudónimo, ¿se dice así, verdad?

—¿Pseudónimo? —pregunto.

—Sí. Bo Bix era un nombre inventado. Quedaba mejor, más moderno.

—¿Quiere decir que se llamaba de otra manera?

—Sí, claro. Se llamaba Bo-Ivar Axelsson. Lo recuerdo muy bien porque yo también me apellido Axelsson, y a mi padre y a mí nos molestó un poco que no le pareciera lo bastante bonito. No he vuelto a ver su nombre, pero supongo que es normal. Los artistas viven en su mundo. No sé qué fue de él, pero me suena que alguien dijo que más tarde abrió una tienda de marcos.

—Bo-Ivar Axelsson —repito.

—Exactamente. La escultura era bonita, eso lo recuerdo. El agua brotaba por entre las púas de una gran bola de cardo. Era de bronce. Estuvo allí mucho tiempo, aunque el aspersor se rompió. Después no sé qué hicieron con ella.

—Se perdió en una mudanza —digo.

—Ah, vaya, qué lástima. Espero que la encuentren.

Tose un poco.

—No sé si he sido de ayuda, pero he pensado que debía llamarte igualmente. Nunca se sabe.

—Ha sido de gran ayuda —digo—. Mil gracias.

—Gracias a ti. Suerte con la búsqueda.

Corto la llamada y me pongo a buscar la lista de alumnos de la escuela, que debería estar entre el montón de papeles que tengo en el escritorio. La encuentro. Y ahí está el nombre, perfectamente legible.

Bo-Ivar Axelsson. No entiendo cómo no caí en la cuenta. Está claro que he perdido facultades sacando conclusiones.

Abro rápidamente la página de Eniro, el buscador de personas, y espero llena de impaciencia a que termine de cargarse. Con dedos trémulos, escribo el nombre de Bo-Ivar Axelsson. Solo hay dos. Uno no puede ser por la edad, pero el otro tiene ochenta y cuatro años y vive en Gotemburgo.

El número de teléfono es de una tienda de marcos, Svalan.

20

1955

Francie abrió la puerta y dejo entrar a Veronika en su habitación. Había una jaula pintada de azul colgando del techo con una maceta dentro. No estaba ahí la última vez que Veronika fue a hacerle una visita, pero Francie estaba llena de ideas originales como esa. En el cabecero de la cama había colgado una cesta roja de bicicleta con lo que parecía una labor de punto recién empezada. Probablemente, no llegaría a terminarla nunca. Francie era muy de empezar cosas. El año anterior se había comprado una armónica de la que se había cansado enseguida. Antes de eso, había estado obsesionada con la costura y los patrones extranjeros. Obsesionada. Era una palabra que ella misma usaba. Obsesionarse con algo o con alguien. Se había obsesionado con todo lo imaginable. En ese momento, con Marilyn Monroe. Veronika cayó en la cuenta de que era el último año en el que las cosas serían así, en que Francie vendría con ocurrencias y ella la miraría con admiración.

La idea la llenó de nostalgia.

Al día siguiente, ella y Bo se irían a Gotemburgo. Bo había comprado billetes para el tren que partía a las 06.05. Todavía no le había dicho nada a su madre. El plan era escribirle una carta y dejársela en la mesa de oficina del recibidor. Así su madre la vería nada más levantarse, a las seis y media. A esas alturas, el tren ya habría pasado Halmstad y sería demasiado tarde para detenerlo.

A Veronika se le hizo un nudo en el estómago al pensar en la cara que pondría, pero hizo lo que buenamente pudo para ignorarlo. La maleta ya estaba hecha; todo cuanto quería llevarse estaba metido en una bolsa de lona. Al principio no había sabido qué coger. ¿Qué se necesitaba para una vida completamente nueva? Al final se había limitado a meter lo imprescindible: un par de bragas limpias, algunos vestidos y calcetines, el cepillo de dientes, el peine y un par de libros. Lo demás se lo podrían enviar, si todo salía según lo previsto.

Se sentó con cuidado en la cama mal hecha. Tenía la boca seca por los nervios.

Prometes mucho y no cumples nada,
siempre quieres tenerme a mano.
Me he cansado tanto de tus bobadas
que me he ido al extranjero.

Francie cantaba encima de la canción que sonaba por la radio. No tenía buena voz. Una de las cosas que Veronika siempre había envidiado de ella era su capacidad de hacer caso omiso a lo que la gente opinaba. En ese momento ella estaba, por primera vez en la vida, en posición de hacer algo similar. Algo que era mucho más grande que cantar encima de una vieja canción.

Francie cogió el cepillo del tocador y se lo pasó unas cuantas veces por el pelo. A menudo, tratar con ella era tratar con su reflejo en el espejo. Francie mirándose en espejos de bolsillo, del baño, del pasillo, y Veronika de pie detrás, intentando captar su mirada los escasos segundos en que Francie no se miraba a sí misma. Aunque también había habido otros momentos. Pensó en cuando habían estado tumbadas ellas dos solas en la playa y Francie le había exigido con seguridad y dureza que la dejara quitarle un grano de la espalda y frotárselo con algas, como hacían en los baños termales. O cuando habían ido en bici al ahumadero de Kattvik a comprar pescado que luego se habían comido directamente del papel de periódico grasiento. O cuando se habían bañado y Francie le había enseñado a tirarse de cabeza desde el pantalán. Veronika se aclaró la garganta y cogió carrerilla, pero Francie se le adelantó.

—Me ha llamado Roy. —Se arregló el flequillo.

—Ah, ¿sí? ¿Qué quería?

—Por lo visto se ha buscado a una chica nueva. Ha sido rápido. Típico de los hombres. No saben estar solos ni un segundo. Hace dos semanas no podía comer de lo triste que estaba porque habíamos roto. Ahora se ve que se ha comprado un coche nuevo y que la pasea como si fuera una estrella de cine. Se llama Vibeke, es danesa.

Francie suspiró y dejó el cepillo.

—A lo mejor le he dado calabazas demasiado pronto, ya casi no me acuerdo ni de por qué rompimos.

—Dijiste que era un vago y que no tenía ambiciones.

—Pues ahora parece que le han entrado las prisas. Hasta tiene un trabajo nuevo en un taller mecánico en Helsingör. La pregunta es: ¿qué será de mí?

Francie miró a Veronika por el espejo como pidiendo ayuda, con una expresión penosa en su rostro de muñeca.

—¿Qué quieres decir? Si tú ya eres algo. —Veronika alisó nerviosa la colcha de la cama.

—¿Qué soy? Dime, ¿qué soy realmente?

—Eres... muchas cosas. Valiente. Guapa. Chispeante. Vas a ser actriz.

—Bah, no sé.

Francie se encogió de hombros.

—A lo mejor solo me lo he inventado todo. A veces me pregunto si estoy del todo en mis cabales, cambio de idea tan rápido... ¿Cómo voy a encariñarme con alguien el tiempo suficiente? Mira a Roy, por ejemplo. Es buena persona y guapo, pero, cuando me llamó, yo casi me había olvidado de que existía. Y ahora que sé que está con otra chica, quiero volver a estar con él. ¿Me lo puedes explicar? —Miró desafiante a Veronika—. Tú tienes que estar contenta de no tener novio.

Francie arrancó con rabia los pelos del cepillo y los dejó caer en la papelera.

—Por cierto, ¿querías algo?

—No, nada.

Veronika clavó los ojos en la alfombra. En el jardín se oía ruido de tazas y risas apagadas, sonidos que en breve formarían parte del pasado. ¿Qué se oía en los pisos de alquiler de Gotemburgo? ¿Encontraría los tranvías? Alzó la cabeza y miró a Francie.

—¿Tú te imaginas trabajando en una perfumería?

—¿En una perfumería? No, ¿por qué iba a hacer eso? —Francie puso cara de no entender.

—No sé, solo me preguntaba cómo sería. Trabajar en una tienda o en una cafetería, si sería divertido.

—¿Para qué quieres saber eso? Vas a empezar en la escuela de labores dentro de unas semanas. ¿Ha pasado algo?

Francie entornó los ojos con evidente suspicacia.

—Dios mío, no me digas que estás embarazada.

Veronika se puso colorada y negó sacudiendo la cabeza.

—No. Nada de eso.

Francie giró sobre el taburete y la miró severamente.

—¿Estás segura? La verdad es que has engordado un poco. ¿Qué te pasa? Estás muy rara. ¿Estás enamorada?

Veronika no contestó.

—Espera un momento. No será de Bo, ¿verdad?

Francie dejó el cepillo en el tocador.

—¿Por? —Veronika le clavó los ojos.

—¿Es Bo? —Francie se inclinó hacia delante con una sonrisa triunfal.

Veronika asintió en silencio, avergonzada de su propio disgusto. Era como si Francie le chupara el jugo a todas las cosas antes de que ella las hubiera expresado siquiera. Como si todas las vivencias de Veronika se vieran minimizadas en presencia de su prima hasta quedar en nada.

—Vaya, vaya. Jamás habría imaginado que tú, con lo lista que eres, fueras a creerte sus trucos baratos. Aunque el otro día en la mesa tuve un momento de duda. Olvídate de él antes de que la cosa llegue demasiado lejos, es lo único que te digo. Porque aún no ha llegado demasiado lejos, ¿no?

Veronika no dijo nada. Francie irguió la espalda y se puso seria.

—Solo te digo esto para ayudarte, lo entiendes, ¿verdad? El chico es el típico mujeriego, lo supe en cuanto lo vi entrar por la puerta. A mí no me engañan tan fácilmente. Si hubiese querido, podría habérmelo agenciado en un periquete, pero no soy tan fácil. Hay que hacerse un podo la dura. Si no, coges mala reputación.

Veronika sintió como si el suelo hubiese empezado a encogerse bajo sus pies hasta convertirse en una balsa que se desprendía de las paredes y amenazaba con alejarse a la deriva.

—¿Qué te ha contado para engatusarte? ¿Quiere que trabajes en una perfumería? —Francie se levantó, se sentó al lado de Veronika en el borde de la cama y le puso una mano en la rodilla.

Veronika era incapaz de moverse. No había dicho ni una sola palabra y aun así Francie había resuelto todo el rompecabezas, y la imagen que conformaba era sucia e indigna.

—Si le sigues el juego, puede dejarte sin pestañear, ¿no te das cuenta? Para él tú solo eres una forma de pasar el tiempo que, seguro, le ha parecido divertida mientras ha estado aquí. De eso no digo nada. Tampoco hay ninguna otra chica joven por la zona, excepto yo, claro, y, como te digo, no estaba interesada.

Dio una palmadita de consuelo en la rodilla de Veronika.

—¡Pero de ahí a hacerte creer que tenéis un futuro juntos! Debería caérsele la cara de vergüenza. ¿Por qué ibas tú a hacer semejante bobada? Ni siquiera estáis prometidos.

Resopló con fuerza por la nariz.

—¿Estás segura de que no estás embarazada?

Veronika negó con la cabeza como anestesiada.

—Eres demasiado ingenua, ese es el problema. Menos mal que me lo has contado antes de que fuera demasiado tarde. Si hay algo que quieras saber sobre los chicos, me lo preguntas a mí, ¿vale?

Le dio un par de palmaditas más en la mano.

Pero Veronika había dejado de escuchar. La voz de Francie no era ya más que un ruido de fondo, una secuencia de sonidos deformes. Veronika ya solo miraba la jaula pintada de azul que colgaba del techo con la pobre planta metida dentro, entre las rejas, lejos de las ramas de los árboles.

Esa noche sentía una comezón en el pecho. Tenía el presentimiento de que todo era posible e imposible. Esa noche superaba todas sus defensas. El corazón le latía a golpes. Faltaba poco para las cuatro de la madrugada. Aún no había claridad. Habían quedado dos horas después en la estación, era lo acordado. La maleta estaba preparada detrás de la puerta, escondida por si alguien llamaba. Había bajado a hurtadillas a dejar la carta para su madre en el escritorio a medianoche, pese a no estar nada segura de la decisión que había tomado. Le había costado escribirla. Había hecho varios intentos, los fallidos los había tirado. Todo lo que le salía le parecía artificial y falso, pero al final había conseguido plasmar lo esencial: necesitaba probar sus alas. No tenía fuerzas para discutir y sabía que su madre le diría que no si se lo preguntaba. No sabía cuánto tiempo estaría fuera. No quería empezar en la escuela de labores, pero prometía buscar la manera de cubrir los eventuales gastos que eso pudiera implicar. Había terminado con un desesperado «¡Trata de entenderme!».

Sabía que su madre no lo entendería. Ya podía oír sus maldiciones haciendo piña con las de Francie: que qué ingenua y fácil de engañar era, que cómo podía poner en juego su futuro. Pero Veronika sentía que lo que estaba en juego era otra cosa, algo relacionado con su propia valentía. A lo mejor se fugaba no solo por amor, sino por sí misma. Porque necesitaba que pasara alguna cosa grande. Porque si no pasaba en ese momento, nunca lo haría. Ese verano era especial, eso ya lo sabía. Era como un soplo de aire que la impulsaba hacia un futuro al que no habría osado acercarse por sí sola.

Su madre nunca había amado a ningún hombre; ella misma lo había admitido. Los hombres significaban desgracia y peligro. Con su padre había tenido un breve enamoramiento, pero se había despertado repentinamente al comprender que se había casado con un hombre que tenía la cabeza en las nubes, llena de sueños y carencias. «Las penas deben durar poco», le había dicho a Veronika en una ocasión después de que su padre falleciera. Podías quedarte sentada junto a ellas un rato, pero luego tenías que lidiar con otras cosas. Probablemente, le habría aconsejado lo mismo a Veronika: sentarse un rato a llorar el amor desaparecido y luego ponerse con las tareas domésticas. Aprender a llevar el libro de cuentas y las carpetas, y mantener ordenados los compartimentos del grueso monedero, quizá asumir el mando de la pensión. No soñar tanto. No imaginarse cosas.

De pronto, un rayo de luz cayó sobre el cuadro de su padre, que seguía en el suelo, apoyado contra el armario. Lo había bajado del cuarto de Bo, pero no había querido colgarlo en la pared. El cielo del cuadro parecía vibrar, con sus gruesas franjas de color lila y rojo. Las nubes parecían dejar caer todo su peso sobre la barca solitaria y la figura encorvada que llevaba los remos. Esa figura que había sido lo bastante tonta como para hacerse a la mar pese a haber visto venir la tempestad. Veronika sintió un escalofrío y se levantó para acercarse a la ventana. El cielo había empezado a clarear por encima de los pinos. Pensó en lo que Francie le había dicho: «El chico es el típico mujeriego». Le había dolido, aunque sabía que Francie estaba equivocada, pero le había hecho pensar en lo dura que podía ser la gente, a veces por pura maldad, y en lo sensible que era ella. ¿Cómo se las iba a arreglar en el gran mundo que la esperaba allí fuera? ¿Acabaría pagando por la decisión que había tomado? Trató de tranquilizarse y respiró hondo. Era un viaje a Gotemburgo, no al polo norte. ¿Por qué estaba tan asustada? Tenía la desagradable sensación de que, en lo más hondo de su ser, ya conocía la respuesta, que decía así: «Nunca desafíes al destino creyendo que puedes ser feliz. Jamás podrás desprenderte de tus preocupaciones. Tienes que vivir con cuidado. Deberías elegir un camino seguro, uno que seas capaz de caminar».

Echó un vistazo al cuadro. Podía ver el hundimiento de la pequeña barca, como si estuviera metida en un pliegue del gran oleaje. La proa un poco más clara que la popa.

¿Era Veronika una madera de las que se desprendían y flotaban? ¿O era de las que se hundían?

Si no lo probaba, nunca lo sabría.

Ya se había vestido para el viaje: el vestido azul y la chaqueta fina de lana gris pálido. Tenía el billete preparado en el bolsillo interior. Abrió la puerta de la habitación y aguzó el oído. Reinaba el silencio. Le daba igual esperar allí que en la estación; a lo mejor le sentaba bien un poco de aire fresco, salir y no notar las paredes cayéndosele encima. Alisó la colcha de la cama con la mano una última vez.

Luego se agachó, cogió la maleta con una mano y la manilla de la puerta con la otra.

Lo más silenciosa que pudo, salió y cerró la puerta tras de sí.

21

2019

Compró el sofá sin preguntármelo. Habíamos acordado comprar uno juntos y la decisión había sido difícil de tomar. Era nuestro primer mueble grande y fui yo la que insistió. En realidad, lo que quería no era solo el sofá. Lo que quería era que las cosas parecieran más de verdad. Quería recuperar el confort de mi vida anterior, la seguridad y el orden de lo material. En la primera fase del romance ni siquiera me había hecho falta una bolsa específica para la basura, pero cuanto más tiempo pasaba sin que hiciéramos planes en común, más inquieta me sentía. Vivir al día significaba justo eso: no hacer planes de futuro. No prometerse nada el uno al otro. Dejarlo todo en manos del destino.

Me tomé la compra del sofá muy en serio y lo vi como una señal de que estábamos construyendo algo con perspectivas a largo plazo. Él quería que buscáramos alguno que nos saliera gratis en Blocket, la popular plataforma de compraventa de segunda mano. Yo quería uno nuevo. El plan era minucioso: buscar en revistas de decoración, pedir muestras de tela, comparar colores y modelos, probarlos en las tiendas y pensárnoslo. Nos dedicamos unos cuantos fines de semana a la tarea, haciendo descansos en cafeterías en las que ya habíamos estado sentados, mirándonos a los ojos sin decir nada. Nos costaba decidirnos. Los almohadones de plumas eran agradables, pero acababan deformándose. La espuma nos parecía sosa. Crin y guata y fundas lavables y patas, con dibujos o sin dibujos. Demasiadas decisiones. El sofá se convirtió en un peso en el fondo de la garganta. Cuanto más dudábamos y nos lo pensábamos, más simbólico parecía volverse el tema. Al final dejamos la compra como algo pendiente.

Empezamos a hacer cosas cada uno por su cuenta. A mí me ponía nerviosa oírlo despierto hasta las tantas, martilleando el sintetizador, y casi nunca quería enseñarme nada de lo que componía. A veces se iba por ahí a trabajar de técnico de sonido en conciertos, volvía tarde a casa y dormía toda la mañana. A mí eso me parecía poco ambicioso. Erik no quería tener hijos, ya no le prestaba tanta atención a Oskar, no mostraba interés en que el piso estuviera acogedor. Mientras pudiera fumar de vez en cuando, escuchar discos viejos y hacer germinados en tarros de cristal, ya estaba contento. Tenía un vago sueño de ir al festival Burning Man, pero no podía lidiar con la idea del vuelo transatlántico.

Teníamos a Oskar cada dos semanas. Lo mínimo que se le podía pedir a una madre era que pudiera ofrecerle un sofá a su hijo —y a sí misma— para los viernes por la tarde, ¿no? Pero no había ningún sofá a la vista. Los remordimientos por haber roto la familia me desgarraban. Me sentaba con el gesto torcido en el rincón de los cojines con el ordenador en el regazo. Ni siquiera habíamos sido capaces de colocar un aplique que funcionara en la pared, todo estaba en decadencia. Incluida yo.

Un día llegué a casa y me encontré un chéster de cuero verde oscuro, grande y raído, en medio del salón. Erik estaba tumbado en él, medio dormido.

—¿Qué es eso? —pregunté.

—Nuestro nuevo sofá. Bueno, no tan nuevo... —se corrigió—. Tiene unos cuantos años a la espalda, pero nos ha salido gratis.

—Tiene un agujero enorme —observé consternada.

El cuero se había desprendido del armazón del reposabrazos y estaba remendado con un trozo de cinta americana.

—No afecta a la comodidad. Además, se puede poner una manta encima y ya no se ve —dijo Erik sin inmutarse.

Me acerqué unos pasos. Los pequeños agujeros de los remaches estaban llenos de polvo y el color era peor de lo que me había parecido en un primer momento. Verde vómito.

—¿De dónde lo has sacado?

—Estaba en el local de ensayo de Petter, el del grupo de hip-hop. Lleva allí una eternidad, así que no era de nadie.

—¿No es de nadie?

—A ver, ahora es nuestro.

—¿Podemos devolverlo?

—No creo, acaban de rescindir el contrato, así que era ahora o nunca.

—Es muy grande.

—Es cómodo. ¡Prueba! —Erik dio unos golpes en el asiento de al lado.

Yo tenía palpitaciones. Me corría sudor frío por las axilas.

—No lo quiero. ¿Cómo puedes haberlo traído sin preguntarme?

Erik me miró con verdadero asombro.

—Pero si no te decidías nunca... Nada es lo suficientemente bueno para ti.

—No soporto ese color —dije—. Lo quiero fuera de aquí. Ahora.

—¿Lo dices en serio?

—Sí.

—Por el amor de Dios, dale una semana. Solo es un sofá, tampoco es tan importante, ¿no?

Me fui a la cocina y me serví un vaso de agua para tranquilizarme. Estando allí de pie sentí como si las paredes se me fueran a caer encima. ¿Era así como iba a ser nuestra vida juntos? ¿Acaso la compra del sofá no era más que mi último intento de cambiar algo que no cambiaría jamás? Su despreocupación era loable y envidiable, pero a mí no me ayudaba a estar más tranquila.

Al contrario, me hacía sentir culpable. Estaba claro que yo no era una persona que pudiera encender un palo de incienso como si nada y pensar que un poco de mierda en las esquinas era mejor que un auténtico infierno. La filosofía de vida de Erik me hacía parecer tacaña, se mirara por donde se mirara.

Yo era miserable; él era generoso. Él le daba a las cosas el valor que realmente tenían. Yo cargaba con objetos con valores inventados.

El problema no era el sofá, era yo.

—¡Tiene que salir de esta casa! —grité sin poder controlar la voz—. ¡Encárgate de sacar de aquí esa monstruosidad!

Oí el crujido del cuero cuando Erik se levantó del sofá, por si no tuviera ya bastante con el color, y sus pasos hasta el recibidor, donde se puso las botas.

—Estás loca —murmuró. Oí el golpe de la puerta. Luego, silencio.

No volvió a casa en toda la noche. Por lo visto, se quedó a dormir en casa de alguien que conocía, alguien que acababa de mudarse a Estocolmo.

Se trataba de su exnovia, la acróbata. Freja.

Antes de atreverme a llamar a la tienda de marcos Svalan me tumbo en el suelo de mi habitación y hago los ejercicios de relajación que me ha recomendado Joar. Contacto entre cuerpo y superficie. Atención en el ahora. Concentrarme en mi interior. Respirar. ¿Qué digo si me coge el teléfono? ¿Le digo que lo estoy buscando por voluntad propia o miento y digo que Veronika está al corriente de que lo estoy llamando? ¿Debería proponerle que nos veamos? Pero ¿qué hago si me dice que no? Ni siquiera sé si está vivo. A lo mejor la tienda está a su nombre, pero la gestiona otra persona. Al final me levanto, me armo de valor y marco el número.

Pasan cinco tonos antes de que alguien lo coja al otro lado.

—Svalan, tienda de marcos, aquí Elin.

—Hola. Estoy buscando a un tal Bo-Ivar Axelsson. ¿Es aquí?

—Sí, claro. ¿De parte de quién?

—Ebba Lindqvist. No nos conocemos, pero se trata de un asunto privado.

—Un momento. Está arriba, así que puede tardar un rato. ¿Puedes esperar?

—Claro.

La voz de la mujer desaparece. El corazón me va a mil. Está vivo. Primer obstáculo superado. Nerviosa, empiezo a hacer garabatos en la libreta que tengo delante, encima de la mesa. Tengo sitio de sobra. Las páginas que debería haber llenado con la entrevista de Veronika están vacías. Al final oigo un ruido y a alguien que se aclara la garganta.

—Aquí Bosse.

Suena mucho más joven de lo que me esperaba. A lo mejor, después de todo, no es él.

—Hola —digo—. Me llamo Ebba Lindqvist y te llamo por un motivo un poco extraño.

—Si es para venderme algo, no me interesa.

—No, no es nada de eso.

—Espera un segundo, que me siento.

Más ruido en el auricular, como si alguien estuviera moviendo muebles.

—Ya estoy. ¿Qué querías?

—Verás, ahora mismo estoy en Båstad. Resulta que he establecido contacto con una mujer de aquí que dice que te conoció el verano de 1955, cuando te hospedaste en la pensión de su madre. La pensión se llamaba Miramar. ¿Es correcto?

Se hace el silencio al otro lado de la línea.

—¿Sigues ahí? —Me pego el teléfono más a la oreja.

—No he entendido quién eres, ¿eres de su familia?

—No, soy periodista. En realidad he venido para entrevistarla por otro motivo, pero me ha hablado mucho de ti. Del tiempo que pasasteis juntos.

Hago una pausa, pero no obtengo ninguna respuesta.

—Espero haber encontrado a la persona correcta, ¿es así? —añado.

Oigo una larga exhalación al otro lado.

—Hace mucho tiempo de eso. Pero sí, así es. Disculpa si sueno un poco consternado. Es que no me lo esperaba. ¿Cómo está?

—Bastante bien. El otro día sufrió una leve conmoción cerebral, pero pronto le darán el alta y podrá salir del hospital. No corre ningún peligro.

—Vaya, pero ¿por lo demás está sana?

—Ya lo creo. Vive en una residencia aquí, su marido murió hace un par de años y ella no quiso quedarse sola en la casa. Parece estar a gusto donde está ahora.

—Entonces, ¿se ha quedado ahí todos estos años?

—Sí, ella y su marido se quedaron con la pensión, llevaron el negocio durante unos años y luego ella empezó a trabajar llevando la contabilidad en un hotel en Helsingborg. La pensión la derruyeron hace mucho tiempo.

—¿Tiene hijos?

—No. Lamentablemente.

Él asiente con un sonido gutural. La mano que sostiene el móvil se ha humedecido por el sudor. De pronto, ya no sé qué estoy haciendo. ¿Qué pretendo con esta conversación? ¿Qué es lo que me creo capaz de conseguir? ¿Acaso no es para mí un capítulo cerrado esto de juntar posibles parejas creyendo saber algo acerca del amor?

—Me ha costado bastante localizarte —continúo titubeando—. Estaba convencida de que te llamabas Bo Bix, hasta que descubrí que no era así.

Me quedo un rato callada.

—El otro día fui a Laholm para ver tu escultura —añado.

—Ah, ¿sí? ¿Todavía aguanta?

—¿Nadie te ha dicho que ya no está?

—No, no lo sabía. ¿Qué ha pasado?

—Se ve que se extravió hace un par de años cuando iban a restaurarla. Los del ayuntamiento creen que ha acabado en algún almacén por error. He podido hablar con una mujer que estuvo presente en la inauguración; su padre fue quien la colocó en el parque. Ha sido ella quien me ha contado que tu verdadero apellido es Axelsson.

—Veronika debería haberlo sabido. —Se ríe.

—Ah, ¿sí? ¿Por qué?

—Pues porque fue ella quien se lo inventó. Bix.

—¿Fue ella?

—Sí, aquel verano. Al final no hice demasiadas obras, pero las dos que terminé las firmé con ese nombre. —Carraspea—. De hecho, la escultura esa de Laholm estuve a punto de no acabarla. No lo hice hasta el año siguiente, cuando volví del mar.

—¿Del mar? ¿Te hiciste a la mar? —pregunto.

—Solo unos meses, después de la academia. Estuve viajando y preguntándome qué quería hacer. Tenía grandes planes, obviamente, pero como artista no me era fácil mantenerme precisamente. Si quieres apañártelas, tienes que ser pillo y avispado, o tener dinero ahorrado. Me enrolé en un buque que se iba a Sudáfrica, pensé que no me iría mal conocer un poco de mundo, pero al final no pasé de Lisboa. —Tose un poco—. No estaba hecho para el mar. Nunca llegué a acostumbrarme al oleaje. Cuando volví a casa, un viejo amigo me dejó un local en Majorna y allí terminé la escultura en una sola noche. A la mañana siguiente, me subí en un coche y la llevé a la fundición. No tenía claro si en Laholm la querrían a esas alturas, pero la aceptaron. Así que ese círculo terminó por cerrarse.

Se queda callado.

Me viene un extraño pensamiento a la cabeza: la boca que me está hablando al otro lado ha besado a Veronika. Hace sesenta años. Apasionadamente, me imagino. ¿Cuánta gente está unida de esa manera, mediante el recuerdo de los labios fundidos en un beso?

Cojo carrerilla, no tiene ningún sentido posponer demasiado la pregunta.

—No tengo ni idea de si esto procede, pero creo que Veronika se pondría muy contenta de verte otra vez.

—¿Y no me podía llamar ella entonces?

—No sabe que te estoy llamando. He preferido preguntártelo a ti primero, ver cuál era tu postura ante un posible reencuentro. Si tú no quieres, no merece la pena alterarla.

Mi voz ha adquirido un tono efectivo, mi antigua voz de trabajo.

Vuelve a hacerse el silencio al otro lado. Se oye un débil ruido.

—¿Cuándo habías pensado que nos viéramos?

—Bueno..., ¿cuándo estarías disponible? Hay varios trenes al día. Yo puedo ir a recogerte a la estación. He visto que desde Gotemburgo no son ni dos horas. Ella está ingresada en el hospital de Ängelholm.

Él suelta un largo suspiro. Puedo notar la vibración en la mano, quizá su vacilación. Realmente, ¿por qué querría alguien presentarse delante de su amor de juventud después de tantos años? ¿No habría dejado intacta yo misma el recuerdo? El silencio se prolonga.

—¿Acaso estás casado y tienes una esposa celosa? —pregunto en un intento de bromear un poco.

—Qué va. —Suelta una risotada seca—. Se me complicó un poco la cosa en ese aspecto, con las mujeres. Tengo dos matrimonios a la espalda, antes has hablado con mi hija mayor, Elin. Ahora son ella y su pareja los que llevan la tienda de marcos. Yo solo vengo a molestar de vez en cuando. Lo cual es fácil, porque vivo en el piso de encima.

—Muy práctico —digo—. Pero, entonces, ¿no continuaste tu carrera como artista? Siento curiosidad.

Su voz suena un tanto huraña cuando responde, y lo hace cogiendo aire de forma más pesada.

—Tengo que decirte que enmarcar imágenes es un arte en sí mismo. La gente suele fijarse en el marco tanto como en los cuadros. A veces incluso más, depende del cuadro. Un buen marco puede ensalzar una obra de arte. Durante los sesenta y los setenta el negocio fue muy bien, antes de que hubiera marcos prefabricados. Luego la cosa se puso más difícil, pero contábamos con algunos clientes fijos que sabían apreciar la artesanía. Hoy en día, muchos clientes todavía vienen por nuestra reputación. Mi hija trabaja con su propio carpintero, que monta perfiles según el deseo de cada cliente. Ella tiene más ojo para los negocios que yo.

—Has mencionado que hiciste otra obra de arte —digo—. ¿Dónde está?

—En la consulta de un dentista de la seguridad social, en Blekinge. Era un relieve de pared hecho en cerámica. Desde entonces, me he limitado a hacer cosas para mí, pero ahora hace mucho tiempo de eso.

Me levanto y me acerco a la ventana. Fuera, en la calle, un chico joven lleva a una chica en el portapaquetes de la bici. Se ríen y se tambalean.

—Entonces, ¿qué me dices? ¿Te animarías a venir? —le pregunto.

—Supongo que sí. ¿Qué tal mañana?

—Mañana sería perfecto. ¿Quieres que mire los horarios de tren?

—No, puedo hacerlo yo. No estoy tan mal.

—Vale. Llámame para decirme a qué hora llegas. O envíame un mensaje.

—No tengo móvil, supongo que soy la única persona de Suecia que no tiene, pero es que pienso que nos roban demasiado tiempo. Soy más de quedarme soñando despierto, pero te avisaré de alguna manera para que sepas cuándo estoy por ahí.

—Estupendo, pues quedamos así —digo—. Qué emocionante

Está claro que el adjetivo se queda corto.

22

1955

Había estado callada como un ratoncito. La escalera parecía haberse confabulado con ella y no había crujido ni una sola vez. En ese momento estaba entreabriendo la puerta de la cocina. Al otro lado, a la izquierda de la gran despensa, estaba la puerta que daba al jardín de atrás. No tenía que salir por la puerta principal para bajar a la estación de tren. Con que bajara un poco la cuesta ya no se la vería desde la pensión. Pudo ver la masa que estaba fermentando en la encimera, el bulto redondeado con un paño encima. Dio unos pasos de puntillas por el suelo de baldosas.

—Te estaba esperando.

La voz sonó como un golpe.

Era Signe, allí sentada. No había encendido la luz, estaba sentada al lado de la mesita plegable de detrás de la puerta de la despensa, con las manos juntas en la cintura de su vestido. En la mesa había una taza vacía y, sobre esta, un sobre abierto. Veronika lo reconoció, no le había pasado la lengua antes de dejarlo en la cómoda del recibidor.

—Siéntate. —La voz de Signe sonaba singularmente apagada.

Veronika lanzó una mirada a la puerta.

—Está cerrada con llave, así que no irás a ninguna parte.

Signe levantó el cordel con la llave que tenía colgado al cuello.

—Hay algunas cosas que tienes que saber antes de que salgas corriendo y cometas un montón de locuras. Reconozco que lo has calculado todo bastante bien, pero yo tenía mis sospechas. —Signe niega con la cabeza—. Se ve a la legua que te has encaprichado de ese muchacho y te he dejado hacer. Os he dejado hacer a los dos.

Apoyó las manos en la mesa. Veronika permanecía inmóvil, perpleja y sin saber qué hacer.

—He tomado una decisión, así que será mejor que me des la llave de la puerta —dijo al final—. Si no, saldré por la principal. No puedes detenerme, es demasiado tarde para hacerlo.

Se sorprendió de su propia voz. Parecía salirle de un lugar desconocido: firme y potente. Signe hizo caso omiso.

—Siempre has estado bien protegida por tu madre, ¿así es como se lo piensas agradecer? —Signe pellizcó la esquina del sobre y lo puso debajo de la taza—. No te creas que no sé lo que es estar enamorada, lo sé muy bien. Cuando eres joven, crees saberlo todo, pero no se tiene perspectiva. —Signe sacudió la cabeza—. Pero jamás habría pensado que... —Dejó la frase sin terminar.

—Tengo diecisiete años y derecho a decidir sobre mi propia vida. —La voz de Veronika seguía sonando igual de tranquila. Sujetaba el asa de la maleta con mano férrea.

—Aún no eres mayor de edad, pero eso da igual. De lo que te quería hablar es de otra cosa. ¡Siéntate!

Los ojos de Signe refulgieron en la penumbra. Veronika titubeó, tomó asiento, pero alejando un poco la silla.

Fuera aún no había tanta claridad como para que los objetos de la estancia pudieran mostrar sus auténticos colores. Solo penumbra y sombras. La cocina de leña. La encimera de acero inoxidable. Las ollas en sus ganchos. Signe en su silla. Todo pálido, rodeado de un aura fantasmagórica.

—Cuando tu madre tomó las riendas de la pensión, jamás imaginé que fuera a conseguirlo. Son pocas las personas capaces de llevar una pensión solas, te lo puedo asegurar. Además, tu madre acababa de quedarse viuda y tenía una niña pequeña a su cargo. O sea, tú. Yo aposté que aguantaría dos veranos como mucho. —Signe guardó silencio. Parecía pensar en cómo continuar—. ¿Sabías que os conozco desde hace tiempo? Desde mucho antes de que tu padre falleciera. Vivíamos en la misma manzana en Malmö, tu madre y yo. —Veronika negó sorprendida con la cabeza—. No creo que te acuerdes de eso, porque eras muy pequeña, pero cuando tuvo lugar el accidente de Kockum, tu madre luchó más de lo que te puedas llegar a imaginar para que pudieras seguir viviendo en el piso. El astillero pagó una discreta indemnización; tu madre podría haber sacado más si hubiera esperado un poco y hubiese ido a ver un abogado, pero aceptó lo que se le daba... Entonces apareció la oportunidad de arrendar este sitio. Fui la primera persona a la que le preguntó si quería acompañarla para echarle una mano. Yo estaba sola y ella sabía cuál era mi situación en la cocina del Savoy. Ella hacía horas extras allí a veces.

Signe había empezado a mecerse en la silla, hacia delante y hacia atrás.

—No puedo responsabilizarme de todo lo que ha pasado,

tengo mi propia vida, nadie puede obligarme a quedarme. —Veronika hizo ademán de levantarse.

Signe parecía no haberla oído.

—Pero tu madre no me gustaba solo porque fuera trabajadora y capaz. No, también era buena escuchando. Podías hablar en serio con ella. —Signe asintió despacio con la cabeza.

—¿Qué tiene eso que ver conmigo?

—Fue una suerte que el astillero aceptara pagar un seguro de accidente por tu padre. Porque, en realidad, no fue ningún accidente.

—¿Qué quieres decir?

Veronika se la quedó mirando fijamente.

—Justo lo que estoy diciendo. Tu padre había dejado los zapatos en el vestuario, se lo entregaron todo a tu madre. Incluida la nota que él había metido al fondo de uno de los zapatos.

—¿Qué nota? ¿De qué estás hablando?

—Era una carta. No mucho más larga que esta.

Signe puso la mano sobre la carta que asomaba por debajo de la taza.

Veronika tenía la desagradable sensación de no poder tragar saliva. La estancia estaba más iluminada, pero de forma apenas perceptible. Ahora podía ver bien los ojos de Signe, se le hizo raro. Nunca los había visto como en ese momento, azul violeta, con rabillos caídos y pestañas cortas. No eran los ojos que se entornaban cuando le regañaba en broma ni que se veían arropados por las mejillas mullidas cada vez que Signe se reía. Eran ojos serios, los ojos de una mujer. ¿Cuántos años tenía Signe?

—No entiendo de qué estás hablando. —A Veronika se le había secado la boca.

—Tu padre no se cayó, Veronika. Saltó por propia voluntad.

La carta era una carta de despedida. Pedía perdón y comprensión, pero ¿de qué les sirve eso a los que se quedan? Los fuertes salen adelante, pero él no era fuerte. Ya no tenía la cabeza en su sitio, pensaba que las sombras eran serpientes que intentaba coger. Ya no podía distinguir entre el sueño y la realidad, y entonces ya no es tan fácil. Delirio o colapso nervioso, a saber. El caso es que saltó.

Signe había puesto una mano sobre la de Veronika.

—Ahora somos tres los que lo sabemos.

—Pero... vino la policía. ¡La policía dijo que había resbalado!

—La policía no lo sabía, pensaban que había sido un accidente. Igual que todos los trabajadores. Todos excepto el capataz de tu padre, que fue quien encontró la carta en el zapato, pero no dijo nada hasta justo antes del entierro. Fue entonces cuando le entregó la nota a tu madre. Supongo que ahora entiendes por qué no puedes dejarla así. De la misma manera. Con una mísera carta. —Signe se inclinó hacia delante y bajó la voz—. Ella ya ha perdido a un miembro de la familia. No aguantará perder a otro. No te diré nada acerca de tu enamoramiento, pero, por el amor de Dios, sé responsable y haz lo que se suele hacer en estos casos: esperar. Si dentro de un año todavía estáis juntos y él consigue un trabajo, podéis empezar a pensar en un futuro. Pero ¿por qué tanta prisa?

—Pero ya lo hemos decidido, nos vamos dentro de media hora. —De pronto la voz de Veronika sonaba estridente.

—*Él* se va dentro de media hora. *Tú* te vas a quedar aquí, tal y como hemos dicho, y en otoño empezarás en la escuela de labores.

Signe alargó una mano y la zarandeó por el hombro.

—Esto son niñerías, Veronika. Nada más. ¿No te das cuenta? Si te soy sincera, me preocupa, porque esto no es propio de ti. Más vale prevenir que lamentar, es lo que yo te aconsejo, y es por tu propio bien. Ahora yo pondré una cafetera y tú irás a lavarte y a cambiarte de ropa. Mañana será un nuevo día y lidiaremos con él según se presente, como hacemos siempre.

Por fin soltó el hombro de Veronika.

—No. —Veronika dijo que no con la cabeza.

—Sí. —Signe se había levantado y ya se estaba dirigiendo a los fogones.

Pero a lo que Veronika había dicho que no era a lo que Signe se pensaba. La voluntad de salir corriendo con Bo seguía presente. No se había apaciguado. Pero Veronika sabía que no lo haría. En ese momento supo que no se atrevería. Por un breve instante se había atrevido, por un breve instante le había parecido viable.

Y por un largo instante de ahí en adelante, sería imposible.

El silbato del tren no sonó como un silbato de tren. Sonó como un grito, como la cría de corzo que habían encontrado abandonada el año anterior arriba, en el macizo. Había estado bramando en busca de su madre durante tres días, hasta que Sölve había dado con ella. Nadie sabía dónde se había metido la madre, a lo mejor la había atropellado el tren o se había espantado por algo. Sölve le había puesto fin al sufrimiento y el gañido había cesado con un disparo. Pero ahora Veronika podía volver a oírlo a través de su propio llanto.

Había silbatos que advertían de la llegada del tren y había otros que sonaban cuando estaba a punto de partir. Veronika estaba tumbada bocabajo en la cama, dejando que las lágrimas cayeran por sus mejillas. Signe había bajado a la estación para informar a Bo de que no iría. El dolor que Veronika sentía era de una clase que no había experimentado jamás. Nunca podría explicárselo a nadie. La tristeza que era suya, la soledad que era suya y la pérdida que era suya.

Llamaron débilmente a la puerta. Por un segundo, tuvo la esperanza de que fuera él, de que la última hora no hubiera pasado, de que seguía siendo una chica a punto de coger un tren con su enamorado y no una hija cuyo padre había acabado con su propia vida. Pero entonces la puerta se abrió y entró Francie, solo con la bata y el ridículo picardías debajo. Paseó los ojos con inseguridad y se sentó en el borde de la cama.

—Me he enterado de lo que ha ocurrido, se te pasará. —Puso una mano torpe sobre la espalda de Veronika—. Es mejor que no te hayas ido con él, te habrías arrepentido. Pasarán más trenes. Has hecho bien en hacerme caso.

Veronika no dijo nada.

23

2019

Tan pronto llegué al bar en el que nos habíamos citado, sentí que algo no iba bien. Ya había tenido antes ese presentimiento. Desde el conflicto del sofá, nuestra relación no estaba en su mejor momento precisamente. Nos acostábamos a horas diferentes. Nos dejábamos escuetas notas en las que nos decíamos dónde estábamos. Evitábamos las veladas en casa. Cuando coincidíamos, nos debatíamos entre la irritación y el afecto. Yo no sabía cómo íbamos a salir de esa. Erik estaba sentado, con la cara compungida. No le había dado ni un solo trago a la cerveza. Solo eso ya era mala señal.

—Tengo que hablar contigo de una cosa. —Me clavó los ojos por encima de la mesa.

—Suena grave —dije yo.

—Es bastante serio.

Me tomé mi media cerveza de un solo trago.

—Pues suéltalo. ¿Qué pasa?

A nuestro alrededor la gente se reía, se enseñaba vídeos en el móvil, tomaba vino, charlaba, se cogía de la mano. Pero yo solo veía puntitos blancos flotando ante mis ojos. De alguna manera, sabía que aquello era el final.

—Ha pasado algo. No es nada que haya planeado, ha pasado y punto. —Erik estiró una mano sobre la mesa para coger la mía, pero yo la tenía tan bañada en sudor frío que se escurrió de entre sus dedos.

—Hemos pasado una mala época, eso ya lo sabes —continuó.

—Dilo ya. ¡Suéltalo, no lo alargues! —le pedí.

—Freja está embarazada. Yo... soy... El bebé es mío.

Todo a mi alrededor se volvió borroso. Mi corazón se detuvo y se aceleró al mismo tiempo. Me quedé mirando fijamente el mantel en un intento de hacer que la sala dejara de moverse. Tenía los brazos y las piernas paralizados, como si ya no me pertenecieran. Dentro de mí fue surgiendo despacio un sonido afilado, un tono agudo que fue saliendo dolorosamente de un largo y estrecho túnel. Los segundos pasaron, pero el sonido no cesaba. Al final lo cubrió todo. Yo sacudí la cabeza con energía.

—No puede ser.

—Sí. —Erik hizo otro intento de cogerme la mano—. Sería diferente si ella tuviera veinte años, pero tiene más de cuarenta y no tiene hijos. Esta es su última oportunidad. ¿Sabes que solo existe un dos por ciento de posibilidades de quedarse embarazada de manera natural a esa edad? Un dos por ciento, ¿te lo puedes creer? Como te decía, no es algo que haya planeado. Desearía que no hubiera ocurrido, pero ha sucedido y ella va a tener al bebé. Lo mínimo que puedo hacer es ponerlo todo de mi parte, ¿no crees?

Me quedé mirando sus cutículas. Mordisqueadas. Familiares, con medialunas amarillentas por culpa de la nicotina. Abrí la boca, pero no me salió ni una palabra. Lo único que oía era el pitido en los oídos.

—Pero ¿qué quieres decir? —Mi voz sonaba distorsionada—. ¿Que vas a dejarme e irte con ella?

—Pensaba intentarlo, sí.

Erik asintió despacio con la cabeza.

—Entiendo que pueda sonar raro, pero a lo mejor no lo es tanto, en el fondo. Quiero decir, ¿no acaban todos los enamoramientos en rutina? Si empiezas al revés, a lo mejor se puede ver la relación más claramente, quizá se vuelve más realista. Quizá eso aumente las probabilidades de seguir juntos, qué sé yo.

—Pero... ¿por qué no puedes dejar que ella tenga al bebé y compartir la custodia cuando sea un poco mayor? ¿Tienes que vivir con ella solo porque... porque esté...?

No era capaz de pronunciar la palabra «embarazada».

—No quiero ser un padre de esos que solo ven a sus hijos de vez en cuando. —Me miró fijamente—. Si voy a ser padre, quiero estar presente durante su crecimiento. Quiero estar ahí todo el rato, y lo cierto es que ella es una buena persona.

—¡No quiero que sea una buena persona! —grité.

Las chicas de la mesa de al lado se volvieron y se quedaron mirándome, luego empezaron a cuchichear.

—Si tú ni siquiera quieres tener hijos. ¡Dices que son una catástrofe medioambiental!

—Pero ha surgido así... —Erik se revolvió incómodo en la silla—. Tú y yo tampoco es que estuviéramos muy bien últimamente, ya lo sabes. Seguirás siendo una persona muy importante en mi vida. Por favor, ¿puedes tratar de comprenderlo?

—¿Cómo puedes pedirme eso? ¿Estás mal de la cabeza? ¡No quiero ser una persona importante en tu vida si me haces esto!

Me había levantado. Me temblaban tanto las piernas que me costaba no caerme. Toda la sangre me había bajado a los pies, dejando el resto del cuerpo flácido.

—Ebba, tranquilízate. Siéntate. ¿No podemos hablarlo?

—¿De qué quieres que hablemos? Tú ya has decidido.

—Para mí tampoco es fácil.

Me miró con ojos suplicantes. Le brillaban, los tenía empañados.

—Tú ya tienes hijos. Deberías entenderlo.

El sonido en mis oídos había bloqueado su voz, lo único que quedaba era un chillido estridente y monótono.

Un grito salido del abismo. Y en el centro estaba yo, acurrucada, en lo más hondo de mi propia cabeza.

Una figura solitaria, empequeñecida y muerta de miedo.

De alguna manera incomprensible, Veronika ha conseguido convertir la zona que rodea su cama de hospital en un sitio acogedor. Sobre la mesita están el tensiómetro, la funda de las gafas y algunos bolígrafos, todo bien colocadito. Alguien le ha cambiado el agua a las flores. Hay una manzana medio comida en un platito de café. El chal amarillo está doblado y colgado en la silla de visitas. Ella está recostada sobre unos cojines de la diputación, con el pelo recién cepillado y brillo en los labios. En el regazo tiene una revista nueva de crucigramas. Me mira distraída cuando entro.

—Genera ofensa. Nueve letras. Empieza por e.

—¿Escándalo? —propongo, y me siento.

—Gracias. Un dilema menos. —Garabatea las letras y se estira para coger el vaso de agua.

—Veronika. Tengo una pequeña notica que contarte —le anuncio—. O, bueno, a lo mejor no es tan pequeña.

Deja el crucigrama en la cama y alza la mirada. Se ha puesto el vestido de verano que le traje y lleva un fino pañuelo de color lila atado en el cuello con un esmerado nudo.

—Ah, ¿sí?

—¿Te acuerdas de Bo? —empiezo tanteando mientras toqueteo los botones de mi camisa.

Ella se queda paralizada, apenas se nota, pero yo me doy cuenta. Un escalofrío de nerviosismo me recorre el espinazo. Hasta ahora había dado por hecho que ella se pondría contenta con la notica.

Pero de pronto empiezo a darme cuenta de que a lo mejor no es así.

—Pues resulta que he conseguido dar con él —digo—. Tiene una tienda de marcos en Gotemburgo, ahora la lleva su hija. Ayer hable con él por teléfono. Le gustaría mucho venir a verte. Mañana. Ha encontrado un tren que llega a primera hora de la tarde. ¿Qué te parecería?

La luz que entra por la ventana le ilumina la cara. Tiene los labios tan apretados que se le han puesto blancos. No dice ni una palabra.

—Me ha costado bastante dar con él, pensaba que Bo Bix era su verdadero nombre —le aclaro nerviosa—. He tenido que investigar un poco, atar algunos cabos...

—O sea, que has estado fisgoneando sin decirme nada.

El rostro de Veronika se ha vuelto granate. Los músculos de su mandíbula palpitan frenéticamente.

—Quería darte una sorpresa. En la carta que mandaste a la revista decías que te preguntabas dónde estaría él ahora mismo. Por mi trabajo, tengo algo de experiencia en hacer investigaciones, así que pensé que... —Me encojo desganada de hombros.

Ella me fulmina con la mirada.

—¿Has perdido la cabeza? —Se quita las gafas. Le tiembla la mano—. Yo nunca te he pedido nada de eso. Si hubiese querido tu ayuda, te la habría pedido, ¿no crees? Desde luego, te has tomado muchas libertades. Por el amor de Dios... —Se ha estirado hacia el cabecero de la cama, se la ve muy asustada, quizá colérica.

Noto que me pongo colorada.

—Lo siento, no era mi intención...

—¿Piensas escribir sobre esto? ¿Qué intenciones escondes? Venir aquí y sonsacarme un montón de historias... ¿Qué estás buscando, realmente? ¿Acaso no tienes tus propios problemas? A mí me parece que sí. ¿No tenías hijos a los que cuidar?

Su mirada es como una llamarada de gas encendido. Hay un silencio absoluto en la habitación. Hasta ahora no me había dado cuenta de que los demás pacientes están en sus respectivas camas detrás de las cortinas, escuchando nuestra conversación. El pánico empieza a crecer en mi pecho.

—Pensé que te alegrarías —digo.

—¿Alegrarme? Para algo así, hay que ir haciéndose a la idea, ¿no lo entiendes?

Le tiembla la voz de la rabia que siente.

—Y ya sé que no se llama Bo Bix. ¡Si fuimos nosotras las que nos inventamos el pseudónimo! Nadie tendría ánimos para decir Bo-Ivar Axelsson, no era un buen nombre para un artista. —Veronika suelta un bufido.

—Él no te ha olvidado, eso está claro —digo en voz baja—. Le apetecía mucho venir a verte, pero lo llamaré para cancelar la visita, por supuesto.

—Eso espero. Puedo cuidar de mí misma, gracias. No necesito ayuda. No de ese tipo. Desde que has venido, no me han ocurrido más que desgracias. Creo que será mejor que te vayas. Ahora mismo. Y no vuelvas, si eres tan amable.

Consigo ponerme de pie, tropiezo con la pata de la silla y salgo al pasillo como anestesiada.

Hace tanto calor en la habitación que no puedo respirar. No sé si lo que me corre por la espalda son sudores fríos o solo sudor normal y corriente. La vergüenza me atraviesa todo el cuerpo como una estaca. Me explota la cabeza. Quiero dejar de existir, desaparecer. ¿En qué estaba pensando, idiota? ¿Estoy loca de remate? ¿Cómo he podido llamar a Bo sin preguntarle primero a Veronika si quería que lo hiciera? ¿Cómo puedo llegar a ser tan arrogante? ¿Acaso me esperaba una ovación, un diploma, lágrimas de agradecimiento?

Me hago un ovillo en la cama y me abrazo a la almohada. Tengo que hacer de tripas corazón para no caer directa al inframundo. Siento la ansiedad como mil agujas en el estómago. No solo en el estómago. Me envuelven, es como estar enrollada en una alfombra de púas.

Al cabo de un rato, busco el móvil a tientas con la mano, tengo que llamar a Bo y cancelar la cita lo antes posible. Marco el número de la tienda de marcos Svalan. Se suceden ocho tonos sin que nadie me lo coja. Vuelvo a probar, mismo resultado. Ni siquiera salta un contestador. Es viernes al mediodía, a lo mejor ya han cerrado por el fin de semana. En la página web de Eniro no aparece ninguna otra dirección aparte de la de la tienda. En el peor de los casos, me tocará ir a recogerlo en el coche de alquiler que he reservado y llevarlo de vuelta a Gotemburgo. Me hundo todavía más en la cama antes de intentarlo otra vez. De nuevo sin respuesta otra vez. Toqueteo el teléfono con impaciencia y me distraigo un poco mirando por encima las noticias, pero sin asimilar nada de lo que ponen. Sin ni siquiera pensarlo, acabo entrando en Instagram. Mi mano actúa como por control remoto. El dedo índice se desliza solo al icono de búsqueda. Por desgracia, también sabe cómo se escribe Cirkusgirl133.

En realidad no espero ver nada nuevo. Es más un acto reflejo. El icono que delata la mala conexión a internet da vueltas como una espiral hipnótica.

La foto que acaba apareciendo me deja en shock. La han colgado hace apenas una hora. Lo que veo me resulta irreal. En la imagen, ligeramente difuminada, sale Erik. Tiene bolsas oscuras bajo los ojos y el pelo revuelto. Sobre su pecho descansa un bebé envuelto en una mantita blanca. Tiene los ojos cerrados y parece tan angelical y al mismo tiempo tan extrañamente viejo como solo ocurre con los recién nacidos. Sus mejillas son redondas, las manos parecen pelotas de ping-pong. Miro el perfil de su labio superior. Es el de Erik. La foto no tiene texto, solo dos corazones.

He parido sin anestesia, me he roto la pierna, me han operado de apendicitis y me han quitado los ligamentos cruzados. Ningún dolor es comparable al que siento ahora mismo. Me pregunto qué es eso que se oye, eso que brama como una vaca a punto de ahogarse en el mar. Embotada, me percato de que debo de ser yo misma.

Me he tomado dos pastillas para dormir con una cerveza del bar y justo me estoy quedando dormida cuando empieza a sonar el teléfono. Lo busco a tientas y me da tiempo de ver que son las once y media de la noche. Número desconocido. Lo cojo de todos modos.

—¿Hola?

—¿Ebba? Soy Veronika. Disculpa que te llame tan tarde, espero no haberte despertado.

—No pasa nada —respondo con voz ronca.

—Ay, me he sentido tan mal hoy, después de que te fueras... Me he portado fatal, pero es que me has dejado tan consternada..., ha sido todo tan inesperado...

—La que lo ha hecho fatal soy yo —digo—. No tenía ningún derecho a ponerme en contacto con él por mi cuenta, debería habértelo consultado. Perdóname por estar mal de la cabeza.

—No hace falta que te hagas la mártir. Me conformo con una disculpa. —Se queda callada—. ¿Has podido avisarlo?

—Lo he intentado, pero no he conseguido hablar con él. No tiene teléfono móvil. Pero no te preocupes, mañana me encargo de todo.

—No lo llames. Lo he estado pensando y no veo por qué no puede venir si a él le apetece. —Se aclara la garganta—. Tampoco hace falta que se alargue mucho la cosa. Quizá con una taza de café sea suficiente.

—Seguro que sí —digo. Me incorporo y me apoyo en la almohada.

—¿A qué hora llega?

—Sobre las dos. He alquilado un coche, así que pensaba recogerlo en la estación y llevarlo directamente al hospital.

—Entonces a lo mejor te da tiempo de pasar por mi piso y coger mi vestido amarillo; está colgado en el armario de la derecha. Y el bolso de maquillaje. Creo que debería arreglarme un poco ya que se toma la molestia de venir hasta aquí.

—Por supuesto —digo—. Ya tengo la llave.

—Coge varios vestidos, por si acaso, alguno que te parezca bonito. —Calla otra vez—. ¿Qué te ha dicho cuando lo has llamado? ¿Cómo sonaba?

—Sorprendido pero contento. Obviamente, se inquietó un poco cuando le dije que habías sufrido una conmoción cerebral, pero lo tranquilicé. —Enciendo la lamparita de noche—. Se ha divorciado, dos veces, así que ahora está soltero.

—Vaya, pero ¿tiene hijos?

—Dos, me parece —respondo—. Su hija mayor se ha quedado con la tienda de marcos. Creo que se llama Elin. Él vive en el piso de encima, así que tienen mucha relación. Por cierto, podemos ir a alguna cafetería acogedora si te apetece. No tenemos por qué quedarnos en el hospital.

—Ya veremos. Tampoco podemos cambiar todos nuestros planes. Tendrá que adaptarse un poco.

Me entran ganas de preguntarle por qué. ¿Cuál es el problema?

—Pues quedamos así —dice Veronika—. Supongo que ahora tendría que intentar dormir un poco. Pocas personas se tomarían tantas molestias como te has tomado tú. Buscar a alguien de esta manera... Podrías haberme preguntado antes, desde luego, pero entiendo que tus intenciones eran buenas.

—No sé si ha sido una buena idea —digo—. Supongo que mañana lo veremos.

—Ven con la ropa antes de comer, así tendré tiempo para probármela. Y trae también el champú y el secador de pelo quizá.

—Claro, llámame mañana por la mañana si se te ocurre algo más —digo.

—¿Soy tonta por estar nerviosa?

—Claro que no. Yo también lo estaría. Eres muy valiente, va a ser emocionante. Nos vemos mañana. Ahora duerme tranquila.

Cuelgo. Pese al cansancio, se me ha ido el sueño. Hay una gran diferencia entre cansancio y sueño, de eso no cabe duda. Por la ventana puedo ver el cielo de verano, luminoso y lleno de promesas para quien tenga ánimos de tener esperanza. Me levanto y abro la puerta del balcón. De fondo se oyen los graves rítmicos de la música electrónica. ¿Avicii? A lo mejor son los chavales, que por fin han conseguido llegar hasta aquí, con sus pelos bien engominados y pidiendo botellas de champán en alguno de los bares del centro, haciendo el tonto en su lado de la vida.

Aparte de la música, solo estamos la noche y yo. Tendremos que hacernos compañía.

He pasado a dejarle los vestidos a Veronika y luego me he ido a buscar el coche de alquiler a la gasolinera. Es un Skoda gris plateado, para qué ponerle color a la vida. La llave no tiene aspecto de llave, pero al final consigo poner en marcha la dichosa máquina. Estoy tan nerviosa que parece que soy yo la que tiene una cita. Las flores de los arriates del parque se han marchitado en sus tallos. La temperatura exterior es de treinta grados a la sombra. Paro en una cafetería del centro y me tomo un café mientras hago tiempo. Falta una hora para que Bo llegue a la estación. Desde lo de ayer no he vuelto a entrar en mis redes sociales. Solo he hablado con algunas amigas y les he contado lo del nacimiento de la criatura. Me llega un mensaje. Es de Sandra.

«Ahora mismo tienes que dejar que la pena te atraviese entera, toda tu alma, todo tu sistema. Pronto tendrás tantos momentos de lucidez como de ansiedad y pena. Y al final tendrás más momentos de lucidez que de pánico. ¡Ten paciencia!»

Miro por la ventana. Varios turistas se paran y miran las pantallas del móvil, se pasean perdidos por el cruce de calles en busca de algo que, claramente, no se encuentra allí. Una chica trata poner orden a un grupo de perros cuyas correas se han enredado. Intento practicar un poco la mera observación, diluir mi propia desgracia con el día a día de otra gente. Dejarme llevar. En breve voy a conocer a Bo Bix. Me termino el café de un trago y me preparo para bajar con el coche a la estación.

El tren debería de llegar a la estación de Ängelholm a las 14.21, pero acumula veinte minutos de retraso. Me siento en un banco y me muerdo las pocas uñas que me quedan. Las estaciones de tren son buenos lugares. Nos recuerdan que todo está en movimiento, que nada es constante. Los trenes que entran y salen y los revisores que soplan sus silbatos y tratan de mantener la compostura en sus trajes calientes de tela sintética animan mucho. La estación también es morada de una cantidad considerable de personas que no parecen tener otro sito adonde ir. Mendigos, grupos de adolescentes ruidosos y aburridos, parias, gente psíquicamente inestable. A lo mejor están esperando, igual que yo, a que llegue un tren con un pasajero o una pasajera que supondrá algún cambio en sus vidas.

Los altavoces carraspean y una voz ronca informa de que el tren procedente de Gotemburgo está a punto de llegar por la vía 2. Me pongo de pie. Cuando hablamos por teléfono le dije a Bo que buscara a una mujer con el pelo largo y rubio y pantalones cortos. Yo solo tengo una fotografía de hace más de sesenta años. Vislumbro el tren al fondo y los frenos chirrían cuando hace su entrada en el andén. Estoy nerviosa.

Es el último en bajarse, solo lleva una bandolera. Es más alto de lo que me esperaba, fornido y con el pelo cano, pero no parece tener ochenta y cuatro años. A lo mejor soy yo, que tengo ideas preconcebidas. En cualquier caso, tiene que ser él. Los únicos otros pasajeros son una madre con un cochecito y un grupo de amigos que rondarán los veinte años. Él me ve y alza una mano titubeante a modo de saludo. Me acerco.

—¿Eres Bo?

—Sí, soy yo.

Él asiente con la cabeza y me estrecha la mano con firmeza. Lleva una camisa azul remangada. Sin reloj. Sin anillo. Sin gafas. Solo dos ojos azules bajo unas cejas tupidas y grises.

—Tú debes de ser Ebba.

—Así es. ¿Ha ido bien el viaje?

—A pedir de boca, ningún problema.

Mira a su alrededor en el andén.

—¿No está aquí?

—No, se ha quedado en el hospital. He pensado en ir directamente allí. He alquilado un coche. —Levanto las llaves y hago un gesto hacia el aparcamiento.

—Vale.

Bo asiente de nuevo con la cabeza y me mira con una expresión humilde. Me cae bien de buenas a primeras. Me parece franco y sencillo. De alguna manera, es como si ya lo conociera, como si ya nos hubiéramos visto antes. Empezamos a caminar sin prisa en dirección al coche. El calor vibra en el aire. Los colores casi parecen ascender del suelo. El tejado de chapa negra de la estación brilla como el petróleo.

—Es ese de ahí —digo, y señalo el coche al mismo tiempo que aprieto el botón del mando para abrir las cerraduras.

Bo pliega su cuerpo para acomodarse en el asiento del copiloto. Yo me siento al volante y arranco el motor, salgo del aparcamiento y pongo rumbo a la carretera principal. Él guarda silencio, lleva la bandolera abrazada en el regazo, casi pegada a la barbilla. En la sien tiene un mechón de pelo castaño, como una pequeña franja rebelde entre el resto de pelo cano.

—He oído hablar mucho de ti, casi me cuesta creer que existas de verdad —digo, y lo miro de reojo.

—A veces a mí también me cuesta creerlo. Cuanto más vives, más incomprensible se vuelve la vida. ¿Está lejos el hospital?

—Solo cinco minutos —respondo.

—¿Seguro que quiere verme? Quiero decir, ¿no será solo una ocurrencia de un momento? Con este calor es fácil tener ideas raras. Leí en el periódico que las crías de pájaro saltan del nido por el impacto. —Bo baja la ventanilla.

—Sí, quiere —digo—. Me llamó ayer a última hora de la noche; estaba muy nerviosa.

—En realidad ella era demasiado buena para mí, era... No sé. Perspicaz. Inteligente. Y hermosa. Y tenía talento artístico. Yo solo sabía dibujar un poco. Lo cierto es que no me sorprendí mucho cuando no se presentó en la estación, ya había contado con ello.

—¿De qué hablas? —le pregunto.

—Bah, de nada en especial. —Se queda callado un rato y mira por la ventanilla—. No sé si te ha contado algo, pero teníamos intención de marcharnos juntos a Gotemburgo al final del verano.

Me aferro al volante y freno en un semáforo en rojo.

—Ah, ¿sí?

—No se atrevía a contárselo a nadie, así que compramos los billetes en secreto. Por supuesto, mis padres sí sabían que ella iba a ir conmigo a casa y les parecía bien. Mi madre siempre había deseado tener una hija, dijo que le iba bien tener una ya crecida. El plan era, con el tiempo, buscar un sitio para vivir nosotros solos... Y trabajo.

Su voz se diluye. Me lo quedo mirando fijamente.

—No te sigo. Os escapasteis, ¿no? ¿No cogisteis juntos el tren a Gotemburgo?

—No, ella no se presentó en la estación. Tuve que irme solo. La cocinera que tenían en la pensión bajó corriendo y me dijo que había cambiado de idea y que no merecía la pena que fuera a hablar con ella para convencerla. Me dijo que lo tenía muy claro. Hoy no me habría conformado con esa respuesta, pero en aquel momento tenía veinte años y no sabía nada de la vida.

Se encoge de hombros.

—Pero... Ella me ha dicho que os fugasteis y que vivíais en una buhardilla.

—¿En una buhardilla? No, para nada. La única buhardilla en la que estuvimos fue en la de la pensión. Subimos una vez a buscar abejas. A lo mejor se refería a esa. La memoria puede ser traicionera. He leído que la mitad de lo que recordamos, lo recordamos mal. —Reclina la cabeza en el asiento.

Miro a Bo estupefacta. ¿Veronika me ha estado mintiendo? ¿O le falla la memoria? ¿Acaso se ha tomado la descarada libertad de reescribir su vida aprovechando que tenía una oyente crédula?

—Entonces, ¿nunca estuvisteis juntos en Gotemburgo?

—No, desgraciadamente. Le escribí alguna vez, pero no me contestó. Lo de expresarme nunca ha sido mi fuerte, a lo mejor le pareció que escribía demasiado mal. Luego conocí a otra chica, pero tardé un tiempo. Ya lo creo que tardé...

—¿Eso fue después de que volvieras del mar?

—Sí. Se quedó embarazada enseguida, así fueron las cosas. En aquella época no estaba bien visto tener hijos sin estar casados. Sobre todo las chicas, por muy injusto que fuera. Montamos una boda rápida, era lo mejor. —Asiente en silencio.

Trago saliva.

—O sea, que te olvidaste de Veronika. —Mi voz suena más brusca de lo que pretendía.

—No, ¿por qué iba a olvidarla? —Me mira sin entender—. Una cosa no tenía que ver con la otra. Además, no había sabido nada de ella en todo ese tiempo, así que lo di todo por perdido. Pensé que podía ser un buen padre. No como la mayoría de los chicos de mi generación, que anteponían el trabajo a todo y consideraban que era la mujer la que debía encargarse de los críos.

Me doy cuenta de que estoy sujetando el volante tan fuerte que se me han puesto blancos los nudillos.

—¿Y qué tal fue?

—Aguantamos unos años juntos. Fue por aquel entonces cuando abrí la tienda de marcos, mi hija pasaba muchas horas conmigo. Casi se podría decir que estaba de baja por paternidad. Elin comenzó a dibujar marcos con tan solo tres años, auténticas maravillas, y desde entonces no ha parado, así que se puede decir que he hecho algo bien. Siempre hemos estado muy unidos ella y yo. Creo que asentamos las bases cuando ella era pequeña.

Se me ha hecho un nudo en la garganta.

—¿Tú tienes hijos?

Asiento en silencio.

—Entonces ya lo sabes. Ese tiempo no lo recuperas nunca, hay que aprovecharlo bien. Muchos hombres no le dan ninguna prioridad, ni siquiera hoy en día. También tengo un chico de mi segundo matrimonio, Markus. Es informático, no entiendo ni la mitad de las cosas que hace, pero me ha enseñado a comprar por internet. La comida me llega a la puerta de casa, es genial.

Bo baja la visera y se mira con desaprobación en el espejito del interior.

—¿Qué aspecto tengo? Hay que joderse. Lo viejo que me he vuelto.

—Estás muy elegante —digo—. No te arrepientes, ¿no?

—No. Solo estoy nervioso, pero supongo que es mejor hacerlo cuanto antes, ahora que estoy aquí.

—Exacto, y puede ser agradable.

Vemos el cartel del hospital y cojo el desvío. El aparcamiento está prácticamente vacío. Aparco en un hueco libre, tiro del freno de mano y paro el coche. Nos quedamos sentados dentro mientras el motor se va ahogando bajo el capó. Intento encontrar un parquímetro y hago ademán de bajarme, pero Bo no se mueve, como si no se hubiese dado cuenta de que hemos llegado.

—¿Va todo bien? —le pregunto, y le pongo con cuidado una mano en el hombro.

Él asiente lentamente con la cabeza.

—Se nos conceden tan pocas personas a las que amar en la vida... Intento explicárselo a mis hijos, que, aunque seas adolescente, cuando te enamoras significa algo. Incluso me pregunto si no significa más cuando eres joven, cuando aún no has tenido tiempo para protegerte de todo. Al final, no son tantas las personas a las que nos da tiempo de amar.

Se vuelve hacia mí. Se le ve frágil, alrededor de sus pupilas corre una fina línea azul claro, como un horizonte.

—Ahora mismo yo me siento como un adolescente —añade.

—Es comprensible —digo, y abro la puerta.

Espero que no se haya dado cuenta de que tengo lágrimas en los ojos.

Los pasillos están en silencio. Lo único que oigo es un tosido lejano y la respiración nerviosa de Bo a mi espalda. Un leve olor a desinfectante sale de un cuartito de limpieza junto al ascensor.

—Es allí delante —digo, señalando la puerta abierta de Veronika.

Bo se detiene y me pone una mano en el brazo.

—Me he olvidado de las flores. Quería comprar unas por aquí cerca, ¿damos la vuelta?

—No, ahora ya está —digo, y me adelanto.

Una luz amarilla se cuela entre las cortinas. En la mesa están los crucigramas, amontonados y bien colocados. Mis flores siguen en el jarrón, pero la cama de Veronika está vacía y hecha, con la manta beis oscuro de la diputación ceñida sobre el colchón, como en un hotel. Me quedo quieta, mirándola desconcertada.

—¿Dónde está? —Bo pasea la mirada por la estancia. La cama del otro lado de la cortina, donde estaba el hombre que roncaba, también está vacía.

—Ni idea —digo—. Espera aquí, voy a ver si encuentro a alguien del personal.

Salgo al pasillo y al final consigo localizar a un enfermero en una salita con el cartel de MUESTRAS. Es un hombre joven con rastas meticulosamente recogidas en una redecilla.

—Hola, ¿sabes dónde está Veronika, de la 12? No está en su habitación —digo.

Su rostro se ilumina con una sonrisa.

—¡Veronika! Claro, acabo de arreglarle el pelo. —Se ríe—. Ha quedado con un viejo novio suyo dentro de un rato y tenía ganas de rizárselo, pero no tenemos rizador, así que le he hecho unas trenzas.

—Tengo al novio aquí —digo—. Pero a ella no la encontramos.

El enfermero echa un vistazo al reloj de pared.

—La sesión de arteterapia ha empezado hace media hora. Quería participar, mirad en el comedor. —Se levanta y asoma la cabeza al pasillo—. ¿Dónde está el maromo?

—Está esperando en su habitación —digo.

—Que se ande con cuidado, Veronika está muy guapa. —Suelta un silbido y arquea las cejas.

Vuelo a la habitación para buscar a Bo.

—Tienen arteterapia, Veronika está pintando —le digo.

—Ya, se le da muy bien. —Se pasa una mano por el pelo. La

camisa azul claro tiene rodales de sudor en las axilas. Me recuerda a un escolar, está hecho un saco de nervios.

El silencio que reina en el comedor es de concentración. Hay un puñado de personas sentadas a lo largo de dos mesas largas, unas frente a las otras, todas ellas pintando en grandes hojas de papel grueso. Tienen vasos con agua, pinturas acrílicas, acuarelas, abalorios y cintas de distintos colores a su libre disposición. Al fondo, junto a la ventana, está Veronika. Tiene el pelo ondulado y recogido como una aureola rubia alrededor de su cara. Se ha puesto el vestido amarillo con cintura estrecha y botones forrados. Tiene la espalda erguida y sus hombros son delgados, como los de una chica joven. El cuello del vestido deja al descubierto la hermosa línea de su cuello. Aún no se ha percatado de nuestra presencia, parece totalmente sumida en su tarea.

En cuanto nos ve la profesora —una chica con un vestido con estampado cubista y cara de muñeca de porcelana—, alza la mano en un silencioso saludo y se lleva un dedo a la boca. Le doy un golpecito a Bo en el costado y señalo discretamente con la cabeza en dirección a Veronika, pero él ya la ha visto. Sus ojos están clavados en ella. Su rostro se ha transformado de una manera que no puedo explicar.

Por alguna razón, me resulta invasivo mirar a Veronika al mismo tiempo que él. Así que me alejo unos pasos en dirección a la ventana y miro los pinos que crecen fuera. Estoy a la altura de sus copas. Un pájaro sube deslizándose por el aire justo hasta el alféizar, parece estar haciendo surf en una ola invisible. Al otro lado del patio, donde los coches pueden dar la vuelta, puedo ver toldos verdes haciendo sombra sobre la fachada amarilla. Oigo el sonido de una silla que arrastra las patas por el suelo y me doy la vuelta. Bo se ha acercado a la mesa y se ha sentado al lado de Veronika. Veo que ella da un respingo y se lleva la mano a la boca. Los rayos del sol funden sus cabellos en una llama de luz cuando se abrazan. Él le susurra algo al oído, no puedo oír el qué. Ninguno de los que están sentados a la mesa parece percatarse de lo que está sucediendo, están demasiado absorbidos por sus creaciones. Pero Bo y Veronika siguen mirándose a los ojos.

Al final me retiro a hurtadillas de la sala. Cuando me doy la vuelta, veo que han puesto la hoja de papel en medio de los dos en la mesa. Veronika ha cogido un pincel y lo está mojando en agua. Bo ha cogido un lápiz.

Parece que se conocen desde hace mucho tiempo.

Le he dejado el coche de alquiler a Bo. Hoy ayudará a Veronika a volver a su piso. Ha pasado la noche en la sala de visitas del hospital, un espacio que tampoco está tan mal, con cocina propia y televisor. Estamos los tres sentados al sol delante de la entrada, cada uno con un helado. Veronika tiene la maleta hecha. Lleva el chal amarillo alrededor de los hombros.

—¿Tú qué vas a hacer? —me pregunta Bo con ojos entornados.

—Ya es hora de que vuelva a Estocolmo. Tengo algunas cosas de las que ocuparme. ¿Y vosotros?

—Pues, aprovechando que tenemos el coche, pensábamos hacer una pequeña excursión por los alrededores. —Le coge la mano a Veronika por debajo de la mesa—. Después ya veremos.

Le echaré un vistazo al taller de cerámica que tienen en el sótano de la residencia. ¿Cuándo te vas?

—El tren sale a las 03.55 —respondo.

—¿Quieres que te llevemos a la estación?

—No, gracias, no hace falta.

Aparto la mirada. No tiene sentido prolongar más la situación. De todos modos, nadie sabe lo que va a pasar.

—Pues entonces, ¿nos vamos? —Bo se levanta y coge la maleta de Veronika.

—Llámame cuando hayas llegado a casa —dice Veronika, y me pone una mano en el brazo—. Para que sepa que ha ido todo bien.

Le digo que sí con la cabeza y los miro mientras se alejan, cogidos del brazo, en dirección al coche. Bo abre la puerta del acompañante y se la aguanta a Veronika. Ella me lanza una mirada fugaz antes de subirse. Luego, los veo alejarse despacio, dejando atrás el aparcamiento del hospital.

El aire acondicionado del tren no funciona. Con afán de contener la eventual rebelión de los pasajeros, el personal reparte agua y golosinas en bolsas de papel. Me he sentado en el último lugar que quedaba libre en el vagón restaurante y me he pedido una ensalada de gambas. Por la mañana me ha llegado un encargo de una revista nueva para un crucigrama de temática libre y ya me he armado con papel cuadriculado y bolígrafo. Estoy pensando en utilizar alguna de las fotos que tengo en el móvil para el enigma visual, supone un dinero extra. Va a ser un crucigrama difícil, cinco estrellas. En otras palabras, voy a subir un peldaño en mi carrera laboral. A lo mejor puedo meter alguna de las palabras que he estado guardando en mi lista para el futuro. Las palabras que no suelen vivir en ninguna otra parte, excepto en los crucigramas. «Bebistrajo.» «Turulato.» «Valetudinario.»

Miro al resto de los comensales sentados a las mesas. Hay un ambiente inusualmente festivo; a lo mejor es la situación de emergencia temporal causada por el aire acondicionado estropeado lo que hace que todo el mundo se olvide de su prudencia habitual. Ahora solo reina el alegre compañerismo entre personas acaloradas de camino hacia algún lugar o de vuelta de algo y el traqueteo rítmico de las ruedas del tren sobre las vías.

Justo cuando me levanto para ir a servirme más café, oigo el tintineo de mi teléfono móvil. El mensaje es breve:

«*Miel de verano* encontrada en el almacén. Había terminado entre los muebles del auditorio. La van a inspeccionar y luego la volverán a colocar en su sitio. Espero que esté bien. Saludos cordiales, Folke Kruse».

En la foto que me adjunta se ve una escultura. Está sobre un palé de madera, con la base envuelta en plástico de burbujas. Representa una bola de cardo sobre un tallo delgado. El bronce está dañado, pero las espinas siguen siendo negras como lanzas mojadas. La escultura se ve más pequeña de lo que me imaginaba, pero bonita. En el centro se ve el brillo de un hueco vacío, quizá destinado a albergar agua. Miro la foto más de cerca. Hay algo en las espinas, que se estiran hacia fuera y aun así siguen sujetas a la cápsula de la flor, que hace que se me encoja el estómago. No sé muy bien por qué.

Al final le devuelvo el mensaje dándole las gracias. Después de un rato de titubeo le mando otro:

«¿Tiene la foto en alta definición? Si es así, le agradecería mucho que me la enviase por correo. ¿Le parecería bien si la incluyo en un crucigrama con temática "Esculturas desconocidas"? Ebba».

Miro por la sucia ventanilla. Los campos de colza se muestran desvergonzadamente frondosos. «Esta vez vamos a crecer hasta tocar el cielo», es lo que parecen pensar, con sus gruesas flores y toda su clorofila. Enfoco el cristal y no aparto la mirada. Veo a una mujer en el reflejo. Quiero cogerla y zarandearla. Decirle: «Venga, vamos. Siempre llegamos a alguna parte».

24

Aún no había amanecido, solo entraba una luz grisácea a través de las cortinas. Ya se podía intuir el otoño en el aire. Pasado mañana, Veronika y su madre harían las maletas y volverían a la ciudad. Francie ya había regresado a Copenhague. Lilla-Märta la había ayudado a limpiar y a cerrar todas las habitaciones, y, pese a que la niña casi nunca mediaba palabra, daba la sensación de saber lo que Veronika estaba sintiendo. Había cogido un ramo de flores en Lyckan, se lo había entregado haciendo una genuflexión y le había dicho: «Creo que mereces ser feliz».

Dentro de poco, incluso Lilla-Märta se iría de allí. Veronika empezaría en la escuela de labores y la oscuridad caería como un telón sobre las calles gélidas de Malmö. Las últimas semanas había estado como aletargada, solo trabajaba, comía y dormía. Pero, extrañamente, en ese momento se sentía despierta como un jilguero.

Miró el despertador en la mesilla de noche. Marcaba las cuatro y cuarto. ¿Por qué se había despertado? ¿Algún ruido la había sacado del sueño? Permaneció un buen rato quieta, aguzando el oído con máxima concentración, pero toda la pensión estaba en absoluto silencio. Hacía calor en la habitación y se sentía pegajosa. No había querido ventilar desde que Bo se había ido; había preferido descansar en un ambiente cargado y cerrado.

Era desagradable despertarse al alba. A veces tenía la sensación de que el mundo no era del todo real a esa hora. Como si los árboles y las cosas aún no se hubiesen convertido en ellos mismos, como si solo fueran carcasas llenas de sombra. Era una idea espeluznante. Lo mejor sería dormirse de nuevo, así que cerró los ojos en un intento valiente de conseguirlo. Estaba a punto de obligarse a sumirse en un sueño ligero cuando notó que unas gotas le caían en la cara. Se incorporó sobre un codo. ¿Había una gotera? Pero ¿de dónde salía la lluvia? ¿O eran las tuberías, que habían reventado? Sus pensamientos eran somnolientos y desordenados. Le cayeron un par de gotas más. Terminó de incorporarse y se pasó la mano por la mejilla. El líquido era pegajoso. Estiró el brazo y encendió la lamparita de noche. De pronto, toda ella estaba en tensión. Había algo que no cuadraba. Las tuberías no pasaban por el techo. ¿Qué demonios era lo que estaba goteando? En el techo estaba la mancha que se había pasado todo el verano observando, pero en ese momento comprobó que había cambiado otra vez de forma. Ya no era un círculo deforme, sino una grieta larga y oscura que se extendía desde la lámpara hasta el marco de la puerta.

Le cayó otra gota, justo en la frente. Veronika la recogió con el dedo, se lo llevó a la boca y lamió.

Lo que caía no era agua, era miel. Dulce y con un intenso sabor a flores. Veronika apartó la manta de un tirón, encendió la lámpara del techo, cogió la silla del secreter y se encaramó para poder ver mejor. A ambos lados de la grieta el techo había adquirido un tono oscuro. La grieta brillaba. Veronika permaneció inmóvil en lo alto de la silla. Allí dentro, justo en la cámara de aire entre su habitación y la de Bo, se oía el zumbido monótono y constante con el que Veronika estaba tan familiarizada.

El zumbido de las abejas.

Pasó con cuidado un dedo por el líquido pegajoso y brillante de la grieta y volvió a metérselo en la boca con afán de asegurarse de que estaba en lo cierto. Efectivamente, era una gotera de miel.

En un rinconcito entre su cuarto y el que Bo acababa de dejar vacío se ocultaba la colmena de las abejas.

El apicultor Sven Vide llegó montado en su motocicleta. Cuando aparcó junto a la valla de madera, ya iba vestido con su traje protector blanco, incluido el sombrero y el velo. Había acudido directamente desde su granja, donde tenía miles de abejas melíferas en cajas verdes. A veces aparecía como un fantasma blanco en su moto por Lyckan, cuando por equivocación enfadaba a sus abejas y estas lo perseguían como una cola enfurecida que él se tenía que quitar de encima como buenamente podía. Se le consideraba un poco especial, no estaba casado y ceceaba un poco.

Ese día entró en la pensión y comenzó a mirar todo con cara de entendido.

—¿Cuánto tiempo lleváis con esto?

—Desde junio. —Su madre miró a Vide con cara de desconfianza mientras este se paseaba con sus botas altas de goma—. Pero al principio apenas las notamos. Pensábamos que eran avispas. Como el invierno fue tan cálido, creímos que..., bueno...

Pero luego el profesor nos informó de que eran abejas. En agosto ha sido terrible. Los clientes han salido corriendo. ¿Es verdad que se alimentan de masonita?

Su madre retorcía las manos en gesto nervioso.

—¿Los clientes? —Vide pestañeó varias veces.

—No, las abejas. —Su madre sacudió el cuello irritada—. Temo que hayan agujereado las paredes.

—Las abejas solo comen flores. Néctar. —Vide tanteó con los nudillos la pared que había encima del estante del perchero—. ¿Y decís que están viviendo en el techo?

—Entre el segundo y el tercer piso, sí. ¿Ves? Ahí hay dos. ¡En la ventana! —Su madre las señaló con el dedo.

Vide se acercó, atrapó una de forma rutinaria con la mano enguantada y la examinó de cerca.

—Una abeja melífera —constató, asintiendo brevemente con la cabeza—. Podría ser una de las mías. Ya ha pasado antes: cuando los cardos echan flor, algunas fugitivas se despistan y bajan hasta los prados de la playa. Y este año la floración ha sido tremendamente abundante. Estamos teniendo un auténtico verano de cardos.

Comenzó a hurgar entre las cosas que llevaba en su cubo.

—Si la señorita me enseña por dónde subir, miraré a ver qué puedo hacer. Pero no puede acompañarme nadie; es mejor no molestar a las abejas. Hay que tener precaución. —Vide asintió cortésmente con la cabeza.

Veronika subió la primera por la escalera. Cuando llegaron a su cuarto, Vide dijo:

—A lo mejor deberías ponerte el camisón por encima de la ropa si me vas a ayudar. A las abejas no les gustan los colores intensos. Son muy sensibles. —La miró con sus claros y extraños ojos.

Ella se puso obedientemente el camisón sobre el vestido y se sentó a cierta distancia en la cama mientras Vide desplegaba la escalera. Luego comenzó a subir lentamente por ella mientras se bajaba el velo de nailon del sombrero por delante de la cara. En una mano llevaba una botella metálica de color amarillo con una boquilla.

—¿Qué hay en la botella? —preguntó Veronika en voz baja.

—Más que nada, mierda de vaca. Y algunos medicamentos. —Vide palpó el techo para probar—. El humo las adormece.

—¿Es peligroso para las personas? ¿También nos adormece?

—No, solo a las abejas. —Se sacó una palanqueta del bolsillo y, con cuidado, despegó una madera del techo.

El zumbido pasó a oírse con más claridad, o eso le parecía a Veronika. Se propagó por toda la habitación. La cara de Vide estaba metida casi del todo en el techo.

—Madre del Amor Hermoso —exclamó con un jadeo—. Esto es todo un...

Las últimas palabras se vieron ahogadas por un zumbido estridente. Vide levantó enseguida la botella y apretó el fuelle una vez. Veronika vio una nubecilla de humo blanco cayendo por la habitación. Temía que le picaran, pero él le había dicho que todo iría bien si mantenía la calma. Las abejas podían percibir el nerviosismo, en ese sentido eran más inteligentes que las personas, aseguraba Vide. Pero, por si acaso, Veronika se había pasado un chal sedoso por encima de la cabeza a través del cual podía ver. Vide metió la boquilla en el techo abierto y apretó para soltar unas cuantas dosis de humo más.

—¡Pásame el cubo! —gritó, y con el ceceo la ese se fundió con el zumbido de las abejas, como si fuera una manera que tenía de comunicarse mejor con ellas.

Veronika se levantó y le pasó el cubo. Vide se pasó un buen rato revolviendo allí arriba. La escalera crujía. Cuando al final se bajó, un gran pedazo de panal asomaba del balde amarillo rezumando gruesa miel. El humo aún no se había disipado del todo en la estancia. Parecía el genio salido de la lámpara, allí de pie.

—Mira esto —dijo, y le enseñó el cubo.

Veronika se acercó y miró dentro. Había esperado que las abejas estuvieran allí correteando, irritadas por el trato recibido, pero, lejos de eso, permanecían inmóviles sobre el brillante panal, cubriéndose las unas a las otras con las alas desplegadas. Vide se levantó el velo del sombrero y miró a Veronika con devoción.

—¿Habías visto un panal alguna vez?

—No, nunca.

—Es una de las cosas más hermosas que nuestro Señor ha podido crear. ¿No te parece?

Con cuidado, puso el sombrero con el velo por encima del cubo y lo ató con un cordel blanco que sacó del mono protector, para que ninguna abeja pudiera escapar.

—No las vas a matar, ¿no? —preguntó Veronika intranquila.

—No, no. Solo van a volver a casa, a sus colmenas de siempre. Pero ya no serán nunca las mismas, no después de haber probado la libertad. —Pestañeó dócilmente—. Cuando haya trasladado las abejas, puedes quedarte con los trozos de panal si quieres. Nunca dejan de oler a miel. Los panales no olvidan nunca. —Señaló la puerta con la cabeza.

Veronika le abrió la puerta y lo vio bajar la escalera con el cubo en la mano, solo y serio, como un pastor que lleva un mensaje importante sobre algo que se ha perdido.

Agradecimientos

Gracias a Erik Magnusson y a Frederic Täckström, cuyo libro divulgativo *Här njuta vi af lifvet* (Aquí disfrutamos de la vida) me permitió ampliar mi conocimiento acerca de la vida en las pensiones de Båstad a lo largo de los años. Gracias a la asociación Vieja Båstad, a cuya página web he recurrido en más de una ocasión. Gracias al doctor Jens Enoksson, quien respondió a mis preguntas acerca de las conmociones cerebrales y demás. Gracias a la pensión Enehall por el ambiente inspirador del que, en parte, me he servido. La pensión de la novela no tiene nada que ver con la pensión Furuhem que antes había en Båstad.

Gracias a todas las personas de la editorial Albert Bonniers Förlag que han colaborado con el libro, en especial a Helene Atterling y a Ulrika Åkerlund.

Gracias a todos los miembros de Ahlander Agency.

Gracias, Frans y Elsa.

Todos los posibles errores son míos.